Susanne Lieder

# Die Elemente
des Lebens

atb aufbau taschenbuch

**Susanne Lieder,** 1963 in Bad Oeynhausen geboren, lebt mit ihrer Familie südlich von Bremen. Unter verschiedenen Pseudonymen schreibt sie sehr erfolgreich historische Romane und Romanbiographien. Als sie erfuhr, dass der große Homöopath Samuel Hahnemann in zweiter Ehe mit einer wesentlich jüngeren Frau verheiratet war, wollte sie sofort mehr über diese Frau wissen und ihre außergewöhnliche Lebensgeschichte erzählen.

Im Aufbau Taschenbuch liegt ebenfalls ihr Roman »Astrid Lindgren« vor.

Paris, 1834: Mélanie d'Hervilly will Ärztin werden, doch als Frau wird ihr der Zugang zur Universität verwehrt. Heimlich schleicht sie sich trotzdem in den Seziersaal, um die Anatomie des Menschen zu studieren. Ihr Geld verdient sie als Malerin und Dichterin. Doch dann wird sie plötzlich krank: Sie leidet an starken Unterleibsschmerzen, und die Ärzte scheinen ihr nicht helfen zu können. Ihre letzte Hoffnung ist die Homöopathie. Wie durch Zufall fällt ihr Samuel Hahnemanns »Organon der Heilkunst« in die Hände. Die junge Frau weiß: Sie muss diesen Mann treffen! In Männerkleidung reist sie nach Köthen, um den Begründer der neuen Heilkunst kennenzulernen. Als sie nach zwei Wochen aus der Kutsche steigt und Samuel Hahnemann gegenübersteht, ist sie beeindruckt von diesem klugen und charmanten Mann. Und auch er fühlt sich sofort zu der jungen, lebensfrohen Comtesse hingezogen, die schon bald nicht nur seine Schülerin wird, sondern auch seine Frau …

Susanne Lieder

# Die Elemente des Lebens

Mélanie lebt für die Heilkunst,
in Samuel Hahnemann
findet sie die Liebe

Historischer Roman

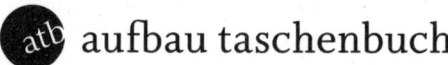
aufbau taschenbuch

MIX
Papier | Fördert
gute Waldnutzung
FSC® C083411

ISBN 978-3-7466-3883-6

Aufbau Taschenbuch ist eine Marke
der Aufbau Verlage GmbH & Co. KG

1. Auflage 2024
© Aufbau Verlage GmbH & Co. KG, Berlin 2024
www.aufbau-verlage.de
10969 Berlin, Prinzenstraße 85
Der Verlag behält sich das Text- und Data-Mining
nach § 44b UrhG vor, was hiermit Dritten ohne Zustimmung
des Verlages untersagt ist.
Umschlaggestaltung U1berlin, Patrizia Di Stefano
unter Verwendung von Motiven von
© Historical image collection by Bildagentur-online /
Alamy Stock Foto, © bilwissedition Ltd. & Co. KG /
Alamy Stock Foto, © MMphotos / Alamy Stock Foto und
© Les Archives Digitales / Alamy Stock Foto
Satz LVD GmbH, Berlin
Druck und Binden CPI books GmbH, Leck, Germany

Printed in Germany

*Liebe wechselt nicht mit Stunde oder Woche,*
*weit reicht ihre Kraft bis zum letzten Tag.*

– William Shakespeare –

*I.*

# Spätsommer 1834 – Sommer 1835

# 1. Kapitel

*Paris im September 1834*

Mélanie stand am Fenster ihrer Kammer und lehnte die Stirn an die kühle Scheibe. Ausgerechnet heute musste es so regnen!

Sie schaute in den Himmel, an dem tief und schwer graue Wolken hingen, und verzog missmutig das Gesicht. Für einen kurzen Moment überlegte sie, die Reise zu verschieben. Sie könnte noch ein paar Tage abwarten und auf besseres Wetter hoffen.

Nein, beschloss sie gleich darauf, sie würde wie geplant reisen und dem scheußlichen Regen trotzen!

Ihre Reisetasche stand fertig gepackt neben dem Bett, und auf dem Sekretär lag der Brief, den sie an ihren Onkel verfasst hatte. Ein paar Zeilen der Erklärung war sie ihm schuldig.

Mélanie wandte sich um und betrachtete den dunklen Wollanzug, der an ihrem Kleiderschrank hing. Er war frisch ausgebürstet worden, und Clementine hatte das helle Leinenhemd geplättet.

Wo aber war der Hut?

Sie drehte sich um die eigene Achse und sah ihn auf dem kleinen Tisch neben dem Bücherregal liegen, darunter das Paar Schuhe aus Ziegenleder. Es war ein wenig zu groß, deshalb hatte Clementine die Spitzen mit Zeitungspapier ausgestopft.

Mélanie reiste grundsätzlich als Mann gekleidet, es war sicherer und ersparte ihr eine Begleitperson.

Sie schlüpfte aus ihrem Nachthemd, wusch Gesicht und Oberkörper in der Waschschüssel und trocknete sich gründlich ab. Es war kühl im Zimmer, und sie fröstelte. Mit klammen Fingern umwickelte sie ihre Brust mit Streifen von Leinentüchern, vergewisserte sich, dass sie straff, aber nicht zu straff saßen, und zog ein Unterhemd darüber.

Sie warf einen kritischen Blick in den Standspiegel und strich mit beiden Händen über das Hemd. Es war keine Wölbung mehr zu sehen. Zufrieden nickte sie und zog sich weiter an.

Einige Minuten später schloss sie die Zimmertür hinter sich und beugte sich über das Treppengeländer. Von hier aus konnte man den gesamten Eingangsbereich einsehen, und wenn man sich ein wenig anstrengte, auch hören, ob jemand im Salon oder in der Bibliothek war. Ihr Onkel frühstückte um diese Zeit für gewöhnlich im Salon.

Mélanie beugte sich noch etwas weiter vor und lauschte. Als junges Mädchen wäre sie einmal um ein Haar über die Brüstung gefallen, weil sie das Gleichgewicht verloren hatte.

Aus dem Salon waren Stimmen zu hören; die kräftige ihres Onkels und die leise, zaghafte des Dienstmädchens.

Auf Zehenspitzen huschte Mélanie die marmorne Treppe hinunter, blieb kurz stehen, weil sie meinte, eine Tür gehört zu haben.

Sollte sie ihrem Onkel begegnen, würde sie ihm das sagen, was sie auch in dem Brief geschrieben hatte: Sie begäbe sich auf eine längere Reise und wüsste noch nicht genau, wann sie zurück wäre. Er würde davon ausgehen, dass sie innerhalb Frankreichs verreiste, und das war gut so. Wüsste er, dass ihre Reise nach Deutschland ging, würde er augenblicklich ihren Vater verständigen.

Besser, wir begegnen uns nicht, dachte sie und lief weiter in Richtung Vestibül. Dort hing der schwere dunkle Mantel, den sie nur ungern trug, der bei dem scheußlichen Wetter aber notwendig war.

Im Vorbeigehen legte sie den Brief auf den silbernen Teller, auf dem sich bereits die Visitenkarte eines Kunsthändlers befand, der ihren Onkel am gestrigen Tag nicht angetroffen hatte.

Den Mantel über dem Arm, den Hut in der Hand, verließ Mélanie die Villa, duckte sich an den tropfnassen Rhododendren vorbei und öffnete die schmiedeeiserne Gartenpforte. Wie immer ächzte und quietschte sie, und Mélanie blieb mit wild klopfendem Herzen stehen. Würde gleich das Gesicht ihres Onkels am Fenster erscheinen?

Doch es blieb still, niemand war zu sehen. Als sie die Kutsche sah, die wie verabredet etwas weiter abseits stand, stieß sie ein erleichtertes Zischen aus. Auf Edouard war Verlass!

Der Kutscher, ein stattlicher Mann in den Vierzigern, der viele Jahre im Dienst ihres Vaters gestanden hatte und seit einiger Zeit für sie arbeitete, kam auf sie zu und nahm ihr Mantel und Hut ab. »Mademoiselle.« Er verbeugte sich, sein belustigtes Grinsen hatte sie aber noch gesehen.

Edouard nahm ihr die Reisetasche ab und war ihr beim Einsteigen behilflich. »Achten Sie auf die Stufen, Mademoiselle, sie sind rutschig. Hoffen wir, dass das Wetter besser wird.«

Mélanie nahm auf der samtbezogenen Bank Platz und fasste sich verstohlen ans Bein. Der Stoff ihrer Hose kratzte fürchterlich und zwickte im Schritt, sie würde sich wohl nie daran gewöhnen. Genauso wenig wie an den schrecklichen Schnauzbart aus Ziegenhaar, der sie beim Sprechen in der Nase kitzelte.

Edouard schob die Reisetasche unter die Bank und legte einen Regenschirm daneben. »Der kann sicher nicht schaden. Wir werden häufig eine Rast einlegen müssen.« Er sah sie kurz fragend an, als rechne er damit, dass sie es sich doch noch anders überlegen könnte. Dann reichte er ihr eine zusammengefaltete Decke.

»*Merci*, Edouard, Sie haben wieder an alles gedacht.«

Er schloss die Tür und ging zum Kutschbock, um aufzusitzen.

Kurz darauf vernahm sie ein »Ho!«, und die Kutsche zog mit einem Ruck an, als sich die beiden dunklen Pferde in Bewegung setzten.

Mélanie lehnte sich zurück und schloss die Augen.

Eine zweiwöchige Reise lag vor ihr.


Nachdem sie eine ganze Weile gefahren waren – Paris, das längst erwacht war, hatten sie hinter sich gelassen –, waren Mélanie die Augen zugefallen.

Sie schreckte hoch, als Edouard an die Tür klopfte und »Mademoiselle d'Hervilly?« raunte. Wie lange hatte sie geschlafen?

»Sind Sie wach, Mademoiselle?«

»*Oui*«, murmelte sie schläfrig, öffnete die Tür und blinzelte.

»Da vorn ist ein Gasthof.« Er deutete nach links zu einem verhutzelten Gebäude, an das ein länglicher Stall angrenzte. »Es wird bald dunkel.« Er schmunzelte. »Die letzten beiden Pausen haben Sie verschlafen.«

Mélanie stieg benommen aus und streckte sich. Ihr tat jeder Muskel, jeder Knochen im Leib weh. »Wie spät ist es?«

»Gleich sieben.« Edouard nahm ihre Reisetasche. »Soll ich Sie morgen früh um fünf Uhr wecken lassen, Mademoiselle?«

Fünf Uhr. Sie unterdrückte ein Seufzen und nickte ergeben.

Edouard räusperte sich und deutete auf ihr Haar. »Pardon, aber vielleicht sollten Sie den Hut aufsetzen.«

»*Mon Dieu*!« Hastig griff sie nach ihrer Kopfbedeckung. Eine Haarsträhne hatte sich aus dem Knoten gelöst, mit einer ungeduldigen Handbewegung steckte sie sie zurück. »Und?«

Ihr Kutscher nickte.

»*Bon*.« Mélanie ging zu den Pferden und klopfte ihre Hälse. »Jetzt könnt ihr euch ausruhen, meine Hübschen.« Sie nahm zwei Karotten aus dem kleinen Säckchen, das am Kutschbock hing, und hielt sie ihnen vors Maul.

»Kommen Sie, Mademoiselle, ich bringe Sie hinein.« Edouard hatte den Ellbogen bereits gespreizt, schien sich dann jedoch daran zu erinnern, dass sie offiziell keine Mademoiselle war.

Mit einem leisen »Pardon« reichte er ihr die Reisetasche. »Die werden Sie wohl selbst tragen müssen«, raunte er und nickte wie beiläufig in Richtung Gasthof. »Sie steht dort und beobachtet uns.«

Mit »sie« meinte er wohl die Wirtin, eine rundliche Person mit ausladenden Hüften und einer merkwürdigen Frisur, die Mélanie an eine Obstschale erinnerte. Sie stand in der Tür, eine Hand in ihrer Schürze, die irgendwann vermutlich mal weiß gewesen war. »Ah, Gäste!«, rief sie entzückt aus und wedelte mit der Hand. »Kommen Sie, kommen Sie, Messieurs!«

»Bitte keine Würfelspiele, Mademoiselle«, flüsterte Edouard, während sie auf die Wirtin zugingen.

Mélanie gluckste. »Keine Sorge, Edouard.«

Es war schon eine Weile her, als er sie nach Reims gefahren hatte, wo sie eine Freundin besuchen wollte. Auch damals hatten sie in einem Gasthof übernachtet, und Mélanie hatte sich von zwei jungen Burschen zu einem Würfelspiel überreden lassen. Die beiden waren betrunken genug gewesen, um nicht zu bemerken, dass sie gegen eine Frau verloren – und zwar haushoch. Einer der beiden war ein ausgesprochen schlechter Verlierer und hatte gemeint, sie würde betrügen, das könne kaum mit rechten Dingen zugehen. Edouard hatte dazwischengehen und sie vor einer Rauferei bewahren müssen –, bei der sie vermutlich den Kürzeren gezogen hätte.

Der Gasthof wirkte nicht sehr einladend, doch das spielte keine Rolle. Hauptsache, sie bekämen eine warme Mahlzeit und ein halbwegs weiches Bett.

»Messieurs.« Die Wirtin trat beiseite und winkte einem jungen Mann mit feuerrotem wirrem Haar zu. »Mein Sohn wird Ihr Gepäck aufs Zimmer bringen. Sie möchten doch ein Zimmer?«

»Zwei, wenn wir bitten dürfen«, sagte Edouard.

»Gewiss, gewiss, zwei natürlich.«

Mélanie stellte verblüfft fest, dass die Wirtin ihr zuzwinkerte.

»Wünschen Messieurs ein warmes Mahl?«

Mélanie überließ wie gewohnt, wenn sie als Mann reiste, ihrem Kutscher das Reden.

»Das wäre fein.« Er blickte sich in der schummrigen Gaststube um und verzog flüchtig das Gesicht.

»Nehmen Sie Platz, Messieurs.« Die Wirtin eilte voraus,

wischte halbherzig über einen Tisch und rückte zwei der Stühle zurecht. »Ein kühles Bier?«

»Für mich ein Starkbier und für meinen Freund hier ein helles«, sagte Edouard.

Die Wirtin schürzte die Lippen und rief einem hünenhaften Mann mit Halbglatze und kugelrundem Bauch zu: »Hast du gehört, Jacques?« Dann beugte sie sich vertraulich zu Mélanie. »Wie wär's mit einem würzigen Wildeintopf, Monsieur?«

Mélanie nickte.

»Er ist nicht sehr gesprächig, was?«, fragte die Wirtin Edouard.

»Mein Freund ist taubstumm, Madame«, erklärte er. »Aber er kann von Ihren Lippen ablesen.«

»So, kann er das?« Sie kniff die Augen zusammen, taxierte Mélanie und raunte dann: »Na, wenn er's nicht hören kann: Er ist ein hübscher Bursche, Ihr junger Freund, Monsieur.«

Aus Edouards Kehle kam ein heiserer Laut, und er musste sich räuspern. »Kümmert sich jemand um unsere Pferde?«

»*Mais oui*«, versicherte die Wirtin, wischte erneut über den Tisch und trollte sich.

»*Mon Dieu*, Edouard!«, stieß Mélanie leise hervor und musste sich das Lachen verkneifen.

»Ich wollte mich eigentlich selbst um die Pferde kümmern«, gab er grinsend zurück. »Aber ich dachte, es wäre besser, wenn ich bei Ihnen bleibe.« Er nickte in Richtung der Wirtin, die sich lautstark mit dem Mann am Tresen stritt. »Sie hat ein Auge auf Sie geworfen, fürchte ich.«

»Dabei hat sie doch einen sehr ansehnlichen Ehemann«, entgegnete Mélanie trocken, und er prustete vor Lachen.

Ihr Bier wurde gebracht, und sie stießen ihre Krüge aneinander.

»Auf Ihr Wohl, Mademoiselle«, sagte Edouard leise. »Oder hätten Sie lieber ein Glas Wein?«

»Nein, nein, nur keine Umstände. Vielleicht sollten wir uns einen Namen für mich ausdenken«, schlug sie vor, nachdem sie einen großen Schluck getrunken hatte. Eigentlich machte sie sich nichts aus Bier, doch dieses war süffig und kühl und löschte ihren Durst. »Was halten Sie von Hercule?«

Edouard schien nachzudenken. »Hercule«, sagte er schließlich und um seine Mundwinkel zuckte es. »Dann auf Ihr Wohl, Hercule.«


Der Wildeintopf war kräftig gewürzt und das Brot, das die Wirtin dazu gebracht hatte, hart und grob gebacken. Es war ein Segen, dass man es in die Suppe tunken und einweichen konnte, andernfalls hätte Mélanie es kaum hinunterbekommen.

»Man braucht Zähne wie ein Gaul«, meinte Edouard und brach ein Stück ab. »Aber es macht satt. Soll ich noch etwas Eintopf bringen lassen, Mademoiselle?«

»Hercule«, erinnerte sie ihn und schüttelte den Kopf.

Außer ihnen war noch ein alter Mann in der Gaststube anwesend, der vor einem Glas Dunkelbier saß. »Beachten Sie den gar nicht«, hatte die Wirtin gemeint. »Gleich kippt er vornüber. Ich kenne das schon.«

Und tatsächlich sackte sein Kopf, gerade als Mélanie aufgegessen hatte, auf die Tischplatte, und er begann, laut zu schnarchen.

Edouard bestellte einen Krug Wein, der von dem Hünen gebracht wurde, dessen Bauch über der Gürtelschnalle wippte. »Ihr Wein.« Er knallte den Krug auf den Tisch und etwas Wein schwappte über. »*Santé!*«

Als Edouard um zwei Gläser bat, schaute er ihn verwundert an, zuckte die Schultern und brachte sie kurz darauf. Selbst im schummrigen Licht war zu erkennen, wie schmierig sie waren.

Mélanie nahm ihr Glas und wischte es an ihrem Hemd ab, bis es einigermaßen sauber war.

»Ob er geglaubt hat, dass wir den Wein aus unserem Bierkrug trinken?« Edouard schnalzte mit der Zunge. »Pardon, Mademoiselle, wenn ich gewusst hätte, dass es hier so …«

»Schon gut«, unterbrach sie ihn mit einem Lächeln. »Wir haben gut gegessen und getrunken und hatten unseren Spaß. Oder etwa nicht?«

Er nickte, und sie stellte fest, wie müde und erschöpft er aussah. »Hoffen wir, dass das Bett einigermaßen komfortabel ist«, meinte er und prostete ihr zu.

»Und dass der Wirtin nicht in den Sinn kommt, in der Nacht an meine Zimmertür zu klopfen.«


Wenig später stand Mélanie in der kargen, aber offensichtlich sauberen Kammer. Sie wartete, bis die Wirtin die Tür hinter sich geschlossen hatte und sank dann auf das Bett. Das knarzte nicht weniger als die Holztreppe, die sie eben hochgestiegen waren. Mélanie streckte sich lang aus und gestattete sich ein erleichtertes, wohliges Seufzen.

Nach einer Weile stand sie wieder auf und ging zum Fenster, um es zu öffnen. Eiskalte, feuchte Luft drang ins Zimmer, und sie begann, zu frösteln.

Dennoch schloss sie es erst wieder, nachdem sie Anzug und Hemd ausgezogen und über die Stuhllehne gehängt hatte.

Sie war so müde, dass sie hoffte, gleich einschlafen zu können. Sie zog die Nadeln aus ihrem Haar, das sich wie ein Wasserfall über ihre Schultern ergoss, und band es zu einem Zopf zusammen. Mélanie war blond wie ihre Mutter und groß wie ihr Vater. Für eine Frau ungewöhnlich groß. Das hatte es ihr stets erleichtert, in die Rolle eines Mannes zu schlüpfen.

Sie überlegte, ob sie die Leinenstreifen abwickeln sollte. Nein, dann würde es morgen früh zu lange dauern.

Aus dem Zimmer nebenan war Schnarchen zu hören, offenbar war Edouard bereits eingeschlafen.

Mélanie kroch unter das dicke Plumeau, das leicht nach Mottenkugeln roch, und machte die Augen zu. »*Bonne nuit*, Hercule.«


Wie in ungezählten Nächten zuvor, passierte es auch in dieser: Sie erwachte schweißgebadet von heftigen Bauchkrämpfen. Ausgerechnet jetzt und hier!

Sie rollte sich zusammen und umklammerte mit beiden Händen ihren Leib. Zischend ließ sie den angehaltenen Atem entweichen.

Herr, betete sie, gib, dass der Hofrat Hahnemann mir helfen kann und ich den weiten Weg nicht vergeblich gemacht habe.

Nach dem Frühstück, das aus mit Honig gesüßtem Gerstenbrei, dunklem Brot mit Butter und einem Kaffee bestand, der Tote wiedererwecken könnte, spannte Edouard die Pferde an, während Mélanie am Tisch sitzen blieb. Ihr Leib fühlte sich wund an, wie immer, wenn diese furchtbaren Schmerzen sie gequält hatten.

Die Wirtin pirschte sich an sie heran, stellte sich vor sie hin, das Gesicht ihrem zugewandt. »Hatten Sie eine angenehme Nacht, Monsieur?«, fragte sie laut und deutlich, wobei sie jede einzelne Silbe betonte.

Mélanie nickte und schenkte ihr ein Lächeln, das freundlich, aber hoffentlich nicht zu freundlich ausfiel. Sie wollte die Frau nicht dazu bringen, sich zu etwas hinreißen zu lassen.

Sie bezahlte die Rechnung und gab ein üppiges Trinkgeld.

Die Wirtin starrte auf die Münzen. »*Merci beaucoup*, Monsieur!«

Bevor ihr womöglich einfiel, Mélanies Hände zu küssen, war die rasch aufgestanden und zur Tür gegangen.

»Mein Sohn bringt Ihr Gepäck zur Kutsche, Monsieur!«, rief sie ihr hinterher.

Mélanie winkte ab und schüttelte den Kopf.

»Wo steckt der Bengel nur wieder?« Die Wirtin brüllte seinen Namen, blickte sich suchend um und resignierte schließlich mit einem langanhaltenden Seufzen. »Zu nichts zu gebrauchen, ganz wie der Vater.«

Mélanie griff nach ihrer Reisetasche und floh aus der Gaststube. In der Tür prallte sie beinahe gegen Edouard.

»Beehren Sie uns bald wieder, Messieurs!« Die Wirtin kam angelaufen. Hatte sie vor, ihnen noch rasch den Weg zur Kutsche zu fegen? Sie machte einen ungelenken Knicks, der so ulkig aussah, dass Mélanie ein Lachen nicht mehr unterdrücken konnte.

Die Wirtin musterte sie, und für einen Augenblick befürchtete sie, dass ihre Tarnung aufgeflogen war. Dann aber murmelte die Frau etwas Unverständliches und wandte sich ab.

Mélanie war froh, als sie wenig später in der Kutsche saß. Die Stille war Balsam für ihre Ohren.


Die Gegend, durch die sie fuhren, war ländlich und malerisch. Mit kleinen Dörfern, die sich in weiche Hügellandschaften duckten, Wäldern mit rotgoldenem Laubwerk, umzäunten Viehweiden und Feldern, auf denen das Korn zusammengebunden wurde. Mélanie dachte an ihren Onkel und ihre Tante, die den Brief längst gelesen haben müssten. Onkel Lucien hatte wahrscheinlich bereits ihren Vater benachrichtigt, obwohl sie ihn gebeten hatte, es nicht zu tun.

Ich werde ihnen alles erzählen, wenn ich zurück bin und auf ihr Verständnis hoffen.

Dann und wann kamen Kinder mit spitzen, schmutzigen Gesichtern an die Straße gelaufen, und das eine oder andere Mal bat Mélanie Edouard, anzuhalten, und warf ihnen ein Geldstück zu.

»Seien Sie nicht zu großzügig, Mademoiselle«, raunte er ihr zu, als sie ihn erneut bat, zu halten.

Sie steckte den Kopf aus der Tür und tastete ein wenig fahrig nach ihrem Haar. Der Hut!

Sie setzte ihn flott auf, es war ihr egal, ob er richtig saß. »Sehen Sie sich doch diese armen Geschöpfe an, Edouard.« Ihr Herz zog sich vor Mitgefühl zusammen.

Ein kleiner Junge mit dunklen Locken kam angelaufen. Er war barfuß wie die meisten Kinder, seine Kleidung war geflickt, die Hosenbeine zu kurz. Er starrte Mélanie neugierig an, und sie konnte nicht umhin, ihn anzulächeln.

»Julien!«, rief eine junge Frau hinter ihm. »Wirst du wohl aufhören, Monsieur zu belästigen!« Sie war nähergekommen, und Mélanie sah, wie ausgezehrt sie war. »Pardon, Monsieur.« Sie knickste und nahm den Jungen an die Hand, den Blick gesenkt.

Mélanie hätte ihr gern etwas Freundliches, vielleicht sogar Tröstendes gesagt. Nur was? »Es tut mir leid, dass Sie es so viel schwerer haben als ich?«

Unterschiedlicher könnten ihrer beider Leben nicht sein: sie, die privilegierte Frau aus einer angesehenen Adelsfamilie, und dort die junge Mutter von niederer Herkunft, die vermutlich nie die Chance auf ein besseres, ein komfortableres Leben bekommen würde.

Mélanie zog ihre Geldbörse hervor, die am Gürtel unter dem Jackett befestigt war, und nahm ein Geldstück heraus. Um nicht reden zu müssen, machte sie eine Handbewegung, die ihr selbst herablassend erschien. Dabei meinte sie es gar nicht so.

Sie bedeutete der jungen Frau, die Hand zu öffnen, und legte die Münze hinein.

Die Frau machte große Augen, errötete und knickste erneut. »*Merci*, Monsieur. *Merci beaucoup.*« Zum ersten Mal hob sie das Gesicht und schaute Mélanie an. Die beiden tauschten einen Blick, und in den bernsteinfarbenen Augen der jungen Mutter glomm etwas auf: Überraschung und Erkennen. Ein ungläubiges, flüchtiges Lächeln huschte über ihr Gesicht, und sie nickte unmerklich.

Mélanie war zunächst erschrocken, dann aber erwiderte sie ein wenig zögernd das Lächeln. *Merci*, dass Sie mich nicht mit einem Ausruf verraten haben.

Die junge Frau bedankte sich ein weiteres Mal und wandte sich ab. Mit dem kleinen Jungen an der Hand lief sie zu den anderen zurück, die mit der Arbeit weitergemacht hatten. Das Geldstück hatte sie in ihrer Rocktasche verschwinden lassen.

Mélanie gab Edouard ein Zeichen und rutschte nah ans Fenster, ihren Skizzenblock im Schoß. Mit geübtem Strich zeichnete sie den kleinen Julien, seine zerzausten Locken und die großen dunklen Augen.

Sie lächelte, weil sie an den Mann denken musste, den sie an der Académie kennengelernt hatte, und der ebenfalls Julien hieß.

Wie jung wir damals waren, dachte sie und wunderte sich über das eigenartige Gefühl, das sie beschlich.

Julien hatte mehr als ihr guter Freund sein wollen, doch sie hatte ihm rasch zu verstehen gegeben, dass seine Bemühungen zwecklos waren.

Vor ein paar Jahren waren sie sich zufällig wiederbegegnet, und Mélanie hatte erfahren, dass er inzwischen verheiratet und Vater von vier Kindern war.

Und ich bin noch immer allein.

# 2. Kapitel

*Köthen, etwa zur gleichen Zeit*

Samuel Hahnemann saß in seinem ausgeblichenen, inzwischen auch recht unkomfortablen Sessel und schaute teilnahmslos aus dem Fenster. Im Hinterhof spielten Kinder und machten dabei einen solchen Krach, dass er vor ein paar Minuten das Fenster geöffnet und gebrüllt hatte, sie sollten endlich leiser sein.

Samuel schloss den oberen Knopf seines Morgenmantels. Er hätte sich längst anziehen müssen, aber er konnte sich nicht aufraffen.

Es klopfte, und seine Tochter Charlotte kam herein. »Du sitzt ja immer noch da. Sagtest du nicht gestern, dass du heute Vormittag eine Patientin hast?«

»Nein.«

»Doch, das sagtest du, ich erinnere mich noch sehr gut. Komm, steh auf und zieh dich an. Oder willst du den ganzen Tag im Morgenrock dasitzen?«

Er unterdrückte ein Seufzen. Sie neigte dazu, ihn wie ein kleines Kind zu behandeln, und das konnte er auf den Tod nicht ausstehen.

»Hast du die Post schon durchgesehen?«, fragte sie, während sie mit einem Leinentuch, das sie aus der Schürzentasche gezogen hatte, über den Tisch neben ihm wischte.

»Nein.«

»Früher hast du das gleich nach dem Frühstück gemacht.«

»Ja, früher.« Er stand schwerfällig auf und ging zur Tür.

An manchen Tagen würde er am liebsten im Bett bleiben, dann wieder juckte es ihn derart in den Fingern, in seine Praxis zu gehen und Patienten zu empfangen, dass er das Schild »Heute Sprechstunde« ins Fenster stellte.

Charlotte folgte ihm und strich im Vorbeigehen hier und da über Möbelstücke und Bilderrahmen. »Heute Mittag gibt's Kohleintopf.«

Schon wieder.

»Den magst du doch so gerne.«

Samuel schwieg, ging in seine Kammer und zog seinen Morgenrock aus. Er überlegte kurz, ihn einfach auf dem Bett liegen zu lassen, um sie zu ärgern.

Ach nein, im Grunde war er ja froh, dass seine Töchter sich entschlossen hatten, ihm den Haushalt zu führen. Auch wenn er sich oft wie ein Gefangener in den eigenen vier Wänden fühlte. Sie wachten mit Argusaugen über ihn, eifersüchtig auf jeden, der sich ihm näherte und nicht sein Patient war.

Samuel zog das Jackett an, das am Schrank hing, ohne darauf zu achten, ob es sauber war oder zur Hose passte. Wen interessierte das?

Als er seine Kammer verließ, erwartete Charlotte ihn bereits. Sie stand im Flur, das Kinn gereckt, die Stirn gerunzelt.

Den Blick kannte er: sie war ungehalten. Das musste nicht an ihm liegen, aber zweifelsohne würde er der Prellbock sein.

»Vater.« Sie schnalzte mit der Zunge und zupfte an seinem Hemdkragen. »Und dieses Jackett ist scheußlich. Habe ich dir nicht gestern erst gesagt, dass es längst ins Feuer gehört?«

»Ins Feuer? Bist du zu retten?«

»Dann verschenk' es. Das Armenhaus wird sich freuen.«

»Armenhaus.« Er schnaubte und ging an ihr vorbei in sein Ordinationszimmer. Der Raum war wie eine Zuflucht für ihn.

Sie hatten selbst lange Zeit nicht viel gehabt, hatten oft von der Hand in den Mund gelebt, auch wenn er jede erdenkliche Arbeit – und nicht immer war es ein Zuckerschlecken gewesen – angenommen hatte.

»Was sollen deine Patienten sagen?« Charlotte war hinter ihm hergekommen und blieb in der Tür stehen. »Oder die Nachbarn.«

»Was kümmern mich die Leute?« Er setzte sich an seinen Schreibtisch und tat so, als müsse er Krankenjournale ordnen.

»Gut, dass Mutter dich nicht so sehen kann.«

Samuel schlug mit der Faust auf den Tisch. »Es reicht, Lottchen! Behandle mich gefälligst nicht, als wäre ich nicht mehr ganz richtig im Kopf!«

Sie wischte sich die Hände an der Schürze ab. »Davon kann doch gar nicht die Rede sein, Vater.«

»Wenn du jetzt so gut sein willst … «

Sie zögerte, dann jedoch nickte sie ergeben und schloss die Tür hinter sich.

Samuel lehnte sich zurück und atmete auf. Herrlich, diese Ruhe! Kein Gezeter, kein »Hast du schon …?« und »Du wolltest doch …«, nur Stille.

Als seine Frau noch lebte, hatte sie ein strenges Regiment geführt. Regeln und Ordnung waren Henriette wichtig gewesen, und in diesem Sinne hatte sie ihre gemeinsamen Kinder erzogen. Frohsinn hatte es in ihrem Haus nicht gegeben. »Für so etwas habe ich keine Zeit, Samuel«, hatte sie behauptet, als er eine Bemerkung gemacht hatte. »Disziplin, Pflichtbewusstsein und Verantwortungsgefühl, das sind Dinge, die wir unseren Kindern mitgeben müssen, nicht Frohsinn und Unbeschwertheit.« Sie hatte mit der Zunge geschnalzt. »Frohsinn! Als käme es darauf an!«

Kopfschüttelnd erhob Samuel sich und ging zum Bücherschrank. Er würde ein paar Seiten lesen, zu Mittag essen, ein kleines Schläfchen und anschließend vielleicht einen Spaziergang machen.

Sein immergleicher Tagesablauf seit Jahren.

# 3. Kapitel

Elf Tage waren sie nun unterwegs, und an diesem frühen Nachmittag hatte Edouard die Kutsche angehalten, damit die Pferde ausruhen konnten. Er ließ sie grasen und holte von einem nahegelegenen Bach Wasser. Die Erschöpfung war ihnen anzusehen.

Mélanie hatte sich auf einen umgestürzten Baumstamm gesetzt und massierte ihre Füße, die grässlich schmerzten, dabei war sie seit Stunden keinen einzigen Schritt gelaufen.

Sie befanden sich am Eingang eines Buchenwäldchens, das zu durchqueren einige Zeit in Anspruch nehmen würde, wie Edouard gemeint hatte. »Danach kommt ein Dorf mit einem Gasthof, in den wir einkehren.«

Mélanies Magen knurrte, und sie legte die Hand darauf. Gottlob waren die Leibschmerzen nicht zurückgekehrt.

Edouard stand an einen Baum gelehnt da, die Arme vor der Brust verschränkt.

»Warum setzen Sie sich nicht einen Moment, Edouard?«

Er schüttelte den Kopf. »Ich sitze den ganzen Tag, Mademoiselle.«

»Sie haben recht. Ich sollte auch ein paar Schritte gehen.« Mélanie erhob sich, schnürte ihre Schuhe und machte sich auf, die nahe Umgebung ein wenig zu erkunden.

Doch nicht ohne Edouard, wie sie bemerkte. Der Kutscher hatte sich wortlos an ihre Fersen geheftet.

»Ist es nicht herrlich hier?«, sagte sie, als sie zum Bach kamen, der leise gluckerte und in dem sich die späten Sonnenstrahlen fingen. Ein Feuersalamander saß auf einem Stein, das Köpfchen gereckt, die Augen geschlossen.

Mélanie wollte etwas näher herangehen, um ihn später zeichnen zu können, als sie glaubte, ein Geräusch gehört zu haben. Ein Rascheln und Knacken, als ob Füße über Laubboden schleichen.

Sie gab Edouard ein Zeichen und legte den Finger auf die Lippen. Geduckt liefen sie zurück zur Kutsche.

Edouard spannte die Pferde an, die unruhig geworden waren, sprach ihnen mit leiser Stimme zu, saß auf und zog an den Zügeln.

Mélanie war unterdessen lautlos eingestiegen und hatte die Tür geschlossen. Die Kutsche fuhr an, und sie warf einen Blick aus dem Fenster. Möglicherweise hatte sie sich geirrt, und es war nur ein Tier gewesen.

Oder aber eine Räuberbande hielt sich in der Nähe auf und wartete nur auf einen geeigneten Moment. Mélanie hatte ihre Pistole dabei, sie reiste nie ohne. Dass sie nicht nur schießen konnte, sondern auch ihr Ziel nur selten verfehlte, hatte sie bereits mehrfach bewiesen.

Vor Jahren – sie ärgerte sich noch heute, dass sie nicht damals schon als Mann gereist war – hatten zwei Landstreicher sie überfallen und ihr die Geldbörse und den Schmuck, den sie am Leib trug, gestohlen.

Edouard trieb die Pferde an, und sie legten an Tempo zu.

Mélanie wurde ins Polster gedrückt und musste ihren Hut festhalten. Furcht spürte sie nicht, für sie war es mehr ein Abenteuer. Sollten die Diebe ruhig kommen, sie würden ihr blaues Wunder erleben.

Als die Pferde noch schneller wurden, erhob sie sich schwankend und warf einen Blick aus dem hinteren Fenster.

Zwei Männer folgten ihnen auf Pferden, die unruhig die Köpfe hin und her warfen.

Wunderhübsche Tiere, dachte Mélanie bekümmert. Ein Jammer, dass ausgerechnet zwei Burschen ihre Besitzer waren, die ihre Schönheit wahrscheinlich kaum zu schätzen wussten.

Als kleines Mädchen war Mélanie wie ein Wirbelwind über die Weiden des Vaters geritten, das Haar offen und wie eine Fahne hinter ihr her wehend. »Um Himmels willen, Mélanie!«, hatte ihr Vater oft gerufen. »Nicht so schnell! Du wirst dir noch den Hals brechen.« Doch sie war nicht einmal gestürzt. Das Reiten lag ihr im Blut.

Mélanie nahm ihre Pistole, öffnete die Tür, klammerte sich mit der einen Hand am Rahmen fest und richtete die Waffe auf einen der Männer. Die Pistole war nicht geladen, das war hoffentlich auch gar nicht nötig. Meistens genügte der bloße Anblick. Vermutlich waren die beiden zwei Schlitzohren, die das Überraschungsmoment für sich nutzten und ihre Opfer plump überrumpelten und ausraubten. Und die einzige Waffe, die sie bei sich hatten, waren ihre Fäuste.

Mélanie sah, wie der Mann, auf den sie die Pistole gerichtet hatte, verblüfft und erschrocken die Augen aufriss. Er stieß einen Ruf aus, zerrte am Zügel und brachte sein Pferd zum Stehen.

Auch sein Begleiter hielt an. Die beiden sprachen laut miteinander, gestikulierten fluchend und machten kehrt.

Mélanie musste sich das Lachen verkneifen. Sie sammelte Mantel, Reisetasche und Schirm wieder ein, die während der holprigen, rasanten Fahrt vom Sitz gerutscht waren, und rief Edouard zu, er möge langsamer weiterfahren. »Es sieht so aus, als hätten wir unsere Verfolger abgeschüttelt!«

Je näher sie ihrem Ziel kamen, der kleinen Ortschaft Köthen, die im Osten Deutschlands lag, desto bildlicher versuchte Mélanie, sich den Mann vorzustellen, den sie dort aufsuchen wollte. Wie mochte Hahnemann aussehen? Was war er für ein Mensch? Das Wichtigere jedoch: Würde er ihr helfen und sie von ihren Leibschmerzen befreien können?

Durch den englischen Arzt Frederic Foster Quin hatte sie von der Homöopathie erfahren und Hahnemanns Buch »*Das Organon der Heilkunst*« gelesen. Mélanie war zutiefst angetan und voller Hoffnung, dass ihr geholfen werden konnte. In ihrer Verzweiflung hatte sie bereits etliche Ärzte konsultiert und einsehen müssen, dass es mit der Schulmedizin nicht weit her war.

Die Ärzte rieten zu Klistieren und scheußlichen Brechmitteln, um den Magen und die Gedärme zu reinigen – als ließen sich Krankheiten einfach aus dem Körper spülen –, oder sie nahmen einen Aderlass vor, der angeblich den Körper stärkte.

Ihren Leibschmerzen hatte das alles nichts anhaben können, sie waren weiterhin gekommen und gegangen, ohne dass sich daraus eine Erkenntnis hatte gewinnen lassen.

»Sie essen zu fett, Mademoiselle«, hatte einer der Doktoren gemutmaßt, während ein anderer genau das Gegenteil gemeint und sie dazu aufgefordert hatte, unbedingt fettreichere Nahrung zu sich zu nehmen. Ein dritter hatte behauptet, sie bewege sich zu viel, ein weiterer, sie brauche mehr Bewegung.

Hahnemann dagegen, so hatte sie gelesen, war davon überzeugt, dass nur in einem gesunden Körper auch ein gesunder Geist wohnen könne. Fühle sich der Patient in seinem Inneren nicht wohl, trage er zu viele Sorgen und Nöte mit sich herum, wirke sich das über kurz oder lang auch auf den Organismus aus.

Mélanie faszinierten diese Ansätze. So lange schon quälten sie die Schmerzen, so vieles hatte sie bereits über sich ergehen lassen müssen. Wie oft hatte sie sich gefragt, was nur mit ihr war. Samuel Hahnemann war ihre große, ihre letzte Hoffnung.

Sie vernahm Edouards Lautes »Brr!«, und die Kutsche hielt an.

Mélanie öffnete die Tür und warf einen Blick hinaus. »Ist etwas geschehen?«

»Die Pferde brauchen eine Pause, Mademoiselle.« Er war vom Kutschbock gesprungen.

Mélanie stieg ohne seine Hilfe aus und sah sich um. Sie hatten an einem Feldrain auf einem schmalen grasbewachsenen Weg gehalten. »Ich weiß wirklich zu schätzen, was Sie für mich tun, und ich verspreche, Sie reich zu entlohnen, sobald wir wieder in Paris sind.«

Über sein müdes Gesicht huschte ein Lächeln. »Als Sie mich fragten, ob ich Sie nach Deutschland bringen würde, sagte ich sofort zu, erinnern Sie sich?«

»Gewiss erinnere ich mich.« Sie ging ein paar Schritte und atmete die frische, kühle Luft ein, die nach Moos und feuchtem Acker roch.

Mélanie streckte die Arme über dem Kopf aus und machte ein paar Kniebeugen. Ihre Gelenke knackten.

Es hatte einiger Überredungskunst bedurft, ihrem Vater mitzuteilen, dass sie allein leben wollte. Sie und ihre Mutter unter einem Dach, das ging einfach nicht.

Schließlich hatte er eine Wohnung in der Rue des Saint-Pères für sie gemietet, und sie hatte ihn gebeten, ihr eins der Dienstmädchen zur Verfügung zu stellen – und Edouard. Wie meistens hatte ihr Vater zunächst gemurrt und Einwände erhoben und sich schließlich geschlagen gegeben.

Während ihre Wohnung hergerichtet wurde, war Mélanie wieder – diesmal nur vorübergehend – bei ihrer Tante und ihrem Onkel untergekommen.

»Möchten Sie eine Kleinigkeit essen, Mademoiselle?« Edouard hatte den Proviantkorb hervorgeholt und begann, die Sachen auszupacken, die sie sich im letzten Gasthof hatten einpacken lassen. Darunter ein kleiner Laib Käse, der sehr verführerisch roch, ein Fässchen gesalzene Butter, ein Brotlaib und ein Stück gepökeltes Fleisch. Er blickte sich nach einer geeigneten Sitzgelegenheit für sie um, doch Mélanie setzte sich einfach ins Gras.

»Soll ich nicht lieber … ?«

Sie schüttelte den Kopf. »Das ist nicht nötig. Das Gras ist trocken.«

Er brach ein Stück Brot ab und reichte es ihr. Mit seinem Messer schnitt er ein dickes Stück Käse ab. »Butter?«

»Nein, aber ein Schluck Wasser wäre fein.«

Edouard holte den Lederschlauch, und sie trank gierig ein paar Schlucke.

Nach dem kleinen, aber sättigenden Mahl machte sich Mélanie zu einem kurzen Spaziergang auf. Sie hatte Edouard versprochen, in der Nähe zu bleiben. Für alle Fälle hatte sie ihre Pistole dabei.

Sie entdeckte ein Rudel Rehe und duckte sich hinter einer Eiche, um sie in Ruhe beobachten zu können. Ihr Vater hatte sie früh mit auf die Jagd genommen, aber sie hatte sich nicht sehr viel daraus gemacht. Es widerstrebte ihr, auf Tiere zu schießen. Das hatte sie ihrem Vater jedoch nie gesagt.

Als sie zurückkam, hatte Edouard die Pferde bereits wieder angespannt und saß auf dem Kutschbock, den Hut tief ins Gesicht gezogen. Mélanie hätte nicht sagen können, ob er schlief.

»Edouard?«, fragte sie leise.

Er setzte sich auf, rückte den Hut zurecht und wollte absteigen, um ihr behilflich zu sein. Doch sie winkte ab.

Mit einem verhaltenen Seufzen setzte sie sich wieder und streckte die Beine aus, so gut es ging.

Bis Köthen war es noch eine Tagesreise.

## 4. Kapitel

*Köthen, am Tag darauf*

Über Nacht schien es Herbst geworden zu sein.

Samuel saß am Fenster und schaute nach draußen. Ein mehliger Nebel lag über den Gassen und hüllte die kleinen Häuser ein, die sich aneinanderschmiegten.

Samuel runzelte die Stirn, er konnte Nebel nicht ausstehen.

»Setz dich doch ein bisschen nach draußen vor die Tür«, hatte Charlotte nach dem Frühstück vorgeschlagen und nach seinem Arm gegriffen. Vorgeschlagen! Ihre »Vorschläge« verstand sie als Aufforderung, der man besser nachkam.

»Am Ende schleifst du mich noch auf die Straße«, hatte er geschimpft.

»Etwas frische Luft täte dir ganz gut, Vater. Du hast seit einem Jahr das Haus so gut wie nicht mehr verlassen.« Sie hatte in der Tür gelehnt, die Arme vor der Brust verschränkt.

Hatte sie recht? War er tatsächlich zum Stubenhocker geworden?

Ohne anzuklopfen kam sie herein, den Staublappen in der Hand, mit dem sie seinen alten Sekretär bearbeitete. »Vater.« Sie schnalzte mit der Zunge. Was hatte er nun wieder verbrochen?

Sie lief weiter umher und verrückte seine Medizinfläschchen und Bücher.

»Lass das Buch dort liegen, Lottchen«, bat er. »Es hat seinen Grund, weshalb es auf dem Pflanzenkundebuch liegt.«

Sie schnaubte missbilligend über seine ganz eigene Ordnung. »Da müht man sich Tag für Tag ab ...«

Samuel setzte sich auf. Es reichte! Scharfe Worte waren immer seine Waffe gewesen, und er war noch nie vor einer Auseinandersetzung zurückgeschreckt. Seine Töchter konnten von Glück sprechen, dass er bislang immer alles geschluckt hatte, doch nun war es genug. »Was willst du damit sagen, Lottchen?«

Sie war blass geworden. »Ich wollte nur ... Nichts für ungut, Vater.«

»Nichts da.« Er wedelte mit der Hand.

Sie wirkte betreten und ein wenig schuldbewusst. »Ich wollte dich nicht verärgern, Papa.«

Papa. Er schmunzelte in sich hinein. »Du *hast* mich verärgert. Du findest also, ich sei undankbar.« Er ließ es nicht wie eine Frage klingen.

Charlotte verzog den Mund zu einem schiefen, verkrampften Lächeln. »Nein, nein, das musst du missverstanden haben.«

»Ich bin vielleicht alt, Tochter, aber hier oben ...« Er tippte sich an die Stirn. » ... ist noch alles in Ordnung. Oder willst du etwas anderes behaupten?«

»Darum geht es doch gar nicht«, murmelte sie.

»Ihr behandelt mich wie einen unzurechnungsfähigen Mann, der nicht mal seine Dankbarkeit zeigen kann, das missfällt mir.« Um ein Haar hätte er losgepoltert, konnte sich aber gottlob zurückhalten. »Ihr seid mir lieb und teuer, das weißt du, aber ich dulde nicht, dass ihr euch mir gegenüber derart respektlos verhaltet. Habe ich mich klar ausgedrückt?«

Seine Tochter zog den Kopf ein und nickte.

Samuel rieb sich vergnügt die Hände, nun wieder ganz gelassen. »Du gehst doch sicher zum Markt. Wenn du mir weiße Rübchen mitbringen würdest, wäre ich dir sehr verbunden.«

Sie schaute ihn verwundert an, dann huschte ein erleichtertes Lächeln über ihr Gesicht. Ein hübsches Gesicht, würde sie doch nur häufiger lächeln und nicht immer so missmutig dreinblicken. »Kann ich dann jetzt gehen, Vater?«

»Natürlich, Lottchen, geh nur.« Er amüsierte sich königlich, hätte jedoch gut daran getan, es nicht so deutlich zu zeigen. Früher oder später würde sie es ihm unter die Nase reiben.

Als die Tür hinter ihr ins Schloss fiel, nahm Samuel die Samtkappe ab, mit der er seit einigen Jahren sein kahles Haupt bedeckte – ihn fröstelte immer so leicht – und legte sie neben sich auf den kleinen Tisch.

Dann bettete er die Füße auf den Hocker und schloss mit einem wohligen Seufzen die Augen.


Er wurde wach, als er die aufgeregten Stimmen seiner Töchter vernahm. Ächzend richtete er sich auf. Wie lange mochte er geschlafen haben? Eine Stunde, zwei?

Er zog seine Taschenuhr aus der Weste und warf einen Blick darauf.

Es war bereits nach zwölf. Zeit fürs Mittagessen.

Sein Magen knurrte in freudiger Erwartung, heute etwas anderes zu bekommen als Kohleintopf.

Die Tür wurde geöffnet und Luise kam herein. »Das Essen ist gleich fertig, Vater. Lotte war auf dem Markt, und als sie am *Bunten*

*Fasan* vorbeikam, sah sie, wie ein fescher junger Mann aus einer Kutsche stieg«, plapperte seine Tochter, während sie neben ihm her durch den Flur ging. »Er muss einen eigenen Kutscher haben, es war nämlich keine Postkutsche, musst du wissen. Sehr vornehm sah er aus, der feine Herr.«

»Wie kann sie am *Bunten Fasan* vorbeikommen, wenn sie auf dem Markt war?«, fragte er.

»Sie hat Frau Neuhofer das Medizinfläschchen vorbeigebracht«, erinnerte Luise ihn, und er nickte. Richtig, er hatte Lotte darum gebeten.

Sie kamen in die Küche, wo Charlotte am Herd stand und in einem Topf rührte. Ohne sich umzudrehen, sagte sie: »Eine eigene Kutsche muss man sich schon leisten können.«

»Allerdings.« Luise rückte ihm den Stuhl zurecht und lehnte seinen Stock an den Tisch. »Erzähl Väterchen, wie gut er ausgeschaut hat.«

»O ja, das kann man laut sagen. Elegant gekleidet war er, sogar sein Kutscher war herausgeputzt.« Charlotte kicherte. Es klang ein wenig beschämt. »Ich bin stehen geblieben und hab ihn angestarrt.«

Luise lachte. »Wann kriegt man auch schon mal so ein Mannsbild zu sehen?«

Die beiden warfen sich einen bedeutungsvollen Blick zu.

Sie benehmen sich wie Backfische, dachte Samuel und wusste nicht, ob er amüsiert oder fassungslos sein sollte.

Luise war bereits verheiratet gewesen, mit Theodor Moßdorf, einem Arzt, doch die Ehe war rasch wieder geschieden worden. Charlotte dagegen hatte keinen Mann finden können, den sie ehelichen wollte – möglicherweise war es auch umgekehrt. Sie begründete es damit, dass sie lieber für ihn da sein wollte.

»Wenn ihr zu Ende getratscht habt, würde ich mich freuen, wenn wir endlich essen könnten.« Er hatte es bereits gerochen: Es gab Senfbraten. Den gab es sonst nur sonntags.

Singend lief Charlotte umher und füllte die Teller. »Senfbraten mit weißen Rübchen und dunkler Soße«, trällerte sie. »Genauso, wie du es magst, Vater.«

Luise gluckste. »Du solltest dich sehen, Lotte.«

Charlotte drehte sich zu ihr um, die Wangen gerötet. »Was meinst du?«

»Deine Wangen glühen, und wie deine Augen leuchten! Der feine Herr muss dich ordentlich durcheinandergebracht haben.«

Charlotte wurde feuerrot. Sie schien etwas erwidern zu wollen, tat es jedoch nicht. »Guten Appetit allerseits«, sagte sie stattdessen und setzte sich zu ihnen an den Tisch.

Eine ganze Weile aßen sie schweigend, dann kicherte Charlotte erneut. »Ihr hättet sehen sollen, wie Gerlinde und Heinrich aus dem Haus gerannt kamen. ›Der Herr möchte ein Zimmer für die Nacht?‹ Gekatzbuckelt haben sie, alle beide. Gerlinde hat so oft geknickst, dass ich wetten möchte, dass ihr heut Abend die Knie schmerzen.«

Luise lachte prustend.

»Und als sie gehört hat, dass der fesche junge Mann mehrere Nächte bleiben will, hat sie ausgerufen, dass sie sofort alle Hebel in Bewegung setzen und er das schönste Zimmer in ganz Köthen bekommen wird. Schmeckt es dir, Papa?«

»Es ist sehr gut, Lottchen.« Das leckerste Mahl, das er seit Lan-

gem gegessen hatte. Ob der feine fremde Herr seine Tochter be-
flügelt hatte?

Sie lachte ein glockenhelles Lachen, und er warf ihr einen über-
raschten Blick zu. »Mir war danach, dich heute ein bisschen zu
verwöhnen.«

Erst jetzt ging Samuel auf, dass seine Töchter möglicherweise
glaubten, der junge Herr könne auf Brautschau sein.

# 5. Kapitel

Am Tag darauf saß Samuel wie immer in seinem Ordinationszimmer und blätterte in einem Buch, als es zaghaft klopfte. »Ja?«

Luise kam herein und blieb vor ihm stehen. »Darf ich dich stören, Papa?«

Sie fragte sonst nie, ob sie ihn störte. »Was ist denn, Lieschen? Ich lese, wie du siehst.«

»Draußen ist eine elegante junge Frau«, wisperte sie. »Sie fragt, ob du sie empfangen würdest.«

»Nein. Sag ihr, ich habe heute keine Sprechstunde.«

»Das habe ich bereits, aber sie lässt fragen, ob du eine Ausnahme machen würdest.«

Samuel unterdrückte ein Seufzen. »Na schön.« Er klappte das Buch zu und legte es zu den anderen auf den Stapel. »Bitte sie herein.«

Seine Tochter lief zur Tür und kehrte kurz darauf mit einer strahlend schönen Frau zurück, die in der Tat äußerst elegant gekleidet war. »Monsieur.« Aufrechten Ganges kam sie ins Zimmer und zog im Gehen ihre weißen Handschuhe aus. »Ich hörte, dass Sie der französischen Sprache mächtig sind«, sagte sie auf Französisch, und er nickte. »*Merci*, dass Sie mich anhören wollen.«

»Woher kommen Sie, Mademoiselle? Oder Madame?«, fragte er auf Französisch.

»Aus Paris. Sie beherrschen meine geliebte Sprache sehr gut, Monsieur Hahnemann. Und bitte Mademoiselle. Mein Name ist Marie Mélanie d'Hervilly.«

»Mademoiselle d'Hervilly.« Er kam nicht umhin, sie fortwährend anzuschauen und anzulächeln. »Ich spreche mehrere Sprachen, es hat mir stets Freude gemacht, sie zu erlernen.«

»Welche Sprachen beherrschen Sie noch?«, fragte sie interessiert.

»Englisch, Griechisch und natürlich Latein.«

Sie schien beeindruckt. Dann räusperte sie sich kurz, bevor sie fortfuhr. »Ich habe eine mehr als zweiwöchige Fahrt auf mich genommen, um Sie zu sehen.« Sie lachte leise, und Samuel stellte verblüfft fest, wie ihn dieses Lachen gefangen nahm. »*Pardon*, das muss sich seltsam für Sie anhören, Monsieur. Ich hatte sagen wollen: Ich bin unendlich froh, mit Ihnen sprechen zu dürfen.« Sie nahm Platz, bevor er sie bitten konnte, sich zu setzen.

Eine selbstbewusste junge Dame, dachte er amüsiert.

Ein wenig verstohlen musterte er sie. Sie war ungewöhnlich groß für eine Frau, sie hatte den Hut abgenommen und richtete mit einer Hand ihre Frisur. Ihr Haar war blond, und Samuel stellte sich für einen winzigen Augenblick vor, wie er die Hand ausstrecken und über ihre Locken streichen würde.

Alter Narr, schalt er sich. »Was führt Sie den weiten Weg zu mir, Mademoiselle d'Hervilly.«

»Darf ich zuerst meinen Umhang ablegen?«

Samuel wollte aufstehen und ihr behilflich sein. »Pardon, Mademoiselle. Normalerweise nimmt meine Tochter meinen Patienten die Garderobe ab.« Er ärgerte sich über Luises und auch seine Unaufmerksamkeit.

Noch bevor er sich erheben konnte, hatte Mademoiselle d'Hervilly ihren dunklen Wollumhang gelöst und war aufgestanden. »Wo darf ich ihn ablegen?«

Samuel zeigte hinter sie. »Dort auf den Stuhl, bitte.«

Es schien ihr nicht das Geringste auszumachen, dass sie es selbst erledigen musste.

Nachdem sie sich wieder gesetzt hatte, kam sie sofort auf den Punkt. »Ich leide seit mehr als drei Jahren unter unerklärlichen Leibschmerzen. Unerklärlich deswegen, weil die Doktoren mich aufgegeben haben.«

Samuel verkniff sich ein Schnauben. Das sah der Ärzteschaft ähnlich, er war keineswegs überrascht. Er bat Mademoiselle d'Hervilly, ihm die Schmerzen genauer zu beschreiben und notierte sich zunächst ihren wohlklingenden Namen, während sie berichtete.

Sie hatte die Hand auf ihre rechte Unterbauchseite gelegt. »Dort sitzt der Schmerz. Als er das erste Mal kam, dachte ich, ich hätte nur etwas Falsches gegessen. Doch er kam wieder, diesmal sogar noch heftiger. Es ist ein Ziehen und Pochen, manchmal drückt es von innen, als befände sich dort etwas, das nicht hineingehört.« Sie errötete leicht. »Ich weiß, wie furchtbar töricht das klingt … «

Samuel schüttelte den Kopf. »Nein, Mademoiselle, für mich klingt das nicht töricht. Ich bat Sie um eine möglichst präzise Beschreibung, damit ich mir ein Bild machen kann. Gibt es Unverträglichkeiten, Nahrung, die Sie schlecht vertragen, Allergien?«

»*Non*, nichts dergleichen.«

Samuel notierte sich alles und blickte dann auf. »Erzählen Sie mir etwas von sich.«

»Ich habe Ihr Werk gelesen.« Sie lächelte. »Daher weiß ich, dass Sie Ihren Patienten derartige Fragen stellen.«

Er erwiderte das Lächeln und plötzlich war er wieder der junge Samuel: ein wenig kühn, immer etwas impulsiv und neugierig. Er hatte stets alles hinterfragt, das lag wohl in seiner Natur, und daran schien sich bis heute nichts geändert zu haben.

»Ich bin in Paris geboren«, riss sie ihn aus seinen Gedanken. »Die d'Hervilly sind ein altes Adelsgeschlecht. Ich bin mit einem jüngeren Bruder in einem Haus in Saint-Germain-des-Prés aufgewachsen. Schon als kleines Mädchen habe ich die Oper und das Theater geliebt.« Sie hielt inne und sah Samuel ein wenig verunsichert an. »Ich plaudere zu viel, *n'est-ce pas*? Das war es nicht, was Sie willen wollten, oder doch?«

Samuel musste lachen und ihm war, als habe er das eine ganze Weile nicht mehr getan. Es klang rau und ein wenig heiser, als sei seine Kehle eingerostet. »Doch, doch, Mademoiselle, erzählen Sie nur.«

Für ihn mussten Körper und Geist im Einklang sein, war das nicht der Fall, gab es ein Ungleichgewicht, und das wiederum ließ den Organismus schwach werden und durchlässig für Krankheiten. Samuel stellte seinen Patienten immer Fragen, was ihr Innerstes und auch ihre Vergangenheit betraf. Gab es Schicksalsschläge, seelische Verletzungen, die nicht verheilt waren, Ängste, Kränkungen? Je mehr er wusste, desto klarer fielen seine Diagnose und die entsprechende Behandlung aus.

»Nun.« Mademoiselle d'Hervilly räusperte sich erneut und betrachtete die Handschuhe in ihren Händen. »Mein Vater war und ist ein großer Anhänger Rousseaus, für ihn zählen Vernunft, Wahrheit und ein klarer Wille.«

»Beschreiben Sie Ihren Vater.«

Sie sah ihn überrascht an, nickte dann jedoch. »Er ist ein gütiger, sanfter Mann, der mich immer zärtlich geliebt hat.«

»Und Ihre Mutter?«

Ihr Gesichtsausdruck veränderte sich. Samuel überlegte, ob er ihn als düster beschreiben würde. »Sie ist … das genaue Gegenteil; unbeherrscht und launenhaft.« Ihre Augen wurden feucht. »Pardon, Monsieur, ich weiß, das klingt hart, aber es gibt nicht viel Gutes, das ich über sie berichten kann.« Sie tupfte sich das Auge mit einem Spitzentaschentuch, das sie aus der Rocktasche gezogen hatte. »Sie müssen mich für eine grausame Tochter halten …«

Nein, ich halte Ihre Mutter für grausam, dachte er. Laut sagte er: »Sie gaben mir eine ehrliche Antwort, Mademoiselle.«

»Eine diplomatische Aussage.«

»Sie stehen Ihrem Vater näher als Ihrer Mutter, darin sehe ich nichts Verwerfliches.«

»Mein Vater gesteht jedem Menschen Individualität zu, das hat mir immer sehr gefallen, und um ehrlich zu sein, imponiert es mir auch. Ich habe stets versucht, mir seine Grundsätze zu eigen zu machen. Er war und ist mein Vorbild.«

Samuel wünschte, eine seiner Töchter würde das auch über ihn sagen. Doch alles, was sie vermutlich sagen würden, wäre, dass er immer mit dem Kopf durch die Wand wollte und scharfzüngig und schroff war, wenn ihm etwas missfiel.

»Mein Vater hat mich stets genommen, wie ich bin«, sprach Mademoiselle d'Hervilly weiter. »Er hat mich nie verändern wollen. Meine *Maman* hat ständig an mir herumgezerrt, sie war nie mit mir zufrieden. Aber natürlich liebe ich auch sie«, beeilte sie sich anzufügen.

»Mein Vater hat auch meine Ambitionen unterstützt«, sagte sie schließlich, nachdem sie eine Weile geschwiegen hatte.

»Welche Ambitionen?«

*Mademoiselle d'Hervilly trägt möglicherweise etwas mit sich herum, an dem sie sehr schwer zu tragen hat. Es belastet sie,* notierte sich Samuel währenddessen.

*Dem gilt es auf den Grund zu gehen.*

»Die Kunst, Monsieur. Ich bin Malerin und Dichterin. Aber mit meinen Gedichten bin ich nie zufrieden. Ich streiche immer so lange an jeder Zeile, bis mir der Sinn und Zweck meiner ursprünglichen Gedanken abhandengekommen ist.«

Samuel lächelte über ihre Worte. Er konnte gut nachempfinden, was sie meinte, auch wenn er sich noch nie zum Poeten berufen gefühlt hatte. »Verkaufen Sie gelegentlich ein Bild, Mademoiselle?« Als es heraus war, ärgerte er sich. Sie musste ihn für einen Banausen halten, der ihre Kunst und möglicherweise auch ihr Können nicht zu schätzen wusste. Weil er es überhaupt nicht beurteilen konnte.

»Ich verdiene meinen Lebensunterhalt damit, Monsieur.«

»Pardon, ich wollte damit nicht sagen … «

»Sie müssen sich nicht entschuldigen«, fiel sie ihm ein wenig ungalant mit sanfter Stimme ins Wort.

Normalerweise hätte er sich beschwert, umso verwunderter war er, dass es ihm nichts ausmachte. Er nahm ihr diese kleine Unhöflichkeit nicht krumm. Konnte man diesem bildhübschen, wortgewandten und ganz offenbar geistreichen Geschöpf überhaupt etwas übel nehmen?

»Haben Sie Malerei studiert?«, fragte er.

Sie nickte. »Ich wollte nie etwas anderes sein als Malerin. Nein, das ist nicht ganz richtig. Früher, viel früher, hatte ich Ärztin werden wollen. Ich habe mich intensiv mit Kräuterkunde beschäftigt, ein faszinierendes Gebiet. Während meines Malereistudiums habe ich mich ein Mal in die Sezierräume geschlichen ...«

Diesmal unterbrach er sie. »Wie haben Sie das geschafft?«, fragte er verblüfft.

»Ich habe mich als Mann verkleidet.«

Überrascht blickte er auf. »Wie bitte?«

Mademoiselle d'Hervilly zuckte die Schultern. »Anfangs war es nicht mehr als ein Spaß. Ich bin oft als Mann verkleidet spät abends durch die Stadt spaziert.« Sie verstummte kurz, bevor sie zögernd weiterredete. »Als ich dann in einem der Seziersäle war ...« Sie schluckte und verzog angewidert das Gesicht. »Sie werden wissen, wovon ich spreche, Monsieur. Es war schrecklich, widerwärtig und ganz und gar ekelerregend und furchteinflößend. Ich bin aus dem nächstbesten Fenster geklettert und wie von Sinnen heimgerannt.«

Samuel lächelte in sich hinein. So unerschrocken wie er sie eingeschätzt hatte, war sie wohl doch nicht.

»Noch heute träume ich manchmal davon, wie ich schluchzend und mit Brechreiz kämpfend durch die Gassen laufe, als wäre der Teufel hinter mir her.«

Samuel lachte und wischte sich eine Träne aus dem Augenwinkel. »Eine herrliche Geschichte, Mademoiselle.« Er wurde wieder ernst. »Aber verraten Sie mir bitte eins: Verkleiden Sie sich noch immer gern als Mann?«

Sie hob den Kopf und schaute ihn so lange an, bis er glaubte, sie blicke tief in seine Seele und sein Herz. »*Oui.* Ich reise auch meistens als Mann.« Ein belustigtes Schmunzeln huschte über ihr Gesicht. »Es ist jedes Mal wieder ein großer Spaß, wenn ich aus meiner Kutsche steige und mich die jungen Frauen anstarren. Und manchmal machen sie mir sogar schöne Augen.«

Samuel grinste zunächst, dann brach er in lautes Lachen aus.

# 6. Kapitel

Mélanie hatte Hofrat Hahnemann ihr halbes Leben erzählt, und wohl niemand könnte erstaunter darüber sein als sie selbst.

Doch er hatte es ihr leicht gemacht mit seiner freundlichen und überaus gutmütigen Art. Zudem war sie davon überzeugt, dass die Fragen, die er ihr stellte, einzig dazu dienten, ihrer Krankheit auf den Grund zu gehen.

Als sie berichtete, dass sie gern als Mann verkleidet reiste, hatte sie über sein Gesicht schmunzeln müssen. Wie amüsiert er ausgesehen hatte! Und als sie erklärte, dass junge, dann und wann auch in die Jahre gekommene Frauen ihr schöne Augen machten, war er in so heftiges Lachen ausgebrochen, dass sie besorgt gewesen war, er könnte sich verschlucken. Die Lachtränen waren ihm nur so übers faltige Gesicht gelaufen und mit einer Hand hatte er auf die Tischplatte geklopft. »So sehr habe ich lange nicht mehr gelacht, Mademoiselle«, meinte er anschließend und wischte sich über die Augen. »Wenn meine Tochter das hören könnte.«

»Dass Sie so erheitert sind?«

»Nein, dass sie eine junge Frau angegafft hat.«

Mélanie wusste nicht, was er damit meinte, und da vertraute er ihr an, dass seine Tochter gesehen hatte, wie sie aus der Kutsche vor dem Gasthof gestiegen war. »›Was für ein fescher Bursche‹, hat sie gesagt, und ganz rote Bäckchen hat sie gehabt.« Und wieder wollte er sich vor Lachen ausschütten.

Mélanie betrachtete ihn, seine funkelnden braunen Augen, die sie wohlwollend musterten, und den amüsierten Zug um seinen Mund. Etwas an ihm berührte sie, sie hätte nicht sagen können, was genau es war. Sie hatte nicht erwartet, dass er sie auch als Mann faszinieren würde. Er strahlte Ruhe und Weisheit aus; Eigenschaften, die sie bei anderen Männern viel zu oft vermisst hatte. Hahnemann war klug und gebildet, und er brannte für die Homöopathie. Mélanie mochte es, wenn jemand fest an etwas glaubte und dafür einstand. Auch sie brannte gern für etwas und fühlte sich deswegen bereits mit Hahnemann verbunden.

Als sie sein Behandlungszimmer verließ – sie hätte nicht einmal sagen können, wie lange sie hier gewesen war –, prallte sie beinahe mit seiner Tochter zusammen. Hatte sie vor der Tür gestanden und gelauscht?

Mélanie beschloss, sich nichts anmerken zu lassen. »Madame.« Sie nickte der Frau zu.

»Mademoiselle, wenn ich bitten darf.« Ein harter, leicht verächtlich anmutender Zug lag um ihre Mundwinkel. Als sei sie verbittert oder verärgert und sehr beherrscht, es nicht zeigen zu wollen.

»Pardon. Mademoiselle.« Mélanie ging weiter und legte im Gehen den Umhang um, zog die Handschuhe an und setzte ihren Hut auf.

»Ein sehr schicker Hut ist das«, sagte die Frau. »Warten Sie, ich bringe Sie zur Tür.«

»*Merci beaucoup.*«

»In Frankreich gekauft, nehme ich an?«

Mélanie drehte sich zu ihr um. »Pardon?«

»Ihr Hut.«

»Ah, *oui*. In Paris, um genau zu sein.«

»Paris.« Die Frau mit dem dunklen, streng gebundenen Knoten seufzte auf. »Ich wünschte, ich könnte nur ein Mal hin. Nur ein einziges Mal. Es muss herrlich dort sein.«

»Das ist es.«

»Wie gefällt Ihnen unser kleines Städtchen?«, erkundigte sich Hahnemanns Tochter und begutachtete sie von oben bis unten.

Am eng geschnürten Mieder blieb ihr Blick hängen, und Mélanie ahnte, was sie davon hielt. Einerseits schien sie Bewunderung für Mélanies Kleidungsstil zu haben, andererseits war sie schockiert.

»Es ist hübsch«, versicherte Mélanie. Sie schwindelte, wenn sie ehrlich war, hatte sie verdutzt die Stirn gerunzelt, als sie bei ihrer Ankunft durch Köthen gefahren waren. »Sind Sie sicher, dass wir hier richtig sind, Edouard?«, hatte sie gerufen.

»Ganz sicher, Mademoiselle. Wir müssen in die Wallstraße, das Haus, das Sie aufsuchen wollen, hat die Nummer 270.«

»Lassen Sie uns zuerst den Gasthof suchen, in dem wir einkehren werden«, hatte sie gebeten.

Mélanie hatte aus dem Fenster geschaut und sich umgeblickt; mit den Augen einer gebildeten Pariserin, die bereits einige Dörfer und Städte durchquert und gesehen hatte.

Köthen hatte sie sich anders vorgestellt, vielleicht war es das, was sie verblüfft die Augenbrauen hatte heben lassen. Sie hatte es sich lebhafter, größer vorgestellt. Es gab nur eine breite Hauptstraße und ein Gewirr aus engen Gassen.

In Paris geschah es praktisch nie, dass man sich nach jemandem umdrehte, der auffällig gekleidet war oder eine gewagte Frisur trug. Hier in Köthen war sie wie eine bunt gescheckte Kuh mit sechs Beinen, die man ungeniert begaffte.

»Ja, nicht wahr?« Hahnemanns Tochter riss sie aus ihren Gedanken. »Unser kleines Köthen ist ganz zauberhaft. Haben Sie unser herrliches Schloss schon gesehen?«

»Wir sind daran vorbeigefahren.« Sie hatte kaum Notiz davon genommen. Schlösser hatte sie bereits zuhauf gesehen, und das herzogliche Schloss zu Köthen würde ihr nicht in lebhafter Erinnerung bleiben.

Sie hatten die verkratzte Haustür erreicht. Überhaupt machte das gesamte Haus einen recht schäbigen Eindruck. Mélanie war ein wenig entsetzt gewesen, als sie davorgestanden hatte. Auch das Mobiliar war in keinem guten Zustand. Offenbar legte Hahnemann nicht besonders viel Wert auf ein gepflegtes und gemütliches Heim.

Seine Tochter hielt ihr die Tür auf und wünschte eine gute Heimreise.

Mélanie schenkte der jungen Frau ein freundliches Lächeln und schlang die Pelerine um den Hals. Ein scheußlicher Wind wehte die letzten Nebelschwaden durch die Gassen. »Oh, wir werden uns gewiss wiedersehen, Mademoiselle.«

»Ach ja?«

»Ihr Vater bat mich, noch etwas zu bleiben. Die Behandlung ist noch nicht abgeschlossen. *Au revoir.*«

Noch nicht abgeschlossen traf es nicht, im Grunde hatte sie noch gar nicht begonnen. Sie hatten die Zeit mit Plaudern und

Philosophieren verbracht, und ihr Anliegen, ihre Leibschmerzen waren vorerst in den Hintergrund gerückt.

Als sie sich verabschiedet hatte, war Hahnemann aufgestanden und hatte sie zur Tür begleitet. Dort hatte er ihre Hand genommen und einen etwas unbeholfenen Kuss darauf gehaucht. »Bis morgen, Mademoiselle. Bringen Sie genug Zeit mit. Wir werden uns intensiv mit Ihnen beschäftigen.« Dabei hatte er ihr tief in die Augen gesehen und dann hastig den Blick abgewendet.

Ich bringe ihn durcheinander, hatte sie verwundert und ein wenig amüsiert gedacht.

Mélanie freute sich auf den morgigen Tag, und sie gestand sich ein, dass sie sich auch auf Hahnemann freute.

»Er hat Engelslöckchen.« Hatte sie laut gedacht?

Mit einem Lächeln, das tief aus ihrem Inneren zu kommen schien, überquerte sie die Straße und ging gedankenverloren weiter in Richtung Gasthof.

# 7. Kapitel

»Hast du ihr eng geschnürtes Mieder gesehen? Dass man da überhaupt noch Luft bekommt!«

Mélanie, die tags darauf im Flur wartete, hörte das Getuschel der beiden Hahnemann-Töchter, die sich ganz offenbar nicht einmal Mühe gaben, nicht verstanden zu werden.

»Aber schick ist sie schon, nicht wahr?«, wisperte die andere Schwester. »Und so ungeheuer elegant.«

»*Formidable.*« Ein Kichern.

»Schsch! Wenn sie uns hört!«

Ich höre Sie sehr gut, dachte Mélanie und stellte ein wenig verwirrt fest, dass sie sich für die beiden Frauen schämte. Was für ein unhöfliches, albernes Benehmen!

Hahnemann kam aus seinem Behandlungszimmer und sah sie verwundert an. »Mademoiselle. Warum hat man Sie nicht zu mir gelassen?«

Ihre Töchter waren mit Tuscheln beschäftigt. »Ihre Töchter waren wohl zu beschäftigt.« Sie drehte sich betont huldvoll um und warf den beiden einen Blick zu. Ein Blick, den beide sofort verstanden.

Die Dunklere der beiden errötete bis in die Haarspitzen. »Verzeihung, Vater, wir waren wohl … «

»Ja, wir hätten natürlich … «, stammelte die andere.

Hahnemanns Kiefer mahlte. Er war ungehalten, das war unübersehbar. »Kommen Sie, Mademoiselle.« Er legte Mélanie die Hand auf den Rücken, und ein feiner Schauer rieselte ihr die Wirbelsäule hinab. Sie war überrascht, dass diese Berührung sie so durcheinanderbrachte. Nie zuvor hatte ein Mann derartige Gefühle in ihr ausgelöst. Gefühle, die sie verwirrten und die sie dennoch genoss. Und für die sie sich gleichzeitig schämte. Sie war als Hahnemanns Patientin hergekommen! Was um Himmels willen geschah gerade mit ihr?

Er ließ sie in sein Zimmer, wartete, bis sie Platz genommen hatte, setzte sich an seinen Schreibtisch und rief dann mit lauter Stimme. »Luise! Sei so gut und nimm Mademoiselle d'Hervilly die Garderobe ab!« Seine braunen Augen blitzten vergnügt und schelmisch.

Als seine Tochter hereinkam – es war nicht die Dunkelhaarige – wies er sie an, Mélanies Umhang und Pelerine vor den Ofen zu hängen, damit sie trocknen konnten. Den Hut drückte er ihr in die Hand. »Und wenn du uns dann noch ein Tässchen Tee bringen würdest …«

»Natürlich, Vater.« Gern tat sie es nicht, das war deutlich zu sehen. Sie machte ein sauertöpfisches Gesicht und schloss die Tür hinter sich.

»Sie trinken doch Tee, Mademoiselle?«

Mélanie nickte. »Ich liebe Tee.«

»Trinkt man ihn in Frankreich auch mit Milch?«

»Viele mögen ihn mit Sahne, ich trinke ihn am liebsten so, wie er ist«, bekannte sie und zupfte ihren weiten Rock zurecht. Er war am Saum ganz nass, und sie stellte sich für einen Moment vor, was

Mademoiselle Hahnemann für ein Gesicht machen würde, wenn sie ihn auszöge und ihr ebenfalls zum Trocknen übergäbe.

»Sie denken gerade an Daheim, nicht wahr? Sie haben gelächelt.«

Mélanie räusperte sich. »Nein, ich dachte gerade daran, wie sehr ich mich auf eine Tasse Tee freue.«

Er rieb sich die Hände und lehnte sich zurück. »Kommen wir zu Ihrem Anliegen, Mademoiselle. Sie sind ja nicht nur wegen einer Tasse Tee gekommen, nicht wahr?« Wieder funkelten seine Augen schelmisch, und Mélanie fiel auf, wie viel jünger er nun aussah. »Erinnern Sie sich, wann Sie die Schmerzen das letzte Mal hatten?«

»Oh, daran erinnere ich mich noch sehr gut, Monsieur. Es war auf der Fahrt hierher, wir hatten Paris gerade hinter uns gelassen.«

»War es ein vertrauter Schmerz? Oder war er verändert?«

»Vertraut. Zu vertraut.« Sie verzog das Gesicht. »Seitdem ich diese Schmerzen habe, kann ich nicht mehr malen.«

Hahnemann setzte sich interessiert auf und schaute sie an. »Können Sie das etwas näher beschreiben?«

»Es kommt mir selbst albern vor, aber es ist mir nicht möglich, den Pinsel zu heben. Der Schmerz scheint bis in meinen Arm zu strahlen.«

Hahnemann erhob sich und nahm ein dickes Buch aus dem Regal hinter ihm. Er blätterte eine Weile darin, dann machte er »Ah ja, sieh an, sieh an.« Er nahm wieder Platz. »Sehr häufig ist mir diese Art Schmerz noch nicht untergekommen.«

»Dann trage ich offenbar zu Ihren Studien bei, das freut mich«, erwiderte sie ein wenig säuerlich. »Pardon, ich wollte nicht unfreundlich sein.«

»Das waren Sie nicht, keine Sorge. Was haben die Ärzte mit Ihnen angestellt? Nein, lassen Sie mich raten: Sie haben Sie zur Ader gelassen.« Er legte den Finger an die Nase. »Und selbstverständlich wurde ein Klistier verabreicht. Oder hat man Blutegel angesetzt?«

»Beides.«

»Ging es Ihnen danach besser?« Die Antwort gab er sich selbst. »Nein, natürlich ging es Ihnen danach keineswegs besser, und die Ärzte haben vorsorglich … « Er machte eine wegwerfende Handbewegung. »Nein, nicht vorsorglich, eher aus reiner Verzweiflung, ein Brechmittel verabreicht und einen weiteren Aderlass veranlasst.«

»Den ich zu verhindern gewusst habe.«

Hahnemann nickte eifrig. »Gut so, Mademoiselle, gut so. Und dann?«

»Waren sie am Ende mit ihrem Latein.«

Er nickte wieder. »Dachte ich mir.«

Es klopfte, und seine Tochter kam mit einem Tablett herein; darauf eine Kanne, zwei Tassen, ein kleines Kännchen Milch und ein Teller mit Gebäck. Sie begann, den Tisch zu decken, doch Mélanie erhob sich und meinte, das könne sie übernehmen.

Die junge Frau hob die Augenbrauen, als sei es ein äußerst merkwürdiger Wunsch, und verschwand wieder.

Mélanie schenkte Tee ein und stellte Hahnemann eine Tasse hin. »Sie nehmen vermutlich Milch.« Sie gab einen kleinen Schuss hinein. »Gut so?«

Er trank einen Schluck und nickte erfreut. »Vorzüglich.«

Das Porzellan hatte schon bessere Zeiten erlebt, es schien viele Jahre benutzt worden zu sein. Der Tee war für ihren Geschmack zu stark und schmeckte etwas modrig. Wahrscheinlich waren die Blätter alt oder schlecht gelagert oder auch beides.

Hahnemann schien es nicht aufzufallen, vermutlich, weil er es so gewöhnt war. Er nahm ein Plätzchen und knabberte daran.

»Meine Tochter ist eine hervorragende Bäckerin. Kosten Sie, Mademoiselle.«

Sie sah sich genötigt, ein Plätzchen zu nehmen und tat so, als würde es ihr ausgezeichnet schmecken. In Wahrheit war es fad und nicht mürbe genug.

Es liegt nicht am Gebäck, dachte sie, ich mag seine Tochter nicht, das ist alles. »Von welcher Art Schmerz sprachen Sie vorhin, Monsieur?«, nahm sie den Faden wieder auf.

»Ich vermute eine Neuralgie.«

»Neuralgie?« Darüber hatte keiner der Ärzte auch nur ein Wort verloren. Wie konnte das sein?

»Sie sagten, der Schmerz befände sich auf der rechten Seite«, sagte er weiter, und sie nickte. »Von daher erscheint es mir plausibel, dass er bis in Ihren rechten Arm strahlt.«

»Deshalb kann ich den Pinsel nicht mehr heben.« Sie nickte erneut.

»So ist es. Würden Sie so nett sein und sich auskleiden, Mademoiselle? Ich möchte Sie gern untersuchen.«

Mélanie stand auf und ging zum Paravent, der in der Ecke stand. Während sie ihr Mieder aufschnürte, überkam sie eine seltsame Scham. Sie genierte sich vor Hahnemann.

Nimm dich zusammen, schalt sie sich, du hast nicht die weite Reise hierher gemacht, um dich dann ängstlich wie ein Hase in der Ecke zu verstecken. Der Hofrat wird schon einige Damen unbekleidet gesehen haben, du bist nichts Besonderes für ihn.

Dennoch zitterten ihre Hände, als sie aus ihrem Rock stieg und ihn vorsichtig über den Kleiderständer hängte.

»Das Unterkleid können Sie anbehalten«, sagte Hahnemann just in dem Moment, als sie es ausziehen wollte.

Erleichtert atmete sie mehrmals tief durch, dann trat sie hinter dem Paravent hervor und stellte sich vor Hahnemann hin, der inzwischen auf einem Hocker saß. »Drehen Sie sich um, Mademoiselle, ich werde Ihren Rücken abtasten.« Er fuhr mit dem Finger ihre Wirbelsäule entlang, hinauf und wieder hinunter. Die feinen Härchen auf ihren Armen stellten sich auf, und sie musste sich sehr zusammenreißen, nicht zu erschaudern. Wieder durchfuhr sie ein Gefühl von Scham. Wie konnte es sein, dass dieser Mann solche Emotionen in ihr auslöste? »Leiden oder litten Sie gelegentlich unter Rückenschmerzen?«

»Nur, als ich noch ein junges Ding war und rasch gewachsen bin.«

»Sie sind recht groß für eine Frau.«

»Ich komme nach meinem Vater.«

Er war aufgestanden und betastete ihre Schulterblätter. »Wie ist es mit Verspannungen?«

»Nein. Ich reite sehr viel, bin jeden Tag an der frischen Luft.«

»Drehen Sie sich bitte um.«

Mélanie schloss die Augen, weil sie ihm plötzlich nicht mehr ins Gesicht sehen konnte. Was hatte sie denn nur?

Mit geübten und sehr sanften Händen tastete er über Schultern und Oberarme, strich über Nacken und Hals. »Was ist mit Blutarmut? Liegt das in Ihrer Familie?«

»Nein, das ist mir nicht bekannt.«

»Legen Sie sich auf die Liege dort drüben.« Er zeigte nach rechts, und sie tat, wie ihr geheißen.

Als er über ihren Leib tastete, fragte sie sich, ob er sie nur als Patientin oder auch als Frau sah. Nahm er sie als weibliches Wesen wahr?

Was kümmert mich das? Was sind das nur für seltsame Gedanken?

»Eine letzte Frage, Mademoiselle: Was ist mit Frauenbeschwerden?«

Sie errötete. »*Non*, Monsieur.«

»Sie können sich wieder anziehen.« Hahnemann reichte ihr die Hand, und sie stand mit wackligen Knien auf.


Froh, wieder in Kleidern vor ihm zu sitzen, sprachen sie wenig später über seine erste Diagnose. »Eine Neuralgie ist nicht ganz leicht zu behandeln, schon gar nicht, weil Sie recht spät zu mir gekommen sind.«

Was sie zutiefst bedauerte.

Er sprach weiter. »Aber es ist nicht unmöglich, keine Sorge. Wir brauchen etwas Geduld, das ist alles. Vorerst werde ich Ihnen ein Mittel geben, mit dem ich beste Erfahrungen gemacht habe. *Sulfur*.« Er nahm ein kleines Fläschchen aus dem Schrank und stellte es vor sie hin. »Es ist wichtig, dass Sie es genau nach meinen Anweisungen einnehmen.« Er öffnete es. »Die erste Dosis bekommen Sie von mir. Öffnen Sie den Mund.« Er legte ihr ein kleines Kügelchen auf die Zunge. Danach drehte er sich um und nahm ein anderes Fläschchen. »Anschließend werden wir zu Bitterkürbis und später zu Giftsumach übergehen.« Er erklärte ihr, wie sie es einnehmen sollte. »Sie legen ein Kügelchen in ein halbes Glas Wasser und rühren, bis es sich aufgelöst hat. Und bitte nicht mit einem Silberlöffel.«

Sie nickte. »Silber kann die Wirkung einschränken oder verändern.«

»So ist es. Damit werden wir es vorerst versuchen.« Er lehnte sich zurück, die Hände vor dem Bauch verschränkt, und betrachtete sie. »Wie lange werden Sie in Köthen bleiben?«

»Solange es nötig ist.« Sie hielt seinem Blick stand.

Eine ganze Weile schauten sie einander in die Augen, um seinen Mund lag ein feines Lächeln.

Ihr Herz klopfte zum Zerspringen. Grundgütiger, war sie etwa dabei, sich in ihn zu verlieben? Konnte es sein, dass sie ihr Herz an einen Mann verlor, den sie doch im Grunde kaum kannte?

Es störte sie nicht im Geringsten, dass er so viel älter war als sie. Sie brauchte keine Vaterfigur, das war es nicht, was sie so anziehend an Hahnemann fand. Sie sehnte sich nicht nach einem Mann, zu dem sie aufschauen, an den sie sich anlehnen konnte. Das hatte sie nie gesucht. Sie wollte einen Mann, mit dem sie sich auf Augenhöhe befand, der sie ernst nahm und nicht als hübsches Anhängsel sah.

»Würden Sie mir erzählen, wie Sie zu Ihrem Heilverfahren gekommen sind?«, bat Mélanie nach einer ganzen Weile, in der sie um Fassung gerungen hatte. Ihre Stimme war rau. Sie konnte nicht glauben, dass sie vor einem Mann saß, von dem sie sich nichts weiter als Linderung und im besten Fall Genesung erhofft hatte, und der nun ihr Herz zum Stolpern brachte.

»Aber natürlich.« Er lächelte sie an und rief dann laut nach seiner Tochter. »Lieschen! Bring' uns noch ein Kännchen Tee!«

# 8. Kapitel

»Ich habe lange als Arzt und Wissenschaftler gearbeitet«, erzählte Hahnemann, als sie kurz darauf im Nebenzimmer saßen, seiner kleinen Bibliothek, wie er es nannte.

Mélanie war überrascht gewesen, als er sie in das Zimmer gebeten hatte. »Hier haben wir es gemütlicher«, hatte er gemeint und sie zu einem abgewetzten, aber sehr gemütlichen Lehnsessel am Fenster geführt. »Ich sitze oft hier und denke nach. Oder lese.«

Seine Tochter hatte eine frische Kanne Tee gebracht, und kurz bevor sie den Raum wieder verließ, hatte Hahnemann sie aufgefordert, die Flasche Portwein zu bringen, die er von einem Patienten bekommen hatte.

»Portwein?« Sie hatte die Stirn gerunzelt. »Bist du sicher, Vater?« Dabei hatte sie Mélanie einen finsteren Blick zugeworfen.

»Sei so gut.«

Daraufhin war sie erhobenen Hauptes gegangen, ihr Gesicht hatte Bände gesprochen.

Jetzt nippte Mélanie an ihrem Port, der ausgezeichnet war, und Hahnemann redete weiter. »Den Menschen an sich habe ich damals nicht gesehen, sondern nur dessen Krankheitssymptome. Irgendwann begann ich zu begreifen, dass das, was ich tat, den Erkrankten nicht half, dass es sinnlos, unnütz war. Es war zutiefst unbefriedigend, und ich begann, mich und meine Arbeit zu verabscheuen. Vielleicht lag der Heilungserfolg anderswo, ich musste nach einem neuen Weg suchen.« Er trank gedankenverloren einen Schluck Tee.

»Ich glaube, ich weiß, was Sie meinen, Monsieur. Das ist es, was auch mich abgeschreckt hat. Je mehr ich über die klassische Medizin, die Methoden der Doktoren erfuhr und selbst erleben musste, desto mehr schreckte es mich ab. Gute Freunde von mir …« Sie schluckte. »Sie sind gestorben, weil man ihnen nicht helfen konnte. Sie waren verzweifelt, erhofften sich Hilfe, aber man half ihnen nicht. Im Gegenteil.« Zorn wallte in ihr auf, wie jedes Mal, wenn sie darüber sprach. »Den Doktoren war anzumerken, wie besessen sie von ihren Methoden sind, und wenn die nicht halfen – und genau das geschah ja –, zuckten sie mit den Schultern und schickten die Rechnung. Ich glaube inzwischen, dass die Ärzteschaft ihren Auftrag der Heilung und Fürsorge nicht versteht.«

Hahnemann nickte leidenschaftlich und verschüttete dabei etwas Tee auf seine Hose. »So ist es, Mademoiselle, so ist es. Anstatt die Wurzel der Krankheit zu suchen und die Psyche des Menschen miteinzubeziehen, seine Lebensgeschichte zu erforschen, halten sie an alten Methoden fest.« Er seufzte tief. »Genau wie ich damals. Als mir all das klar wurde, war mir, als sei ich endlich erleuchtet worden. Ich begann, gänzlich umzudenken und den Ursachen für Krankheiten, besonders chronischen, auf den Grund zu gehen.«

Mélanie versuchte, sich nicht anmerken zu lassen, wie aufgewühlt sie war. Jedes seiner Worte bewegte sie zutiefst, und mit jedem weiteren Satz fühlte sie sich ihm mehr verbunden.

»Es gibt so viele krank machende Faktoren«, fuhr er fort, »die Lebensweise eines Menschen zum Beispiel, sein Schlafrhythmus, seine Essgewohnheiten, psychische Kränkungen, sogar das Wetter kann eine Rolle spielen. Sind Sie wetterfühlig, Mademoiselle?«

»*Oui*, sehr sogar.«

»Es gibt auch sogenannte Miasmen.« Er erklärte es ihr genauer. »Ein Miasma ist eine Krankheit, die durch die Luft übertragen wird. Oder auch durch eine Berührung. Nehmen wir einen Schnupfen. Jemand mit einer Influenza niest oder hustet Sie an.«

Sie verzog das Gesicht. »Das ist ausgesprochen unhöflich.«

»Das ist es, vor allem ist es auch ansteckend. Aber ich will nicht abschweifen. Als ich damals begann, umzudenken, unternahm ich etliche Selbstversuche. Ich wollte das, was ich meinen Patienten verordnen würde, vorher selbst ausprobieren. Ich nahm zum Beispiel Chinarinde ein und entwickelte tatsächlich ganz klassische Malaria-Symptome: Fieber, Herzrasen, Angstzustände …« Er strahlte, als sei das etwas besonders Erfreuliches gewesen. »In weiteren Versuchen mit anderen Substanzen wurde mir klar: Was krank macht, kann auch heilen. Man kann die Selbstheilungskräfte des Körpers in Gang setzen, es braucht nur die richtige Substanz und die richtige Dynamisierung. Ich nenne es auch Potenzierung.« Er sah Mélanie an. »Davon werden Sie gelesen haben. Je stärker die Verdünnung, desto intensiver die Heilungsreaktion des Körpers.« Sein Gesichtsausdruck verfinsterte sich. »Und für die Ärzteschaft liegt genau hier das Problem. Sie bezweifeln, nein, sie halten es für völlig ausgeschlossen, dass eine derart hohe Verdünnung eine Wirkung haben kann.« Für einen Moment schien er in sich zu gehen, er faltete die Hände und atmete tief aus. »Sie halten mich für einen Scharlatan, für jemanden, der mit der Gutgläubigkeit und der Verzweiflung der Menschen spielt. Dabei sind sie es, die das tun.« Er winkte schnaubend ab. »Aber davon wollen wir nicht reden, Mademoiselle. Sie haben es ja am eigenen Leib erfahren, nicht wahr?« Als sie nickte, fuhr er fort. »Es ist wie gesagt von größter Wichtigkeit, den Patienten gründlich zu studieren. Je mehr ich so arbeitete, desto deutlicher zeichnete sich ab, dass ich auf dem richtigen Weg war.« Plötzlich lag ein Schatten auf seinem Gesicht. »Es war nicht leicht damals. *Wir* hatten es nicht leicht. Ich habe jahrelang jede erdenkliche Arbeit angenommen, um meine Familie zu ernähren, müssen Sie wissen. Meine Frau ist vor vier Jahren gestorben. Wir hatten elf Kinder, neun Töchter und zwei Söhne.« Ihm war anzusehen, dass er kurz in die Vergangenheit abschweifte. »Unsere Söhne sind tot.«

»Das tut mir sehr leid, Monsieur.«

»Friedrich ist seit mehr als zehn Jahren verschollen, und Ernst …« Hahnemann brach kurz ab und sprach dann stockend weiter. »Es geschah bei einem unserer zahlreichen Umzüge. Sie müssen wissen, wir sind so oft umgezogen, dass ich es nicht mehr zählen kann.« Er holte tief Luft. »Der Karren, auf dem auch die Wiege stand – unser Junge war damals etwa ein halbes Jahr alt – kippte um und die Wiege …« Er redete nicht weiter.

Mélanie legte die Hand auf seine, nahm sie aber rasch wieder weg, aus Angst, er könnte in ihrem Gesicht ablesen, was in ihr vorging.

So saßen sie eine Zeit lang da, schwiegen und schauten sich nur dann und wann an.

Bis Samuel sich vorbeugte, ihre Hand nahm und einen Kuss darauf hauchte. »Darf ich Sie beim Vornamen nennen?«

Sie war ein wenig überrumpelt, nickte aber.

»Und Sie nennen mich Samuel, Marie?«

Wieder nickte sie. »Aber bitte Mélanie. Marie ist zwar mein erster Vorname, aber niemand nennt mich so.«

»Mélanie.« Er lächelte. »Ein schöner Name.«

Sie wünschte, er würde ihre Hand festhalten.

Und tatsächlich ließ er sie nicht los, als er weiterredete: »Ich bin schon wieder abgeschweift, pardon. Ich hatte ein langes Leben, Mélanie, und in einem langen Leben geschieht eine Menge.« Wieder schaute er sie an, und sie versank in diesem Blick. Plötzlich durchzuckte es sie. Empfand er wie sie? Sah er sie nicht nur als Patientin? »Und mir ist, als geschähe plötzlich so viel, dass es ein zweites Leben füllen könnte.«

Sie holte Luft, wollte etwas entgegnen. Nur was? Sollte sie zugeben, wie bewegt sie war, wie berauscht sie sich gerade fühlte? »Samuel, ich … «

Mehr brachte sie nicht hervor.

Ein Lächeln huschte über sein Gesicht. Ahnte er, was in ihr vorging? War sie so durchschaubar? »Mélanie.« Wieder ein Lächeln. Dann ein Räuspern. »Wo war ich stehen geblieben?«

»Es ging um … Ihre Familie.«

»Richtig.« Ein erneutes Räuspern. »Aber genug davon. Sie sind nicht hergekommen, um sich meine traurige Familiengeschichte anzuhören, nicht wahr?« Er lehnte sich zurück und nippte an seinem Glas.

Wie beiläufig griff er wieder nach ihrer Hand. Sacht strich sein

Daumen über ihren Handrücken, und sie spürte, wie sich die Härchen auf ihren Unterarmen aufstellten.

Doch Hahnemann schien kaum zu bemerken, dass er ihre Hand streichelte. Er schien weit weg zu sein und begann, von der Ähnlichkeitsregel zu erzählen. »Ich gebe Ihnen ein weiteres Beispiel. Nehmen wir Belladonna, die Tollkirsche. Sie verursacht unter anderem Kopfschmerzen, aufbereitet und in abgeschwächter und verdünnter Form allerdings kann sie gegen den Schmerz eingesetzt werden. Zu Anfang wird es wahrscheinlich zu einer Verschlimmerung kommen, die Schmerzen werden womöglich sogar häufiger auftreten, ein Zeichen, dass das Mittel hilft. Ich habe versucht, den Ärzten klarzumachen, wie falsch sie liegen. Dabei habe ich mich mit so vielen Menschen zerstritten, dass ich sie gar nicht mehr zählen kann. Der Herr Hofrat ist ein unangenehmer, schrulliger Zeitgenosse, sagt man über mich. Als wir hierher nach Köthen kamen, hat man mich beäugt, als wäre mir ein zweiter Kopf gewachsen. Es hatte sich schnell herumgesprochen, wer ich bin. Aber es macht mir nichts aus, ich bin es gewöhnt, dass man über mich tratscht. Ich habe mich auch daran gewöhnt, dass die Ärzte mir nicht wohlgesonnen sind. Was kümmert es mich? Sie sind blind und verbohrt.«

»Und man wird Ihnen neiden, dass Sie einen neuen Weg geschaffen haben und sogar erfolgreich damit sind.«

Er sah sie nachdenklich an und schwieg einen Moment.

Und dann sprach er das aus, was sie empfand und so sehr aufwühlte: »Mir ist, als säße ich neben einer verwandten Seele.«

Samuel hatte ihr erneut eingeschenkt, und sie hatten angestoßen und sich dabei in die Augen geschaut.

Mélanies Gefühle drohten sie zu übermannen, sie war kaum noch zu einem klaren Gedanken fähig. Wie war es möglich, dass sie einem Mann begegnete, der ihr Leben, ihre Welt auf den Kopf stellte? Der etwas in ihr berührte, mit dem sie die ganze Nacht hindurch weiterphilosophieren und plaudern wollte, dem sie nur zu gern ihre Hand überließ, damit er sie liebkosen und halten konnte, und nach dem sie sich sehnte, obwohl sie nah bei ihm saß.

Es war spät geworden und draußen bereits dunkel.

Seine Töchter waren abwechselnd mehrmals ins Zimmer gekommen, zweimal sogar, ohne anzuklopfen, was Samuel fuchsteufelswild gemacht hatte. Mélanie war verblüfft gewesen, wie ungehalten er werden konnte.

»Ich muss mich für die Unverfrorenheit meiner Töchter entschuldigen«, sagte er, als sie aufstand, um sich zu verabschieden. »Sie meinen es nicht böse.«

Mélanie wollte zur Tür gehen, doch er berührte sacht ihren Arm. »Ich möchte Sie selbst hinausbegleiten.« Er hievte sich aus dem Lehnsessel und griff nach seinem Stock. »Ich will Ihre Gegenwart so lange wie möglich auskosten.«

Mit lauter Stimme sagte er: »Kommen Sie, Mademoiselle. Ich bringe Sie zur Tür.« Dann raunte er: »Wir wollen die beiden doch nicht dabei erwischen, wie sie mit dem Ohr an der Tür kleben.«

Mélanie musste lachen und versuchte, es zu unterdrücken.

Draußen waren Kleiderrascheln und flüsternde Stimmen zu hören, schließlich Geräusche von Füßen, die sich rasch entfernten.

»Dachte ich's mir doch.« Schmunzelnd hielt er ihr die Tür auf. »Lieschen!«, rief er dann. »Bist du so gut und bringst Mademoiselle d'Hervillys Garderobe?«

Es dauerte nicht lange, und sie kam herbeigeeilt, den Umhang in der einen, die Pelerine in der anderen Hand. »Mademoiselle.« Mit einem Knicks reichte sie Mélanie beides und wollte sich gleich wieder entfernen.

»Und der Hut?«, fragte er mit scharfer Stimme.

»Gewiss doch, Papa.« Sie knickste erneut und lief wieder los. Mélanie schlüpfte hastig in ihre Sachen, bevor er versuchen würde, ihr behilflich zu sein. Sie wollte ihn nicht unnötig in Verlegenheit bringen.

Als seine Tochter den Hut brachte, nahm er ihn und scheuchte sie davon. »Ich mache das schon. Danke, Lieschen.« An der Tür fragte er Mélanie leise: »Wann sehen wir uns wieder?«

Und ihre Antwort erfolgte prompt. »Morgen?«

# 9. Kapitel

Samuel war hingerissen von Mélanie d'Hervilly.

Mit ungewohnt stürmisch pochendem Herzen und einem Gefühl von leichter Atemlosigkeit hatte sie ihn zurückgelassen, und er war aufgedreht wie ein Jüngling in sein Zimmer zurückgegangen.

Kaum saß er in seinem Sessel, als die Tür geöffnet wurde und Luise und Charlotte hereinkamen. Hereinstürmten.

Wenn sie zu zweit kamen, war irgendetwas im Busch, das kannte er bereits, und worum es diesmal ging, ahnte er. Er tat so, als sei er entsetzlich müde und brauche unbedingt Ruhe.

»Was hast du mit dieser Person am Hut?«, fiel Luise auch sogleich mit der Tür ins Haus.

Anstelle einer Antwort gähnte er herzhaft.

»Und wie kommt sie dazu, dich so lange in Beschlag zu nehmen?«, empörte Charlotte sich. »Ich finde das unerhört. Du hast noch anderes zu tun.«

»Ach ja? Und was?« Nichts konnte ihm die Stimmung verderben. Er hatte Lust auf einen ausgiebigen Spaziergang. Mit Mélanie.

»Du weißt genau, was ich meine, Vater.« Charlotte verschränkte die Arme und musterte ihn.

»Nein, das weiß ich nicht.« Er verspürte Appetit, und ihm war nach einem Gläschen Portwein.

Seine Tochter schnaubte kopfschüttelnd. »Du tust gerade so, als sei es völlig in Ordnung, dass diese Frau dich so vereinnahmt.«

Er musste grinsen. Mélanie hatte ihn in der Tat für sich eingenommen. Sie strahlte eine solche Lebendigkeit aus, dass es eine helle Freude war. Es war nicht nur so, dass er ihre Gegenwart genoss und sie wie ein Jungbrunnen für ihn war. Er spürte eine tiefe Verbundenheit und eine Nähe, die ihn anfangs überrascht und sogar ein wenig geängstigt hatte. Sie kannten sich doch kaum, wussten nur wenig voneinander, wie war es dann möglich, dass er derartige Gefühle für sie hegte?

Empfand auch sie etwas für ihn? War er mehr als nur der Arzt, der sie von ihren Schmerzen befreien konnte?

Erst das Räuspern seiner Tochter riss ihn aus seinen Gedanken. »Ihr seid ja immer noch da.«

»Du hast uns noch nicht geantwortet, Vater.«

Samuel überlegte, was genau sie ihn gefragt hatten. »Mademoiselle d'Hervilly ist meine Patientin. Mehr müsst ihr nicht wissen. Und jetzt lasst mich ein bisschen schlafen.« Müde war er nicht, im Gegenteil, aber er wollte, dass sie ihn in Ruhe ließen. Eine Melodie kam ihm in den Sinn, und er hatte große Lust laut zu singen.

»Verzeih, Vater, aber wir können nicht zulassen, dass diese Mademoiselle dich ... «

Samuel räusperte sich energisch und warf ihr einen düsteren Blick zu. Sie sollte begreifen, dass sie dabei war, zu weit zu gehen.

Tatsächlich blinzelte sie, schaute hilfesuchend zu ihrer Schwester und nickte schließlich. »Wie du meinst, Vater.«

»Wenn ihr jetzt so gut sein wollt ... « Er schloss die Augen.

Kleiderrascheln war zu hören, dann fiel die Tür ins Schloss, und

Samuel atmete erleichtert auf. Endlich war er allein und konnte ungestört nachdenken.

Doch kaum hatte er wieder Mélanies Gesicht vor Augen und ihre Stimme im Ohr, dachte er beklommen: Ich muss verrückt geworden sein. Ich könnte ihr Vater sein! Wahrscheinlich hat sie sich über meine schmachtenden Blicke königlich amüsiert.

Er seufzte.

Nein, dachte er dann. Unsinn. Ja, ich könnte ihr Vater sein, aber ich glaube wirklich, dass sie etwas für mich empfindet.

Mit einem Lächeln auf den Lippen döste er schließlich ein.

Am nächsten Morgen stand Samuel beschwingt auf, zog eine saubere Hose an, dazu ein frisches Hemd und eine Weste, die er ewig nicht mehr getragen hatte. Es war seine Ausgehweste, die er nur zu besonderen Anlässen aus dem Schrank nahm. Er schob seine Taschenuhr in die schmale Westentasche. Die Uhr war alt und verkratzt, der Deckel verschwunden.

Dann griff er nach seinem geliebten Morgenrock, überprüfte mit kritischem Blick, ob er sauber war, und verließ mit vor freudiger Erwartung klopfendem Herzen sein Zimmer.

Er frühstückte ausgiebig, trank zwei Tassen Kaffee und bezog dann Stellung am Fenster seines Ordinationszimmers. Von dort aus hatte er die Straße im Blick.

Seine Töchter hatten ihn während des gesamten Frühstücks keines Blickes gewürdigt. Schweigend hatten sie gegessen und ihren

Kaffee getrunken, dann war Luise aufgestanden, um den Abwasch zu erledigen, und Charlotte hatte sich darangemacht, die Zimmer zu lüften und herzurichten.

Ihm waren ihr eisiges Schweigen und die Blicke, die sie sich zuwarfen, allemal lieber als die bohrenden Fragen, in denen Vorwürfe und Unverständnis mitschwangen.

Er schaute nach draußen und versuchte sich vorzustellen, wie Mélanie die Straße überquerte und auf sein Haus zukam.

Sie hatte seine Seele berührt, und es mochte aberwitzig und vielleicht sogar irrsinnig sein, aber er liebte sie. Er liebte diese blitzgescheite, lebensfrohe Frau mit dem scharfen Verstand schon jetzt. Er war alt, aber das änderte nichts an seinen tiefen, aufrichtigen Gefühlen.

Der Gedanke, Mélanie könnte schon bald nach Frankreich zurückkehren, machte ihn ganz unruhig. Er wollte nicht mehr ohne sie sein. Endlich hatte er wieder Freude am Leben. Er fühlte sich so kraftvoll und stark wie selten zuvor.

Er wollte sie an seiner Seite haben, und sein inniger Wunsch war, dass sie sich gegenseitig nährten, stützten und hielten. Konnte, durfte er ihr das sagen? Würde er sie nicht überrumpeln, verschrecken?

Er musste es riskieren, und er war bereit, das Risiko einzugehen.


Heute trug sie einen hellen Wollumhang und keine Pelerine.

Als sie die Straße entlangkam, setzte sein Herzschlag kurz aus, dann polterte sein armes Herz weiter, und er legte die Hand darauf. Nie hätte er geglaubt, so empfinden zu können. Henriette hatte er geschätzt und respektiert, sicher auch geliebt, aber auf andere Art.

An der Tür vergewisserte er sich rasch, ob sein Hemdkragen richtig saß, atmete mehrmals tief durch und öffnete, als es leise klopfte.

Mélanie stand vor ihm, allein, ohne eine seiner Töchter. Erst wollte er verärgert über deren Unhöflichkeit sein, dann jedoch spürte er Erleichterung. War es nicht viel besser so?

»Mélanie.« Er streckte die Hände nach ihren aus und hielt sie eine Weile fest. »Ich …« bin außer mir vor Glück, Sie wiederzusehen. … »freue mich sehr, Sie wiederzusehen.«

»Samuel.« Ihr herrlicher Mund mit den vollen Lippen verzog sich zu einem strahlenden Lächeln. »Ich freue mich auch, Sie zu sehen.«

Während er sie zum Sessel am Fenster führte, erkundigte er sich nach ihrem Befinden.

»Ich habe wunderbar geschlafen, obwohl das Bett im *Bunten Fasan* alles andere als komfortabel ist.« Sie nahm Platz und strich über ihr Kleid, heute ein dunkelgrünes.

Er verstand nichts von Mode und kostbaren Stoffen, aber das Kleid war vermutlich teuer gewesen.

Samuel setzte sich neben sie – die beiden Sessel hatte er extra so gestellt, dass sie so nah wie nur möglich nebeneinanderstanden – und nahm wieder ihre Hand. »Ich wüsste einen besseren, einen komfortableren Ort als den *Bunten Fasan*.« Der Gedanke war ihm erst jetzt gekommen. Vermutlich würde er seinen Assistenten überrumpeln, aber nun war es heraus und er konnte nicht zurück. Eigentlich wollte er das auch gar nicht. Er würde es Lehmann schon erklären.

»Und zwar?« Ihre Nase krauste sich, und er hätte sie am liebsten an sich gezogen und geküsst.

»Bei Dr. Lehmann und dessen Frau. Er arbeitet für mich als mein Assistent. Er hat ein hübsches kleines Haus mit zwei Gästezimmern und wäre sicher hocherfreut, Sie als Gast aufzunehmen.«

»Ich bin nicht allein hergekommen, Samuel«, ließ sie ihn wissen und drückte seine Hand. »Da ist noch Edouard, mein getreuer Kutscher.«

»Er ist selbstverständlich auch willkommen«, erwiderte er leichthin. Er würde auch das Lehmann schmackhaft machen.

»Ich zahle natürlich.«

»Wie Sie wünschen.« Er küsste ihre Hand, und sie rutschte noch ein wenig nach vorn. Oder täuschte er sich? War der Wunsch Vater des Gedankens? »Mélanie.« Seine Stimme war rau. Sag es ihr, sprich es endlich aus! »Sie bedeuten mir sehr viel.« Er schluckte, fühlte sich mit einem Mal überfordert. Von seinen eigenen Gefühlen. »Ich weiß, wie ungeheuer seltsam das klingen mag, aber ich … «

»Sie bedeuten mir auch sehr viel, Samuel.«

Er stutzte. Hatte er richtig gehört? »Wirklich?«

Sie nickte, wobei sie leicht errötete.

»Oh, Mélanie … «, stammelte er und kam sich wie ein verliebter, unerfahrener Jüngling vor. »Ich habe nicht zu träumen gewagt, dass Sie wie ich empfinden.«

Ihr Knie stieß sacht an seines, als sie noch etwas weiter nach vorn rutschte.

Er konnte ihren Atem spüren und wünschte sich nichts mehr, als dass sie ihre Lippen auf seine legen würde.

Ihn hatte nämlich der Mut verlassen. Urplötzlich war er von Furcht befallen, gefangen genommen, einer Furcht, es könnte doch nur ein Traum sein, eine wunderschöne, aber leider vollkommen absurde Vorstellung.

»Ich würde Sie gern küssen, Samuel.« Sie sprach es einfach aus. Sie war so viel mutiger als er, aber es kümmerte ihn nicht. Im Gegenteil, er war ihr dankbar.

Samuel stand auf, wenigstens jetzt wollte er den ersten Schritt machen. Er zog sie fest in seine Arme.

Der Kuss war betörend, beinahe wiederbelebend, ja, so fühlte es sich für ihn an. Ihr Kuss gelangte bis in seine Fingerspitzen, sogar in den Spitzen seiner letzten Locken meinte er es zu spüren.

Als sie ihn freigab – oder er sie? –, lächelte sie ihn an. »Denk nicht, es würde mich stören, dass ich jünger bin«, sagte sie ein wenig atemlos.

Ihm war danach, die Fenster zu öffnen und wie ein Vogel aus dem Zimmer zu fliegen. Und er wollte es in die Stadt, die ganze Welt hinausposaunen, wie verliebt, wie berauscht vor Glück er war.

»Ich fühle mich dir ebenbürtig, Samuel. Wir sind uns so ähnlich. Du hast vollkommen recht, wir sind verwandte Seelen.«

Ihre Worte rührten ihn, und weil er nicht wusste, wie er seinen aufgestauten Gefühlen Luft machen sollte, begann er, laut zu lachen.

»Was ist so lustig?«, fragte sie sichtlich irritiert.

»Gar nichts. Es ist nur ... Ich ...« Er zog sie wieder an sich. »Ich wusste einfach nicht, wie ich mein Glück anders hätte ausdrücken sollen. Ich bin ein sonderbarer Kauz, Mélanie, das wirst du schon noch sehen.« Er musste zu Atem kommen. »Ich ertrage nicht, dass du nach Paris zurückkehrst. Bleib, Mélanie, ich bitte dich sehr. Ich flehe dich an. Du musst unbedingt bleiben, hier bei mir.«

Sie wollte etwas sagen, doch er verschloss ihren Mund mit seinen Lippen. Danach hielt er sie etwas von sich und wurde ernst. »Heirate mich, Mélanie. Werde meine Frau.«

Sie hob die Augenbrauen, blinzelte und schluckte. »Du machst mir einen Heiratsantrag, Samuel?«

»So ist es.«

Sie zögerte nicht. »Dann sage ich Ja.«

# 10. Kapitel

Verwirrt und beseelt vor Glück gleichermaßen hatte Mélanie sich zum *Bunten Fasan* aufgemacht. Ihr war, als schwebe sie einige Zentimeter über dem Boden.

Es regnete, doch der Regen störte sie nicht.

Samuel hatte ihr einen Antrag gemacht, und sie bereute nicht, so impulsiv Ja gesagt zu haben. Sie hatte sich Hals über Kopf in ihn verliebt, wollte ihr Leben mit ihm verbringen. Sie würden sich gegenseitig bereichern, davon war sie überzeugt.

Es war nicht ihr erster Heiratsantrag. Vor Jahren hatte Albert, ein Freund ihres Vaters, um ihre Hand angehalten, und sie hatte abgelehnt. »Ich liebe ihn nicht«, hatte sie zu ihrem Vater gesagt.

»Du wirst lernen, ihn zu schätzen, glaub mir.« Auch er hatte ihre Mutter nicht aus Liebe geheiratet, sondern aus Verpflichtung und reiner Vernunft. Ihre beiden Familien waren einander seit Jahrzehnten verbunden, und diese Verbundenheit durch eine Heirat zu festigen, war von gegenseitigem Interesse gewesen.

»Ich bin nicht wie du, Papa«, hatte Mélanie erwidert. »Ich werde Albert nicht heiraten, ich kann einfach nicht.«

Er hatte mit Verständnis reagiert, ihre Mutter dagegen war außer sich gewesen. »Wie konntest du nur!«, hatte sie sie angeschrien. »Du solltest froh sein, einen Mann wie Albert haben zu können, stattdessen stößt du ihn derart vor den Kopf. Aber ich habe nichts anderes erwartet. Du bist eine einzige Enttäuschung, Tochter.«

Mélanie schluckte. Dahin waren ihre überschäumende Freude, ihre Glückseligkeit.

Früher, viel früher, war ihre Mutter liebevoll und fürsorglich gewesen, wenn auch immer etwas labil. Doch mit den Jahren hatte sie sich verändert, ihre Launen hatten gewechselt wie das Wetter an einem Vorfrühlingstag, und sie begann, das Personal mit gehässigen Bemerkungen und demütigenden Aufgaben zu traktieren. Bis sich ihr Augenmerk irgendwann auch auf Mélanie und deren jüngeren Bruder richtete. All ihre Unzufriedenheit und möglicherweise auch Enttäuschung über ein Leben, das sie so nicht gewollt hatte, konzentrierten sich schon bald mehr und mehr auf Mélanie. Nichts konnte die ihr recht machen, im Gegenteil, je mehr sie versuchte, freundlich und rücksichtsvoll zu sein, desto unbeherrschter wurde ihre Mutter. Immer wieder kam es zu offensichtlichen Missverständnissen, Situationen eskalierten. Bis eines Tages …

Nein, daran durfte und wollte sie nicht denken! Sie zwang ihre Gedanken in eine andere Richtung, so, wie sie es über die Jahre gelernt hatte, wenn es um ihre Mutter ging.

Heute werde ich einfach nur glücklich sein, nahm sie sich vor. Als sie den Pferdestall betrat, der hinter dem Gasthof lag, fiel ihr auf, dass es aus ihrem Haar in den Kragen tropfte. Sie hatte vergessen, die Kapuze aufzusetzen. Mit einer fahrigen Bewegung und einem ungläubigen Lächeln schob sie sich eine nasse Strähne aus der Stirn und klopfte an die Holztür. »Edouard? Sind Sie hier?«

Drinnen raschelte es, dann waren ein Schnauben zu hören und eine beruhigende Stimme, die leise etwas sagte.

Kurz darauf öffnete sich knarzend die Tür. »Mademoiselle.«
Edouard trat ins Freie und runzelte die Stirn. »Verdammtes Wetter.«

Mélanie fand den Nieselregen herrlich, ihr gefiel sogar der dunstige, kalte Nebel. Heute Abend würde sie alles und jeden mögen.

»Sie sehen aus, als könnte das Wetter Ihnen nichts anhaben«, stellte er fest.

»Was halten Sie davon, wenn wir unser wenig behagliches Domizil gegen ein neues komfortableres eintauschen?«, fragte sie heiter.

Die Holztür war nur angelehnt, und Mélanie betrat den Stall, in dem außer ihren beiden Pferden keine weiteren untergebracht waren. Die Pferde hoben den Kopf und schüttelten ihre Mähnen, als wollten sie sie begrüßen.

Mélanie ging zu ihnen und beugte sich über das Gatter. »Komm her, mein Hübscher«, lockte sie das dunklere der beiden. Mit einer Hand hatte sie neben sich in den Eimer gegriffen, in dem ein paar verschrumpelte Karotten lagen. Sie schob dem Pferd eine ins Maul, und es begann geräuschvoll darauf herumzukauen. Auch der braunen Stute gab sie eine.

»Eine komfortablere Unterkunft?« Edouard hatte sich neben sie gestellt. »Ich dachte, wir würden schon bald wieder nach Paris zurückreisen.«

Mélanie schüttelte den Kopf. »Ich bleibe, Edouard.« Die Kügelchen, die Samuel ihr verordnet hatte – die ersten beiden Dosen hatte er ihr selbst verabreicht – schienen bereits eine Wirkung zu zeigen. In der Nacht nach der ersten Gabe hatte sie gemeint, ein leises Rumoren im Bauch zu spüren. Gewappnet für eine Schmerzattacke war sie aufgestanden und langsam umhergegangen. Doch der Schmerz war ausgeblieben, stattdessen hatte sich das sichere und zugleich beruhigende Gefühl über sie gelegt, auf dem Weg der Genesung zu sein.

»Was bedeutet ›Ich bleibe‹, Mademoiselle?« Edouard wirkte irritiert.

»Ich habe beschlossen, vorerst hierzubleiben.«

Er schien noch immer nicht zu verstehen.

»Monsieur Hahnemann hat mich gebeten … noch eine Weile zu bleiben. Für eine umfassende Behandlung«, schwindelte sie und versuchte, nicht zu lächeln. Wieder sah sie Samuel vor sich, mit seinen funkelnden Augen, die so viel Weisheit ausstrahlten. Und noch etwas anderes hatte in seinem Blick gelegen: Feuer und Leidenschaft. Unter anderen Umständen hätte sie dieses Flackern seiner Arbeit und seinem Schaffen zugeschrieben, so aber ahnte sie, dass es vielmehr ihr galt.

»Mademoiselle?« Edouard schaute sie fragend an.

»*Oui*?«, fragte sie verwirrt.

»Sie waren weit weg.« Er lächelte, wurde dann wieder ernst. »Sie wollen also bleiben.«

Sie nickte. »Monsieur Hahnemann scheint der Erste zu sein, der mir helfen kann, und ich möchte keine Chance vertun, indem ich vorzeitig nach Paris zurückkehre.« Es klang überzeugend.

»Ich verstehe, Mademoiselle. Wenn das so ist … «

Das schlechte Gewissen überkam sie. Sie durfte diesen ihr so treu und zuverlässig ergebenen Mann nicht belügen. Sie konnte, durfte ihm aber auch nicht die Wahrheit sagen. Was also tun?

»Er hat vorgeschlagen, uns bei seinem Assistenten unterzubringen.« Den Namen hatte sie vergessen. »Ich habe natürlich darauf bestanden, den Mann großzügig zu entlohnen.«

Sie betrachtete ihren Kutscher ein wenig verstohlen und zerknirscht. Ob er Heimweh, Sehnsucht nach seiner Frau hatte? Durfte sie zulassen, dass er hier bei ihr ausharrte und seine Zeit totschlug? Sie sollte nicht darüber nachdenken, das wusste sie, Edouard war ihr Bediensteter. Doch sie hatte es noch nie fertiggebracht, sich über andere hinwegzusetzen, selbst dann nicht, wenn die ihr unterstanden. »Heraus mit der Sprache, Edouard. Sie denken an Ihre Dorette daheim, nicht wahr?«

»Ja, Mademoiselle«, gab er zu.

»Es tut mir leid.« Sie schämte sich. Sie sollte den armen Mann aus ihren Diensten entlassen und nach Paris zurückschicken. Bestimmt würde er wieder für ihren Vater arbeiten können. Wozu brauchte sie hier in Köthen einen Kutscher?

Plötzlich wurde ihr angst und bange: Sie würde in dieser etwas ärmlich und rückständig wirkenden Stadt festsitzen. Was sollte sie hier schon tun? Womit sollte sie den Tag verbringen? Beging sie vielleicht doch einen Fehler, wenn sie so überstürzt heiratete?

Aber sie liebte Samuel. Er war der erste Mann, der etwas in ihr zum Schwingen gebracht hatte. Er hatte ihr Herz und ihre Seele berührt, und sie wünschte sich nichts mehr als mit ihm ihr Leben zu verbringen.

Erneut meldeten sich leise Zweifel und ein Unbehagen. Hier in Köthen?

Mélanie straffte die Schultern. Ja, hier in Köthen. So war es nun mal, sie würde sich schon eingewöhnen. Irgendetwas in ihr sagte ihr, dass es ihre Bestimmung war. Samuel war ihre Bestimmung.

»Wenn Sie bleiben wollen, werde ich das Beste daraus machen«, meinte Edouard und zuckte gleichmütig die Schultern.

Sie ahnte, dass er es ihr leicht machen wollte, und auch das rechnete sie ihm hoch an. Sobald es ihr möglich war, würde sie ihn nach Frankreich zurückschicken.

»Sie sehen sehr zufrieden aus, Mademoiselle«, sagte er nach einer Weile, in der sie stumm nebeneinandergestanden und die Pferde beobachtet hatten, die ihre Hinterteile aneinanderrieben. Es war nicht auszumachen, ob sie damit ihre Zuneigung bekundeten oder sich gegenseitig wegschieben wollten.

Mélanie drehte den Kopf und sah ihren Kutscher offen an. Das Verlangen, sich ihm anzuvertrauen und ihre frisch entdeckte Liebe hinauszuposaunen, war groß. »Ich habe wieder Mut gefasst, Edouard. Ich bin davon überzeugt, dass Monsieur Hahnemann mich heilen kann.«

»Das hört sich gut an, Mademoiselle.«

»Ich gehe schlafen. Das sollten Sie auch tun, Sie sehen müde aus.« Im Vorbeigehen legte sie ihm für den Bruchteil eines Augenblicks die Hand auf die Schulter. »*Bonne nuit*, Edouard.«


Mélanie bekam kein Auge zu. In Gedanken richtete sie bereits ihre Hochzeit aus, bereitete alles bis ins kleinste Detail vor, schrieb Gästelisten und plante eine Hochzeitsreise nach Wien. Sie sah sich in Samuels Armen liegen und errötete in der Dunkelheit. Das Gesicht halb unter dem Plumeau verborgen, in der Hoffnung, ihre Sehnsucht und Leidenschaft vor sich selbst verbergen zu können, lag sie da und stellte sich vor, wie seine Hände sie liebkosten. Noch nie hatte ein Mann seine Hände auf Stellen an ihrem Körper gelegt, wo Samuel sie berühren würde, wenn sie erst einmal verheiratet waren.

Mélanie erschauderte und presste die Hand vor den Mund, um nicht laut aufzuseufzen.

Doch sie sehnte sich auch nach den Gesprächen mit ihm. Sie glaubte, mit ihm über alles reden zu konnen. Samuel würde ihr gewiss nicht über den Mund fahren und sie vorlaut nennen, wie es andere Männer getan hatten. »Du bist ihnen zu klug«, hatte ihr Vater gemeint. »Vielen Männern machen gescheite Frauen Angst.« Damals hatte sie es nicht verstanden, inzwischen begriff sie, dass er vermutlich recht hatte.


Erst Stunden später, die Nacht ging allmählich in den neuen Tag über, schlief sie ein. Sie träumte von Samuel, der sie über die Schwelle trug, hinein in ein Zimmer, in dem einzig ein breites Bett stand, über das sich ein Himmel aus roséfarbener Seide wölbte. Atemlos kleideten sie sich gegenseitig aus und betrachteten sich staunend.

Als Samuel die Lippen auf ihre legte, erwachte sie mit einer Mischung aus Scham und Wohlbehagen.

Einen Moment noch blieb sie liegen, um den süßen Traum sacht und auch ein wenig unwillig abzuschütteln, dann stand sie auf und kleidete sich an. Sie bürstete ihr Haar, bis es glänzte, band es zusammen und steckte es mit ihren Bernsteinkämmen fest. Schließlich nahm sie ihren dunklen Umhang und verließ das Zimmer.

Sie konnte kaum erwarten, wieder bei Samuel zu sein.

Sie saß kaum am Tisch, um ein karges Frühstück zu sich zu nehmen, als ein Mann hereinkam. In der Hand einen kleinen Koffer durchschritt er den Gastraum mit großen Schritten und baute sich vor der Magd auf, die Mélanie gerade den Getreidebrei bringen wollte. »Neue Kundschaft hab ich gehört. Wer ist es, he?« Er blickte sich suchend um.

»Keine Kundschaft für dich, Friedel. Schleich dich.« Sie schob sich an ihm vorbei, doch er hielt sie fest.

»Rede nicht so mit mir. Glaubst wohl, du wärst was Besseres, he? Also – wer ist es? Eine gründliche Rasur kann jeder vertragen, oder etwa nicht?«

Ah, er war also der Barbier. Mélanie lachte in sich hinein. Nun, bei ihr gab es nichts zu holen, aber vielleicht könnte er bei Edouard sein Glück versuchen.

»Du siehst doch, es ist kein Mannsbild hier.« Die junge Magd ging weiter und stellte Mélanie die Schale Brei hin. »Lassen Sie sich's schmecken.«

Es roch nicht sehr appetitanregend.

»Aber ich hab läuten gehört, dass vor zwei, drei Tagen ein feiner Pinkel hier abgestiegen sein soll«, plapperte der Barbier weiter, als sie zurückkam.

»Das war auch so.« Die Magd zuckte mit den Schultern. »Ist wohl weitergezogen. Ich weiß nur, dass er kurz hier war. Und nun ist er nicht mehr hier. Also schleich dich, Friedel.«

»Ich wär' ja früher gekommen …«

»Bist du aber nicht.« Sie rieb ein Glas, das danach vermutlich auch nicht sauberer aussähe als vorher.

Mélanie stocherte in ihrem Getreidebrei, aß ein paar Löffel und trank den Kaffee. Sie hatte die Wirtsleute sehr großzügig entlohnt, damit sie nicht weiter nachfragten, warum ein junger Mann ein Zimmer mietete und sich hinterher als junge Frau entpuppte.

Ich hätte damit rechnen müssen, dass sich meine Ankunft wie ein Lauffeuer in dieser kleinen Stadt verbreiten würde.

Eine junge Frau, die als Mann verkleidet reiste und noch dazu mit einem eigenen Kutscher – für die Kothener musste das wie die Geburt eines zweiköpfigen Kalbes gewesen sein.

Der Barbier stand noch immer an den Tresen gelehnt da, die Tasche zu seinen Füßen. Er war sichtlich enttäuscht, dass ihm das Geschäft durch die Lappen gegangen war.

Die Wirtin kam aus einem der Nebenräume, und als sie ihn sah, verdrehte sie die Augen. »Was willst du denn hier? Du siehst doch, dass keine Männer da sind.«

»Mir ist zu Ohren gekommen, dass ein junger Bursche bei euch abgestiegen ist.«

»*War*, Friedel, war. Er ist schon wieder abgereist.« Mélanie hätte schwören können, dass sie ihr einen raschen Blick zuwarf und flüchtig zuzwinkerte. »Willst du einen Schnaps?«

»Nein, ich muss gleich weiter. Aber danke, Käthe.« Er lupfte seinen Hut und machte, dass er hinauskam.

Die Wirtin kam zu Mélanie und schenkte ihr ein verschwörerisches Lächeln. »Ist schon recht«, murmelte sie, ohne näher zu erläutern, was genau sie damit meinte.

Sie wischte über den Tisch, erkundigte sich, ob der Getreidebrei süß genug war, und trollte sich wieder.

Mélanie überlegte, ihr mitzuteilen, dass das Zimmer bald wieder frei wäre, doch sie ließ es bleiben. Dazu war später noch Zeit.

# 11. Kapitel

Mélanie hörte die Kirchturmuhr von St. Jakob schlagen und spazierte verträumt weiter. Es war noch viel zu früh, um Samuel einen Besuch abzustatten – als seine Patientin selbstverständlich. Zumindest sollten die Nachbarn davon ausgehen, die wahrscheinlich hinter den Gardinen Ausschau hielten. Aber ich komme als seine Braut, dachte sie beglückt.

Während sie in die Wallstraße einbog, überlegte sie, was sie seinen Töchtern sagen könnte. »Ich habe einen Termin bei Ihrem Vater«, würde sie vermutlich nicht überzeugen, denn sie nahm an, dass seine Töchter sehr genau über seine Patientenbesuche Bescheid wussten. Samuel hatte einmal erwähnt, dass Charlotte Buch über seine Termine führte und sogar die Krankenjournale für ihn ordnete.

Ich erzähle ihr einfach, dass ich gestern etwas bei ihm vergessen habe, überlegte Mélanie weiter. Nur was? Sie wird sicher nachfragen, so wie ich sie einschätze.

Mélanie hatte noch nie gut schwindeln oder gar lügen können, es lag ihr einfach nicht. Die Wahrheit war ihr lieber, aber sollte sie seiner Tochter sagen, dass sie immerzu an Samuel denken musste und so schnell wie möglich bei ihm sein wollte?

Eine ältere Nachbarin lehnte im offenen Fenster, als sie mit klopfendem Herzen auf Samuels Wohnhaus zuging. Sie hatte die Frau bereits am Tag zuvor gesehen und ihr freundlich zugenickt. Daraufhin hatte die Frau die Augen zusammengekniffen, sich abgewandt und das Fenster zugemacht.

»Guten Morgen«, grüßte Mélanie in bestem Deutsch.

»Hmm«, brummte die Frau. »Sie schon wieder.«

Mélanie lächelte tapfer. Ihr Deutsch war erschöpft, also ging sie weiter und klopfte an die alte, schäbige Haustür.

Es dauerte nicht lange, und Charlotte öffnete. Ihr Gesichtsausdruck sprach Bände. »Sie?«

»*Pardon*, ich hoffe, ich störe nicht«, sagte Mélanie auf Französisch. »Ich möchte zu Ihrem Vater. Es ist wichtig.« Sie erfand blitzschnell eine kleine Notlüge und war darüber selbst ganz erstaunt. »Er wollte mir ein Mittel zusammenstellen.«

Seine Tochter hob die Augenbrauen und musterte sie abschätzig. »Mein Vater ist nicht da.«

»Wann wird er zurück sein?«

»Zum Mittagessen.«

»Dürfte ich in seinem Behandlungszimmer warten?« Sie setzte ein flehendes Gesicht auf. »Ich bitte Sie sehr, Charlotte. Sie sind doch Charlotte?«

Die hagere Frau mit dem strengen Knoten nickte misstrauisch. »Er erlaubt es normalerweise nicht, dass Patienten in seinen Räumen warten.« Sie schien mit sich zu ringen, und Mélanie ahnte auch, weshalb. Sie hatte Angst. Angst, dass sie den Unmut des Vaters erregen würde, wenn sie Mélanie abwies.

»Würden Sie eine Ausnahme machen?« Mélanie schenkte ihr ein liebenswürdiges Lächeln. »Ich bitte Sie wirklich sehr, Charlotte.«

»Schön, kommen Sie herein«, murmelte seine Tochter und trat beiseite. Sie ging voran und öffnete die Tür zu seinem Behandlungszimmer. Mit einem raschen Blick schien sie sich einzuprägen, wie sie den Raum vorgefunden hatte. Ob sie glaubte, dass Mélanie etwas mitgehen lassen wollte?

»Sie können dort drüben Platz nehmen.« Sie zeigte auf den Stuhl an der Wand neben seinem Schreibtisch.

»Ob ich mir eins seiner interessanten Bücher aus dem Regal nehmen dürfte?«

Charlotte zögerte. Schließlich nickte sie. »Aber keine Unordnung, wenn ich bitten darf. Mein Vater ist äußerst penibel, was seine Bücherordnung betrifft.«

»Selbstverständlich.«

Sie blieb in der Tür stehen, eine Hand nestelte an der langen Schürze. Ihr war anzusehen, wie unbehaglich sie sich fühlte. Sie hätte Mélanie wohl am liebsten fortgejagt, musste aber klein beigeben, um ihren Vater nicht zu verärgern.

Langsam schloss sie die Tür hinter sich, und Mélanie atmete auf. Sie ging zum Regal, legte den Kopf schief und betrachtete die alten Buchrücken. Mit einem dicken Pflanzenkundebuch setzte sie sich auf den Stuhl.


Mélanie hatte eine ganze Weile in dem Buch geblättert und einzelne Seiten gelesen. Wie spät mochte es sein?

Sie stand auf und dehnte den Rücken. Wo blieb Samuel nur?

Ein paarmal hatte sie gemeint, seine Stimme zu hören und war aufgeregt aufgesprungen und zur Tür gehuscht.

Sein geblümter Morgenrock hing an einem Haken neben der Tür, und sie ging hin und drückte ihr Gesicht hinein. Er roch nach Samuel. Mit einem Seufzen strich sie liebevoll über den Ärmel.

Es klopfte an der Tür. Sie erschrak und ließ den Ärmel los, als sei er glühend heiß.

Gleich darauf stand seine Tochter vor ihr. »Es ist wohl besser, Sie kommen am Nachmittag wieder. Ach nein, bitte verzeihen Sie, er hat am Nachmittag einen äußerst wichtigen Termin.« Es klang, als sei alles wichtiger als sie zu empfangen.

Eine Lüge, das war Mélanie sofort klar. Samuel hatte ihr am Tag zuvor gesagt, dass er die kommende Zeit ganz für sie da wäre. »Ich werde alle Termine absagen. Dann gehöre ich ganz dir.«

»Mademoiselle?« Es klang ungehalten, und Mélanie fuhr zusammen. »Mein Vater hat sich verspätet. Es ist nicht klug, weiterhin zu warten. Nach dem Essen legt er sich gern für ein Stündchen hin. Wenn ich Sie dann bitten darf …« Charlotte ging einen Schritt zur Seite. »Ich bringe Sie zur Tür.«

Mélanie improvisierte rasch: Sie fasste sich an die Stirn. »Oh, ich glaube, mir wird schwindelig.« Sie blinzelte.

»Wenn ich mich kurz noch einen Moment setzen dürfte?«

Unwillig verzog Charlotte das Gesicht.

Mélanie sank auf den Stuhl und schloss die Augen. »Ob ich Sie um einen Gefallen bitten dürfte?«

»Einen Gefallen?«

»Eine Tasse Tee wäre wunderbar. Er wird meine Lebensgeister wecken.« Sie öffnete flatternd die Augen. »Ihr Herr Vater hat mir aufgetragen, viel zu trinken.«

Charlotte presste die Lippen aufeinander, drehte sich um und zog die Tür hinter sich zu.

Mélanie sprang auf und nahm einen Bogen Papier vom Schreibtisch. Sie öffnete das Tintenfass und zog die Feder aus dem Glas.

*Mein lieber Samuel,* schrieb sie hastig, *ich war hier, um Dich zu sehen. Ich musste Deine Tochter beinahe bestechen, damit Sie mich hereinlässt. Ich träume davon, Dich endlich wieder in die Arme zu schließen. Kein Mann zuvor hat mich und meine Seele so berührt, wie Du es tust, mein Lieber. Ich werde morgen wiederkommen.*

*Die Arznei, die Du mir verordnet hast, scheint ihre Wirkung zu tun. Ich fühle mich schon besser.*

*In inniger und ewiger Liebe, Deine Mélanie.*

Sie blies vorsichtig über die Tinte und wedelte das Papier hin und her. Dann faltete sie es und steckte es in die rechte Tasche seines Morgenrocks.

Sie saß kaum, als Charlotte den Tee brachte.

»Ich bin Ihnen wirklich dankbar.« Mélanie trank einen Schluck. »Der ist sehr gut.« Auf die eine Lüge kam es nicht mehr an.

»Kann ich sonst noch etwas für Sie tun?« Es klang gehässig und keineswegs so, als sei Charlotte erpicht darauf, ihr weiterhin zu Diensten zu sein.

»Nein, *merci beaucoup.* Ich trinke den Tee und werde dann gehen.«

»Lassen Sie die Tasse einfach auf dem Tisch stehen. Ich habe noch anderes zu tun, als die Patienten meines Vaters zu bewirten.« Charlotte wandte sich um und verließ das Zimmer.

Mélanie lachte in sich hinein, trank ihren Tee, dann hatte sie eine Idee. Sie nahm eine ihrer Visitenkarten – ihr Vater hatte sie ihr zum letzten Geburtstag geschenkt; zierliche Kärtchen, auf denen mit geschwungenen Goldbuchstaben ihr Name und Titel und ihre Pariser Anschrift standen – und schrieb *Merci für Ihre Gastfreundlichkeit* darauf. Charlotte würde wissen, wie es gemeint war.

Die Karte legte sie neben die Tasse.

Dann zog sie ihren Umhang an und ging hinaus.

Auf dem Flur hörte sie Samuels Töchter miteinander tuscheln.

»Wo er nur bleibt? Zum Barbier, lächerlich! Seit Jahren hat er sich dort nicht blicken lassen.«

»Das ist nur wegen dieser unmöglichen Person!«, zischte die andere.

»Du hättest sie ja nicht hereinbitten müssen.«

»Was hätte ich denn tun sollen? Mir seine Schimpftiraden anhören? Darauf kann ich wirklich verzichten, Luise.«

Geschirrklappern war zu hören.

»Das ganze Haus wird später wieder nach Ihrem Duftwasser riechen!«

Die andere Schwester lachte. »Du bist doch bloß neidisch, gib's zu.«

»Neidisch? Ich? Wie kommst du darauf?«

»Liegt das nicht auf der Hand? Diese französische Dame hat alles, was du dir insgeheim wünschst. Ist es nicht so?«

»Schsch! Wenn sie uns hört!«

»Sie wird längst gegangen sein.« Ein Stuhl wurde über den Fußboden gezogen. »Warte, ich sehe rasch nach.«

Mélanie lief, so schnell sie konnte, zur Tür und schlüpfte hinaus. Draußen auf dem Gehweg musste sie so lachen, dass sie die Hand vor den Mund presste.

Samuel war heiter und vergnügt heimgegangen und hatte sogar seine Nachbarin, die alte Frau Kruse, liebenswürdig begrüßt, indem er seinen Hut lupfte und ihr zunickte. Normalerweise ging er immer rasch an ihr vorbei, bevor sie auf die Idee kommen könnte, ein Schwätzchen halten zu wollen. Sie war eine grässliche Klatschbase, wusste über alles und jeden in der Straße Bescheid und tratschte über Dinge, die ihn nicht interessierten. Und selbstverständlich tratschte sie auch hemmungslos über ihn, den schrulligen alten Hofrat, der nie mit seiner Meinung hinter dem Berg hielt und erst zufrieden war, wenn er allen vor den Kopf gestoßen hatte. Genauso sah man ihn hier in Köthen, das wusste er wohl. Er machte sich nichts aus dem Geschwätz der Leute, aber er war weder blind noch taub.

Als er sein Haus erreicht hatte, grinste er in sich hinein.

Wie muss die alte Kruse erst gegafft haben, als die hinreißend schöne Mélanie die Straße entlanggekommen war?

Wenn sie wüsste, dachte er und betrat beschwingt das Haus, in dem es nach einem vertrauten Duftwasser roch. Samuel blieb stehen, das Herz heftig pochend, und schnupperte.

Es war unverkennbar Mélanies Pariser Duftwasser. War sie hier gewesen oder lag ihr betörender Duft noch von gestern in der Luft? Als er das Haus verlassen hatte, war es ihm nicht aufgefallen, aber das musste nichts heißen.

Er legte seinen Mantel ab, stellte den Stock in den Schirmständer und ging in die Küche, wo seine Töchter beieinandersaßen und kicherten. Sieh an, sie konnten ja doch fröhlich und unbeschwert sein oder wenigstens so tun.

»Was erheitert euch so?« Er blieb am Tisch stehen.

Charlotte, die Kartoffelschalen zusammenklaubte, drehte hastig den Kopf zur Seite und gluckste.

Luise sah ihn neugierig an. »Du siehst gut aus, Väterchen. Ich sehe, der Barbier hat deine langen Locken gestutzt.«

»Es war an der Zeit«, gab er zurück.

»Sehr gepflegt.« Sie nickte anerkennend. »Und um deine Frage zu beantworten, was uns so erheitert: Wir sprachen gerade über den jungen feschen Mann, der vor drei – oder waren es vier Tage? – im *Bunten Fasan* abgestiegen ist, und den die Stadt offenbar verschluckt hat, ohne ihn wieder auszuspucken. Oder hast du etwas darüber gehört?«

»Ich?«, fragte er unschuldig. »Ist das Essen schon so weit? Es riecht köstlich.«

»In ein paar Minuten.« Charlotte stand auf und ging zum Herd. »Mich würde auch brennend interessieren, was aus dem jungen Burschen geworden ist.«

Luise lachte klirrend. »Natürlich interessiert es dich, Schwester. Du verzehrst dich wahrscheinlich nach ihm, wo er dich so ungeheuer beeindruckt hat.«

Samuel rechnete mit Protest, stattdessen drehte Charlotte sich halb um und grinste. »Sag nur, *du* willst nicht wissen, wohin es ihn verschlagen hat?«

Samuel setzte sich. Und ihn ritt der Teufel. »Wo ihr mich schon fragt: Ich weiß tatsächlich, was aus ihm geworden ist.«

Luise starrte ihn an, und auch Charlotte war ganz Ohr. »Aus ihm ist eine bildhübsche junge Frau geworden.« Er musste sich das Lachen verkneifen.

Seine Töchter starrten noch immer, dann brachen sie in Gelächter aus.

»Also wirklich, Papa!« Luise schnalzte mit der Zunge. »Was willst du uns denn da für ein Märchen erzählen?«

»Es gibt Frauen, die lieber als Mann verkleidet reisen. Weil es sicherer ist.« Er machte eine bedeutungsvolle Pause, um die Spannung noch etwas zu erhöhen. »Ich kenne die junge Frau sogar.«

»Ja?« Luise hatte sich zu ihm vorgebeugt.

»Wer ist es?« Charlotte war der Deckel aus der Hand gefallen und scheppernd zu Boden gegangen. Sie bückte sich und hob ihn auf. »Spann uns nicht auf die Folter, ich bitte dich!«

»Nun es ist … Mélanie d'Hervilly, die junge Marquise, die mich aufgesucht hat.« Und die ich gedenke zu meiner Frau zu nehmen.

Ach, könnte er es doch nur in die weite Welt hinausposaunen!

Er war so glücklich und aufgekratzt wie ein Jungspund. Er liebte mit Haut und Haar und wie nie zuvor in seinem langen Leben.

»Du nimmst uns auf den Arm.« Luise hatte als Erste die Sprache wiedergefunden.

»Keineswegs, Lieschen.«

»Aber sie … Willst du damit wirklich sagen, dass die französische, hochnäsige Dame, die vorhin da war, und dieser gut aussehende, fesche Mann ein- und dieselbe Person sind?«

Samuel nickte schmunzelnd, hielt dann aber inne. Was hatte sie da gerade gesagt? »Sie war hier?«

Charlotte stellte einen gefüllten Teller vor ihn hin. Linseneintopf mit Schmorfleisch. »Ich hab ihr gesagt, du seist unterwegs, aber sie wollte unbedingt auf dich warten. Und als ich sie dann endlich hinauskomplementiert habe, sagte sie plötzlich, ihr sei schwindelig und sie brauche dringend einen Tee. Du hättest ihr verordnet, viel zu trinken.«

»Du hast sie hoffentlich höflich und zuvorkommend behandelt.« Er tauchte seinen Löffel in den Eintopf und kostete. »Es fehlt Salz, Lottchen, wieder mal.«

Sie stellte das kleine Salzfässchen auf den Tisch. »Nie ist es richtig. Mal ist es zu viel, dann wieder zu wenig Salz.«

»Es ist meistens zu wenig.« Plötzlich war er angespannt und seine Stimmung war getrübt. Sie war hier gewesen, während er beim Barbier mit offenen Augen von ihr geträumt hatte. »Hat sie gesagt, wann sie wiederkommt?«

»Nein.«

Er streute Salz auf sein Essen und aß grimmig. Hoffentlich war Charlotte nett zu ihr gewesen.

Plötzlich überkam ihn eiskalte Angst. Was, wenn Mélanie es sich doch anders überlegt hatte?

Die Angst drückte sein Herz zusammen, und er wünschte, er könnte aufspringen, zum *Bunten Fasan* laufen und sich davon überzeugen, dass sie noch dort war. Und ihn immer noch heiraten wollte.

»Was hast du denn, Vater?«, fragte Luise. »Eben noch warst du guter Dinge und nun … «

Samuel zwang sich zu Gelassenheit. »Ich würde gern in Ruhe essen.«

Nach dem Birnenkompott erhob er sich. »Danke für das Mittagessen, Lottchen.«

Sie schaute ihn verblüfft an. Bedankte er sich so selten?

Er ging zur Tür, die Beine plötzlich bleischwer.

»Was würdest du sagen, wenn eine von uns als Mann verkleidet umherreisen würde, Vater?«, fragte Luise, als er bereits halb aus der Tür war.

»Ich würde mich wundern«, war seine ehrliche Antwort.

Mehr sagte er nicht, sondern ging in sein Ordinationszimmer und setzte sich an den Schreibtisch. Eine ganze Weile starrte er missmutig aus dem Fenster. Dicke Regentropfen rannen daran herunter, und der Wind rüttelte an den Läden.

Samuel blickte sich um und dachte sehnsüchtig daran, dass Mélanie hier in diesem Zimmer gesessen und auf ihn gewartet hatte. Er trommelte mit den Fingern auf der Tischplatte.

Warum sorgte er sich mit einem Mal und wollte sich unbedingt ihrer Liebe versichern? Es hatte doch keinerlei Zweifel bestanden. Sie waren verwandte Seelen, und es schien, als hätten sie aufeinander gewartet.

Samuel stand wieder auf, um seinen Morgenrock anzuziehen.

Als er in den Ärmel fuhr, vernahm er ein leises Knistern und stutzte. Er griff in die rechte Tasche und zog ein zusammengefaltetes Papier heraus.

Er faltete es auseinander und über sein Gesicht huschte ein erfreutes, ein überaus seliges Lächeln. Er war ein Narr! Natürlich liebte sie ihn, und natürlich wollte sie ihn noch immer heiraten!

Er presste den Brief an sein Herz, setzte sich wieder an den Schreibtisch und nahm seine Feder. Als junger Bursche hatte er das letzte Mal einen unbeholfenen Liebesbrief geschrieben, und für einen winzigen Augenblick kam es ihm seltsam, gar verrückt vor, dann aber kratzte die Feder über das Papier.

# 12. Kapitel

*Köthen, wenige Tage vor Weihnachten*

Es war ein stürmischer Wintertag, und der Wind wirbelte das Laub im Wald umher. Die kahlen Baumkronen bogen sich und schaukelten hin und her. Ein einsames Reh wühlte mit der Nase im Erdboden in der Hoffnung auf ein paar Eicheln.

Mélanie hatte ihr Pferd an einem Birkenstamm festgebunden und beobachtete das Reh. Wäre ihr Vater hier, hätte er ihr längst zugeraunt, sie solle sich in Position bringen.

Sie duckte sich, als das Tier sich nervös umblickte.

Keine Sorge, von mir hast du nichts zu befürchten.

Beruhigend strich sie über den Rücken der Stute, die ebenfalls etwas nervös die Nüstern blähte.

Lehmann war so freundlich gewesen und hatte ihr ein geeignetes Reitpferd beschafft. Seit dem vergangenen Monat wohnte sie bei ihm und seiner Familie. Seine beiden Töchter liebten es, mit ihr zu spielen oder sich vorlesen zu lassen. Ebenfalls eher spielerisch unterrichtete sie die beiden im Zeichnen und Malen, für sie vor allem ein willkommener Zeitvertreib, langweilte sie sich doch längst ganz entsetzlich. In Paris war sie stundenlang geritten, hatte lange Ausflüge mit ihrer Stute gemacht und sich im Bogenschießen geübt, was eine große Faszination auf sie ausübte. Abends war sie ausgegangen, ins Theater oder die Oper, hatte Freunde eingeladen und mit ihnen diskutiert und philosophiert. Sie hatte sich um ihren Vater gekümmert, der in der Gegenwart der Mutter immer wortkarger und introvertierter geworden war, oder sie hatte Museen und Ausstellungen besucht.

Hier in Köthen aber quälte sie die Langeweile. Tagsüber war sie seit Wochen damit beschäftigt, ihre Hochzeit vorzubereiten, suchte Stoff für ein Kleid aus, Schuhe und Schmuck und stellte mit der Köchin, die sie eigens für den Tag angeworben hatte, das Menü zusammen.

Die Hochzeit sollte Anfang des kommenden Jahres sein, und Mélanie und Samuel fieberten gleichermaßen darauf hin; endlich würden ihre Heimlichkeiten ein Ende haben.

Mélanie hatte sich einverstanden erklärt, das protestantische Glaubensbekenntnis zu lernen, damit sie getraut werden konnten. In Deutschland war eine kirchliche Zeremonie unumgänglich. Mélanie und auch Samuel hätten darauf verzichten können, beide hatten sich nie viel aus Religion gemacht.

Mutter wäre entsetzt, dass ich unseren katholischen Glauben verrate.

Kurz nachdem Samuel sie gebeten hatte, seine Frau zu werden, hatte er schriftlich bei ihrem Vater um ihre Hand angehalten. Sie war beunruhigt und auch ein wenig in Sorge gewesen, wie ihr Vater es aufnehmen würde. Umso überraschter und erleichterter war sie, als seine Antwort lautete: *Sie haben meinen Segen.*

Mélanie wurde jäh aus ihren Gedanken gerissen, als das Reh davonsprang und im Dickicht verschwand. Sie wünschte, Edouard wäre hier, doch sie hatte ihn vor ein paar Wochen zurück nach Paris geschickt. »Ich benötige Ihre Dienste nicht mehr. Mein Vater wird Sie wiedereinstellen, wenn Sie das wollen.« Sie hatte ihn ins

Vertrauen ziehen müssen, damit er sie nicht für launenhaft oder gar undankbar hielt. »Ich werde Monsieur Hahnemann heiraten und mit ihm hier leben.«

Er hatte sie verdutzt angesehen. »Sie in dieser kleinen Stadt, diesem Dorf, Mademoiselle?«

»Ich werde mich schon damit arrangieren«, hatte sie leichthin erwidert. Diesen Satz betete sie wieder und wieder vor sich hin.

Doch würde sie das wirklich? Würde es ihr leichtfallen, auf alles zu verzichten, was ihr Leben ausgemacht hatte? Kulturelle, vergnügliche Unternehmungen, das Zusammensein mit ihrem Vater und Freunden? Und was war mit ihrer Arbeit? Natürlich konnte sie auch in Köthen malen und dichten, aber würde ihr nicht die Inspiration fehlen? Paris fehlte ihr schon jetzt entsetzlich. Die Stadt war ein Quell an Inspiration.

Je mehr sie darüber nachdachte, desto trübsinniger wurde sie.

Also beschloss sie, nicht weiter zu grübeln und sich den Dingen zu stellen. So hatte sie es immer gehalten.

In Zukunft würde Samuel ihre Inspiration sein, und wie war es doch so oft: Manchmal öffneten sich Türen, die bislang verschlossen waren; Türen, von deren Existenz man nicht einmal gewusst hatte.

Mélanie lehnte sich an den Birkenstamm und schlug die Beine übereinander, die in Lederstiefeln steckten. Wenn sie in den Wald ritt, verkleidete sie sich stets als Mann.

Sie zog die hübsche Taschenuhr aus der Westentasche, ein Geschenk ihres Vaters. Schon so spät!

Sie war in einer Stunde mit Samuel verabredet.

Mélanie band die Stute los, die erfreut schien, dass es endlich weiterging. »Lass uns heimkehren, meine Schöne«, raunte sie ihr ins Ohr, und als das Tier lostrabte, lachte sie leise. Es war herrlich, wieder reiten zu können!

Die Schmerzen waren fast vollständig verschwunden, sie fühlte sich in der Tat wie neugeboren.

Bald werde ich Mélanie Hahnemann heißen, dachte sie beglückt, während sie die Stute antrieb, schneller zu laufen.

Mit einem Sprung setzte das Tier über einen umgekippten Baumstamm, und Mélanies Herz pochte vor Abenteuerlust und Freude.

Sie hat sich verspätet, dachte Samuel und warf erneut einen Blick aus dem Fenster. Ob etwas passiert war? Mélanie verspätete sich sonst nie. Er wusste, dass sie am Vormittag ausreiten wollte, und wie immer machte er sich Sorgen, sie könnte stürzen und bewusstlos irgendwo im Wald liegen. Er wäre ja nicht einmal imstande, nach ihr zu suchen. Wie sollte er das bewerkstelligen?

In diesen seltenen Momenten fühlte er sich erbärmlich. Was wollte sie schon mit einem alten Kerl wie ihm?

Doch diese Momente vergingen immer recht schnell und zurück blieb die unbändige Vorfreude auf ein gemeinsames Leben mit ihr. Durch sie würde er die Welt, das Leben mit ganz neuen Augen sehen. Durch sie würde er sich wieder jung fühlen, mit einer Leichtigkeit, die er so lange vermisst hatte. Mit Mélanie konnte er tiefsinnige Gespräche führen, diskutieren, philosophieren. Ihr Interesse galt so vielen Dingen, sie würden sich gegenseitig befruchten. Mit ihr konnte er lachen, ernst sein, unablässig plaudern und auch in wohltuendem Schweigen verharren. Mit keiner Frau vor ihr war ihm das möglich gewesen. Auch nicht mit Henriette. Samuel setzte sich an seinen Schreibtisch und schloss die Augen. Er wollte sich zur Ruhe setzen und nicht mehr praktizieren. Er war lange genug für andere da gewesen, hatte sich verausgabt und war der ewigen müßigen Diskussionen mit der Ärzteschaft leid. Er wollte nur noch seinen Lebensabend genießen. Mit Mélanie.

Er hatte beschlossen, seinen beiden Töchtern ein Haus zu kaufen, er und seine Frau brauchten dringend Zweisamkeit.

Samuel öffnete die Augen, als er meinte, Absätze draußen auf dem Pflaster zu hören. Er erhob sich und spähte nach draußen.

Da kam sie!

Er ließ den Stock stehen und ging zur Tür. Auf dem Flur waren bereits Stimmen zu hören: Charlottes und Mélanies.

Es klopfte, und ohne auf sein »Herein« zu warten, betrat Charlotte das Zimmer. »Diese französische Person ist schon wieder da, Vater. Möchtest du, dass ich sie fortschicke?« Als hätte er das in den vergangenen Wochen auch nur ein einziges Mal gewollt.

»Nein, bitte sie nur herein. Es wird ihr nicht gutgehen.« Das Flunkern kam ihm mittlerweile leicht über die Lippen.

Dennoch senkte sich das schlechte Gewissen wie ein finsterer Schleier über ihn. Er sollte endlich mit seinen Töchtern sprechen. Anfangs hatte ihm die Heimlichtuerei gefallen, er hatte es aufregend gefunden, Mélanie im Beisein seiner Töchter mit Mademoiselle d'Hervilly anzusprechen und sie in seine Arme zu ziehen, sobald seine Töchter außer Sicht- und Hörweite waren.

Charlotte ließ Mélanie herein und warf ihm einen düsteren Blick zu. »Ich gehe zum Markt.« Ihr Gesichtsausdruck veränderte sich, wurde weich. »Hast du einen Wunsch, Papa?«

Sieh mal an, sie will mich umgarnen, dachte er belustigt. Und sie möchte meiner zukünftigen Frau zeigen, was für eine aufmerksame Tochter sie ist.

»Nein, danke, Lottchen.«

»Ich könnte deinen Lieblingsbraten machen.«

Er lächelte. »Dann werde ich mich darauf freuen.«

Mélanie wurde mit einem bitterbösen Blick bedacht, dann schloss sie die Tür.

Mélanie kam angelaufen und fiel in seine ausgestreckten Arme. Um ein Haar hätte sie ihn umgerissen, er hatte sich gerade noch am Schreibtisch festhalten können.

»*Pardon, mon coeur*«, flüsterte sie und bedeckte sein Gesicht mit Küssen. »Ich bin zu stürmisch.«

»Sei nicht albern, mein Liebes.« Er küsste sie so lange, bis sie nach Luft schnappen musste und sich lachend losmachte.

»Du bist wahrlich kein alter Mann. In dir lodern das Feuer und die Leidenschaft.«

Er blickte ihr tief in die Augen. »Gewiss doch.« Und wie es in ihm brannte.

»Wir müssen auf der Hut sein«, wisperte sie und warf einen raschen Blick zur Tür. »Wenn wir erst verheiratet sind, werde ich nicht mehr von deiner Seite weichen, das gelobe ich feierlich. Ich werde Tag und Nacht bei dir sein, mein Lieber.«

Er schmunzelte. »Tag *und* Nacht?«

Eifrig nickte sie. »Oder dachtest du, ich werde ein eigenes Schlafzimmer beziehen? Das werde ich nämlich ganz sicher nicht tun. Ich möchte jeden Abend neben dir einschlafen und am Morgen zusehen, wie du wach wirst.« Sie küsste ihn wieder.

Samuel nahm ihre Hand und führte sie zu den beiden Sesseln, die er so aufgestellt hatte, dass sie von außen durchs Schlüsselloch nicht auszumachen waren. Als Begründung hatte er seinen Töchtern genannt, dass es am Fenster grässlich ziehen würde. Es war ihm gleichgültig, ob sie es glaubten.

Mélanie setzte sich, und er nahm neben ihr Platz, ergriff ihre Hand und hauchte einen Kuss darauf. »Ich werde meinen Töchtern ein Haus kaufen, damit wir für uns sein können.«

Sie schob sich eine Haarsträhne aus der Stirn. »Und wenn sie damit nicht einverstanden sind?« Die Antwort gab sie sich selbst. »Nein, du hast wohl recht, es ist nur vernünftig. Sie werden nicht versessen darauf sein, mit ihrer Stiefmutter unter einem Dach zu wohnen.«

»Ich werde mich zur Ruhe setzen, damit wir viel Zeit füreinander haben.«

»Wirst du dich auch nicht langweilen?«

Darüber hatte er auch bereits nachgedacht. »Doch, möglicherweise werde ich das hin und wieder.« Er drückte ihre kühle Hand. »Aber du wirst sie mir schon vertreiben, nicht wahr?«

»Wenn ich kann.« Sie schmunzelte spitzbübisch, und sein Herz brannte lichterloh. Sie sprang auf und kniete sich neben ihn, den Kopf in seinem Schoß. »Ich kann es kaum erwarten, deine Frau zu sein.«

»Wir könnten in meine Schlafkammer schleichen. Lottchen ist auf dem Markt und Lieschen wird in der Küche beschäftigt sein.« Er wartete ihre Antwort nicht ab, stand auf und zog sie mit sich.

»Warte!«, raunte sie und öffnete die Tür einen Spalt breit. »Ich will erst nachsehen, ob sie auch wirklich in der Küche ist.« Mélanie spähte aus der Tür und lauschte.

Samuel hatte den Atem angehalten. Würde, durfte er sie noch heute zu seiner Frau machen, bevor sie vor den Altar getreten waren?

»Ich kann sie mit den Töpfen klappern hören. Komm, rasch!« Sie nahm seine Hand, und sie huschten wie Einbrecher in seine Kammer.

Dort schloss er so leise wie nur möglich die Tür hinter sich und atmete tief durch. Er war nervös wie ein junger Bursche, der sich zum ersten Mal zu einer Frau legte.

Er hörte, wie Mélanie an ihrem Kleid nestelte. »Ich fürchte, du wirst mir helfen müssen. Diese verflixten Ösen und Haken!«

Sein Herz klopfte bis zum Hals, und für einen Moment überkam ihn die Angst, ihr nicht genügen zu können. Doch als sie sich zu ihm umdrehte und er das Leuchten in ihren Augen sah, verscheuchte er die Angst.

Langsam trat er näher. »Nichts tue ich lieber, mein Liebes.«

# 13. Kapitel

*Zwei Tage nach Weihnachten*

»Du willst diese … französische Person heiraten?« Charlotte stand Samuel gegenüber, die Augen fassungslos aufgerissen. »Bist du von Sinnen, Vater?«

Ihre Schwester sagte zunächst kein Wort, doch das würde sich ändern, das wusste er. »Ich höre wohl nicht recht«, war das Erste, was sie nach einiger Zeit hervorbrachte.

»Er muss von Sinnen sein«, murmelte Charlotte und tastete hinter sich, um sich zu setzen.

»Ich bin ganz klar im Kopf«, sagte er ruhig. »Sorgt euch nicht um meine Gesundheit.«

»Wir sorgen uns um deinen Geisteszustand, Vater.« Luise setzte sich ebenfalls und starrte ihn kopfschüttelnd an. »Sie könnte deine Tochter sein!«

»Was sind schon Lebensjahre, wenn man liebt«, erwiderte er. »Wir sind ein Herz und eine Seele. Aber das wirst du wohl nicht verstehen, Lieschen.«

Sie schnaubte. »Ein Herz und eine Seele, hör sich das einer an! Ich sage dir, was ich glaube, wofür ich diese Frau halte: Ich halte sie für eine Erbschleicherin, Vater! Sie wird dich ausnehmen wie eine Weihnachtsgans. Bist du noch zu retten! Sie wird ihre Späße über dich machen, und wenn ihr erst verheiratet seid, wird sie sich über alles hermachen, was du dir erarbeitet und erschaffen hast.«

»Warum sollte sie?« Er lächelte nachsichtig. »Mélanie ist wohlhabend, sie kommt aus einer wohlhabenden Adelsfamilie. Und sie verdient ihr eigenes Geld. Außerdem erhält sie jährlich eine hohe Summe aus den Ländereien, die ihr gehören.«

»Und das alles glaubst du ihr?« Luise lachte bitter auf. »Du musst wirklich geistig verwirrt sein.«

»Wieso sollte sie mich belügen? Sie ist finanziell unabhängig. Es wird im Gegenteil wohl so sein, dass ich auf ihre Kosten leben werde.«

Seine Töchter starrten ihn entgeistert an, sagten jedoch nichts.

»Wir lieben uns, ist das so schwer zu verstehen? Mélanie ist wie ein warmer, herrlicher Frühlingstag in mein Leben gekommen, in dem bereits der Winter Einzug gehalten hatte.« Samuel lächelte versonnen. »Und jetzt ist mir, als sei wieder Spätsommer.«

»Mach dich nicht lächerlich, Vater.« Charlotte schnaubte wieder. »Ich hab's geahnt«, murmelte sie dann. »Hab ich's dir nicht gesagt, Luise? Irgendetwas ist im Busch, so häufig wie diese Frau hier war.«

Er erhob sich und ging zur Tür. »Ich wollte euch wissen lassen, dass ich zu heiraten gedenke. Das habe ich nun getan. Freut euch mit mir oder lasst es bleiben. Es wird nichts daran ändern, wie glücklich ich bin.«

Mélanie hatte verschlafen, dabei hatte sie doch früh bei ihrem zukünftigen Mann sein wollen. Sie streckte sich genüsslich und schwang dann die Beine aus dem Bett.

Unten in der Küche war Geschirrklappern zu hören, gleich darauf leises Fluchen und ausgelassenes Kinderlachen.

Mélanie wusch sich, zog sich ein frisches Kleid an und bürstete ihr Haar. Sie warf einen raschen Blick aus dem Fenster und sah, dass es geschneit hatte. Endlich!

Freudig wie ein Kind schaute sie nach draußen. Vielleicht konnte sie Samuel für einen kleinen Spaziergang begeistern. Wenn er denn dazu in der Stimmung war, immerhin wollte er heute mit seinen Töchtern reden. Mélanie konnte sich ausmalen, wie sie reagieren würden.

Sie verließ das kleine Gästezimmer.

Auf der Treppe kam ihr Marie entgegen, Lehmanns jüngste Tochter. »Kannst du mich irgendwo verstecken?«, flüsterte sie aufgeregt und wies hinter sich. »Sie hat gesagt, ich soll mir ein gutes Versteck überlegen.«

»Ich wüsste da was«, raunte Mélanie und schob das Mädchen vor sich her.

Im zweiten Gästezimmer stand ein alter Sekretär, dessen Unterschrank fast leer war. Edouard, der für kurze Zeit in dem Zimmer genächtigt hatte, hatte ihr davon erzählt.

Leise drückte sie die Türklinke herunter, legte den Finger auf die Lippen und zeigte zum Sekretär. »Rasch! Dort hinein!«

Sie schloss ihn auf, und Marie kicherte unterdrückt, während sie hineinkletterte. »Ich werde ihn nicht verschließen«, flüsterte Mélanie. »Du kannst also hinaus, wenn du es nicht mehr aushältst.«

»Ich werde es ewig aushalten.«

Mélanie lächelte. Sie hatte nie darüber nachgedacht, wie es wäre, selbst Mutter zu sein. Der Gedanke, so zu werden wie ihre Mutter, ließ sie nach wie vor erstarren. Und doch war ein winziger Keim in ihrem Inneren gesät worden, ein Keim der Sehnsucht nach einem eigenen Kind.

Ich würde eine gute Mutter sein, eine liebevolle, umsichtige, aufmerksame. Ich würde mein Kind von allem Bösen und Ungerechtem fernhalten, und ich würde es beschützen. Nein, ich würde nicht so enden wie meine Mutter.

Auf Zehenspitzen lief sie aus dem Zimmer und zog die Tür hinter sich zu. Sie war kaum am Treppenaufgang, als Klara, Maries Schwester, heraufkam. »Hast du Marie gesehen?«

»Würde ich es dir sagen dürfen?«, fragte sie auf Französisch zurück. Sie hatte den beiden Mädchen auch ein wenig Französisch beigebracht.

Das Mädchen verzog das Gesicht.

»Es wäre gegen die Spielregeln, nicht wahr?«

Klara nickte zögernd. »Schon, aber ... «

Mélanie schüttelte den Kopf. »Es wäre unfair. Vielleicht hat sie sich ein besonders gutes Versteck ausgesucht.«

»Dann werde ich ja ewig suchen.«

Mélanie unterdrückte ein Lachen. »Du wirst sie schon finden.«

Sie ging an dem Mädchen vorbei und betrat kurz darauf das Esszimmer.

Gottfried Lehmann saß als einziger am Tisch, das Gesicht hinter der Tageszeitung. »*Bonjour*, Mademoiselle.« Er liebte es, Französisch mit ihr zu sprechen.

»Monsieur.« Sie nahm ihm gegenüber Platz und schielte auf den Stuhl neben ihm, wo Edouard immer gesessen hatte. Er fehlte ihr. Sie vermisste es, mit einem Landsmann plaudern zu können.

»Kaffee oder lieber Tee?« Das Dienstmädchen stand plötzlich neben ihr, sie hatte sie gar nicht wahrgenommen.

»Kaffee, *merci*.«

Von oben war ein lautes »Das ist gemein!« zu hören, und Lehmann ließ die Zeitung sinken.

»Ich war ein wenig behilflich bei der Verstecksuche«, gestand Mélanie ihm, und er lachte. Sie nahm sich eine Scheibe dunkles Brot – in Deutschland aß man es gern dunkel und kräftig. Sie war anderes gewöhnt und hatte sich anfangs überwinden müssen.

»Möchten Sie Honig, Mademoiselle?« Das Dienstmädchen brachte ihr ein Glas und stellte es auf den Tisch.

»*Oui*, merci.« Mélanie bestrich die Scheibe mit etwas Butter und gab einen Löffel Honig darauf, der herrlich duftete.

Das Heimweh, das sie so lange verdrängt hatte, überkam sie so plötzlich, dass sie schlucken musste. Sie dachte an ihren Vater, ihren Bruder, all ihre Freunde und auch an ihren Onkel und ihre Tante, denen sie regelmäßig schrieb, seit sie in Köthen war. Ihr fehlten ihre eigenen vier Wände, ihre hübsche geräumige Wohnung, und sie vermisste das lebhafte Treiben in Paris.

»Mademoiselle?« Lehmann sah sie fragend an. »Sie haben laut geseufzt. Fehlt Ihnen etwas?«

»Ja. Mir fehlt meine Heimat.«

»Sie können doch gewiss schon bald nach Frankreich zurückkehren«, meinte er.

»So bald wohl nicht«, erklärte sie ausweichend. »Meine Behandlung ist noch nicht abgeschlossen.«

Er faltete die Zeitung und legte sie beiseite. »Aber Sie sind auf einem guten Weg, nicht wahr? Monsieur Hahnemann sagt, er sei sehr zufrieden mit Ihnen.« Er stand auf. »Ich wünsche Ihnen einen angenehmen Tag, Mademoiselle.«

Mélanie blieb noch eine Weile sitzen und erhob sich, als sie Maries triumphierendes »Gewonnen!« hörte. Sie würde noch ein Stündchen mit den Mädchen spielen und sich die Zeit vertreiben, bis sie sich zu Samuel aufmachen konnte.

Den Jahreswechsel verbrachten sie und Samuel gemeinsam in seinem Haus. Seine Töchter hatte er fortgeschickt, sich »wenigstens an diesem Abend ein wenig zu amüsieren«. Ob sie es taten, war fraglich, vermutlich dachten sie fortwährend daran, dass ihr Vater mit seiner jungen Braut allein im Haus war.

»Ich habe das Aufgebot bestellt, mein Liebling«, erzählte Samuel, als sie nebeneinander in seinem Bett lagen, die Hände ineinander verschränkt. »Nun ist es amtlich und nichts und niemand kann uns noch aufhalten.«

Sie drückte seine Hand und wollte einfach nur glücklich sein. Doch sie spürte Beklemmung, und sie hatte Mühe durchzuatmen. Würde sie sich in der Enge dieser Stadt wohlfühlen und in diesem düsteren Haus eingewöhnen können? Würde das Heimweh irgendwann vergehen? Und was, wenn nicht?

»Woran denkst du, mein Liebes?«, fragte Samuel leise, und sie meinte, Besorgnis in seiner Stimme zu hören.

»Daran, dass ich bald deine Frau sein werde«, antwortete sie leichthin, auch wenn ihr nicht danach zumute war.

Eine Faust drückte ihr Herz zusammen. Machte sie einen Fehler, wenn sie ihrem geliebten Paris und ihrem früheren Leben den

Rücken kehrte? Warum nur wollte der Kloß in ihrem Hals nicht rutschen?

»Ich liebe dich, mein künftiger Ehemann.« Sie rutschte an ihn heran und küsste ihn. Sie *wollte* unbedingt glücklich sein!

»Meine liebe Mélanie.« Seine Stimme klang schläfrig.

Während er regelmäßig neben ihr atmete und fest eingeschlafen war, lag Mélanie hellwach da und versuchte, sich ihr neues Leben, ihre Zukunft in den schillerndsten Farben auszumalen.

Doch es wollte ihr nicht recht gelingen.

# 14. Kapitel

## *Köthen im Februar 1835*

»Madame Hahnemann, Sie sind angeklagt, Dr. Samuel Hahnemann unrechtmäßig geehelicht, seine Töchter ihres Erbes beraubt und die Stadt Köthen lächerlich gemacht zu haben.« Ein großer Mann in dunkler Robe und mit stechendem Blick stand vor Mélanie, den Finger auf sie gerichtet. »Haben Sie dazu etwas zu sagen?«

»*Mon Dieu!*« Sie schreckte hoch und setzte sich auf.

Samuel tastete im Dunkeln nach ihrer Hand. »Was hast du denn, mein Liebling?«

Sie sank zurück ins Laken. »Nur schlecht geträumt. Schlaf weiter.«

Es war nicht der erste scheußliche Traum, der sie seit ihrer Vermählung heimgesucht hatte. In einem anderen Traum zerrte man sie an den Haaren aus dem Haus und brachte sie zum Marktplatz, wo die Köthener umeinanderstanden und mit Kohlköpfen nach ihr warfen. »Schäm dich! Fort mit dir!«

Die lautesten Rufe kamen von Samuels Töchtern.

Dabei waren die beiden auf der Hochzeit friedlich gewesen und hatten ihr sogar die Hand gereicht. Später dann, während des Festmahls, das hervorragend gewesen war, hatte Charlotte ihr hin und wieder einen bedeutungsvollen Blick zugeworfen, der wohl besagte: Nun bist du also meine Stiefmutter.

Wie gerne wäre Mélanie zu ihr gegangen, hätte sie in die Arme geschlossen und ihr die Freundschaft angeboten. Sie hatte weder vor, sich zwischen Vater und Töchter zu drängen, noch deren verstorbene Mutter in irgendeiner Weise zu ersetzen. Sie wollte einfach nur Samuels Frau sein und hätte sich gefreut, die Freundin seiner Töchter sein zu dürfen.

Noch vor der Eheschließung waren Luise und Charlotte ins Nachbarhaus gezogen – stumm, aber mit anklagenden Blicken.

Samuel war froh gewesen, als er gehört hatte, dass es zum Verkauf stand. Seine Töchter hatten sich gefügt, ihre Freude jedoch hatte sich in Grenzen gehalten.

Seit ihrem Auszug genossen er und Mélanie ihre verliebte Zweisamkeit, gingen Abend für Abend früh schlafen, standen spät auf und machten Spaziergänge, plauderten oder lasen sich gegenseitig vor. Dabei legten sie ihre Hände aufeinander, warfen sich innige Blicke zu und sprachen sich mit Kosenamen an, die niemandem außer ihnen jemals zu Ohren kommen würden. Mélanie war beseelt von Liebe, doch zugleich auch oft niedergeschlagen und rastlos.

Nun kuschelte sie sich unter das dicke Plumeau und versuchte, wieder einzuschlafen.

»Was ist mit dir?«, fragte ihr Mann und zog sie fest an sich, um sie zu halten.

Sie schmiegte sich an ihn, und als sie spürte, dass heiße Tränen in ihren Augen brannten, blinzelte sie wütend. Nein, sie würde sich nicht gehen lassen und weinen! Er sollte sich keine Sorgen um sie machen, sie wollte und sie würde stark für ihn sein. »Der Traum macht mir ein wenig zu schaffen«, sagte sie leise.

»Erzählst du mir irgendwann von deinen bösen Träumen? Und versuch nicht, mir weiszumachen, sie wären nicht böse.«

»Ach, mein Lieber ... « Sie küsste ihn auf die Brust.

»Dir fehlt Paris«, sagte er nach einer Weile. »Und deine Familie, deine vertraute Umgebung, deine Freunde. Ich verstehe das.«

Oh ja, dachte sie mit einer Mischung aus schlechtem Gewissen und Bedrücktheit. Vor allem aber sehne ich mich nach einer Aufgabe.

»Wir werden so bald wie möglich nach Paris reisen«, durchbrach er ihre wehmütigen Gedanken. »Ich möchte sie alle kennenlernen, und ich brenne darauf, zu sehen, wie du gelebt hast.«

Sie hatte es noch nicht über sich gebracht, ihre Wohnung aufzulösen und ihr Hab und Gut in Kisten packen zu lassen.

»Wird dir eine so weite Reise nicht zu viel werden?«

»Aber nein.« Er gab ihr einen Kuss aufs Haar. »Für dich würde ich auch bis ans Ende der Welt reisen.«

Würdest du für mich auch in Paris leben wollen?, wagte sie zu denken. Sie war selbst ganz erschrocken. Bislang hatte sie sich diesen Gedanken nicht gestattet, aus Angst, ihn irgendwann laut auszusprechen.

»Nun schlaf noch ein wenig, mein Herz.« Samuel hatte es kaum ausgesprochen, als er bereits wieder regelmäßig atmete.

Mélanie beneidete ihn um die Fähigkeit, jederzeit und überall einschlafen zu können, selbst wenn Zweifel oder Sorgen an ihm nagten.

Morgens schlugen sie häufig zur selben Zeit die Augen auf. Es schien, als seien sie nicht nur seelenverwandt, sondern als befänden sich auch ihre Körper im Gleichklang.

So auch an diesem folgenden Morgen.

Mélanie hatte ihrem Mann das Gesicht zugewandt und lächelte, als auch er den Kopf drehte und sie anschaute. »Hast du gut geschlafen?«

Seine Hand tastete nach ihrer. »Wunderbar. Und du? Hat dich erneut ein böser Traum heimgesucht?«

»Nein, ich bin rasch wieder eingeschlafen«, schwindelte sie. »Ob es noch mehr geschneit hat?«, fragte sie hoffnungsvoll, stand auf und ging zum Fenster.

Tatsächlich! Der kleine Garten lag unter einer flauschigen weißen Decke verborgen, nur hier und da steckte wacker ein Schneeglöckchen den Kopf aus der Erde, als wollte es zeigen, dass es dem Winter trotzen würde.

»Und?«, fragte Samuel vergnügt und schlug das Plumeau zurück.

»Alles ist weiß. Lass uns nach dem Frühstück einen Spaziergang machen, ja?«

Er kam zu ihr und stellte sich neben sie. »Alles, was du willst, mein Herz. Du liebst den Winter, wie mir scheint.«

»Ich liebe jede Jahreszeit. Ich mag den beginnenden Frühling, den warmen Sommer mit seinem tiefen Grün, den Herbst mit seinen leuchtenden Farben und den Winter mit Eis und Schnee. Wovor mir graut sind Regen, Wind und Nebel.« Sie horchte auf, als sie meinte, ein Geräusch aus der Küche gehört zu haben. Die Magd bereitete offenbar das Frühstück vor. Hoffentlich hatte sie genug Holz nachgelegt. Am Tag zuvor hatte sie es vergessen, und in der Küche war es lausig kalt gewesen.

Mélanie wusch sich, während ihr Mann auf dem Bett saß und ihr zuschaute wie jeden Morgen. Anschließend zog sie sich an und kümmerte sich um ihr Haar.

Dann verließen sie gemeinsam die Schlafkammer.


Jolande, die junge Magd, summte ein Lied, als sie in die Küche kamen. Daheim in Paris nahm natürlich niemand aus der Familie die Mahlzeiten in der Küche ein, hier in Köthen jedoch war es ganz normal, dass man dort aß. Es gab zwar ein kleines Esszimmer, wie alle anderen Räume karg und recht lieblos eingerichtet, doch sie benutzten den Raum nur selten.

Mélanie hatte sich daran gewöhnt, in der Küche zu speisen. Man gewöhnte sich vermutlich wirklich an alles, wie ihre Gouvernante ihr damals gesagt hatte. »Es gibt nichts, das man nicht zur Gewohnheit werden lassen kann, mein Kind«, hatte sie gemeint. »Merk dir das gut, du wirst es für dein späteres Leben gebrauchen können.«

Damals hatte Mélanie das Gesicht verzogen und gedacht, dass man wohl sehr alt und abgestumpft sein muss, um so etwas zu behaupten.

Dann werde ich mich sicher auch daran gewöhnen, fortan ein ruhiges, beschauliches und eher spartanisches Leben zu führen, dachte sie nun, während sie ihrem Mann den Stuhl zurechtrückte und neben ihm Platz nahm.

Doch als er begann, den Gerstenbrei zu löffeln, den sie mit

Honig nachgesüßt und einem Klecks Sahne verfeinert hatte, schweiften ihre Gedanken wieder ab, und sie rief sich ihr früheres Leben in Erinnerung.

## 15. Kapitel

*Köthen im April desselben Jahres*

Der Winter wollte die Stadt noch nicht recht aus seinen eisigen Klauen entlassen, dabei hatte es bereits ein, zwei herrlich milde Tage gegeben, die Appetit auf den Frühling gemacht hatten. Mélanie war an diesen Tagen allein spazieren gegangen und hatte den warmen Sonnenschein und das aufgeregte Vogelzwitschern genossen. Samuel war im Haus geblieben, er hatte lesen und die Beine hochlegen wollen. Das Wetter machte ihm zu schaffen, wie jedes Jahr, wenn der Winter in den Frühling überging, wie er gemeint hatte.

An diesem frühen Morgen, es dämmerte gerade, war Mélanie leise aufgestanden, hatte Samuel einen Kuss auf die Stirn gegeben und auf Zehenspitzen das Zimmer verlassen. Sie wollte ausreiten, schon viel zu lange hatte sie nicht mehr auf einem Pferd gesessen. Ihr fehlten die Bewegung und der frische Wind, der ihr ins Gesicht blies, wenn die Stute über die Wiesen galoppierte.

Jolande fuhr zusammen, als sie in die Küche kam. »Herrgott im Himmel, wer sind Sie denn?!«

»Ich bin es, Jolande.« Mélanie setzte sich und bat um eine Tasse Kaffee.

»Frau Hahnemann?« Jolande riss die Augen auf und starrte sie ungläubig an.

»Ich möchte ausreiten. Mein Mann schläft noch. Wenn Sie seinen Brei etwas mehr süßen würden?«

Die Magd starrte sie noch immer an. Erschütterung lag in ihrem Blick. Ob es an Mélanies Aufmachung lag oder daran, dass sie sie nicht erkannt hatte? »Kaffee ist gleich fertig.« Sie lief umher und murmelte etwas vor sich hin.

»Pardon, ich hätte Sie vorwarnen müssen.« Mélanie zupfte verstohlen am Hosenbund und öffnete den oberen Knopf an der Weste. »Ich reite stets als Mann gekleidet aus. Es ist bequemer, außerdem muss ich mir dann später nicht anhören, dass es sich für eine Frau nicht schickt, breitbeinig auf einem Pferd zu sitzen.«

Jolande kicherte und errötete. »Verzeihung, ich wollte nicht … «

»Bei mir müssen Sie sich nicht entschuldigen oder rechtfertigen, wenn Sie lachen.« Mélanie schenkte ihr ein freundliches Lächeln, das die Magd scheu erwiderte.

»Ihr Kaffee, Madame.« Manchmal nannte Jolande sie so.

Mélanie nahm dankbar die Tasse und trank einen großen Schluck.

»Möchten Sie gar nichts essen? Der Brei müsste bald fertig sein.«

»Heute nicht. Ich habe keinen Hunger.« In wenigen Schlucken war ihre Tasse leer, und sie erhob sich. Im Gehen machte sie die Weste zu und schob ihr Haar unter den Hut.

Die Magd war ihr gefolgt und warf ihr bewundernde Blicke zu. »Sie sehen gut aus als junger Bursche, wenn ich das sagen darf.«

»*Merci beaucoup.*« Mélanie lachte. »Vermutlich habe ich bereits der einen oder anderen Frau den Kopf verdreht.«

»Und schlaflose Nächte beschert.« Jolande half ihr in den Mantel und gab ihr die Reitgerte, die in einem der Stiefel steckte.

»Wenn Sie so gut wären und mir beim Anziehen der Stiefel behilflich wären«, bat Mélanie. »Es ist jedes Mal ein anstrengendes Unterfangen. Das Ausziehen allerdings ist noch mal schwieriger.«

Jolande kniete sich hin. »Strecken Sie das Bein aus, Madame. Und bevor Sie das Haus verlassen, werde ich Ihnen noch rasch etwas Proviant zurechtmachen.«

Während Mélanie in den ersten Stiefel schlüpfte, ging ihr durch den Kopf, dass sie ausgerechnet in einer jungen Magd so etwas wie eine Verbündete gefunden hatte. Früher hatte sie sich immer eine Freundin gewünscht, mit der sie alles teilen, der sie sich anvertrauen konnte. Doch sie hatte sich mit Freundschaften zu gleichaltrigen Frauen schwergetan. Dass Jolande nun von ihrer kleinen Eigenart wusste, gefiel ihr. Außerdem war es beruhigend, weil sie sich künftig nicht mehr verstellen und aus dem Haus schleichen musste.


Stunden später saß Mélanie auf einem Baumstumpf, die Beine über Kreuz, und aß ein Stück Pökelfleisch.

Sie war lange und wild geritten, quer durch den Wald, über Stock und Stein und einen Bach, in dem sich die Sonnenstrahlen gespiegelt hatten. Anschließend hatte sie die Stute über eine Lichtung getrieben, auf der Buschwindröschen blühten.

Die Stute hatte schnaubend den Kopf hochgerissen, und Mélanie brachte sie zum Stehen. »Du hast ja recht, meine Hübsche. Zeit für ein Päuschen, du musst ausruhen, und ich könnte etwas zu essen vertragen.« Ein Hoch auf Jolande!

Mélanie nahm den Lederschlauch und trank einen Schluck kühles Wasser. Es knackte irgendwo, und kurz darauf trat ein stattlicher Hirsch auf die Lichtung, die Nase gereckt, um Witterung aufzunehmen. Mélanie wagte kaum zu atmen. Fasziniert beobachtete sie das bildschöne Tier.

Es war lange her, dass sie einen Hirsch gesehen hatte. Damals hatte ihr Vater sie mit auf die Jagd genommen. Der Hirsch war mit drei Kühen aus dem Dickicht gekommen, und sie hatte, auch damals atemlos vor Staunen, neben ihrem Vater gestanden, beide geduckt hinter dem dicken Stamm einer Eiche. »Du wirst ihn doch nicht erschießen, Papa?«, hatte sie bange gefragt.

»Nein, keine Sorge. Der hübsche Bursche wird am Leben bleiben. Ich jage nicht aus Lust am Töten, wie du weißt. Ein Jammer, dass du deinen Skizzenblock nicht dabeihast.«

Der Hirsch hatte den Kopf gedreht und zu ihnen herübergeblickt, als wüsste er, dass sie dort standen.

Die Hirschkühe waren unruhig geworden, und schließlich war er wieder mit ihnen im Unterholz verschwunden.

Die braune Stute wieherte, und der Hirsch brach durch das Dickicht. Mélanie hörte ihn rufen, wahrscheinlich warnte er seine Kühe.

Sie nahm noch einen großen Schluck Wasser, brach ein kleines Stück vom Gerstenbrot ab und schob sich ein Stück Käse in den Mund. Danach wischte sie die Hände an ihrer Hose sauber, packte ihren Proviant zurück in die Satteltasche, band die Stute los und saß auf.

Gemächlich schritten sie über die Lichtung zurück und nahmen denselben Weg, den sie gekommen waren. Mélanie wollte nicht riskieren, sich zu verirren. Samuel wäre außer sich vor Sorge, wenn sie nicht pünktlich heimkäme.

Als sie zwischen ein paar Buchen einige hübsche purpurfarbene Blüten entdeckte, rief sie: »Brr!« und sprang vom Pferd. Sie hockte sich hin, um sich die Blüten genauer anzuschauen. Sollte sie ein paar mitnehmen? Sie wüsste gern, um was für eine Pflanze es sich handelte, und wenn ihr das jemand beantworten konnte, dann ihr Mann.

Gut gelaunt saß sie wieder auf und ließ ihr Pferd langsam weitergehen. Dieser Tag war einer der ersten in den letzten Wochen, vielleicht sogar Monaten, an dem sie sich nicht gelangweilt hatte. Vor Samuel würde sie das nicht zugeben, aber sich selbst durfte sie es wohl eingestehen: Sie kam um vor Langeweile und Tristesse. Ihr graute vor dem Sommer, wenn es für ausgedehnte Ausritte zu warm war. Oder aber sie müsste in aller Herrgottsfrühe aufstehen und entsprechend früh wieder heimkehren.

In Paris hatte sie den Sommer geliebt. Mit Freunden hatte sie die Tage am Seineufer verbracht, diskutiert und philosophiert, Wein getrunken und süße Küchlein gegessen. Abends waren sie ausgegangen, hatten gemeinsam irgendwo gegessen und später die Oper oder das Theater besucht. Oder sie hatten Leseabende veranstaltet, sich gegenseitig vorgelesen oder einen Dichter oder Schriftsteller eingeladen, der etwas aus einem seiner Werke vorgetragen hatte. Langweilig war ihr nie gewesen, im Gegenteil, oft hatte sie sich gewünscht, der Tag würde mehr als vierundzwanzig Stunden haben. Dann jedoch hatten ihre Leibschmerzen begonnen, und alles hatte sich verändert. Sie hatte nicht mehr malen können und war immer häufiger in ihrer Wohnung geblieben.

Selbst wenn es ihr gut ging, hatte sie das Haus nicht verlassen wollen, aus Angst, die Schmerzen könnten sie heimtückisch und unerwartet überfallen, und sie wäre ihnen ausgeliefert.

Und nun geht es mir so viel besser und doch ist mir, als läge eine bleischwere Last auf meinen Schultern, dachte sie betrübt, während sie durch das Unterholz ritt. Ich brauche eine Aufgabe, eine Herausforderung, sonst werde ich noch verrückt.

Links von ihr wuchsen kleine violette Blumen, und sie saß erneut ab, um ein paar zu pflücken. Die Blüten kamen ihr bekannt vor, aber sie wusste nicht, woher.

Eine Handvoll steckte sie in ihre Jackentasche, und als sie ganz in der Nähe Blüten leuchten sah, ging sie hin, um auch davon ein paar abzupflücken. Diese waren etwas kleiner und hatten ein dunkleres Violett als die zuvor.

Erst hatte sie geglaubt, es handele sich um ein- und dieselbe Pflanze, aber das schien nicht der Fall zu sein.

Sie war gespannt, was Samuel ihr dazu erzählen würde.


Nachdem sie die Stute in den Stall gebracht und dem Knecht Bescheid gegeben hatte, machte sie sich auf den Weg zur Wallstraße und war erstaunt, dass sie ihren Mann vor der Tür fand. Er saß auf einem Stuhl und strahlte, als sie auf ihn zukam. »Da bist du ja endlich! Komm her, mein Liebling, und lass dich küssen.« Auf offener Straße herzte und liebkoste er sie, und aus dem Augenwinkel sah sie, wie eine der Nachbarinnen zu ihnen herübergaffte und entrüstet etwas ausrief.

»Sie wird überall hinausposaunen, dass der Herr Hofrat neuerdings auch mit jungen Burschen herumtändelt«, flüsterte Mélanie ihm ins Ohr.

Er lachte so sehr, dass er sich verschluckte.

»Lass uns lieber ins Haus gehen.«

Er nickte und griff nach ihrer Hand.

Im Haus roch es nach deftigem, würzigem Eintopf, und Mélanies Magen meldete sich.

Im Flur küsste Samuel sie erneut und hielt sie dann etwas von sich. »Du siehst aus, als hättest du einen schönen Tag gehabt.«

Den Anflug von schlechtem Gewissen schob sie rasch beiseite. »Der Ausritt war herrlich.« Sie hatte ein Seufzen nicht unterdrücken können. »Ich ziehe mich um und treffe dich dann im Ordinationszimmer«, fügte sie hastig hinzu. Dort saßen sie am liebsten beieinander.

»Was hältst du von einem kleinen Glas Sherry vor dem Essen?«

Die Flasche hatte er ihr zuliebe angeschafft, sie liebte es, vor dem Essen ein Gläschen zu trinken.

»Damit wäre ich sehr einverstanden.«


Später saßen sie nebeneinander am Fenster, die Hände ineinander verschränkt, in der anderen Hand ihr Glas. Auf dem Tisch neben ihnen stand eine kristallene Sherry-Karaffe, ein Hochzeitsgeschenk ihres Vaters.

Samuel schaute Mélanie eine Weile an, dann sagte er: »Ich möchte, dass du mir die Wahrheit sagst.«

»Die Wahrheit?«, wiederholte sie betont gleichmütig.

»Du siehst oft so nachdenklich und traurig aus. Dir fehlt dein früheres Leben, nicht wahr?«

»Ach nein, es ist ja nur … Dann und wann ist mir ein wenig langweilig, das ist alles.« Sie hoffte, dass er sich damit zufriedengab.

Das schien jedoch nicht der Fall zu sein. »Du brauchst eine Aufgabe. Du bist es nicht gewohnt, nur dazusitzen und den Tag vergehen zu lassen.« Er nickte vor sich hin. »Bereust du, mich geheiratet zu haben? Die Wahrheit, bitte.«

»Nein.« Sie bereute keineswegs, seine Frau geworden zu sein. »Es gibt einiges, das ich bereue«, sagte sie mehr zu sich.

Zum Beispiel nie eine Aussprache mit meiner Mutter gesucht zu haben. »Dich zu heiraten, gehört nicht dazu. Aber du hast recht, ich brauche eine Aufgabe.« Sie erinnerte sich an die Pflanzen, die sie im Wald gesammelt hatte, und stand auf, um sie zu holen.

Als sie zurückkam, saß ihr Mann gedankenverloren da, den Blick aus dem Fenster gerichtet. Doch es sah aus, als würde er nichts wahrnehmen.

»Samuel? Mein Lieber. Was ist mit dir?«

Er fuhr zusammen. »Gar nichts.« Sein Lächeln war bemüht, wie ihr schien.

Sie setzte sich wieder und legte die Pflanzen in seine Hände. »Die habe ich unterwegs gesammelt. Du wirst mir bestimmt erklären können, um was für Pflanzen es sich handelt.« Sie zeigte auf eine violette Blüte. »Die hier kommt mir bekannt vor.«

Samuel schaute auf die Pflanzen in seinen Händen und sortierte sie. Dabei lächelte er versonnen.

In diesem Augenblick ging Mélanie ein Gedanke, eine Idee durch den Kopf, und so etwas wie kindliche Freude erfasste sie. Warum fiel ihr das erst jetzt ein?

»Du siehst aus, als hättest du soeben einen Geistesblitz gehabt.« Ihr Mann hatte den Kopf gehoben und sie angeschaut.

Sie lachte. »Damit hast du gar nicht so unrecht.«

Er legte die Pflanzen auf dem Tisch ab und sah sie erwartungsvoll an.

»Ich möchte alles über die Heilkunde, *deine* Heilkunde, erfahren«, erklärte sie eifrig. »Ich möchte, dass du mich unterrichtest.«

Er strahlte. »So viel Lerneifer? Nun, dann will ich dich nicht enttäuschen.«

»Es ist mir ernst«, erwiderte sie leidenschaftlich, wie es ihre Art war, wenn sie für etwas brannte. Dr. Quin hatte vor Jahren ihre Neugier für die Homöopathie geweckt, und inzwischen brannte sie lichterloh dafür. »Ich weiß, du willst dich eigentlich zur Ruhe setzen, aber ich … «

Er unterbrach sie, indem er die Hand auf ihre legte und mit dem Daumen sacht über ihren Handrücken strich. »Ich werde dich sehr gern unterrichten.«

»Und ich werde eine aufmerksame, gelehrige Schülerin sein, das verspreche ich dir.«

»Ich kann das Feuer in deinen Augen sehen. Und ich erkenne mich selbst darin. Ich war früher genauso.«

Sie drückte seine Hand. »Früher? Wenn du sehen könntest, wie es gerade in deinem Blick lodert. Du hast dieses Feuer, diesen Eifer nie verloren, Samuel, er war vielleicht nur ein wenig vergraben.«

## 16. Kapitel

»Beginnen wir mit den Pflanzen, die du gestern von deinem Aus-ritt mitgebracht hast.« Samuel hatte sich neben seine Frau an den Schreibtisch gesetzt, auf dem ein aufgeschlagenes Pflanzenkunde-buch lag. Er holte die Pflanzen aus der Schublade und breitete sie auf einem Tuch aus. »Nehmen wir uns als Erstes diese vor.« Er zeigte auf die mit den purpurfarbenen Blüten. »Das ist Beinwurz oder auch Wallwurz genannt. Manche sagen auch Beinwell. Siehst du ihre zungenförmigen Blätter?«

»Beinwell«, wiederholte Mélanie und schrieb sich den Namen auf ein Blatt Papier. »Wird sie für Beschwerden in den Beinen ge-nommen?«

»Du meinst wegen ihres Namens? Nun, das ist gar nicht so ab-wegig. Man verwendet sie in der Heilkunde bei Muskel- und Ge-lenkschmerzen, Verstauchungen und durchaus auch bei Knochen-brüchen.«

»Ihr Name hat mich darauf gebracht.« Sie wies auf eine Pflanze mit violetter Blüte. »Was ist damit?«

»Das ist ein Leberblümchen.«

»Leberblümchen! Richtig!« Sie nickte eifrig. »Ich wusste, dass sie mir von irgendwoher bekannt vorkommt. Sie wächst zu Hause in …« Sie schluckte und verzog das Gesicht. »Pardon, das hatte ich gar nicht sagen wollen.«

Sie kommt um vor Heimweh und Sehnsucht, dachte er bekümmert und mit einem rasend schlechten Gewissen. Es war seine Schuld, dass sie so litt. Er hätte sie nicht hier festhalten sollen. Ihm kam ein Gedanke, der ihn verwirrte und den er sogleich wieder verwerfen wollte. Unsinn, er konnte doch nicht … In seinem Alter!

»Samuel? Was hast du denn?« Seine Frau sah ihn besorgt und verwundert zugleich an.

»Nichts, mein Liebling, gar nichts.« Mit einem Mal war ihm leicht ums Herz. Aber natürlich konnte er! »Ich erzähle dir noch ein bisschen über *Hepatica nobilis*, das Leberblümchen, ein Hahnenfußgewächs. Und nein, ich habe ihm nicht den Namen gegeben«, fügte er schelmisch hinzu. Es war, als würde sich seine Welt, die ihm seit Jahren klein und ein wenig düster erschienen war, plötzlich wieder weiten. Als würde die Sonne nach einer unendlich lang erscheinenden Nacht leuchtendrot und sehr verheißungsvoll aufgehen. »Man nimmt es bei Gallenbeschwerden wie Gallensteinen oder -grieß.« Er zeigte auf die letzte der drei Pflanzen. »Und das hier ist Lungenkraut, *Pulmonaria officinalis*. Es blüht erst rosa, dann violett und später dunkelblau-violett. Du hast es also in der mittleren Blütezeit gepflückt.«

»*Pulmonaria*«, wiederholte sie und schien nachzudenken. »Kann man es für Behandlungen der Atemwege nutzen?«

»Du bist in der Tat ein blitzgescheites Geschöpf.« Er rieb sich die Hände, eine Geste, die sie jedes Mal lächeln ließ. »Genauso ist es. Man verwendet es aber auch bei Magen-Darmbeschwerden. Viele Pflanzen lassen sich vielfältig nutzen, wie du sicher bereits weißt. Was hältst du davon, wenn du dich heute Nachmittag an einer Trituration versuchst?«

»Eine Verreibung.« Mélanie nickte. »Sehr gern.«

»Nimm dir nichts anderes vor, auch diese Herstellung braucht Zeit.«

Wie eine Dynamisierung ablief, hatte er ihr bereits genauestens erklärt, und sie hatte auch schon dabei zuschauen dürfen. Die Grundsubstanz, ein konzentrierter flüssiger Pflanzenauszug, wurde schrittweise mit Alkohol verdünnt und anschließend mit kurzen, kräftigen Schlägen auf ein ledergebundenes Buch geschüttelt. Das sogenannte Verschütteln verstärkte die Wirkung der Grundsubstanz. Mélanie hatte Samuels ruhige Hand bewundert, und er hatte erwidert, dass Eile in der Homöopathie keinen Platz hatte.

Er rutschte dichter an sie heran und fasste unter ihr Kinn. Nach einem langen, innigen Kuss sagte er: »Wie ich dich liebe, Mélanie! Du ahnst ja nicht, wie sehr.« Er musste es aussprechen, er konnte und wollte es nicht mehr für sich behalten. »Lass uns gemeinsam nach Paris fahren.«

Sie verzog den Mund zu einem flüchtigen, etwas wehmütigen Lächeln. »Der Frühling ist eine gute Zeit für eine so lange Reise. Mein Vater wird sich freuen, dich endlich kennenzulernen. Und ich kann endlich …« Sie schluckte. »Ich *sollte* meine Wohnung aufgeben.«

Er schüttelte den Kopf. »Wir könnten dort wohnen.«

»Ja, natürlich.« Erneut dieses traurige Lächeln. »Ich meine, ich werde sie auflösen, wenn wir wieder …« Sie sprach nicht weiter.

»Sie wird doch groß genug sein?« Plötzlich war er wie berauscht von der Vorstellung, alles hinter sich zu lassen. Neu anzufangen. Mit ihr, seiner geliebten Frau.

»Um vorübergehend dort zu wohnen, *oui*.« Mélanie senkte den Kopf wieder über die Pflanzen und betrachtete sie eingehend.

»Nicht vorübergehend.« Er ergötzte sich an ihrem verdutzten Gesichtsausdruck.

»Was meinst du damit?«

»Wir werden nach Paris gehen, Mélanie, und dort leben.« Was ihm außerdem durch den Kopf gegangen war, würde er ihr später erzählen. »Na, was sagst du dazu?«

Zunächst hatte sie kein Wort gesagt und ihn nur angeschaut; die Augen groß vor Verunsicherung und Verwirrung. »Aber ... Was werden deine Töchter sagen?« Das war tatsächlich das Erste, was sie hervorbrachte.

»Mehr hast du dazu nicht zu sagen?«, erwiderte er mit einer Mischung aus Verwunderung und Belustigung.

»Ich ... ich weiß nicht, was ich sagen soll, Samuel.« Ihre wohlklingende dunkle Stimme war leise, als wage sie nicht, ihre Freude oder auch Bedenken laut zu äußern.

»Du bist sprachlos. Sehr häufig werde ich das vermutlich nicht erleben. Du möchtest also wissen, was meine Töchter wohl dazu sagen werden«, nahm er den Faden wieder auf. »Wahrscheinlich das, was sie immer sagen: ›Du musst den Verstand verloren haben, Vater‹.«

Die blauen Augen seiner Frau funkelten amüsiert, und sie brach in lautes Lachen aus. Schließlich schob sie vorsichtig das Tuch mit den Pflanzen beiseite und sah ihn an. »Bist du sicher, dass du das tun möchtest, Samuel?«

»Ich kenne Paris nicht, aber ich kenne das Leuchten in deinen Augen, wann immer du mir davon erzählst, wenn du es beschreibst und mit leidenschaftlichen Worten schilderst. Ich bin in den vergangenen Jahren träge und lethargisch geworden, habe mich mit meinem Leben arrangiert. Aber das sollte ich nicht, das wurde mir klar, als ich dir begegnete. Du hast meinem Leben einen neuen Sinn gegeben, du würzt es tagtäglich und bringst Schwung in dieses düstere Haus. Mir ist, als hätte ich in den Jahren davor nicht wirklich gelebt, sondern nur geatmet. Nun aber möchte ich die Welt erobern, zusammen mit dir. Da mir dafür aber wohl nicht mehr die Zeit bleiben wird, werde ich mich mit Paris zufriedengeben.« Er küsste sie auf die Nasenspitze. »Ich möchte dich glücklich machen, so wie du mich glücklich machst. Wollen wir jetzt noch ein wenig lernen?«

Mélanie hatte die Blätter des Lungenkrauts neben der Porzellanschale ausgebreitet und sah Samuel erwartungsvoll an.

Er deutete auf das Pistill in der Schale. »Nur zu.«

Sie wollte die kleinen Blätter in die Schale geben, doch er hob die Hand. »Erst der Milchzucker.«

Sie runzelte missmutig die Stirn. Natürlich, sie war unkonzentriert und ärgerte sich. Zuerst musste ein Drittel des Milchzuckers verrieben werden, dann kamen die Blätter dazu.

Sie begann, den Zucker mit kreisenden Bewegungen zu zermahlen, bis sie meinte, nun sei es genug.

Doch Samuel schüttelte den Kopf, und sie machte weiter. So anstrengend hatte sie es sich nicht vorgestellt. Eine Haarsträhne fiel ihr ins Gesicht, und er streckte die Hand danach aus. Mit einem Lächeln schob er die Strähne hinter ihr Ohr.

Nach einer ganzen Weile nickte er. »Und jetzt muss alles sehr sorgfältig vom Rand der Schale abgekratzt werden.«

Mélanie nahm einen kleinen Spatel und machte sich an die Arbeit.

Auch dieser Vorgang dauerte, bis Samuel zufrieden war. Im Geist speicherte sie jeden einzelnen Arbeitsschritt genau ab, damit ihr später kein Fehler mehr unterlief. Sie wollte so bald wie möglich selbstständig arbeiten, ohne Samuel um Hilfe bitten zu müssen.

Sie gab erst ein paar wenige weitere Blätter in die Schale und zermahlte sie sorgfältig. Danach kamen die restlichen Blätter hinzu, und alles begann von vorn.

Als Mélanie den Rest Milchzucker in die Schale füllte, konnte sie sich ein Lächeln nicht verkneifen. Sie warf Samuel einen kurzen Blick zu und stellte fest, dass auch er zufrieden zu sein schien. »Und?«, fragte sie.

Er nahm ihr die Schale ab, schaute hinein, nickte und stellte sie zurück. »Sehr gut.«

Mélanie schüttelte ihr Handgelenk und ließ die Schultern kreisen. Ihre erste Trituration! Sie schaute ihren Mann an. Wie seine Augen leuchteten! »Du bist ein wunderbarer Lehrer, Samuel.«

»Es macht mir große Freude, dich zu unterrichten.« Jetzt war der richtige Zeitpunkt, es ihr zu sagen. »Und ich denke gerade ernsthaft darüber nach, meine Arbeit wieder aufzunehmen.«

»Wolltest du dir nicht mehr Ruhe gönnen?«

Er sah ganz vergnügt aus. »Ach, das eine schließt das andere nicht aus, mein Liebling. Ich habe nämlich vor, zusammen mit dir weiterzuarbeiten.«

Sie schluckte, auch wenn sie nicht wirklich überrascht war. »Aber ich bin lange noch nicht so weit, Samuel.«

»Eines Tages wirst du es sein – und das vermutlich früher, als du denkst. Du hast einen scharfen Verstand, Mélanie, und du lernst ungewöhnlich schnell.« Er legte die Hand auf ihre und sah sie an. »Stell es dir nur einmal vor. Wir beide in einer gemeinsamen Praxis in Paris.«

Mélanie seufzte. Und wie sie es sich vorstellte! »Das klingt wundervoll, Samuel. Gib mir etwas Zeit und sei weiterhin mein Lehrer. Dann werden wir alles schaffen, was wir uns vorgenommen haben.«

# 17. Kapitel

Natürlich reagierten seine Töchter mit Fassungslosigkeit, Unverständnis und Vorwürfen, und genau wie er vorhergesagt hatte, zweifelten sie an seiner geistigen Verfassung. »Du musst wirklich den Verstand verloren haben, Vater. Du willst in deinem Alter nach Paris ziehen?« Dabei hatten sie seiner Frau bitterböse, entsetzte Blicke zugeworfen, als trage sie die Schuld an seiner »verrückten Idee«. »Du bist von Sinnen, Vater, nicht mehr Herr deines Verstandes.«

In der Nacht vor dem Gespräch hatte er seiner Frau erzählt, dass er sich mit dem Gedanken trage, all seinen Besitz und sein Erspartes unter seinen Kindern und Enkelkindern aufzuteilen. Verdutzt hatte sie ihn angesehen. »Bist du sicher, Samuel? Werden sie so nicht erst recht an deinem Verstand zweifeln?«

Er hatte lachen müssen. »Wahrscheinlich, aber das ist mir gleich. Ich möchte nicht im Unfrieden auseinandergehen, das könnte ich nicht ertragen. Ich mag ein Sonderling sein, nie um eine lautstarke Äußerung verlegen und hin und wieder schroff und ungehalten, aber das Glück, das Seelenheil, meiner Kinder ist mir wichtig.« Er hoffte so auch, dass sie endlich Frieden geben und seine Frau nicht länger der Erbschleicherei bezichtigen würden. Seit seiner Heirat war darüber zwar nie mehr ein Wort gefallen, aber er ahnte, dass es hinter den Kulissen noch immer brodelte.

Charlotte und Luise waren eifersüchtig, möglicherweise auch neidisch auf seine Frau, die voller Tatendrang und Herzenswärme war. Sie neideten Mélanie ihre Schönheit, ihren Wissensdurst und ihre Klugheit, und sie sorgten sich um seine Gunst – und ihr Erbe.

»Ich bin fest entschlossen«, hatte er erklärt und war schließlich mit dem guten Gefühl eingeschlafen, das Richtige zu tun.

»Ich habe mir überlegt, euer Erbe schon jetzt zu verteilen«, sagte er nun zu seinen Töchtern, die nebeneinander auf dem schäbigen, verblichenen Sofa saßen, die Hände im Schoß, die Gesichter streng und missbilligend. »Sagt ihr jetzt auch, dass ich verrückt geworden bin, oder überwiegt die Freude?«

»Vater!« Charlotte schnaubte. »Du sprichst, als seien wir versessen auf unser Erbe!«

»Nicht?«, fragte er unschuldig, und sie warf ihrer Schwester einen bedeutungsvollen Blick zu.

Mélanie saß in einem der Sessel, auch er ausgeblichen und durchgesessen, die Beine übereinandergeschlagen, ein feines Lächeln auf den Lippen. Sie hatte die ganze Zeit über geschwiegen.

Nie zuvor war ihm so deutlich bewusst geworden, wie schäbig und ärmlich die Einrichtung seines Hauses war. Was musste seine Frau nur gedacht haben, als sie das erste Mal hier gewesen war.

»Du kannst doch nicht schon jetzt das Erbe verteilen«, meinte Luise mit ruhiger Stimme.

»Natürlich kann ich. Ich habe sogar schon alles veranlasst.« Ganz richtig war das nicht, aber er hatte am Morgen bereits einen Brief an seinen Anwalt verfasst, wenn auch noch nicht abgeschickt.

Isensee würde aus allen Wolken fallen, aber das ließe sich verschmerzen.

»Du hast Isensee schon Bescheid gegeben?« Charlotte schaute ihn entgeistert an.

»So ist es.« Samuel war aufgestanden und hin und her gegangen, um seine Gedanken ordnen zu können. Früher schon war ihm das Nachdenken leichter gefallen, wenn er sich bewegte.

»Entscheidet selbst, was mit diesem Haus geschehen soll«, sagte er und drehte sich zu seinen Töchtern um, die in eine Art Starre gefallen waren. »Wir werden alles hierlassen und nur mit unseren Kleidern und meinen Büchern und Arzneien reisen.« Er zwinkerte seiner Frau zu. »Und mit meinen Uhren selbstverständlich.« Seine Sammelleidenschaft hatte vor vielen Jahren begonnen, von seinen Uhren würde er sich nicht trennen.

Mit einem Mal konnte er es kaum erwarten, sich neu einzurichten, ein paar schöne kostbare Möbelstücke anzuschaffen, weiche Teppiche und hübsche Tapeten auszusuchen. Seine Frau verfügte über einen glänzenden Geschmack, sie würde dafür sorgen, dass es in ihrem neuen Heim an nichts fehlte.

Samuel wurde ganz kribbelig bei der Vorstellung, bald ein neues Leben zu führen.

»Wirst du in Paris wieder praktizieren?«, fragte Luise, und er war ihr dankbar für diese Frage, in der es endlich nicht mehr um seinen Geisteszustand ging.

»Das ist gut möglich«, entgegnete er ausweichend. Mehr musste sie noch nicht wissen.

»Aber du wolltest dich doch zur Ruhe setzen«, warf sie ein.

»Ich werde es auf mich zukommen lassen. Vorerst kann ich ohnehin nicht praktizieren, dazu bräuchte ich erst eine Erlaubnis, wie du weißt.« Er warf seiner Frau einen innigen, liebevollen Blick zu. »Mélanie möchte sich von mir ausbilden lassen.«

Seine Töchter schauten einander an und dann wieder in seine Richtung.

»Und warum? Wozu?«, wollte Charlotte wissen.

»Sie interessiert sich für die Homöopathie. Ich habe zugesagt, ihr alles beizubringen.« Er schmunzelte vergnügt und voller Vorfreude auf das Leben, das ihn erwartete. »Ich wünsche mir, dass sie meine Assistentin wird.« Dummkopf, schalt er sich. Du wolltest doch den Mund halten.

»Deine Assistentin«, murmelte Charlotte und schüttelte den Kopf. »Ist das zu fassen! Und was ist mit Lehmann?«

»Er wird uns nicht begleiten, falls du das meinst«, entgegnete er aufgeräumt.

Sie schnalzte mit der Zunge, stand auf und ging ebenfalls im Zimmer umher. »*Er* war dein Assistent, Vater.«

»Er hat mir bei der Zubereitung der Arzneien geholfen«, erinnerte er sie. »Darin hat er mir assistiert. Er hat nie Patienten übernommen.«

»Und trotzdem war er dein Assistent«, beharrte sie trotzig.

»Lass gut sein, Lotte«, sagte Luise nach einer ganzen Weile und seufzte. »Es ist doch beschlossene Sache, merkst du das denn nicht? Vater wird nach Paris gehen und uns hier zurücklassen.«

»Möchtest du uns etwa begleiten?«, fragte er etwas spitz.

»Um Gottes willen! Paris! Das fehlte mir noch.« Sie stand auf, kam zu ihm und griff nach seinen Händen. Eine Geste, die ihn so verblüffte, dass er kein Wort sagte. »Vater, ich bitte dich! Denk noch einmal in Ruhe über alles nach. Du bist alt, du solltest dir so einen … Umbruch nicht mehr zumuten.«

Und dann tat sie etwas, was ihn noch mehr überraschte: Sie lief zu seiner Frau und kniete sich vor sie hin. »Mélanie! Ich bitte Sie, ich flehe Sie an! Zwingen Sie ihn nicht, mit Ihnen zu kommen! Ich verstehe, dass Sie Heimweh haben, dass Sie sich hier nicht wohlfühlen, aber …« Sie brach ab und schniefte. Weinte sie etwa? Ob sie hoffte, dass ihre Tränen bei einer Frau nützlich waren? »Er ist ein alter Mann.« Sie schluchzte auf und biss in ihren Handrücken.

»Luise.« Mélanies ruhige, dunkle Stimme ließ alle innehalten und aufhorchen. »Ich kann Sie gut verstehen. Sie machen sich Sorgen um Ihren Vater. Ich liebe meinen Vater auch sehr und bin stets besorgt um ihn. Aber ich würde ihm vertrauen, und wenn er mir versichern würde, glücklich zu sein, würde ich ihm glauben. Denken Sie wirklich, ich zwinge Ihren Vater? Nichts läge mir ferner. Ich liebe ihn über alles, mehr als ich mir je vorstellen konnte, und nichts hat mehr Wert für mich als seine Gesundheit, seine Zufriedenheit und sein Wohlbefinden. Dafür werde ich alles tun. Wenn es bedeuten würde, hier in Köthen zu bleiben, bliebe ich.«

»Sie haben ihm den Floh doch erst ins Ohr gesetzt«, erwiderte Luise leise, es klang jedoch nicht verbittert oder gar wütend, sondern eher traurig.

»Nein, Sie irren sich, Luise. Ich habe Heimweh, ja, es wäre dumm, das zu leugnen, aber ich würde mich mit regelmäßigen Besuchen begnügen.« Mélanie schien noch etwas sagen zu wollen, doch sie schwieg.

Samuel ging zu ihr und stellte sich neben den Sessel, eine Hand auf ihrer Schulter. »Ich werde euch etwas sagen.«

Seine Töchter hoben den Kopf und schauten ihn an.

»Ich möchte alles hinter mir lassen, ich möchte noch einmal neu anfangen, selbst wenn ich ein alter Mann bin. Ich habe doch nur noch abgewartet, dass die Zeit vergeht, gefangen in Phlegma und Dickköpfigkeit, die ihr gern Altersstarrsinn genannt habt, nicht wahr? Ihr wart für mich da, und dafür danke ich euch. Aber mir hat so vieles gefehlt: Frohsinn, Heiterkeit, Wärme.«

»Du hast doch nie frieren müssen, Vater!«, meinte Charlotte empört.

»Genau das meinte ich, Lottchen. Es geht nicht um einen warmen Ofen, es geht um diese Wärme.« Er legte die Hand auf sein Herz. »Und jetzt werden wir das Gespräch beenden, es ist alles gesagt. Isensee wird die Schenkungsurkunde aufsetzen, und ich werde alles unterzeichnen.« Er holte tief Luft und strich über die Schulter seiner Frau. »Und im Sommer ziehen wir nach Paris.«

# 18. Kapitel

*Köthen im Juni desselben Jahres*

Die Abreise hatten sie für Pfingstsonntag geplant. Ihre Sachen
waren in Kisten und Körben verpackt, und Samuel hatte sich darangemacht, die Einrichtung seines Ordinationszimmers zu ver-
schenken. Den Schreibtisch sollte Lehmann bekommen. »Leh-
nen Sie bloß nicht ab, mein lieber Gottfried. Sie waren in all den
Jahren ein treuer Freund und zuverlässiger Assistent.«

Während er sich um den Verbleib seines Mobiliars kümmerte,
hatte Mélanie ihrem Kutscher Edouard eine Depesche geschrieben.

*Würden Sie mir die Freundlichkeit erweisen und nach Köthen
kommen, um meinen Ehemann und mich abzuholen und nach Paris
zu geleiten? Ich wüsste meinen Samuel bei Ihnen in der besten,
sichersten Obhut.*

Anschließend hatte sie ihrem Vater den ungefähren Zeitpunkt
ihrer Ankunft mitgeteilt. Ihre Mutter hatte sie nur grüßen lassen.
Noch immer wusste sie nicht, wie ihre Mutter ihre plötzliche Heirat aufgenommen hatte. Ihr Vater schwieg sich beharrlich darüber
aus.

Ihren besten Freunden hatte Mélanie Briefe geschrieben, eu-
phorische Zeilen, in denen ihre Freude und Ungeduld deutlich zu
lesen war.

Edouards Antwort erfolgte rasch:

*Es ist mir eine Ehre, Madame. Ihr getreuer Edouard.*

Sie war erleichtert gewesen, auch wenn sie nicht damit gerechnet hatte, dass er absagen würde. Sie war ins Ordinationszimmer gestürmt, wo ihr Mann in seinem Lehnsessel am Fenster saß und nach draußen schaute. »Edouard wird uns fahren, Samuel!«

Dennoch sorgte sie sich, selbst ihr hatte die beschwerliche Reise zugesetzt.

Wann immer sie ihn darauf ansprach, legte er seine Stirn an ihre, wie er es gern machte. »Mein Herz ist stark und kräftig, und mein Körper ist widerstandsfähiger als du befürchtest.«

Wie groß ihre Angst war, dass er seinen Entschluss mit ihr nach Paris zu gehen, wieder bereuen könnte, verschwieg sie.

An diesem Mittwochnachmittag – es war nur noch eine Woche bis zum Pfingstfest – saßen sie in Samuels Ordinationszimmer, in dem nur noch sein Schreibtisch und zwei Stühle standen.

Samuel strich gedankenverloren über die Tischplatte. »Bald wird Gottfried daran sitzen.« Er verstummte, und Mélanie konnte nur erahnen, was gerade in ihm vorging. So sehr er sich auf Paris und ihr neues Leben auch freute, in letzter Zeit wirkte er oft in sich gekehrt und still.

Sie musste es einfach ansprechen. »Haderst du mit deinem Entschluss?«

»Nein.« Die Antwort kam rasch. »Keineswegs, mein Liebes.

Ich will dir ehrlich sagen, was mich bewegt: Ich mache mir Gedanken, ob ich immer richtig gehandelt habe. Auch was meine Töchter betrifft. War ich zu nachsichtig, zu phlegmatisch?« Er seufzte und verschränkte die Hände vor seinem Leib. »Ich denke über mein Leben nach, Mélanie, wie das wohl alle alten Leute tun. Was war richtig, was falsch? Wo hätte ich anders handeln, was besser machen können?« Erneut ein Seufzen. »Aber ich glaube, ich komme meinen Fragen allmählich auf den Grund: Es gibt keine klare Antwort darauf. Es ist müßig, sich all das zu fragen. Ich muss die Vergangenheit ruhen lassen, in der Gegenwart leben und meine guten Vorsätze mit in die Zukunft nehmen.«

Sie strich ihm über die Wange. »Ich stelle mir diese Fragen auch oft, Samuel. Es geht nicht um alt oder jung.« Sie zeigte auf das Blatt Papier, das vor ihr lag; gänzlich leer, ohne eine einzige Notiz. »Wir sollten noch ein wenig lernen.«

»Du hast recht. Wo waren wir stehen geblieben?«

»Wir haben noch gar nicht begonnen«, erwiderte sie sanft.

Er hob die Augenbrauen. »Nicht? Nun, wenn es eines gibt, was ich mir für die Zukunft vorgenommen habe, dann keine Zeit mehr zu vertrödeln.« Er räusperte sich. »Sprechen wir über die Lebensordnung bei chronischen Krankheiten, die es auszumerzen gilt. Nun?« Er schaute sie fragend an.

»Der Kaffee- und Alkoholkonsum sollte deutlich eingeschränkt werden«, begann sie. »Und auf Fleisch sollte möglichst verzichtet werden.« Als ihr Mann nickte, fügte sie hinzu: »Den Patienten davon zu überzeugen, dürfte in den meisten Fällen außerordentlich schwierig sein.«

Er lachte. »Das stammt aber nicht aus meinem Mund.«

»Nein.« Sie lächelte, auch über sein herzliches Lachen.

»Und weiter?«, forderte er sie auf.

»Der Patient sollte sich ausreichend bewegen und seine Mahlzeiten regelmäßig und möglichst ohne Gewürze einnehmen. Gut geeignet sind junge grüne Erbsen, grüne Bohnen, Karotten und über Wasserdampf gesottene Kartoffeln.« Sie verzog flüchtig das Gesicht. »Das klingt nach eindringlicher Überzeugungsarbeit.«

Samuel lachte erneut, wurde aber gleich wieder ernst. »Was geschieht, wenn ein geeignetes Mittel gefunden wurde und der Patient die erste Dosis erhalten hat?«

»In den ersten Stunden kann es zu einer Erstverschlimmerung kommen«, referierte sie. »Ein sehr gutes Zeichen. Die Dosis wird dann leicht erhöht.«

Er nickte zufrieden und dachte einen Moment nach. »Nenne mir zwei Mittel, die bei Gicht wirksam sind.«

Diese Aufgaben liebte sie besonders. »Als erstes Mittel der Wahl: Sulfur. Hat sich der Zustand gebessert und empfindet der Patient Linderung durch Wärme, würde ich Belladonna nehmen, bei Linderung durch Kälte Arnika.«

Samuel klatschte in die Hände. »Wunderbar. Damit sollten wir es für heute gut sein lassen. Ich bin hungrig. Du nicht auch?«

»Ein Mittel noch.« Ihr Augenaufschlag würde gewinnen, das wusste sie.

»Schön, eins noch.« Er überlegte kurz und grinste dann spitzbübisch. »Magenbeschwerden.«

Sie musste lachen. »Sprichst du von einem knurrenden Magen, wenn der Hunger sehr groß ist?«

Er stimmte in ihr Lachen ein. »Da hilft wohl nur eine gute Mahlzeit. Was rätst du einem Patienten, der dazu neigt, zu viel zu essen?«

»Brechnuss. *Nux vomica.*«

»Und der einen nervösen Magen hat?«

»Dem würde ich zunächst einmal auf den Grund gehen wollen. Woher rührt der nervöse Magen? Leidet der Patient unter etwas? Trägt er etwas mit sich herum? Bei einem Kummer-Magen …«

Sie musste über ihre Wortschöpfung lächeln. »… würde ich zu *Ignatia* raten.«

»Gute Wahl.« Ihr Mann stand auf. »Nun ist es aber wirklich genug. Komm, lass uns sehen, was es zu essen gibt.«


Nach dem Mittagessen hatten sie sich zurückgezogen; Samuel auf die Couch in der Stube und Mélanie auf die Bank im Garten.

Sie hatte sich ein Buch mitgenommen, es bisher aber nur aufgeschlagen in ihren Schoß gelegt.

Samuels Töchter würden hierher in das Haus zurückziehen, das Nachbarhaus, in dem sie einige Monate gewohnt hatten, war wieder verkauft worden. In dem Haus, in dem sie etliche Jahre für ihren Vater gesorgt hatten, fühlten sie sich heimischer. Mit Luise war in den vergangenen Wochen eine Wandlung geschehen. Gelegentlich kam sie vorbei, um nach ihrem Vater zu sehen, hauptsächlich aber, um mit Mélanie einen Plausch zu halten. Dann saßen sie beide in der Stube, eine Tasse Tee oder hin und wieder ein Gläschen Sherry auf dem Tisch, und unterhielten sich. Ihre Gespräche waren selten tiefgreifend oder allzu persönlich, aber durchaus freundschaftlich.

Charlotte hingegen blieb unnahbar und kühl, schien sich jedoch mit dem Fortgang und auch der Ehe ihres Vaters arrangiert zu haben.

Mélanie wollte sich gerade ihrem Buch widmen, als sie Schritte hörte. Sie drehte sich um und sah Luise in den Garten kommen.

»Ich störe hoffentlich nicht?«

»Aber nein, bitte setz dich doch, Luise. Ich habe gerade an dich gedacht.« Mélanie zeigte auf den Platz neben sich.

»Ach ja? Ich hoffe, es waren angenehme Gedanken.«

»Ich habe daran gedacht, wie sehr du dich verändert hast.«

»Ich bin mit mir im Reinen«, entgegnete Luise und blickte nachdenklich in die Ferne.

»Es ist gut, wenn man das sagen kann.«

Eine Zeit lang saßen sie still und beinahe andächtig nebeneinander.

»Er wird mir fehlen«, sagte Luise schließlich leise.

»Du wirst auch ihm fehlen«, erwiderte Mélanie. »Du bist in Paris jederzeit willkommen.«

Luise wandte ihr den Blick zu. »Danke, Mélanie, es bedeutet mir viel, dass du das sagst. Wir haben es dir nicht leicht gemacht. Anfangs dachte ich wirklich, Vater durchlebe eine trotzige Zeit und führe sich wie ein vernarrter Jüngling auf. Aber dann habe ich begriffen, dass er dich aufrichtig liebt. Und du ihn.«

»Charlotte sieht das nach wie vor anders, nehme ich an.«

»Sie weigert sich, mit mir darüber zu sprechen.«

»Ich würde dir gern eine Frage stellen«, sagte Mélanie nach einer Weile, in der sie ein Rotkehlchen beobachtet hatten, das in der Nähe auf dem Weidezaun hockte. »Was meintest du mit

›Nach Paris? Das fehlte mir gerade noch‹, als dein Vater dich fragte, ob du uns begleiten wolltest. Was als Scherz gemeint war, das weiß ich natürlich.«

Luise legte den Kopf in den Nacken und lachte.

Mélanie war überrascht, weil sie sie zum ersten Mal so lachen hörte.

»Damit meinte ich nichts anderes, als dass mir der Mut für so eine Unternehmung fehlt. Ich bin ein verschrecktes, ängstliches Schaf, Mélanie, das eine unglückliche, gescheiterte Ehe hinter sich hat und sich manchmal wie ein zurückgelassenes Möbelstück vorkommt.«

Einem Impuls folgend legte Mélanie die Hand auf Luises. »Hast du deinen Ehemann geliebt?«

»Liebe?« Luise seufzte. »Ich fürchte, ich weiß nicht, wie Liebe sich anfühlt.«


Am Pfingstsonntag war Mélanie in aller Frühe aufgestanden, hatte sich angezogen und war nach draußen in den Garten gegangen.

Sie war rastlos und aufgedreht und wanderte ziellos umher.

Jolande kam aus dem Haus. »Sie sind früh auf.«

»Ich konnte nicht mehr schlafen.« Mélanie hob den Kopf und blickte in den Himmel. Es würde ein herrlicher Tag werden, besser hätten sie den Zeitpunkt ihrer Abreise nicht planen können. Die Sonne ging leuchtendrot auf, und die ersten Vögel begrüßten den Tag.

»Ich wollte mich bei Ihnen bedanken, Madame.«

»Wofür?«, fragte Mélanie.

»Sie haben mir ein sehr gutes Zeugnis ausgestellt und mich bei freundlichen Leuten untergebracht.« Die Magd knickste.

»Das war das Mindeste, was ich tun konnte. Sie waren gut zu uns, Jolande, und Sie sind fleißig und pflichtbewusst. Die Henstedts können froh sein.«

»Vielen Dank.« Jolande knickste erneut. »Sie werden mir fehlen. Sie und Herr Hahnemann.«

»Sie werden auch uns fehlen, Jolande. Und nun lassen Sie uns ins Haus gehen, am Ende weinen wir noch beide.«


Viel war nicht mehr zu tun. Nur ein paar Kleider mussten noch in den Truhen verstaut werden.

Edouard stand im Flur, um sie nach draußen zu tragen.

Als er vor zwei Tagen angekommen war, wäre Mélanie ihm am liebsten um den Hals gefallen. Wie im vergangenen Herbst, hatte sie gedacht, als ich Onkel Luciens Haus verlassen habe, um mich auf die Reise nach Köthen zu begeben. Damals hatte sie ganz ähnlich empfunden.

»Ich werde mich wohl erst daran gewöhnen müssen, Sie künftig nicht mehr Mademoiselle zu nennen«, hatte er gemeint, nachdem sie sich begrüßt hatten. »Ihr Herr Vater lässt ausrichten, dass für Ihre Ankunft alles hergerichtet sein wird.«

Jolande hievte gemeinsam mit ihm eine der beiden Truhen aus dem Haus. Die Magd keuchte, während der Kutscher schimpfte, sie solle nicht so dickköpfig sein und ihn allein schleppen lassen.

»Ich werde ganz sicher nicht danebenstehen und zusehen«, erklärte sie schnaufend, aber bestimmt. »Ich bin Arbeit gewöhnt.«

Während sie die Truhe verstauten, kamen Samuels Töchter aus dem Nachbarhaus. Luise lächelte, als sie Mélanie sah, Charlotte blickte stur geradeaus.

»Ich sehe, es ist alles bereit.« Luise nahm Mélanies Hand. Eine Geste, die sie rührte.

»Wo ist mein Vater?«, fragte Charlotte mit herrischem Ton.

»Er wird in seinem Ordinationszimmer sein.«

Sie rauschte an ihnen vorbei.

»Sei nachsichtig mit ihr«, sagte Luise leise. »Sie kann nicht aus ihrer Haut. Das Schlimme ist, sie versucht es erst gar nicht.«

»Wirst du uns in Paris besuchen?«

»Ich nehme es mir fest vor. Gib acht auf meinen Vater, ja?«

»Natürlich. Ich werde dir regelmäßig schreiben und berichten, wie unser Leben verläuft.«

»Das wäre schön.«

Sie schauten einander an, dann gab Mélanie dem Wunsch nach und schloss Luise in die Arme. Einen Moment blieben sie so stehen. Luise schluchzte erstickt. Dann machte sie sich sacht los. »*Au revoir*, Mélanie. Ich hoffe, dass wir uns wiedersehen.« Sie atmete tief durch. »Und jetzt werde ich mich von Vater verabschieden.«


Später spazierte Mélanie durch alle Räume des Hauses und vergewisserte sich, dass nichts vergessen worden war.

Wenn sie im Herbst letzten Jahres geahnt hätte, wie sehr ihr Leben sich verändern würde. Nun kehrte sie als Madame Hahnemann heim.

Als sie ins Ordinationszimmer kam, stand ihr Mann am Fenster, die Augen geschlossen.

»Samuel?«, flüsterte sie, als sie eintrat. »Schläfst du etwa?«

Er schlug die Augen auf. »Aber nein. Ich gehe nur in mich und verabschiede mich von meinem alten Zimmer.«

»Hier haben wir uns kennengelernt.« Sie stellte sich neben ihn. »Du hast damals mein Herz im Sturm erobert.«

Sie lächelte und gab ihm einen Kuss auf die Stirn. »Die Kutsche ist bereit«, sagte sie nach einer Weile.

»Gut.« Er griff nach seinem Stock, schob ihn sich unter den Arm und spreizte den Ellbogen ab. »Komm.«

Wie jung er heute wieder wirkt, dachte sie mit Erstaunen und mädchenhafter Freude.

Als sie aus der Haustür traten und auf die Kutsche zugingen, fragte sie: »War der Abschied von deinen Töchtern sehr schwer?«

»Luise hat es mir leichtgemacht, Lottchen dagegen …« Er seufzte kopfschüttelnd. »Sie ist nun mal, wie sie ist.«

Edouard streckte die Hand aus, um ihm in die Kutsche zu helfen. »Monsieur Hahnemann.«

»*Merci beaucoup*, Edouard.« Samuel sank auf die gepolsterte Bank.

Mélanie nahm ihm gegenüber Platz. »Hast du es auch bequem?«

»Gewiss doch.« Er machte einen vergnügten, aufgeräumten Eindruck. Wenn ihm die Aussicht auf eine so weite Reise Magendrücken bereitete, ließ er es sich zumindest nicht anmerken.

Mélanie beugte sich aus dem Fenster und winkte Luise zu. »*Au revoir!*«

Luise winkte zurück, nur Charlotte stand reglos da.

Es schaukelte, als Edouard aufsaß, und als die Pferde loszockelten, sagte Samuel mit kindlichem Strahlen: »Auf nach Paris!«

*II.*

Winter 1836 – Winter 1839
Paris

## 19. Kapitel

*Paris, Rue de Madame, im Januar 1836*

Mélanie hatte Samuels Arm losgelassen, sich hingekniet und eine kleine Schneekugel geformt. Ihre Handschuhe hatte sie ausgezogen, sie wollte den kalten Schnee spüren. »Wir könnten einen Schneemann bauen«, schlug sie vor.

»Ich fürchte, das wirst du allein tun müssen. Das kalte Wetter ist nichts für mich. Es wird Zeit, dass Frühling wird.«

Sie bückte sich wieder und rollte eine weitere Schneekugel, größer als die vorherige. »Ich mag den Winter, den Schnee.«

Sie rollte weiter, kicherte, als ihr der Hut vom Kopf rutschte und in den Schnee fiel.

Ihr Mann stand etwas abseits, die Hände in den Manteltaschen, und schaute ihr sichtlich amüsiert zu. Sie ahnte, was er gerade dachte: In manchen Dingen wird sie wohl nie erwachsen.

Viele Menschen waren heute im Jardin du Luxembourg unterwegs, und die meisten grüßten freundlich und ließen sich sogar dazu hinreißen, stehen zu bleiben und ein Schwätzchen mit ihnen zu halten. Mitunter war es recht anstrengend, manchmal wäre es Mélanie und auch ihrem Mann lieber, sie könnten ungestört umherschlendern.

Kurz nachdem sie im vergangenen Sommer, einem furchtbar schwülen Tag, angekommen waren, hatte es sich wie ein Lauffeuer herumgesprochen, dass der Hofrat Hahnemann nun in Paris lebte.

Der berühmte Doktor hatte seiner Heimat den Rücken gekehrt, um künftig hier praktizieren zu können.

Die ansässigen Homöopathen zeigten offen ihre Bewunderung und Hochachtung, und sie machten auch sofort deutlich, was sie sich von Samuel wünschten: nämlich, dass er ihnen mit Rat und Tat zur Seite stehen würde.

Mélanie war die Vorstellung gar nicht recht, dass man ihren Mann gleich so einnehmen würde. Er brauchte Ruhe und Muße, sich erst einmal einzuleben.

Im Spätsommer kam die Genehmigung vom Ministerium und ein Dekret von König Louis-Philippe: Samuel durfte praktizieren.

Dass er sich noch in Köthen, kurz vor ihrer Abreise, um die Erlaubnis gekümmert hatte, beichtete er ihr zerknirscht, als er das Dekret in seinen Händen hielt. »Ich weiß, was du sagen willst, Mélanie. Ich wollte mich zur Ruhe setzen, aber ich fühle mich wunderbar, voller Kraft und Unternehmungslust. Verzeih, dass ich hinter deinem Rücken gehandelt habe.« Er hatte ihr einen schelmischen Blick zugeworfen. »Ich habe gehofft, dass du mich schon bald unterstützen wirst. Du hast viel gelernt und könntest als meine Assistentin arbeiten.«

»Dazu ist es noch viel zu früh«, hatte sie erwidert.

»Das finde ich nicht. Aber ich kann dich nicht zwingen, dir und deinen Fähigkeiten zu vertrauen.«

Dabei hatten sie es belassen. Vorerst.

Ihr Mann kannte sie viel zu gut, er wusste, dass ihr seine Worte nicht aus dem Kopf gehen würden. Mélanie wollte wütend auf ihn sein, sie fühlte sich manipuliert, und sie hatte mehr und mehr das Gefühl, ihn zu enttäuschen. Wovor hatte sie Angst? Träumte sie in der Tiefe ihrer Seele nicht davon, gemeinsam mit ihm zu arbeiten, kranken Menschen zu helfen?

War es nicht das, was sie inzwischen als ihre Aufgabe, ihre Bestimmung sah?

Gedankenverloren formte sie eine dritte Schneekugel und setzte sie auf die beiden anderen. Sie blickte sich nach zwei Kieselsteinen um, doch der Schnee hielt alles verborgen. Samuel ging ein paar Schritte umher, bückte sich und hob zwei kleine Steine auf. Er kam zu ihr und steckte sie in den Kopf des Schneemanns. »Immerhin hat er nun Augen. Auf eine Nase und einen Mund wird er wohl verzichten müssen.«

»Wie schade.« Mélanie lächelte, noch immer ganz in Gedanken.

»Was geht dir durch den Kopf?«

»Ich musste an unsere Ankunft denken«, schwindelte sie. »Wie du dich aus dem Kutschfenster gebeugt hast, um alles sehen zu können. Ich hatte Angst, du könntest hinausfallen.« Sie lachte und wunderte sich, wie leicht es ihr fiel.

Als sie über die Pont du Caroussel geholpert waren, hatte Samuel, bis dahin erschöpft und schläfrig von der langen Reise, ausgerufen: »Paris! Wir sind da!«

Die ersten Wochen hatten sie in ihrer Wohnung in der Rue des Saint-Pères gewohnt, doch sie war ihnen rasch zu eng geworden. Hinzu kam, dass Samuel vom Straßenlärm nicht schlafen konnte.

Eine neue Wohnung, größer, behaglicher und vor allem ruhiger, war schnell gefunden: in der Rue de Madame, einen Steinwurf vom Jardin du Luxembourg entfernt.

Zwei Männer, die Hüte ins Gesicht gezogen, die Mantelkragen

hochgeschlagen, gingen an ihnen vorbei und grüßten freundlich. »Monsieur Hahnemann. Madame.«

Samuel blickte ihnen stirnrunzelnd nach. »Kenne ich die beiden?«

»Der eine war Monsieur Perrin. Erinnerst du dich? Er war vor wenigen Wochen in Begleitung seiner Frau da. Madame Perrin hat geredet und geredet …« Sie senkte die Stimme. »Und hat kein gutes Haar an der Ärzteschaft gelassen.«

Ihr Mann grinste. »Ja, jetzt erinnere ich mich.«

Mélanie hakte ihn unter und lehnte den Kopf an seine Schulter. Gemächlich schritten sie durch den winterlichen Park, der seit Tagen unter einer Schneedecke lag. Die Bäume bogen sich unter der weißen Last, und dann und wann rieselten ein paar Flocken herab. Ihre Schritte knirschten leise.

»Hast du noch mal darüber nachgedacht?«, fragte ihr Mann nach einer Weile.

Mélanie wusste sogleich, wovon er sprach. »*Oui.*«

»Und? Wie lautet deine Antwort?«

»Ich bin noch nicht so weit, Samuel.«

»Unsinn, du bist längst so weit. Du traust dich nur nicht.«

Sie sah ihn von der Seite an. War er verärgert? »Es tut mir leid«, sagte sie leise. »Aber ich muss mir doch sicher sein, oder etwa nicht? Ich muss sicher sein können, das Richtige zu tun.«

»Es ist nur ein kleiner Schritt, Mélanie.«

»Ich weiß. Aber der muss gegangen werden.«

»Und davor hast du Angst.« Er nickte. »Schön, belassen wir es dabei.« Er seufzte und fügte gleichzeitig mit ihr »Vorerst« hinzu.

Sie sahen einander an und mussten lachen.

Zwei kreischende Kinder rannten an ihnen vorbei, zwei Jungen, die sich gegenseitig mit Schneebällen bewarfen. Mélanie drehte sich nach ihnen um und lächelte. Die Sehnsucht nach einem Kind, die unerfüllt bleiben würde, stach in ihrem Inneren.

Sie musste an das Gesicht ihrer Mutter denken, als sie bei ihrer Ankunft einen ersten Blick auf ihren Schwiegersohn geworfen hatte. Was sie damals gedacht hatte, stand ihr deutlich auf der Stirn geschrieben: So alt?

Ihr Vater dagegen hatte sie in die Arme geschlossen. »Endlich seid ihr da! Ich konnte es kaum erwarten.« Er hatte sich vor ihrem Mann verbeugt. »Monsieur.«

Ihre Mutter war langsam nähergekommen, den Kopf zur Seite geneigt, wie sie es gern tat, wenn sie misstrauisch war. »Monsieur.« Sie hatte Samuel kühl zugenickt.

»Darf ich dir meine Mutter vorstellen, Samuel?« Mélanie war rasch dazwischengegangen, bevor ihre Mutter womöglich wieder ihre gute Kinderstube vergessen würde. Wie leider viel zu häufig in den letzten Jahren. »*Maman*, das ist mein Ehemann.«

»*Enchanté.*« Hocherfreut hatte ihre Mutter allerdings nicht ausgesehen.

Mélanies Freunde hatten Samuel sogleich in ihren Kreis aufgenommen, und bereits zwei Tage nach ihrer Ankunft waren sie gemeinsam in die Oper gegangen.

Samuel hatte dagesessen und kein Wort über die Lippen gebracht. Erst als der letzte Vorhang gefallen war und die meisten Gäste aufstanden und den Saal verließen, hatte er Mélanie angeschaut und gelächelt. »Es war ein Fest!«

Sein letzter Opernbesuch hatte Jahre, wenn nicht Jahrzehnte zurückgelegen, wie er zuvor gemeint hatte.

Er sog alles auf wie ein ausgetrocknetes Stück Leinen: die Theater- und Museumsbesuche, die Spaziergänge durch die Stadt, die anschließenden Abendessen zum Beispiel am Quai Malaquais oder den Kaffee in einem der hübschen Caféhäuser, in denen leise Musik gespielt wurde. Abends, wenn sie nebeneinander im Bett lagen, griff er nach ihrer Hand und führte sie an seine Lippen. »Das war wieder ein herrlicher Tag, mein Liebling. Ich danke dir so sehr, dass du mir all das ermöglichst und schenkst.«

Es war unruhig und laut in der Stadt, seit Bürgerkönig Louis-Philippe beschlossen hatte, einige von Napoleons Bauvorhaben, die unvollendet geblieben waren, zu Ende ausführen zu lassen. Überall wurde gebaut, geklopft und gehämmert. Im Sommer sollte der Arc de Triomphe, dessen Bau ebenfalls Napoleon geplant hatte, eingeweiht werden. Als Samuel in der Zeitung davon gelesen hatte, hatte er sogleich verkündet, sich die Feier nicht entgehen lassen zu wollen. Es schien, als habe er vor, alles nachzuholen, was er versäumt und entbehrt hatte.

Das meiste davon freiwillig, wie er selbst zugegeben hatte. »Jetzt aber, wo ich weiß, was Leben auch bedeuten kann, möchte ich nichts mehr auslassen.«

Nun hielt er ihr die Pforte zu ihrem Garten auf und ließ sie eintreten. Die ersten Schneeglöckchen steckten die Köpfchen aus dem Boden, und sie hockte sich hin und strich sacht über eines. Der Saum ihres Kleides war bereits völlig durchnässt, und auch die wollenen Strümpfe in ihren Stiefeln fühlten sich klamm an.

Sie stand auf. »Ich weiß, dass du enttäuscht bist, Samuel.«

Er sah sie verwundert an. »Nein.« Mehr sagte er nicht.

Und sie blieb mit ihren wild umeinander kreisenden Gedanken und einem schlechten Gewissen zurück.

# 20. Kapitel

*Paris im März*

Es war ein herrlicher, wunderbar milder Vorfrühlingstag.

Beschwingt und gut gelaunt waren Mélanie und Samuel aufgestanden, hatten ausgiebig gefrühstückt und dabei beschlossen, dem Louvre einen Besuch abzustatten.

Wie üblich sprachen sie auf dem Weg über ihre Arbeit und hielten eine kleine Lehrstunde ab. Mélanie hatte bereits in Köthen damit begonnen, ihre gemeinsamen Spaziergänge auf diese Weise zu nutzen. »Beim Schlendern lernt und wiederholt es sich wunderbar«, hatte sie gemeint.

»Nenn mir ein Mittel gegen Schwermut.« Samuel schaute in den Himmel. »Was für ein Tag.«

»Johanniskraut«, antwortete sie, und er nickte.

»Was würdest du jemandem verordnen, der bei Vollmond umherwandelt?«

Sie blieb stehen und sah ihn verdutzt an. »Ein Schlafwandler? Da bin ich überfragt, Samuel.«

Er schmunzelte amüsiert. »Sieh an, meine hinreißende Frau ist überfragt. Dass ich das noch erlebe.«

Sie spazierten weiter.

Mélanie nahm den Faden wieder auf. »Und? Was würdest du verordnen?«

»*Phosphorus.*«

»*Phosphorus*«, wiederholte sie. Das würde sie nicht mehr vergessen, nahm sie sich vor.

Begeistert stand Samuel wenig später vor da Vincis »Abendmahl«, den Mund halb geöffnet, die Augen geweitet. »Ist es nicht wundervoll, Mélanie?«, flüsterte er. Seit sie hier waren, hatten sie leise geredet; aus Ehrfurcht und vor atemlosem Staunen. »Was für ein Meisterwerk! Sieh dir an, wie vorzüglich er die Gewänder gemalt hat, wie hervorragend der Faltenwurf herausgearbeitet ist. Dieser Mann war ein wahrer Meister!«

»Oh ja«. Oft hatte sie sich die Frage gestellt, ob auch da Vinci von Zweifeln geplagt worden war, ob auch er vor seinen Werken gestanden und wie besessen nach Fehlern gesucht hatte. Einem falsch gesetzten Pinselstrich, einem winzigen Höcker auf einer schnurgeraden Nase oder einem weißen Punkt in einer Pupille, der dort nicht hingehörte. Das akribische, verzweifelte Bemühen um Vollkommenheit hatte ihr irgendwann die Freude am Malen genommen. In der Kunst konnte es keine Perfektion, keine Vollkommenheit geben, unmöglich, doch obschon sie das wusste, hatte sie ihre Zweifel nicht abstellen können.

In diesem Moment fragte sie sich, ob es nur ihre Leibschmerzen gewesen waren, die sie am Malen gehindert hatten. Jetzt, wo es ihr so viel besser ging, könnte sie doch wieder an der Staffelei stehen. Doch bisher hatte sie einen Bogen darum gemacht.

Und nun gestand sie es sich endlich ein: Sie hatte eine neue Aufgabe, eine Herausforderung gefunden, die ihr so viel mehr bedeutete.

Mélanie seufzte. Sie empfand leises Bedauern, vor allem jedoch Erleichterung.

Samuel schaute sie fragend an. »Was ist mit dir?«

»Ich bin traurig und zugleich froh, weil mir endlich etwas klar geworden ist.«

»Und was?«

»Die Kunst, das Malen war viele Jahre mein Lebensinhalt.« Sie nahm seine Hand und drückte sie. »Und nun habe ich etwas, das mich zutiefst erfüllt und mich so glücklich macht, wie nichts zuvor.« Sie lehnte den Kopf an seine Schulter, als sie weiterschlenderten.

»Ich nehme an, du sprichst von deinem geliebten Ehemann.« Samuel schaute sie schelmisch an. »Nein, ich weiß, was du meinst. Du sprichst von der Homöopathie. Glaub mir, ich weiß sehr gut, was in dir vorgeht.«

Mélanie deutete nach vorn. »Dort drüben ist die »Mona Lisa«.«

Als sie das erste Mal vor dem Gemälde gestanden hatte, war sie ein wenig enttäuscht gewesen. Sie hatte ein deutlich größeres, aufsehenerregenderes Gemälde erwartet. Das hatte sie allerdings bislang für sich behalten.

Samuel blieb vor dem Bild stehen, neigte den Kopf nach rechts, dann nach links und runzelte die Stirn. »Darf ich ehrlich sein? Ich habe es mir imposanter vorgestellt.«

Mélanie musste lachen und verbarg es hinter vorgehaltener Hand. »Das ging mir genauso.«

Beide betrachteten das Gemälde und schwiegen.

Ein Paar spazierte an ihnen vorbei und grüßte freundlich.

Samuel wies auf die »Mona Lisa«. »Was ihr wohl durch den Kopf gegangen ist, als da Vinci sie malte?«

»Ich nehme an, die Frage stellen sich viele. Möglicherweise wusste auch da Vinci es nicht.«

»Egal, was es ist, er hat ihre Gedanken in einem ganz besonderen Lächeln eingefangen.«

Mélanie nickte versonnen. Und sie sprach das aus, was ihr in diesem Augenblick in den Sinn kam und sie selbst überraschte. »Ich glaube, ich möchte dich gern malen, Samuel.«

Er winkte ab, sagte jedoch nichts darauf. Stattdessen wechselte er das Thema. »Ich will mir die Mumien in der Abteilung für Ägyptische Altertümer ansehen. Komm!«

So leicht kommst du mir nicht davon, dachte sie amüsiert. Eines Tages werde ich dich malen.


Auf dem Heimweg spazierten sie durch den Tuilerien-Garten, blieben immer wieder stehen, holten tief Luft und schwiegen fast die gesamte Zeit.

Mélanie liebte diesen Ort, er hatte etwas Erhabenes und zugleich Betörendes an sich. Sie deutete auf den Palast. »Wusstest du, dass Caterina de' Medici das Palais in Auftrag gab? Früher stand dort eine Ziegelei.«

»Tatsächlich? Ich stelle gerade fest, dass es noch immer eine Menge zu lernen gibt.«

»Das Lernen hört wohl nie auf. Mein Vater sagt das auch oft.«

Es schien, als strömten alle aus ihren Wohnungen, ausgehungert nach Sonnenlicht, Wärme und Frühlingsduft.

Die Krokusse und Märzenbecher schoben sich aus der noch kalten Erde und bildeten hier und da hübsche bunte Teppiche.

»Ich habe heute Vormittag zwei Patienten«, erzählte Samuel und zeigte lächelnd auf ein kleines Mädchen, das einen Hund an der Leine führte. »Sie erinnert mich an Malchen.«

»Malchen?« Hatte er je von ihr erzählt?

»Amalie. Meine drittgeborene Tochter.« Er lächelte erneut, es wirkte wehmütig. »Sie trug auch so niedliche Zöpfe.«

Er sprach nur selten über Charlottes und Luises andere Schwestern. Mélanie vermutete, es lag daran, dass der Kontakt sehr spärlich war und in manchen Zeiten sogar ganz abgerissen war. Alles, was sie wusste, war, dass die Zweitgeborene, Wilhelmine, bereits vor fast zwanzig Jahren gestorben war.

»Wie die Zeit vergangen ist.« Samuel seufzte. »Manchmal kommt es mir vor, als sei es erst gestern gewesen, dass sie unterrichtet wurden.« Er räusperte sich energisch, setzte ein heiteres Gesicht auf und nahm Mélanies Hand. »Genug der wehmütigen Erinnerungen. Die Zeit lässt sich nicht zurückdrehen.«

Auch Mélanie seufzte. »Nein, leider.«


Kaum hatten sie die Wohnung betreten, als ihre Dienstmagd Florence angelaufen kam. »Pardon, Monsieur.« Sie war ganz außer Atem. »Ein Mann wartet auf Sie. Er sagt, es sei dringend.«

»Hat der Mann auch einen Namen?« Samuel ließ sich von Mélanie aus dem Mantel helfen.

»*Oui*, Monsieur.« Florence errötete. »Aber ich habe ihn vergessen. *Pardon.*« Sie senkte den Kopf und knickste.

»Schon gut, Florence. Sehen Sie, ob Sie der Köchin helfen können«, sagte Mélanie.

»Sie … sie hat mich fortgeschickt. Ich solle ihr nicht auf die Nerven gehen.«

Mélanie unterdrückte ein Seufzen. Sie würde mit Camille sprechen müssen. Wenn sie ehrlich war, dann hatte sie die Frau von Anfang an nicht gemocht, sie war ihr zu derb, zu vorlaut. Aber sie kochte wie eine Göttin, wie Madame Jarreau versprochen hatte, die ihr Camille empfohlen hatte.

»Kommen Sie mit mir«, sagte Mélanie ergeben. »Sie können mir helfen, mein Zimmer in Ordnung zu bringen.«

»Sehr gerne, Madame.« Florence eilte voraus, um ihr die Tür aufzuhalten, während Samuel zu seinem Ordinationszimmer ging.

Im vergangenen Spätsommer hatten sie es mehr oder weniger überstürzt eingerichtet, nachdem die ersten Patienten gekommen und es täglich immer mehr geworden waren. Bis dahin hatte es nur den alten, verschrammten und hässlichen Schreibtisch gegeben, den sie in der Wohnung vorgefunden hatten.

Mélanie betrat ihr Zimmer, in dem ebenfalls ein Schreibtisch stand, an dem sie lernte und ihre Korrespondenz erledigte. In der Ecke stand ein bildschöner Sekretär mit Intarsien, den sie allerdings nur selten benutzte.

Florence lief zum Fenster und öffnete es. »Es wird Frühling, Madame.«

»Ja, herrlich, *n'est-ce pas*? Der Frühling in Paris ist jedes Jahr aufs Neue traumhaft schön.«

Florence wischte über den tadellos sauberen Schreibtisch,

räumte zwei Bücher ins Regal und rückte die beiden Stühle am Fenster zurecht. Sie blickte sich um. »Ist alles recht so, Madame?«

»*Bon*«, murmelte Mélanie, ohne aufzusehen. Sie hatte sich den Briefen auf ihrem Tisch gewidmet, die am Morgen eingetroffen waren.

Leise machte Florence die Tür hinter sich zu, und Mélanie öffnete einen der Briefe. Er war von Luise, und sie lächelte.

*Liebe Mélanie,*

*ich hoffe, Du und Vater seid wohlauf, und Ihr habt Euch keine Influenza eingefangen, wie so viele Leute hier in Köthen.*

*Stell Dir nur vor, ich war vor drei Tagen nach ungezählten Jahren mal wieder im Theater. Es war großartig, ich schwärme noch jetzt davon. Sie haben »Der Menschenfeind« von Moliere gespielt. Ich befürchte, ich habe mehr mit Arsinoé gemein, als mir lieb ist.*

Mélanie ließ den Brief sinken und musste laut lachen.

Sie wollte weiterlesen, als es klopfte und eine weibliche Stimme raunte: »Madame Hahnemann?«

Sie stand auf und öffnete. »*Oui*?«

Vor ihr stand eine ältere, ein wenig korpulente Frau mit geröteten Wangen. »Pardon, ich hoffe, ich störe nicht.«

»Sie möchten bestimmt zu meinem Mann. Er hat gerade … «

»Ich weiß, Madame, ich weiß. Aber ich … « Die Frau sah verzweifelt aus. »Es ist mir furchtbar unangenehm, aber ich … « Sie räusperte sich. »Ich möchte nicht zu einem Mann gehen.«

»Ich verstehe nicht … « Dabei verstand Mélanie eigentlich doch, sie war lediglich verwirrt.

»Nun, es handelt sich …« Wieder ein Räuspern. »Es ist ein Frauenproblem, Madame, und ich … Sie verstehen das sicher, *n'est-ce pas*?«

Mélanie rang mit sich, atmete tief durch und trat schließlich beiseite. »Bitte, kommen Sie, Madame …?«

»Gerard.« Die Frau ging an ihr vorbei. »Ich danke Ihnen, Madame, ich danke Ihnen sehr, dass Sie mich anhören wollen.«

Anhören? Nun, davon konnte keine Rede sein. Mélanie wollte sie davon überzeugen, dass sie bei Samuel in den besten Händen war. »Bitte nehmen Sie dort drüben Platz.«

Madame Gerard sank auf einen der beiden Stühle, und Mélanie setzte sich an den Schreibtisch.

»Sie können gern hier auf meinen Mann warten«, sagte sie in einem Anflug letzter Bemühung, sich nicht eingestehen zu müssen, dass die Frau sich *ihre* Hilfe erhoffte.

»Ich weiß, dass Ihr Mann Sie ausgebildet hat.« Madame Gerard verschränkte die Hände im Schoß. Sie trug ein modern geschnittenes Kleid aus kostbarem Stoff, dazu Schmuck und Handschuhe aus feinstem Kalbsleder. »Es stand in den Zeitungen, kurz nachdem Sie hierherkamen.«

Mélanie schluckte. Wie sollte sie da nur wieder herauskommen? »Das ist richtig, Madame Gerard, aber ich … Nun, ich denke, ich muss noch eine Menge lernen.«

Die Frau hob den Kopf und sah sie ernst an. Und dieser Blick verriet ihr, dass Madame Gerard *wirklich* verzweifelt war und es ihr nicht gut ging. »Ihr Mann spricht in den höchsten Tönen von Ihnen, er lobt Ihre Umsicht und Klugheit.«

»Woher wissen Sie das?«

»Er hat es meinem Mann erzählt.« Madame Gerard räusperte sich und hüstelte verlegen. »Mein Gustave ist gerade bei ihm in der Sprechstunde.«

Mélanie lehnte sich zurück und wollte etwas sagen, doch die Frau kam ihr zuvor. »Ich bin ihm nachgegangen, habe gewartet, bis er im Haus verschwunden ist und dann ... « Sie lächelte kurz. Doch dieses Lächeln genügte, einen vollkommen anderen Menschen aus ihr zu machen: eine deutlich jüngere Frau, die früher gern gelacht hatte und fröhlich gewesen war. »Nun sitze ich hier bei Ihnen, Madame.«

Hatte sie ihre erste Patientin vor sich? Würde sie bestehen oder kläglich versagen? Gleichgültig, wie es ausging, sie würde sich stellen und Madame Gerard nicht wieder wegschicken. »Was fehlt Ihnen, Madame?«

»Ich habe vier prächtige Söhne, die inzwischen eigene Familien und mich zur Großmutter gemacht haben. Seit dem vergangenen Jahr ist mir unwohl ...« Madame Gerard verstummte kurz und sprach dann weiter: »Nein, im Grunde geht es schon länger so. An nichts habe ich mehr Freude, alles fällt mir furchtbar schwer, sogar das, was ich früher so geliebt habe.«

»Zum Beispiel?«

»Die Pflege meiner Rosen, eine Einladung zum Tee bei meinen Freundinnen. All das verursacht mir nun Magenschmerzen und das Gefühl, es nicht bewältigen zu können.«

Mélanie nickte mitfühlend. Und etwas ging in ihr vor: Sie war nicht mehr nur die Frau, die einer anderen zuhörte, sie ging im Geiste alles Gelesene und Erlernte durch, um ein Mittel für Madame Gerard zu finden.

Ich denke als Homöopathin.

»Ich bin entsetzlich erschöpft, leide neuerdings unter Kopfweh, und in meinem Leib fühlt es sich an, als befänden sich Steine darin. Steine, die hin und her rutschen und mich aus dem Gleichgewicht bringen.«

Mélanie nickte erneut. »Ich verstehe.«

»Wirklich?« Hoffnung glomm in Madame Gerards dunklen Augen auf. »Sie wissen, was ich meine?«

»Sie befinden sich in der Mitte des Lebens, Madame. Ihre Fruchtbarkeit wandelt sich.«

»In Unfruchtbarkeit, meinen Sie?« Madame Gerard schnaubte. »Das darf gern geschehen, ich habe vier Kinder großgezogen.«

Mélanie lächelte. »Ein solcher Wandel ist fast immer mit großen Veränderungen verbunden. Die körperlichen Symptome, oft ist es reine Erschöpfung, können wir behandeln, die Freude an dem, was Sie neu erlangen werden, können nur Sie selbst behandeln, Madame.«

»Ich verstehe nicht …« Madame Gerard schaute sie verwundert und etwas unbehaglich an.

»Sehen Sie es positiv, Madame. Sie sind in einem Alter, in dem Sie genießen dürfen. Sie dürfen sich zurücklehnen, und genau das tut Ihr Körper bereits: er ruht sich aus. Sobald Sie begreifen, wie wunderbar es ist, sich ausruhen zu dürfen, werden Ihre körperlichen Beschwerden vergehen. Ich werde Ihnen ein Mittel zusammenstellen, das Ihnen hilft, Entspannung zu finden, vielleicht sogar ein wenig Sorglosigkeit. Alles Weitere liegt allein in Ihrer Hand, Madame.« Sie stand auf. »Ich würde mich gern noch mit meinem Mann besprechen. Kommen Sie morgen Vormittag zu mir in die Praxis, dann bekommen Sie das Mittel.«

Zu mir in die Praxis, dachte sie verblüfft, habe ich das wirklich gerade gesagt?

# 21. Kapitel

Samuel kam aus seinem Behandlungszimmer und schnupperte. Roch es nicht nach Rotkraut? Er liebte Rotkraut.

Ob er in die Küche gehen und einen kleinen Blick wagen sollte?

Als er die Tür vorsichtig öffnete, sah er die Köchin mit dem Rücken zu ihm am Herd stehen. Leise trat er näher.

Erst kürzlich, als er eine Scheibe vom frischen Brot stibitzen wollte, hatte er sie so erschreckt, dass ihr der Topfdeckel aus der Hand gefallen war. »*Mon Dieu*! Wollen Sie mich ins Grab bringen, Monsieur?«

»Sie sind noch jung, Camille«, hatte er gleichmütig erwidert. »Ihr Herz sollte gesund und stark sein.«

Sie hatte ihn angestarrt, als hätte er einen derben Scherz gemacht, dann hatte sie den Kopf geschüttelt. »Am Ende geben Sie mir noch eins Ihrer Mittelchen«, hatte sie leise gemurrt.

»Sie glauben wohl nicht an die Homöopathie.« Er hatte sehnsüchtig zum tönernen Topf gespäht, in dem sie das Brot aufbewahrte.

»*Non*, Monsieur, daran glaube ich wahrhaftig nicht. Mein Vater sagt, die Heilkunde ist wie ein Wunder: Wenn man dran glaubt, mag es geschehen, wenn nicht … « Sie hatte die Schultern gezuckt.

»Ich sage Ihnen etwas, Camille: Die Homöopathie kann Wunder bewirken, auch wenn Sie *nicht* daran glauben.«

Darüber schien sie nachdenken zu müssen, und da sie darin nicht die Schnellste, Eifrigste war, hatte er sich davongestohlen.

Nun blieb er in der Tür stehen und räusperte sich nachdrücklich.

Damit sollte sie gewarnt sein.

Weit gefehlt. Mit einem schrillen Schrei fuhr sie herum, die Augen aufgerissen. »Monsieur!«

»Ich habe mich laut und deutlich bemerkbar gemacht.« Musste er sich eigentlich in seinem eigenen Haus entschuldigen? Dafür, dass er Appetit auf eine Scheibe Brot hatte?

»Sie könnten einfach hereinkommen und mich ansprechen.« Sie schnauzte Florence an, nicht dumm herumzustehen, sondern die Krümel unter dem Tisch zusammenzufegen. »Wo Besen und Eimer sind, wirst du ja wohl wissen, du dummes Geschöpf!«

Samuel räusperte sich erneut. Es gefiel ihm nicht, wie sie mit dem jungen Mädchen umging. Sie gab nur ihren Ärger über ihn an das arme Ding weiter, und das würde er nicht dulden.

»Ich mag keine bösen Worte in meinem Haus«, sagte er bestimmt. »Und es behagt mir nicht, wenn sich das Personal untereinander nicht grün ist.«

Camille setzte augenblicklich ein anderes Gesicht auf. Hatte sie zuvor noch griesgrämig und zänkisch ausgesehen – den Gesichtsausdruck kannte er gut von Charlotte –, lächelte sie nun; ein Lächeln, das vor Hohn und Spott nur so triefte. »Wir sollen uns nicht grün sein? *Mais non*, Monsieur!« Sie packte Florence am Arm und zog sie an ihre ausladende Brust. »Wir mögen uns, nicht wahr, meine Kleine?«

Das arme Ding bekam kaum Luft und konnte nur nicken.

»Erdrücken Sie sie mir nicht.« Samuel unterdrückte ein ärgerliches Schnauben.

Camille tätschelte die blasse Wange des Mädchens. »Hab doch deinem Papa versprochen, mich um dich zu kümmern, oder etwa nicht?«

»*Oui*, Madame«, wisperte die Magd.

»Und ein Versprechen muss man einhalten. Bist doch wie eine Tochter für mich.«

Samuel wurde es zu viel. »Lassen Sie sie los, ich bitte Sie.« Er seufzte kopfschüttelnd.

Wir sollten uns eine neue Köchin suchen.

»Monsieur?« Camille sah ihn mit zur Seite geneigtem Kopf an, als sei er ein streunender Hund, der darauf wartete, dass ein Knochen durch die Luft geflogen kam. »Wenn ich sonst noch was für Sie tun kann …«

»*Non*, merci«, brummte er schlecht gelaunt und machte kehrt.


Seine Frau saß in ihrem Zimmer am Schreibtisch, die Wangen gerötet. Eine blonde Haarsträhne hatte sich gelöst und hing ihr in die Stirn.

Der Anblick rührte ihn, und er ging hin und gab ihr einen Kuss auf die Stirn. Dabei nahm er den leicht blumigen Duft ihres Haares wahr. »Hast du gelernt?«

Sie schüttelte den Kopf, dann nickte sie. »Ich hatte eine Patientin.«

»Wir können am Nachmittag ein paar Dinge auffrischen«, hatte er zur selben Zeit vorgeschlagen. Er stutzte. »Eine Patientin?«

Sie berichtete kurz von dem Zusammentreffen, das anfangs eher unfreiwillig geschehen war. »Ich habe mich überfordert gefühlt, doch dann ...« Ein ungläubiges Lächeln umspielte ihre Lippen. »Habe ich mich beinahe wie eine richtige Homöopathin gefühlt.« Sie stand auf und nahm seine Hände.

Die beiden tanzten durchs Zimmer; er ein wenig unbeholfen wie ein Bär, den man am Nasenring umherführt, und sie schwebend und leichtfüßig wie eine Elfe.

»Ich glaube, du hast recht.« Sie war stehen geblieben und atmete laut aus. »Ich bin schon so weit, Samuel.«

»Mich überrascht das weit weniger als dich.« Er küsste sie. »Meine gelehrige, kluge Frau.«

»Ich möchte mich gern mit dir über Madame Gerard besprechen«, sagte sie schließlich, nachdem er sich gesetzt hatte. »Ich möchte es zunächst mit einer Sulfur-Behandlung versuchen und anschließend mit *Sepia*. Oder *Pulsatilla*. Was meinst du?«

»Ist sie sehr weinerlich?«

»Nein, eher ungeduldig und ärgerlich.«

»Dann würde auch ich zu *Sepia* raten.«

Seine Frau tanzte wieder umher, machte eine Drehung und kam vor ihm zum Stehen. »Hast du dich über etwas geärgert?«

Er hätte sich längst daran gewöhnen müssen, dass sie ihm ins Herz und in die Seele blickte. »Ja, über Camille.«

»Es ist zum Verzweifeln mit ihr. Was hat sie nun wieder angestellt?«

»Sie behandelt die kleine ... Himmel, wie heißt sie noch?«

»Florence?«

Er nickte. »Das arme Ding kuscht vor ihr, und sie scheint es zu genießen.«

»Weil sie sich gern über Andere erhebt.«

Erneut nickte er, sagte aber nichts.

»Wie so viele Menschen, Samuel. Ist es nicht so?«

»Ich habe mich schon oft darüber gewundert, dass du keinerlei Dünkel zu haben scheinst.«

»Dünkel?« Sie hob die Augenbrauen. »Du meinst, weil ich aus einer adeligen Familie stamme? Sollte ich mir darauf etwas einbilden? Mir imponieren Menschen, die etwas aus ihrem Leben machen, die etwas schaffen, etwas wagen und die den Mut haben, ihre Meinung zu äußern. Es imponiert mir nicht, das Kinn zu recken, bloß weil man zur ›besseren Gesellschaft‹ gehört.« Sie hatte sich ein bisschen in Rage geredet, und auch das gefiel ihm. Weil es ihm zeigte, wie ähnlich sie sich waren.

»Komm her«, bat er mit leiser Stimme. Er klopfte auf seine Beine, und sie setzte sich. Er drückte sein Gesicht an ihren warmen, weichen Körper und gestattete sich ein wohliges Seufzen. »Erinnerst du dich, was ich an unserem ersten Tag zu dir sagte?«

Sie lachte. »Du hast eine Menge zu mir gesagt, mein lieber Samuel.«

»Ich sagte: ›Mir ist, als säße eine verwandte Seele neben mir.‹ Erinnerst du dich?«

»O ja. Ich weiß noch, wie wundersam mir wurde und wie aufgewühlt ich hinterher war. Ich glaube, ich liebte dich schon da.«

Er konnte nichts erwidern und schaute sie nur an, als sei sie eine Erscheinung.

»Lass uns noch einmal auf Madame Gerard zurückkommen«, bat sie. »Du findest also auch, Sepia ist ein geeignetes Mittel?«

Er nickte, schwieg einen Moment und sagte dann: »Gehe ich recht in der Annahme, dass du dich nun doch entschlossen hast, meine Assistentin zu werden?«

Mélanie zögerte, aber nur kurz. »Ja, Samuel, das habe ich.«

Nach dem Abendessen saßen sie zusammen im Salon; Samuel mit einem Buch, Mélanie mit ihren Aufzeichnungen, die sie noch einmal durchgehen wollte.

Es klopfte, und Florence kam herein. »Pardon. Da ist ein Mann, Monsieur, der Sie sprechen möchte.«

»Sagen Sie ihm, er soll morgen wiederkommen.« Samuel hatte nicht aufgeblickt, er schätzte abendliche Störungen, nachdem er sich zurückgezogen hatte, nicht sonderlich. Es sei denn, es handelte sich um einen Notfall.

»Er sagte, er käme direkt aus Amerika, Monsieur.«

Nun hob er den Kopf, die Augen zusammengekniffen. »Woher aus Amerika?«

»Das sagte er nicht, Monsieur.«

Er legte das Buch beiseite und stand schwerfällig auf.

»Wer kann das sein?«, fragte seine Frau.

»Ich habe so eine Idee«, murmelte er vor sich hin, während er zur Tür schlurfte. Ob es wirklich sein alter Freund Heinrich Detwiller war, der ihn überraschend aufsuchte?

Tatsächlich: Er stand im Flur, den Hut in der Hand, und grinste breit. »Samuel, mein lieber Freund.« Er streckte die Hand aus. »Wir haben uns eine ganze Weile nicht gesehen.«

Samuel schüttelte seine Hand. »Heinrich. Was führt dich zu mir?«

»Du hast geheiratet, wie ich hörte. Und deine Frau soll …« Er grinste erneut. »Sie soll blutjung sein.« Er zwinkerte ihm zu.

»Sie scheint dir gutzutun.«

Samuel verkniff sich eine Erwiderung. »Komm. Ich stelle euch einander vor, und du erzählst mir, was dich hierher verschlägt.« Er ging voran. »Folge mir.«

Seine Frau blickte auf, als sie hereinkamen.

»Mélanie, darf ich dir einen alten Freund vorstellen? Das ist Heinrich Detwiller. Er ist nach Amerika ausgewandert und hat in Pennsylvania eine homöopathische Ausbildungsstätte gegründet. Heinrich, das ist meine Gattin Mélanie.«

Sie reichte Heinrich die Hand. »*Enchanté.*«

Heinrich ergriff ihre Hand, seine Augen leuchteten. »Ganz meinerseits, Madame.« Sein Blick war bewundernd, und Samuel spürte einen heißen Stich im Magen.

Er rief nach der Magd und wies sie an, eine Kanne Tee und Gebäck zu bringen.

»Ich nehme auch gern mit einem Gläschen Portwein vorlieb, wenn du so gut sein willst«, meinte sein Freund, ohne Mélanie aus den Augen zu lassen.

»Nimm drüben im Sessel Platz«, brummte Samuel und musste sich zusammenreißen, seinen alten Freund nicht gleich wieder hinauszuwerfen.

»Ich übernehme das, Florence.« Seine Frau hatte sich erhoben und ging zum Schrank.

Während sie einschenkte und Heinrich sich setzte, betrachtete Samuel ihn mit einem Anflug von Neid. Er sah gut aus, vor allem aber war er jung, nur wenige Jahre älter als Mélanie.

Sein Freund schlug die Beine übereinander und blickte sich um. »Ein schönes Heim, Samuel. Ich nehme an, deine Frau hat es eingerichtet?«

Samuel nickte unwillig. Er ärgerte sich, ihn hereingebeten zu haben.

Mélanie reichte ihm ein Glas. »Ist das Ihr erster Besuch in Paris, Monsieur?«

»*Oui.*« Er trank einen kräftigen Schluck und seufzte genussvoll. »Ah, der ist wirklich köstlich. Ein guter Tropfen.«

»Gefällt Ihnen unsere Stadt?«, fragte Mélanie.

Er bewegte den Kopf hin und her. »Nun ja, ich will ehrlich sein, Madame. Ich finde es reichlich … marode. Überall diese Baustellen, verfallene Häuser, schmutzige Straßen. Ich hatte es mir imposanter vorgestellt.« Er trank wieder einen Schluck. »Und als ich ankam, hörte ich, wie ein Mann einem anderen erzählte, er sei überfallen worden und die Polizei schere sich einen Dreck darum.«

Mélanie runzelte die Stirn, schwieg jedoch.

Heinrich beugte sich vor, und für einen winzigen Augenblick glaubte Samuel, er wollte gegenüber Mélanie allzu vertraulich werden. »Außerdem stinkt es fürchterlich in den Gassen. Ist Ihnen das noch gar nicht aufgefallen?«

Mélanie lehnte sich zurück und trank hastig. Dabei verschüttete sie etwas auf ihre Bluse und stieß ein Zischen aus. »*Mon Dieu!*«

»Es stinkt in jeder Stadt, Heinrich«, meinte Samuel, der neben ihm saß. »Und Kriminalität gibt's auch überall, oder etwa nicht? Sag bloß, in deinem Amerika geht es gesittet zu?«

Heinrich stutzte kurz, dann lachte er. »Nein, du hast recht, mein lieber Samuel. Ich wollte auch keineswegs über deine neue Heimat herziehen.«

»Ich liebe diese Stadt und fühle mich seit dem ersten Tag zu Hause.«

»Tatsächlich?« Es klang höchst verwundert.

Samuel ging nicht darauf ein. »Was führt dich zu uns? Oder ist es nur ein reiner Freundschaftsbesuch?«

Sein Freund räusperte sich und zupfte an seiner Weste. »Wir haben uns eine Weile nicht gesehen«, sagte er wieder. »Nun, ich will gleich mit der Tür ins Haus fallen. Ich komme zu dir in der Hoffnung auf eine kleine finanzielle Unterstützung für die Akademie.«

Samuel sog scharf die Luft ein. Daher wehte also der Wind, darauf hätte er gleich kommen können. »Euch fehlt Geld?«

»Du weißt doch, wie das ist.« Heinrich beugte sich vor und sah Mélanie an. »Sie müssen wissen, dass wir Samuels Geburtstag als offiziellen Eröffnungstermin gewählt haben.«

»Wie freundlich von Ihnen«, erwiderte sie höflich.

Schmier mir nur Honig um den Bart, dachte Samuel verärgert.

»Wir alle hegen größte Bewunderung für Ihren Gatten, Madame.«

»Dann sind Sie nicht alleiniger Gründer der Akademie?«, erkundigte sie sich.

Er schüttelte den Kopf. »Ich habe sie gemeinsam mit einem

Freund ins Leben gerufen. Auch er hat lange als Arzt gearbeitet, bevor er sich der Homöopathie zuwandte.«

Sie tranken eine Weile schweigend, bis Samuel sein Glas abstellte. »Es tut mir leid, mein lieber Heinrich, aber mir fehlen momentan die Mittel, euch zu unterstützen.«

Sein Freund hob die Augenbrauen. »Tatsächlich? Das erstaunt mich. Ich dachte, die Praxis läuft gut? Man erzählt sich …«

»Was erzählt man sich, Heinrich?«, unterbrach Samuel ihn mit ruhiger Stimme. »Ich hatte mich zur Ruhe setzen wollen und habe mich umentschieden. Meine Frau hat sich entschieden, als meine Assistentin zu arbeiten. Sie ist meine große Hoffnung. Wir leben nicht im Überfluss, falls du das mit deiner Bemerkung meintest.«

Heinrich hob beide Hände. »Nein, nein, das hatte ich keineswegs sagen wollen, alter Freund. Ich dachte nur …« Er trank einen weiteren Schluck. »Ach, es ist gleichgültig, was ich dachte.«

Samuel setzte sich auf. »Ich mache dir einen Vorschlag, mein lieber Heinrich: Ich stifte eine Büste.«

»Eine Büste?«, wiederholte sein Freund verständnislos.

»Eine Büste nach meinem Abbild geschaffen.« Samuel grinste in sich hinein. »Was hältst du davon?«

Seinem Freund entglitten ein wenig die Gesichtszüge. »Ja, warum eigentlich nicht?«, murmelte er dann.

»Du legst Wert darauf, eure Akademie an meinem Geburtstag eröffnet zu haben.« Samuel rieb sich die Hände und bat seine Frau, ihnen erneut einzuschenken. »Was läge da näher, als eine Büste mit meinem Antlitz vor dem Gebäude aufzustellen?«

An Heinrichs verdattertem Gesichtsausdruck würde er sich noch eine ganze Weile erfreuen, das wusste er in diesem Moment.

»Du warst recht garstig zu deinem Freund«, meinte seine Frau später, als sie zu Bett gingen.

»Garstig?«, fragte er unschuldig. »Nicht doch.« Er kroch unters Plumeau und deckte sich bis zur Nasenspitze zu, obwohl es nicht kühl im Zimmer war. Er wollte nicht, dass Mélanie sein amüsiertes Grinsen sah.

»Er hat dich nur um eine kleine Spende gebeten, Samuel.« Sie kuschelte sich unter ihr Plumeau und seufzte leise.

»Eine kleine Spende?« Er lachte auf. »Ich verrate dir etwas, mein Herz: Heinrich lässt sich Jahre nicht blicken, und dann taucht er plötzlich auf und bittet mich um Geld, nachdem er mir Honig um den Bart geschmiert hat.«

»Ihm die Büste zu schenken, war dir aber ernst?«

»Selbstverständlich.« Der Bildhauer David d'Angers wollte eine marmorne Büste von ihm anfertigen, nachdem er einen halben Tag – zumindest war es ihm so vorgekommen – für ein Porträt hatte stillsitzen müssen. »Ich werde einen Abguss machen lassen und nach Pennsylvania schicken.«

Samuel war mit sich zufrieden gewesen, nun aber, nachdem seine Frau sich an ihn schmiegte, ging er in sich – und kam zu dem Schluss, dass sie vermutlich recht hatte: Er war garstig gewesen. Schlimmer jedoch war der eigentliche Grund für seine Unfreundlichkeit: Eifersucht.

»Ich werde ihm schreiben und um Verzeihung bitten«, sagte er schließlich etwas kleinlaut. »Geld bekommt er aber trotzdem nicht.«

## 22. Kapitel

*Paris im Mai 1836*

Mélanie saß am Schreibtisch, ein fast vollständig beschriebenes Blatt Papier vor sich. Samuel hatte die Hände im Schoß gefaltet, die Augen geschlossen und sich entspannt zurückgelehnt.

Ihre Patientin Madame Picoult hatte soeben berichtet, wie verblüffend gut es ihr nach nur zwei Wochen ging. Sie litt seit Jahren unter wiederkehrenden Schmerzen in den Gelenken, besonders den Knien. »Die Ärzte hatten mich bereits abgeschrieben. Sie meinten, meine Beschwerden beruhten auf reiner Einbildung.« Sie schnaubte kopfschüttelnd. »Einbildung. Was glauben die eigentlich, wer sie sind?«

Als sie das erste Mal zu ihnen gekommen war und ihre Beschwerden schilderte, hatte Mélanie nach nur wenigen Worten eine erste Diagnose gestellt: eine rheumatische Erkrankung, die sich im Frühjahr und Sommer besserte und in den kalten und vor allem feuchten Wintermonaten verschlimmerte.

»Die Ärzte haben sich nicht einmal die Mühe gemacht, mich näher zu untersuchen«, hatte Madame Picoult gemeint.

»Ich bin so froh, dass ich zu Ihnen gekommen bin«, sagte sie nun, und Mélanie lächelte.

Auch bei ihr war die Erstbehandlung mit Sulfur erfolgreich gewesen.

Ihre Patientin erhob sich und griff nach ihrem Sonnenschirm.

»Ich habe Sie selbstverständlich weiterempfohlen.« Mit kleinen Trippelschritten ging sie zur Tür. »*Au revoir*, Madame. Monsieur.«

Nachdem sich die Tür hinter ihr geschlossen hatte, sah Mélanie ihren Mann an, der die Augen noch immer geschlossen hatte. »Du schläfst doch nicht etwa?«, fragte sie mit gespielt tadelnder Stimme.

»Ich bin hellwach.« Er schlug die Augen auf und nahm die lange Pfeife aus dem Mund. »Gut gemacht, Mélanie. Du scheinst dich besonders auf chronische Erkrankungen zu verstehen.«

Sie schien tatsächlich eine besondere Begabung zu besitzen, chronischen Beschwerden wie wiederkehrendem Kopfweh auf den Grund zu gehen und die richtigen Mittel dafür zu finden. Vor allem Frauen vertrauten sich ihr und ihrem Geschick an; Frauen, die in der Lebensmitte standen, aber auch junge, die ein Kind erwarteten, überängstlich und besorgt waren und sich überfordert fühlten. Dann und wann übernahm sie inzwischen auch Patienten ihres Mannes.

Die beiden hatten sich angewöhnt, nebeneinander an ihrem großen Schreibtisch zu sitzen: Während Mélanie sich Notizen machte und über ein passendes Heilmittel nachdachte, lauschte ihr Mann aufmerksam den Ausführungen der Patienten. Er überließ ihr mittlerweile grundsätzlich den Vortritt und mischte sich niemals ein. Sie schätzte ihn nach wie vor als ihren Lehrherrn, den sie jederzeit um Rat bitten konnte, wenn sie unsicher war.

Auch ihre Freunde begannen, sie aufzusuchen.

So zum Beispiel François, der Sohn einer eng befreundeten Familie, mit dem Mélanie praktisch groß geworden war. Er hatte eine Juristenlaufbahn eingeschlagen genau wie sein Vater und Großvater. Als er in der Woche zuvor plötzlich in ihr Behandlungszimmer gekommen war, war sie erfreut aufgesprungen. »François! Wir haben uns eine ganze Weile nicht gesehen. Wie geht es dir? Du siehst gut aus. Die Ehe scheint dir zu bekommen.« Sie hatte geplappert und geplappert, bis ihr klar geworden war, dass er sie nicht nur als alter Freund, sondern als Patient aufsuchte. »Was fehlt dir, François?«

»Mir ist ständig schwindelig, und das Blut rauscht in meinen Ohren.«

Er war ein großer, beinahe hünenhafter Mann, gut aussehend, mit dunklem, dichtem Haar und genauso dunklem Schnurrbart, stets adrett und der neuesten Mode entsprechend gekleidet. Heute trug er einen dunklen Gehrock, eine hellere Weste und lange Hosen, in der Hand einen Zylinder, den er neben sich auf den Stuhl gelegt hatte.

»Warst du bei einem Doktor?«, hatte sie ihn gefragt, und er hatte verneint.

»Ich bin hier bei dir. Man erzählt sich, dass du wahre Wunder vollbringst.«

»Wunder?« Sie hatte sein Lächeln erwidert und begonnen, ihm die üblichen Fragen zu stellen. »Und bitte antworte mir nicht als Freund, sondern als Patient.«

Am Ende seiner Ausführungen hatte sie ihre Feder, ein Geschenk ihres Mannes, beiseitegelegt. »Du arbeitest zu viel, François. Es liegt an deinem Lebensstil. Du isst zu unregelmäßig, trinkst zu viel Wein und schläfst zu wenig. Das bekommt dir nicht, und dein Körper versucht, dir das zu zeigen.«

Sie hatte auch ihm Sulfur gegeben und in die Pflicht genommen, sein Leben zu ändern. »Du kannst es dir gewiss leisten, einen jungen Advokaten, einen Sozius, in deine Kanzlei aufzunehmen, n'est-ce pas?«

Als Antwort hatte er ein Seufzen von sich gegeben.

»Aber du willst nichts aus der Hand geben, ich verstehe.«

Er hatte sie schuldbewusst angesehen. »Da liegt der Hund begraben, das meinst du doch, oder?«

»Wenn du willst, dass es dir besser geht, wirst du einiges ändern müssen. Ich kann nämlich leider kein Wunder erwirken und dir beides ermöglichen. Komm in einer Woche wieder, dann sehen wir, ob wir die Sulfurgabe erhöhen oder schon ein zweites Mittel versuchen können.«

Mit einer Umarmung hatten sie sich verabschiedet.

In dem Moment war ihr Mann hereingekommen und hatte erstaunt und ein wenig missbilligend, wie ihr schien, die Augenbrauen erhoben. Später hatte er zerknirscht zugegeben, dass er neuerdings ganz offenbar zur Eifersucht neige, was ihm selbst ganz und gar nicht behage.

Eifersucht. Samuel war in sich gekehrt und schlechtgelaunt in sein Ordinationszimmer gegangen. Erst sein alter Freund Heinrich, dann der junge Bursche, dieser François, den seine Frau seit Kindertagen kannte, und nun dieser berühmte Geiger, der nebenan in ihrem Behandlungszimmer war und ihr schöne Augen machte. Er hätte die beiden nicht allein lassen sollen. Andererseits vertraute er seiner Frau natürlich. Sie würde sich nicht zu Nettigkeiten hinreißen lassen, nur weil dieser Bursche, der auch weiß Gott kein junger Mann mehr war, sie anschmachtete.

Samuel sank auf den Stuhl vor seinem Schreibtisch.

Es klopfte, und Florence kam herein. »Pardon, Monsieur.«

»Was gibt's denn?«, fragte er mürrisch.

»Die Köchin lässt fragen, ob sie auch heute etwas später auftischen lassen soll?«

Er nickte, und sie verschwand wieder.

Vor ein paar Wochen hatten sie eine neue Köchin eingestellt. Jeanne war eine ältere, gutmütige Frau mit rosigen Wangen und einem Doppelkinn, die freundlich zu Florence war.

Als Camille gegangen war, hatte sie ihnen einen bitterbösen Blick zugeworfen und etwas wie »Sie werden schon sehen, was Sie davon haben« gebrummt. Dann hatte sie die Tür hinter sich zugeknallt, und Florence hatte zerknirscht gemeint: »Sie haben Sie meinetwegen hinausgeworfen, *n'est-ce pas?*«

»Aber nein«, hatte Mélanie entgegnet. »Ich bin ein paarmal mit ihr aneinandergeraten, das ist der Grund.«

Einen Moment blieb Samuel sitzen, dann stand er wieder auf und ging zur Tür. Er legte das Ohr daran und lauschte angestrengt.

Nichts war zu hören. Hatte er sich wirklich eingebildet, etwas von dem Gespräch nebenan mitzubekommen?

Dieser Paganini bildete sich wer weiß was auf sich ein. Gut, er war ein Virtuose auf der Geige, wenn er spielte, stellten sich Samuel die Nackenhaare auf. Es war unglaublich, welche Töne dieser Musiker seinem Instrument entlocken konnte. Aber durfte er sich deswegen herausnehmen, sich derart flegelhaft aufzuführen? Er hatte Mélanie sehr unmissverständlich zu verstehen gegeben, wie schön und attraktiv er sie fand.

Samuel wollte sich gerade wieder abwenden und zu seinem Schreibtisch gehen, als laute Stimmen zu hören waren, dann schlug eine Tür.

Kurz darauf stand seine Frau vor ihm, das Gesicht erhitzt.

Eine Faust drehte sich in seinem Magen um. »Was ist passiert, Mélanie?«

»Dieser Lüstling!« Sie warf sich an seine Brust.

»Was hat er getan?« Seine Stimme bebte. Diesem Paganini würde er die Leviten lesen!

»Er hat mich feurig angesehen und gemeint, er wünsche sich mehr als nur eine Behandlung.«

»Hat er dich angefasst?«

»Samuel!« Sie schaute ihn erschrocken an. »Was glaubst du denn!«

Er schluckte wütend. Diesem Burschen würde er nicht nur die Leviten lesen, er würde … Ja, was? Samuel sank in sich zusammen. Wollte er sich mit Paganini duellieren, ihm Prügel androhen?

Sieh dich doch an, du alter Narr. Du kippst ja schon aus deinen Pantoffeln, wenn Paganini zu heftig ausatmet.

»Ist er noch da?«

Seine Frau schüttelte den Kopf. »Ich habe ihn geohrfeigt.«

Samuel schaute sie ungläubig an. »Du hast Nicolo Paganini geohrfeigt?« Er konnte sich ein Grinsen nicht verkneifen.

»So fest, dass er fast vom Stuhl gekippt ist.«

Es kitzelte in seinem Zwerchfell, dann brach er in schallendes

Gelächter aus. Er musste sich auf seinem Stock abstützen, so sehr lachte er. Die Tränen liefen ihm übers Gesicht.

»Du findest es lustig?« Seine Frau sah ihn fassungslos an.

Er wischte sich die Augen. »Allerdings.«

Wut wallte kurz in ihm auf, die aber gleich wieder verrauchte. Seine Frau war wirklich mit allen Wassern gewaschen.

Sie schwieg eine Weile und ging im Zimmer umher. Dann blieb sie vor ihm stehen und sah ihn ernst an. »Ich habe den Blick gesehen, den du uns zugeworfen hast, bevor du hinausgegangen bist, Samuel.«

»Was für ein Blick?«, fragte er unschuldig und würde am liebsten im Erdboden versinken.

»Du warst eifersüchtig, *n'est-ce pas*?«

»Ich und eifersüchtig.«

»Du warst eifersüchtig auf diesen aufgeplusterten … Truthahn.«

Ihre Mundwinkel zuckten, und er war verunsichert. Würde sie gleich weinen, aus Wut über Paganini und aus Ärger über ihn? Dann begann sie zu lachen, und er stimmte erleichtert ein.

Wieder ernst geworden sagte er: »Du hast recht, Lachen ist das Beste, was man in einer so haarsträubenden Situation tun kann.« Er nahm sein Taschentuch aus der Hosentasche und putzte sich die Nase. »Hast du ihn behandelt oder nur geohrfeigt?« Er bemühte sich um ein ernstes Gesicht.

»Es kam nicht zu einer Behandlung, weil er mich nur glutäugig angestiert hat.« Sie schnalzte mit der Zunge. »Sollen ihn die Erschöpfung und der Ischias noch viele Jahre quälen!«

# 23. Kapitel

*Paris im September desselben Jahres*

Mélanie war inzwischen nicht nur Samuels rechte Hand, sie beherrschte es auch, eigenständig Verreibungen, Tinkturen und Streukügelchen herzustellen. Anfangs hatte Lehmann in Köthen weiterhin die Arznei hergestellt und ihnen geschickt, doch sie gingen mehr und mehr dazu über, die benötigten Mittel selbst anzufertigen.

An diesem regnerischen Vormittag hatte Mélanie einen Sack Zuckerkügelchen vom Bäcker geholt und gerade durch ein Sieb gegeben, als Florence nach kurzem Klopfen hereinkam. »Madame? Die schottische Dame ist wieder da und möchte Sie sprechen.« Sie räusperte sich. »Ähm, sie besteht darauf, nur mit Ihnen zu sprechen. Sie wartet im Ordinationszimmer.«

Mélanie wischte sich die Hände an der Schürze ab. »Wo ist Monsieur?«

»Im Garten. Er sitzt in der Laube und lässt den Herrgott einen guten Mann sein.«

»*D'accord.*« Mélanie ließ sie allein und ging zum Behandlungszimmer.

Mrs Erskine saß auf dem Stuhl am Fenster und blickte mit einem kurzen Lächeln auf, als sie hereinkam.

Mélanie nahm am Schreibtisch Platz. »Madame Erskine. Wie geht es Ihnen?«

Sie litt unter Schulter- und Nackenschmerzen, hatte sich an manchen Tagen kaum bewegen können.

»Besser. Ich wollte Sie unbedingt noch einmal sprechen, bevor wir wieder nach Edinburgh abreisen.« Sie klopfte nervös mit ihrem Schirm auf den Fußboden und räusperte sich. »Da ist noch etwas anderes, Madame … «

»Sprechen Sie nur, hier hört uns niemand zu.«

»Mein Mann … Nun, er sieht mich kaum noch an.« Wie die meisten Frauen ihres Alters plagte auch sie sich mit der Tatsache, sich nicht mehr so jung und begehrenswert wie früher zu fühlen. Dabei war sie eine ausgesprochen attraktive Frau, die sich zu kleiden wusste.

»Kaufen Sie sich ein hinreißendes Kleid«, schlug Mélanie vor. »Eins, das ihre Weiblichkeit noch mehr zum Vorschein bringt. Lassen Sie sich das Haar von jemandem frisieren, der etwas davon versteht. Legen Sie Parfum auf und bitten Sie Ihren Mann zu einem Glas Portwein in den Garten.«

»Portwein?« Mrs Erskine lachte. »Wir sind Schotten, Madame, mein Mann trinkt nur Whisky.«

»Richtig, wie dumm von mir. Dann eben ein Glas Whisky. Nehmen Sie seine Hand und sagen Sie ihm, wie sehr Sie ihn lieben und dass Sie sich etwas mehr Zweisamkeit wünschen.«

»Das soll das ganze Geheimnis sein?«, fragte ihre Patientin verblüfft.

»Das glückliche Zusammenleben besteht aus vielen kleinen, eher unscheinbaren Geheimnissen, Madame.« Mélanie lächelte. »Sie sind keine junge Frau mehr, warum sollten Sie deswegen verzagen oder unglücklich sein? Sie haben Lebenserfahrung und

Weisheit, das ist sehr viel mehr wert als Jugend. Sie sind eine unerschrockene, kluge Frau, Ihr Mann wird das zu schätzen wissen. Außerdem haben Sie beide viel zusammen erlebt und durchgestanden.«

Mrs Erskine saß still da und schien über ihre Worte nachzudenken. Schließlich erhob sie sich und streckte die Hand aus. »Und Sie sind viel mehr als nur eine ausgezeichnete Homöopathin, Madame Hahnemann. Sie verstehen auch etwas vom Leben. Wir werden uns gewiss irgendwann wiedersehen. Mein Mann und ich lieben Paris.«

»Sehen Sie, auch das haben Sie beide gemeinsam. *Au revoir* – oder wie sagt man bei Ihnen in Schottland?«

Mrs Erskine lachte. »Wir sprechen Gälisch, Madame, das würde zu weit führen. Belassen wir es bei einem *Goodbye*.«

»*Goodbye*, Madame Erskine. Geben Sie auf sich acht.«


Viele ihrer Patienten kamen aus Schottland. Entweder sie überquerten extra den Kanal, um die Hahnemanns aufzusuchen, oder sie verbanden einen Parisaufenthalt mit einer Konsultation.

Kurz bevor Mélanie und ihr Mann sich in Frankreich niedergelassen hatten, war Dr. Quin in Paris als Homöopath tätig gewesen. Inzwischen war er nach England zurückgekehrt, um dort eine Praxis zu eröffnen und die Homöopathie bekannt zu machen. Seitdem stand er mit Samuel in regem Briefkontakt.

»Es ist wunderbar, lesen zu dürfen, wie die Homöopathie auch in England mehr und mehr Beachtung findet«, hatte ihr Mann gemeint, als wieder ein Brief von Quin gekommen war.

Auch unter den Künstlern sprach es sich herum, dass Mélanie d'Hervilly, die nicht ganz unbekannte Malerin, den Begründer der Homöopathie geehelicht hatte und nun als seine Assistentin arbeitete. Die meisten litten unter starken Erschöpfungszuständen, die teilweise so schlimm war, dass die Musiker unter ihnen nicht mehr auftreten konnten und die Poeten und Schriftsteller kein Wort mehr zu Papier brachten.

Einige von ihnen waren alte Freunde von Mélanie, manch einen kannte sie seit ihrer Jugend. »Dir kann ich es ja sagen, Mélanie«, begann so manches Gespräch. »Ich bin am Ende mit meinen Kräften. Der Druck, die Leute zu unterhalten, ihnen etwas zu bieten, wofür sie einige Francs bezahlt haben, lastet schwer auf mir.«

Mélanie hörte jedes Mal geduldig zu, meistens saß ihr Mann neben ihr am Tisch, die Pfeife im Mund, die Augen geschlossen. Der Eindruck, er würde schlafen oder sei geistig abwesend, täuschte: Samuel lauschte interessiert, kombinierte und schlussfolgerte – und überließ Mélanie die Diagnose.

»Du bist bereits ein besserer Homöopath als manch einer, der den Beruf seit Jahren ausübt«, hatte er eines Abends gemeint.

Sie hatte abgewiegelt. »Du übertreibst maßlos, Samuel, ich habe noch so viel zu lernen.«

Doch er blieb dabei.

Und seit Neuestem fügte er noch etwas hinzu, das sie nicht hören wollte. »Wenn ich nicht mehr bin, wirst du an meiner Stelle weitermachen. Ich werde beruhigt gehen können.«

Manch einer sprach von einem kleinen Wunder, nachdem er Samuel und seine Frau aufgesucht hatte und sich eine erste Besserung einstellte.

Für Samuels Geschmack hörte er das Wort »Wunder« ein wenig zu oft. Mit Wundern hatte die Homöopathie wahrlich nichts zu tun.

Und dann geschah etwas, das sich nicht nur wie ein Lauffeuer in der Stadt verbreitete und die Homöopathie noch populärer machte. Das Ereignis sorgte dafür, dass nun ganz Paris von einem Wunder sprach.

Samuel hatte in der Nacht grauenvoll geschlafen und war von einem Albtraum hochgeschreckt. Mélanie hatte neben ihm gelegen, das Gesicht ihm zugewandt, die Lippen leicht geschürzt. Er hatte den Traum rasch abschütteln können, wie immer, wenn er aufwachte und in das liebreizende Gesicht seiner Frau blickte. Wie ein Engel lag sie da, den Kopf auf den Arm gebettet. Er betrachtete sie lange und war schließlich wieder eingeschlafen.

Als er wach wurde, war es hell, die Vögel zwitscherten im Garten. Plötzlich fiel ihm der Traum wieder ein: Er hatte am Bett eines Kindes gestanden, das sein Leben aushauchen wollte. Er hatte gewütet und getobt, weil die Ärzte das Kind auf dem Gewissen hatten, davon war er überzeugt gewesen. »Alle Zeitungen sollen es drucken«, hatte er gebrüllt. »Die Ärzteschaft hat zu verantworten, dass dieses Kind nicht weiterleben darf!«

Schlaftrunken reckte er die steifen Glieder und setzte sich auf. Was für ein fürchterlicher Traum!

»Guten Morgen, mein Lieber.« Seine Frau hatte die Augen aufgeschlagen und sah ihn liebevoll an. »Gut geschlafen?«

»Grauenvoll.«

»Hattest du wieder schlecht geträumt?«

Er erzählte ihr davon, und sie legte die Hand auf seinen Arm. »Wie furchtbar. Aber es war nur ein böser Traum, Samuel.«

»Der jederzeit Wahrheit werden kann«, unkte er mit unheilvoller Stimme. Was war denn nur mit ihm? Für gewöhnlich ließ er solche Träume rasch wieder hinter sich.

Dieser jedoch schien es in sich zu haben. Wie ein Schatten lag er auf ihm.


Beim Frühstück war Samuel wortkarg und mürrisch, trank nur einen Kaffee und kaute lustlos auf einem Stück Brot herum. Es wollte ihm nicht schmecken, nicht einmal, als seine Frau dick Butter darauf strich und es mit etwas Salz bestreute.

Florence kam hereingestürmt. »Madame. Monsieur.« Sie war ganz atemlos.

»Was ist denn, Kind?«, murrte Samuel ungehalten und legte sein Brot zurück auf den Teller.

»Da ist ein Herr, er möchte zu Monsieur. Es sei sehr dringend, hat er gesagt.«

Mélanie legte ihm die Hand aufs Knie und warf ihm einen beruhigenden Blick zu. »Vielleicht mag er auch mit mir vorliebnehmen.« Leise erhob sie sich und ging zur Tür. »Seien Sie so gut und fragen Sie den Herrn, Florence.«

»*Oui*, Madame.« Die Dienstmagd lief wieder hinaus.

Gleich darauf war sie wieder da. »Er sagt, er will nur mit Monsieur sprechen.«

Samuel stand ächzend und schimpfend auf. »Nicht mal in Ruhe frühstücken kann man in diesem Haus. Das reinste Chaos.«

Seine Frau kam zu ihm und schnalzte mit der Zunge. »So übellaunig kannst du nicht mit dem Mann sprechen. Ich werde ihm sagen, du seist nicht auf der Höhe.«

Er wollte etwas erwidern, sie vielleicht sogar anfahren, doch er besann sich rechtzeitig. Nicht sie war schuld an seiner Reizbarkeit, es lag an … Ja, vermutlich lag es schlicht und ergreifend an diesem grässlichen Traum, der ihn noch immer plagte und verfolgte.

Seine Frau war bereits aus der Tür, und er sank zurück auf den Stuhl. Beruhige dich, redete er sich gut zu.

Wenig später erschien sie wieder, das Gesicht ernst. »Es geht um ein krankes Kind. Der Mann ist ein Freund der Familie. Das Mädchen fiebert seit Tagen, die Doktoren haben es aufgegeben. Die Eltern sind verzweifelt, Samuel, sie wissen nicht weiter.«

»Wie auch?«, brummte er. »Wenn die Ärzte das Kind aufgegeben haben?« Ihm zog sich das Herz zusammen, und er war so schnell auf den Beinen, dass er sogar vergaß, nach seinem Stock zu greifen.

»Es war ein Zeichen«, murmelte er vor sich hin, während er seiner Frau folgte. »Ich hätte es wissen müssen, es war eine Vorsehung.«

# 24. Kapitel

»Hattest du das schon häufiger?«, fragte Mélanie ihren Mann, als sie wenig später nebeneinanderher gingen.

Er schüttelte den Kopf.

Der Mann, der sie aufgesucht hatte, eilte mit weit ausholendem Schritt vor ihnen her. Er war groß und furchtbar hager und hatte sich ihnen mit Amaury Duval vorgestellt und gemeint, es ginge um Leben und Tod. Das Haus der Familie Legouvé lag nur zwei Straßen entfernt, und Duval bediente ungeduldig den Türklopfer. »Ich sollte die Kleine porträtieren«, sagte er dabei, und es klang, als spreche er zu sich selbst.

»Was reden Sie da?«, fragte Samuel.

Duval drehte sich zu ihnen um, die Stirn gerunzelt, den Blick finster. »Monsieur Legouvé hat mich gebeten, seine Tochter zu malen. Damit er und seine Frau ein Andenken haben.«

Samuel wollte etwas entgegnen, doch Mélanie legte die Hand auf seinen Arm und schüttelte den Kopf. Die Tür wurde von einer jungen, sehr blassen Frau geöffnet. »Monsieur Duval.« Sie knickste und trat beiseite.

»Das sind Madame und Monsieur Hahnemann. Ich habe sie geholt, damit sie nach Marie sehen.«

»Wissen Monsieur und Madame davon?«, fragte sie leise, und er schüttelte den Kopf.

»Lassen Sie uns herein, Fabienne. Ich bin sicher, dass Monsieur Hahnemann dem Kind helfen kann.«

Zögernd trat sie beiseite und wollte ihnen die Garderobe abnehmen, doch Samuel bestand darauf, sofort zu dem Mädchen vorgelassen zu werden.

Mélanie reichte ihr Umhang, Handschuhe und Hut und schenkte ihr ein freundliches Lächeln.

»Geben Sie Madame und Monsieur Bescheid«, bat Duval die Magd.

Sie schien überfordert zu sein. Da waren soeben fremde Menschen hereingeschneit, die weder eingeladen noch angekündigt waren. Hilflos blickte sie sich um und nickte schließlich ergeben. Sie verschwand in einem der Zimmer, die von der großen, hübsch gefliesten Diele abgingen.

Kurz darauf erschien ein Mann in Morgenrock. »Ich bin Ernest Legouvé. Monsieur Hahnemann?«

Samuel nickte ungeduldig. »Lassen Sie mich zu Ihrer Tochter, Monsieur.«

Legouvé war ganz offensichtlich nicht weniger überfordert. Er warf Duval einen verunsicherten Blick zu und stammelte: »Ich weiß nicht, ob es sinnvoll ist, dass ein weiterer Arzt …«

Duval nahm ihn beiseite und redete leise mit ihm.

Mélanie konnte ein paar Worte wie »Chance« und »Hoffnung« aufschnappen.

Nach einer kleinen Weile seufzte Legouvé ergeben und nickte Samuel zu. »Folgen Sie mir, Monsieur.«

»Meine Frau wird uns begleiten«, erklärte Samuel bestimmt. Während sie hinter dem Mann die Treppe hinaufgingen, schaute

Mélanie sich um. Sie verschaffte sich immer gern einen kurzen Überblick über das Haus, in dem sie sich gerade befand. Strahlte es Behaglichkeit aus oder Kälte? Hatte man es mit Pomp ausgestattet, um Reichtum und Stand zu demonstrieren, oder hatten die Bewohner ihm auf ihre ganz eigene Weise Leben eingehaucht? Diese Fragen waren möglicherweise unsinnig, und es war wohl mehr eine eigenartige Angewohnheit, doch sie konnte nicht anders.

Legouvé öffnete eine Tür auf der linken Seite, und sie betrat nach ihrem Mann ein abgedunkeltes Zimmer.

Es roch grauenhaft, wahrscheinlich war seit Tagen nicht gelüftet worden. Ein Bett stand rechts an der Wand, daneben auf einem Stuhl kauerte eine zierliche, dunkelhaarige Frau, die Hände im Schoß. Sie stand nicht auf, als sie hereinkamen.

»Aurélie?«, flüsterte Legouvé. »Das ist Monsieur Hahnemann. Er ist Arzt und …«

»Schick ihn weg«, bat sie mit brüchiger Stimme. »Man hat sie genug gequält.«

»Ich bin Homöopath.« Samuel ging unaufgefordert zum Bett und warf einen Blick auf das Kind, das darin lag.

»Was …?«, begann die Frau und verstummte gleich wieder, vermutlich war sie viel zu erschöpft.

Legouvé sprach leise mit ihr, und sie hörte still zu.

Mélanie stellte sich neben ihren Mann.

Im Bett lag ein blondes Mädchen, das Gesicht feuerrot, die lilagefärbten Lider flatterten, ihr Atem ging stoßweise.

Mélanie schluckte. Der Anblick des kranken Kindes rührte sie zutiefst.

»Öffnen Sie das Fenster«, ordnete Samuel mit energischer Stimme an. Etwas leiser fügte er hinzu: »Hier drin riecht es wie in einem Tierkäfig.«

»Wie bitte?« Madame Legouvé hob den Kopf und blinzelte. Da war ihr Mann bereits zum Fenster gelaufen und öffnete es.

Frische, kühle Luft drang ins Zimmer, und es war, als würden alle aufatmen. Selbst das kranke Kind. Ihm schien auf der Stirn geschrieben zu stehen, was es durchgemacht haben musste. »Welche Diagnose haben die Ärzte gestellt?«, wollte Samuel wissen, den Blick noch immer auf das Kind gerichtet.

»Nervenfieber«, antwortete Legouvé mit belegter Stimme. »Doch so recht einig war man sich nicht.«

»Wann hat man es zuletzt zur Ader gelassen?«

Duval sprach leise mit seiner Frau und sagte dann: »Gestern.«

»Und wie lange fiebert es schon?«

»Seit mehr als einer Woche.«

»*Mon Dieu*! Verdammt!«, fluchte Samuel, und Mélanie zuckte erschrocken zusammen. »Werfen Sie alles weg, was die Ärzte dagelassen haben! Gleichgültig, was es ist, werfen Sie es weg!«

Endlich rührte die junge Mutter sich. Mit starrem Blick stand sie auf und ging zu der Kommode, die auf der gegenüberliegenden Wand stand. Dort nahm sie nacheinander ein paar Arzneifläschchen in die Hand und stellte sie wieder ab.

Mélanies Herz zog sich zusammen. Sie ging zu der Frau und sprach mit beruhigender Stimme: »Es ist nicht Ihre Schuld, Madame Legouvé. Tun Sie, was mein Mann sagt, ich bitte Sie.«

Mit flehendem Blick wandte die Frau sich zu ihr um. »Kann er ihr helfen? Kann er meiner kleinen Marie helfen?«

Nun zog sich ihr Magen vor Furcht zusammen. Was sollte sie der armen Frau antworten? Die Wahrheit wäre gewesen, dass sie nicht wusste, ob dem Kind noch zu helfen war. Auf der anderen Seite glaubte sie fest an die Homöopathie und die Methoden ihres Mannes. »Jeder Tag, den wir gewinnen, ist eine neue Chance«, sagte sie sanft. Hatte sie die richtigen Worte gewählt?

Die Frau nickte zögernd und ein heiseres Schluchzen kam aus ihrer Kehle.

Samuel starrte noch immer auf das keuchende Kind, die Stirn in tiefen Falten. »Stellen Sie das Bettchen in ein anderes Zimmer, ein helleres, gut gelüftetes. Und das Bettzeug sollte gewechselt werden. Von heute an muss es täglich gewechselt werden, genau wie das Nachthemdchen.« Er hatte den Kopf nicht gehoben.

Legouvé nickte eifrig. »Ich veranlasse es sofort, Monsieur.«

»Und lassen Sie stündlich Wadenwickel machen«, wies Mélanie ihn an.

Wieder nickte er.

»Mélanie?«, fragte Samuel leise, und sie stellte sich wieder neben ihn. »Was denkst du?«

»Ich weiß es nicht. Und du? Glaubst du, es könnte wirklich Nervenfieber sein?«

»Nein.« Behutsam legte er einen Finger auf die Unterlippe des Kindes, und der kleine Mund öffnete sich. »Siehst du ihre Zunge?«

Sie war himbeerrot und angeschwollen und übersät mit kleinen weißen Sprenkeln.

»Scharlach?«

»Das denke ich auch.«

»Wieso hat man das nicht herausgefunden?«, flüsterte sie.

Er sah sie an, als wundere er sich, dass sie diese Frage stellte. »Die ersten Anzeichen bei Scharlach sind nicht immer eindeutig. Möglicherweise hat man die schlicht übersehen.« Er räusperte sich und sagte laut: »Geben Sie Ihrer Tochter zu trinken. So viel, wie sie mag. Anfangs wird sie vermutlich nicht wollen, dann aber wird sie nicht genug davon bekommen.«

»*Oui*, Monsieur«, sagten die Eltern wie aus einem Mund.

»In Ihrer Tochter lodert ein Feuer«, murmelte Samuel und schüttelte den Kopf. »Und anstatt es zu löschen, haben sie es noch weiter angefacht. Werden sie es jemals begreifen?«

»Ich, Monsieur?«, fragte Monsieur Legouvé verwirrt.

»Nicht Sie«, entgegnete Samuel schroff. »Die Ärzte.«


»Du wirst ihr zuerst wieder Sulfur und dann Belladonna geben, nicht wahr?«, fragte Mélanie ihren Mann, als sie am frühen Abend am Tisch saßen und eine Kleinigkeit zu sich nahmen.

»Ja, ich denke schon. Es wird ein schwieriger Prozess werden, fürchte ich. Die Eltern haben zu viel Zeit verstreichen lassen.«

»Sie haben in bestem Glauben und Gewissen gehandelt, Samuel. Du solltest nicht so hart zu ihnen sein.«

»Du hast ja recht.« Er tupfte sich den Mund ab.

»Glaubst du, dass die Kleine es schaffen wird?«

Er sah sie einen Moment nachdenklich an. »Ich weiß es nicht, Mélanie. Ich bin gerade selbst ganz mutlos.«

Am folgenden Tag statteten sie dem Kind wieder einen Krankenbesuch ab. Sie wurden sofort zu ihm gelassen.

Das Bett hatte man inzwischen in den Salon gestellt.

Monsieur Legouvé saß auf einem Stuhl daneben, die Hand auf der seiner kleinen Tochter. »Wir haben Ihre Anweisungen befolgt, Monsieur«, sagte er zur Begrüßung.

»Das sehe ich.«

Das Bettchen stand am Fenster, und das Zimmer war gelüftet.

Die kleine Patientin schlief, das Gesicht war noch immer gerötet, aber nicht mehr so glühend.

»Wann ist sie zuletzt aufgewacht?«, wollte Samuel wissen.

»Vor zwei Stunden. Wir haben ihr so viel Wasser zu trinken gegeben, wie sie bei sich behielt. Es war anfangs schwierig, genau wie Sie sagten, doch dann wurde es leichter.«

Neben dem Bett auf einem Tisch standen ein großer Krug und eine Schüssel mit Wasser, darin ein Leinentuch.

Madame Legouvé kam herein. Ihr Rock raschelte, als sie zu ihnen kam. »Monsieur. Madame. *Merci beaucoup*, dass Sie wiedergekommen sind. Es geht ihr schon besser, *n'est-ce pas?*«

Mélanie wollte ihr so gern Hoffnung und Zuversicht geben. »Das Fieber scheint ein wenig gesunken zu sein, ja.« Sie schenkte der Frau ein Lächeln. »Von nun an werden wir täglich kommen, morgens und abends.«

Die junge Mutter nickte. »Wird meine Tochter wieder gesund?«

Mélanie wich ihrem Blick aus.

»Beten Sie, Madame.« Samuel hatte die Hand auf die Stirn des Kindes gelegt. Anschließend nahm er vorsichtig das kleine Handgelenk und fühlte den Puls.

»Ich glaube nicht an die Macht Gottes, nicht mehr«, erwiderte Madame Legouvé und presste die Lippen aufeinander.

»Bis morgen, Madame.« Samuel ging zur Tür, und Mélanie folgte ihm. Im Hinausgehen sagte er: »Dann werden wir mit einer Arznei beginnen.«

# 25. Kapitel

Der folgende Tag war ungewöhnlich kühl, ein Vorgeschmack auf den nahenden Herbst. Ein heftiger, ungemütlicher Wind fegte durch die Gassen und wirbelte das Laub durcheinander; Böen, die an ihrer Kleidung zerrten, als sie sich auf den Weg zu ihrem Krankenbesuch machten.

Samuel war still an diesem Vormittag, er erklärte es mit unruhigem Schlaf und schlechten Träumen, die ihn nach wie vor heimsuchten. Mehr über diese Träume hatte er Mélanie nicht sagen wollen, und sie hatte nicht weiter nachgefragt.

Ebenso still, die Nase unter ihrer wollenen Pelerine verborgen, ging sie neben ihm her. Sie überlegte, ob sie versuchen sollte, ihn aufzuheitern, doch sie ließ es bleiben. Wenn er so in sich gekehrt war, gab es dafür einen Grund, und den wollte er ihr ganz offenbar nicht oder noch nicht sagen.

Auch ihre Träume, üblicherweise in hellen, bunten Farben, hatten sich verdüstert. Vielleicht lag es an der kleinen Marie, um die sie sich sorgte, möglicherweise lag es auch einfach daran, dass sie in den vergangenen Monaten so viel mit Krankheit und Siechtum zu tun gehabt hatte. Vergnügliches, das sie auf andere Gedanken brachte, war immer rarer geworden.

Dabei sehnten sie beide sich danach.

Mélanie sprach es ohne Umschweife an.

»Wir sollten mal wieder in die Oper oder ins Theater gehen, Samuel.«

Ihr Mann schritt mit finsterer Miene neben ihr her. »Ja, warum nicht.«

»Wir hatten uns vorgenommen, regelmäßig etwas Schönes zu unternehmen, erinnerst du dich?«

Er hatte den Mantelkragen hochgeschlagen und fluchte, als ein Handkarren an ihnen vorbeirumpelte. »*Mon Dieu*, geht es hier denn niemals ruhig zu!«

Dann hätten wir in Köthen bleiben sollen, dachte sie ein wenig verstimmt. Ob er es schon jetzt bereute?

»Ich freue mich schon auf das Fest, wenn der Obelisk aus Luxor aufgestellt wird«, plapperte sie gezwungen fröhlich. »Wir gehen doch hin, *n'est-ce pas?*«

Samuel blieb abrupt stehen. »Eine Straße weiter stirbt vielleicht ein Kind, und du plauderst von Einweihungsfeiern?«

Sie spürte, wie ihr das Blut ins Gesicht schoss. »Ich wollte doch nur …«

»Mich ablenken? *Mon Dieu*, Mélanie!« Er stapfte weiter, und sie hatte Mühe, ihm zu folgen.

»Die Kleine wird es schaffen«, sagte sie sanft und mit versöhnlicher Stimme.

Erneut blieb er stehen und starrte sie an. »Ach ja? Hast du dir mal überlegt, dass dieses arme Geschöpf die Unfähigkeit der Doktoren ausbaden muss?«

Sie nickte ernst. »Natürlich habe ich das, und es ärgert mich genauso wie dich.«

Er war weitergegangen, bremste aber gleich wieder ab und warf die Hände in die Luft. »Und weißt du, was mich noch fuchsteufelswild macht? Dass wir unsere Patienten nicht sofort behandeln und heilen können, sondern erst einmal die Krankheiten ausmerzen müssen, die sie den Ärzten zu verdanken haben.«

Er hatte recht, und das war etwas, was auch Mélanie so manches Mal fassungslos gemacht hatte und nach wie vor machte: Sehr viele, womöglich sogar die meisten Patienten, die zu ihnen kamen, litten unter diversen Nebenwirkungen der Allopathie, und es dauerte oft Wochen, wenn nicht Monate, diese Symptome auszukurieren.

»Mein Lieber.« Mélanie stellte sich vor ihn hin und legte die Stirn an seine. »Es ergibt keinen Sinn, sich darüber aufzuregen oder zu erschöpfen. Wir brauchen unsere Kraft für die Menschen, die zu uns kommen, uns vertrauen und all ihre Hoffnung in uns setzen.«

Er hatte die Augen geschlossen. »Du hast recht. Manchmal kommt es einfach über mich. Pardon, ich wollte dich nicht anfahren.«

»Schon gut, ich bin dir nicht böse.« Sie legte die Hand auf seinen Ellbogen. »Und nun komm, wir wollen unsere kleine Patientin nicht warten lassen.«

Wenig später stand Samuel am Bett der Kleinen und befühlte ihre Stirn. Mélanie hatte frische Wadenwickel angelegt und trocknete sich gerade die Hände ab, als Monsieur Legouvé hereinkam. »Auf ein Wort, Madame?«, bat er. »Ich möchte mich bei Ihnen entschuldigen.«

»Aber wofür denn, Monsieur?«

»Ich wusste nicht, dass auch Sie praktizieren. Sie scheinen genauso viel Sachverstand zu haben wie Ihr Mann. Mein Freund Duval sprach mich auf ihn an. Er meinte, es sei doch einen Versuch wert, wo die Doktoren meine Tochter abgeschrieben haben.« Er schluckte und versuchte ein Lächeln. »Er hatte in der Zeitung von Monsieur Hahnemann gelesen, dem berühmten Mann, der die Homöopathie ins Leben gerufen hat. Ich war skeptisch, Madame, das gebe ich freimütig zu, aber wir hatten nichts mehr zu verlieren.« Er verzog das Gesicht, vermutlich entsetzt über seine eigenen Worte. »Pardon, ich weiß, das klingt … « Er verstummte und redete erst nach einer kleinen Pause weiter. »Ich habe Sie nicht übergehen wollen, Madame. Nichts läge mir ferner.« Das Lächeln, das nun über sein graues, sichtlich erschöpftes Gesicht huschte, wirkte nicht mehr so angestrengt. »Ich bin Schriftsteller und verbreite in meinen Büchern und Schriften gern, wie sinnvoll ich es fände, dass auch Frauen Ärzte werden.«

Mélanie hob verblüfft die Augenbrauen. »Eine erstaunliche Meinung für einen Mann«, konnte sie sich nicht verkneifen.

»Ich bin ganz und gar nicht der Ansicht, dass Frauen nur hübsche Gesellschafterinnen und Schmuck ihrer Gatten sind. Sie haben vermutlich weit mehr Feingespür und Fingerspitzengefühl und sind imstande, Dingen auf den Grund zu gehen, die wir Männer nicht einmal wahrnehmen.«

»Sie sind ein moderner Mann, Monsieur Legouvé.« Mélanie war in der Tat mehr als beeindruckt. Sie betete – das erste Mal seit langer Zeit –, dass das kleine Mädchen leben würde. Dieser Mann sollte seine Tochter unbedingt unterrichten und ihr all das mit auf den Weg geben, wofür er einstand. »Ihre Frau kann sich glücklich schätzen«, fügte sie impulsiv hinzu und bereute es sogleich. »Pardon, ich hatte das gar nicht sagen wollen.«

Er lächelte, wurde aber sofort wieder ernst. »Wird meine Tochter es schaffen, Madame? Und bitte, keine Lügen oder Beschönigungen, die habe ich in den vergangenen Wochen zu oft gehört.«

»Ich fürchte, ich kann Ihnen diese Frage nicht beantworten«, sagte sie mit tiefem Bedauern. »Die Zeit ist noch nicht reif für Prognosen.« Es war eine Ausflucht, die ihr nur schwer über die Lippen kam, doch sie wollte den armen Mann, der um seine Tochter bangte, keine Hoffnung machen, die sich vielleicht nicht erfüllen würde.

Er nickte niedergeschlagen. »Ich verstehe. Ich hoffe, ich habe Sie nicht überfahren.«

»Nein, keine Sorge. Setzen Sie sich ans Bett Ihrer Tochter, lesen Sie ihr vor, erzählen Sie ihr eine Geschichte, vielleicht können Sie sogar singen?«

Er schüttelte bedauernd den Kopf. »Wir wollen doch, dass sie gesund wird, *n'est-ce pas?*«

Mélanie lächelte über seinen kleinen Scherz. »Aber Ihre Frau hat doch sicher eine schöne Singstimme. Es wird zu Maries Genesung beitragen, davon bin ich überzeugt. Bis dahin lassen Sie weiterhin täglich Ihr Bettzeug und Nachthemd wechseln, geben ihr reichlich, sehr reichlich zu trinken und sorgen Sie für eine gute Durchlüftung des Raumes.«

»Das will ich alles tun, Madame.«

## 26. Kapitel

Eine Woche verging, in der Mélanie und ihr Mann täglich die kleine Marie besuchten. Sie hatten mit der Sulfur-Behandlung begonnen, und der Zustand des Kindes verschlechterte sich nicht. Er verbesserte sich aber auch nicht, dennoch sah Samuel es als winzigen Fortschritt.

In der zweiten Woche begann das Kind ruhiger und gleichmäßiger zu atmen, und Mélanie, die angespannt und nervös jede noch so kleine Regung des Mädchens beobachtet hatte, spürte neue Hoffnung aufkommen. Die Haut der Kleinen war rosig, nicht mehr krebsrot und leuchtend, die himmelblauen Augen fast klar, die Finger nicht mehr ineinander verkrampft.

Du wirst es schaffen, meine Kleine, hatte Mélanie gedacht.

An diesem Vormittag hatte Samuel wieder den Puls gemessen und die Stirn gerunzelt. Er nahm Mélanie beiseite und beriet sich mit ihr. »Ihr Puls ist schwach, zu schwach.«

»Vielleicht sollten wir es mit Weiße Nieswurz versuchen«, schlug sie nach kurzem Nachdenken vor.

»*Veratrum album.*« Er nickte. »Ja, das denke ich auch.«

Er machte seine Tasche auf und nahm ein Fläschchen heraus.

Monsieur Legouvé, der neben seiner Frau am Bett seiner Tochter verharrt hatte, das Gesicht besorgt, gesellte sich zu ihnen. »Nun? Was meinen Sie, Monsieur? Madame?«

Mélanie lächelte, weil er sie mit einbezog. »Es scheint bergauf zu gehen. Ihrer Tochter geht es besser.«

»Heute Nacht wurde sie ruhiger, ihr Atem ging fließend und regelmäßig.« Er strich sich über die Stirn und stöhnte leise.

»Was ist mit Ihnen?«, fragte Mélanie.

»Nichts, gar nichts.« Er winkte ab. »Nur Kopfweh. Ich schlafe zurzeit sehr wenig.«

»Gibt es jemanden, der für ein paar Stunden auf Ihre Tochter achtgeben könnte, Monsieur?«

Er blinzelte verwirrt und nickte schließlich. »Ich könnte Yvette, unsere Magd, bitten. Sie vergöttert die Kleine und wird nicht von ihrer Seite weichen. Aurélie?« Er sah seine Frau an.

»Wir können doch nicht …«

»Doch, Madame, das können Sie. Ihre Tochter wird heute viel schlafen, ruhiger schlafen. Legen Sie sich eine Weile hin, das wird Ihnen guttun.«

Sie schien zu zögern, dann jedoch nickte sie. »Vielleicht haben Sie recht. Ich werde Yvette Bescheid geben.« Sie verließ das Zimmer.

»Ich werde Ihnen etwas gegen den Kopfschmerz geben, Monsieur.« Mélanie nahm ein weiteres Fläschchen aus der Tasche und warf ihrem Mann einen fragenden Blick zu. *Nux vomica?*

Er nickte kurz und wandte sich wieder dem Kind zu.

Sie gab Legouvé das Fläschchen. »Das ist gegen den Kopfschmerz und das hier …« Sie nahm ein Fläschchen Damiana aus der Tasche und reichte es ihm ebenfalls. »Das ist zur Stärkung für Sie und Ihre Frau.« Sie hätte sich vorher gern mit Samuel beraten, doch er schien kaum zugehört zu haben. Sie wusste, dass er Damiana häufig zur Stärkung verabreichte.

Legouvé betrachtete die beiden Fläschchen in seiner Hand. »Merci, Madame.« Er schaute zum Bett seiner Tochter, und ein ungläubiges, seliges Lächeln huschte über sein eingefallenes Gesicht. »Es ist wie ein Wunder. Und ich werde es überall verkünden: Monsieur und Madame Hahnemann haben ein Wunder an meiner Tochter erwirkt.«

Es dauerte nur drei Tage, dann erschien der erste Artikel in der Tageszeitung. Florence hatte sie ihnen auf den Tisch gelegt. »Man schreibt über Sie beide, Madame. Die ganze Stadt ist in Aufruhr, wie es scheint.«

Mélanie hatte die Zeitung aufgeschlagen und den Bericht überflogen. »Die Genesung der Kleinen scheint eine kleine Sensation zu sein«, erzählte sie ihrem Mann, der seinen Kaffee trank und mit den Gedanken ganz woanders zu sein schien. »Man spricht von Auferstehung.« Sie ließ die Zeitung sinken. »Und ich wette, es dauert nur ein Weilchen, dann kommt uns zu Ohren, dass die Ärzte es für ihren Verdienst halten.«

Samuel grunzte. »Natürlich. Oh, wie bin ich es leid!« Er trank weiter seinen Kaffee und schaute missmutig aus dem Fenster.

Tatsächlich ging es der kleinen Marie von Tag zu Tag besser.

Als Mélanie und Samuel in der Woche darauf zu den Legouvés kamen, saß das Mädchen in ihrem Bettchen, ein aufgeschlagenes Bilderbuch im Schoß.

Madame Legouvé stand daneben, ein glückliches Lächeln auf

dem Gesicht. »Sie haben mein Kind gerettet.« Sie küsste erst Samuels, dann Mélanies Hände. »*Merci, merci beaucoup.* Ich werde für immer in Ihrer Schuld stehen.«

»Nicht doch«, murmelte Samuel und legte der Kleinen die Hand aufs Haar. »Der Anblick des Kindes ist Dank genug.«

Das Mädchen hob den Kopf, das Gesicht noch blass und spitz von der zehrenden Erkrankung, und sah ihn vertrauensvoll an.

Er zeigte auf den Paradiesvogel in ihrem Bilderbuch. »Schau nur, was für ein prächtiger Bursche.«

Mélanies Herz zog sich vor Rührung zusammen. Und da war sie wieder, die stille, schmerzvolle Sehnsucht nach einem Kind.

Sie könnten auch ein so niedliches Mädchen haben.

Sie hatte Samuels Worte im Ohr, die er kurz vor ihrer Hochzeit zu ihr gesagt hatte. »Wenn wir ein Kind bekommen sollten, würde ich es als Geschenk sehen. Aber rechne nicht damit, mein Herz, ich bin ein Mann, der bereits mehrfach Vater geworden ist. Ich fürchte, für ein weiteres bin ich zu alt.«

Damals hatte sie gelächelt und gemeint, sie habe sich nie nach eigenen Kindern verzehrt. Heute wusste sie kaum, ob sie gelogen oder es wirklich so empfunden hatte.

Eine Träne quoll aus ihrem rechten Auge, und hastig wischte sie sie fort, bevor Samuel sie sehen konnte.

Sie würde sich damit begnügen – und sich niemals beklagen, das schwor sie sich – eine glückliche Ehe zu führen, mit dem Mann, den sie liebte, bewunderte und achtete. Es war mehr, als sie sich jemals erträumt hatte.

Sie wollten gerade das Haus verlassen, als Monsieur Legouvé kam, einen Umschlag in der Hand. »Ihre Bezahlung, Monsieur.« Er verbeugte sich vor Mélanie. »Madame.«

Nachdem ihr Mann keine Anstalten machte, nahm sie den Umschlag entgegen. »*Merci*, aber ich glaube, wir haben noch gar keine Rechnung ausgestellt.«

»Das stimmt. Aber es wird genügen, da bin ich sicher.« Legouvé deutete auf den Umschlag.

Samuel handhabte es seit Jahren so, dass er denen, die nur wenig Geld hatten, eine kleine Summe abnahm, während die Wohlhabenden ein stattliches Honorar zahlen mussten. »Wer viel hat, ist auch bereit, viel für seine Genesung zu bezahlen«, war seine Devise. Er behandelte jeden mit der gleichen Sorgfalt, gleichgültig, ob arm oder reich.

Mélanie steckte den verschlossenen Umschlag in die Tasche ihres Mantels. »*Merci*, Monsieur Legouvé. Empfehlen Sie uns gerne weiter.«

»Das habe ich längst.«

# 27. Kapitel

*Paris im November desselben Jahres*

Mélanie stand neben Madame Degard, die zu einer Soirée geladen hatte, beide ein Glas Portwein in der Hand.

Mélanie trug ein neues Kleid, das erst am Tag zuvor fertig geworden war. Es war aus cremefarbener Seide mit kleinen bestickten Blüten und spitzenverzierten Armabschlüssen.

Als sie darin aus der Schlafkammer gekommen war, hatte Samuel sie mit großen Augen angeschaut. »Du siehst überwältigend aus.«

Auf der Kutschfahrt hatte er ihr ein Kompliment nach dem anderen gemacht, bis sie irgendwann lachend gemeint hatte, nun sei es aber wirklich genug, sie würde sonst noch hochnäsig.

»Wo haben Sie dieses herrliche Kleid anfertigen lassen?«, fragte Madame Degard sie und betrachtete bewundernd den fließenden Stoff.

»Bei Madame Mulin in der Rue Mouffetard. Ich gehe seit Jahren zu ihr. Sie hat sehr schöne Stoffe und ist außerordentlich geschickt und zuverlässig.«

Madame Degard musterte sie eingehend.

Als hätte sie das nicht schon den ganzen Abend getan, dachte Mélanie mit einem Anflug von Gereiztheit, die sie selbst erstaunte.

»Dann sind diese schmalen Ärmel jetzt in Mode?«

»Meine Schneiderin sagt Ja.«

Madame Degard warf einen Blick auf die voluminösen Ärmel ihres eigenen Kleides und stieß ein Schnauben aus. »Ich werde mir gleich Montag neue Kleider machen lassen. Diese Ärmel sind furchtbar, *n'est-ce pas?* Man kann damit weder essen noch Klavier spielen oder auch nur ein Buch lesen. Sie sind einfach immer im Weg. Grässlich.« Erneut bedachte sie Mélanie mit einem neidvollen Blick. »Sie haben eine zauberhafte Taille, meine liebe Mélanie.« Sie schnalzte mit der Zunge. »An Ihren Nachnamen kann ich mich einfach nicht gewöhnen. Für mich sind Sie noch immer die Marquise d'Hervilly. Wie geht es Ihren Eltern, meine Liebe?«

»Mein Vater leidet seit einiger Zeit unter Grauem Star«, erzählte Mélanie, während sie den Blick durch den vollen Salon schweifen ließ. Wo war Samuel?

Sie entdeckte ihn in einer Dreierrunde: er, ihr alter Freund François und der Gastgeber Monsieur Degard. Die drei unterhielten sich angeregt.

»Der Arme. Ich hoffe, sein Arzt kann ihm helfen?« Da Madame Degard es wie eine Frage klingen ließ, fühlte Mélanie sich bemüßigt zu antworten.

»Nein. Mein Vater ist in die Sprechstunde meines Mannes gekommen.«

»Nicht so bescheiden, meine Liebe. Sie arbeiten doch als seine rechte Hand, oder etwa nicht? Und wie ich hörte, verfügen Sie über eine Menge Geschick. Vielleicht sollte ich mich auch von Ihnen behandeln lassen.« Die Gastgeberin schien nachzudenken.

»Welche Beschwerden haben Sie, Madame?«

Die ältere Frau räusperte sich und trat einen Schritt näher. »Frauenprobleme.«

»Kommen Sie gern in die Sprechstunde. Warum nicht gleich am Montag?«

»Montag.« Madame Degard nickte zögernd. Es machte den Anschein, als verließe sie der Mut. »Nun, ich denke darüber nach.«

»Tun Sie das.«

Der festlich beleuchtete Salon war voller Rauchschwaden, und Mélanie war froh, als eins der Dienstmädchen zum Fenster ging, um es zu öffnen.

Ein junger Mann saß am Klavier und spielte ein Stück von Beethoven. Dabei fiel ihm ständig eine Strähne seines langen dunklen Haars in die Stirn, und sie hatte sich dabei ertappt, wie sie am liebsten hingegangen und es ihm zurückgestrichen hätte. Seine ewigen ruckartigen Kopfbewegungen machten sie ganz nervös.

»Noch ein Gläschen, meine Liebe?« Die Gastgeberin deutete auf ihr leeres Glas.

Sie erinnerte sich nicht, dass sie es ausgetrunken hatte. »*Non, merci.* Vielleicht später.«

»Ist es wahr, was man sich erzählt? Dass die Marmorbüste Ihres Mannes, die nach Amerika verschickt werden sollte, mit dem Schiff untergegangen ist?«

Mélanie nickte seufzend. »Es gab einen Schiffbruch.«

»Wie außerordentlich tragisch.«

Als er die Nachricht erhielt, hatte Samuel gemeint, es sei hoffentlich kein böses Omen. »Die Akademie steht ganz offenbar unter keinem guten Stern.«

François gesellte sich zu ihnen, ein Glas Wein in der Hand. »Dein Mann spricht in den höchsten Tönen von dir, Mélanie. Er sagt, er sei nie zuvor so glücklich gewesen.«

Madame Degard errötete, als gälten die Worte ihr. »Wie reizend. Was haben Sie nur für ein Glück, meine Liebe.«

»Jeder bekommt das, was er verdient, *n'est-ce pas?*«, raunte François Mélanie ins Ohr und zwinkerte ihr dann zu. »Du siehst ebenfalls sehr glücklich aus.«

»Und was ist mit dir?«, fragte sie. »Hast du Geschmack daran gefunden, weniger zu arbeiten?«

Er hatte tatsächlich einen jungen Advokaten eingestellt, der ihm noch dazu seine Freundschaft angeboten hatte.

François nickte. »Dafür muss ich dir wohl danken.«

»Oh, die Rechnung hast du doch längst beglichen, oder etwa nicht?«, scherzte sie.

Er legte die Hand auf ihren Unterarm und nahm sie gleich wieder weg. »Du weißt, was ich meine, Mélanie. Ich bin dir wirklich zu Dank verpflichtet.« Er deutete nach rechts, wo zwei junge Männer beieinanderstanden, die Gesichter erhitzt. Offenbar diskutierten sie. »Ich bin noch immer eifrig und unerschütterlich dabei, euch weiterzuempfehlen. Siehst du den jungen Burschen dort drüben? Der mit dem rötlichen Haarschopf, der die ganze Zeit nickt? Das ist Antoine Belvère, ein talentierter Schriftsteller, der sich auch aufs Cello spielen versteht.«

»Man könnte neidisch werden«, sagte Mélanie lächelnd, ohne einen Hauch von Neid zu empfinden. »Im Schreiben und Musizieren gleichermaßen talentiert zu sein, wer wünschte sich das nicht?«

»Ich«, sagte er und grinste schulterzuckend. »Ich bin ein guter Advokat, was will ich mehr?«

Früher hätte sie ihn scherzhaft geknufft, nun jedoch unterließ sie es, weil sie befürchtete, ihr Mann könnte es sehen. »Du hast recht, François, du kannst der zufriedenste Mensch auf Erden sein.«

Er legte den Kopf in den Nacken und lachte. Seine dunklen Augen blitzten. »Die Schlagabtausche mit dir haben mir gefehlt, Mélanie. Gut, dass du wieder hier bist.« Er wollte weiterschlendern, doch sie hielt ihn am Arm fest.

»Was ist mit Monsieur Belvère?«

»Ach, das hätte ich ja beinahe vergessen. Er wird dich, euch aufsuchen. Ich habe ihm erzählt, welche Wunder die Homöopathie vollbringen kann und da … Was hast du denn?«

Mélanie hatte geseufzt und den Kopf geschüttelt. »Ich kann es nicht mehr hören, François. Alle Welt spricht von Wundern. Es geht nicht um Wunder, sondern um eine alternative Möglichkeit der Heilung abseits der herkömmlichen Medizin.«

»Pardon, ich wollte dich nicht ärgern«, erwiderte er kleinlaut.

»Das hast du nicht«, sagte sie beschwichtigend. »Für meinen Geschmack wird das Wort ›Wunder‹ nur zu oft in den Mund genommen.«

Er legte die Hand auf seine Brust und setzte ein ernstes Gesicht auf. »Ich gelobe Besserung. Aus meinem Mund wird dieses Wort nicht wieder kommen, ich schwöre es.«

Sie kicherte. »Du siehst aus wie Napoléon.«

Schmunzelnd entfernte er sich, bevor sie ihn weiter nach Belvère befragen konnte.


Nach Mitternacht fuhren Mélanie und Samuel in der Kutsche heim. Er war offenbar eingenickt, nur ein leises Pfeifen war zu hören. Sie hatte sich an ihn geschmiegt. »Es war ein so schöner Abend«, wisperte sie, in dem festen Glauben, mit sich selbst zu sprechen. »Weißt du, wovon ich dann und wann träume? Von einem eigenen Haus mit einer großen Praxis und urgemütlichen Wohnräumen – und einem Salon, in dem wir Musik- und Leseabende geben können. Ach, das wäre herrlich.« Verträumt seufzte sie – und fuhr zusammen, als ihr Mann sagte: »Davon also träumst du.«

Sie wusste nicht, ob er belustigt oder verwundert war. »Ich dachte, du seist eingeschlafen. Ach, es war ja nur so dahergeredet«, beeilte sie sich zu erklären. »Ich bin wohl ein bisschen weinselig.«

Er regte sich und zog sie fest an sich. »Schäm dich nicht dafür, dass du Träume hast, mein Herz.« Er gab ihr einen Kuss auf die Stirn. »Es war übrigens wirklich ein schöner Abend. Und äußerst interessant.«

»Ach ja?«

»Ich hatte ein nettes Gespräch mit dem Gastgeber.«

»Nett?«, wiederholte sie ein wenig misstrauisch. Wenn Samuel etwas als nett bezeichnete, verbarg sich dahinter häufig, dass er in Streit geraten war. Er debattierte und diskutierte nach wie vor leidenschaftlich gern und das eine oder andere Mal auch rücksichtslos, wie sie schon erlebt hatte, wenn er jemandem recht harsch über den Mund gefahren war. Samuel vertrat eine Meinung felsenfest und wankte niemals.

»Er hat seltsame Ansichten, was die Medizin betrifft.«

»Ich dachte, wir wollten uns abends amüsieren und keine Streitgespräche führen.«

»Es genügt doch, wenn du dich amüsierst«, entgegnete er hörbar belustigt.

»Ach, Samuel …« Sie seufzte ein weiteres Mal. »Du bist unverbesserlich.«

Er kommentierte es mit einem herzhaften Lachen, und Mélanie wusste nicht, ob sie einstimmen oder sich wundern sollte.


Am Tag darauf stand der rothaarige junge Mann in ihrem Behandlungszimmer. »François hat Sie wärmstens empfohlen, Madame.« Er verbeugte sich und hauchte einen Kuss auf ihren Handrücken.

»Es freut mich, Sie kennenzulernen, Monsieur Belvère.«

»Ah, Sie erinnern sich an meinen Namen.« Er strahlte und setzte sich vor ihren Schreibtisch. Er blickte sich kurz um und nickte dann. »Hat François auch erzählt, weswegen ich Sie konsultiere?«

Sie schüttelte den Kopf.

»Nun, dann werde ich ausführlich berichten. So arbeiten Sie doch, *n'est-ce pas*? Zu Anfang müssen die Patienten ausführlich erzählen, Sie stellen weitere Fragen, und erst dann beginnt die Behandlung.« Er lehnte sich zurück und schlug die Beine übereinander.

Ein attraktiver Bursche, dachte sie. Selbst das rote Haar und die Sommersprossen standen ihm. Er war groß und stattlich gebaut und trug einen modernen Gehrock in einer ungewöhnlichen Farbe, einem dunklen Tannengrün.

In der Farbe hätte ich gern ein Kleid, ging ihr durch den Kopf, und sie verscheuchte den Gedanken gleich wieder. Sie saß als Homöopathin vor ihm, nicht als modeinteressierte Frau.

Belvère dachte kurz nach, schließlich begann er. »Es fing vor ein paar Jahren an. Ich fühlte mich nicht gut, meine Knochen waren bleischwer, mein Kopf benebelt, als hätte ich dem Wein allzu sehr zugesprochen ... «

»Neigen Sie dazu?«, unterbrach sie ihn sanft, und er verneinte.

»Oh, ich trinke durchaus gern mal ein Glas, Madame, aber ich neige weder zur Völlerei noch zur Trinkerei. Mir war den ganzen Tag schwindelig und dann plötzlich ... bin ich umgefallen, einfach so. Die Beine knickten unter mir weg, und ich schlug auf den Boden.«

»Haben Sie sich verletzt?« Fallsucht?, überlegte sie, oder plötzlich auftretende Ohnmacht?

»Nur ein Kratzer an der Stirn.« Er winkte ab. »Einige Tage später geschah es wieder.«

*Fallsucht*, notierte sie sich. *Erstmalig aufgetreten in jungen Jahren. Patient männlich, Name: Antoine Belvère.*

»Wie alt sind Sie, Monsieur?«

»Gerade sechsunddreißig geworden«, antwortete er.

»Und wie lange liegt der erste Anfall zurück?«

Er kniff die Augen zusammen. »Anfall? Das klingt schrecklich. Nun, es wird zwei, drei Jahre her sein.«

Sie ließ ihn von seiner Kindheit und Jugend erzählen, erfuhr von seinem strengen, dominanten Vater und einer liebevollen Mutter, die dem Vater nichts entgegenzusetzen hatte.

Während er schilderte, wurde sie an ihre eigene Kindheit und Jugend erinnert, nur dass bei ihr die Mutter zänkisch und dominant und der Vater liebevoll und weich gewesen war.

»Mein Vater wünschte sich, dass ich Kaufmann werde wie er.« Belvère schnaubte. »Wünschte, was sage ich – er befal es mir.

Doch ich wäre ein lausiger Kaufmann geworden, glauben Sie mir, Zahlen und Rechnungen aufstellen sind mir ein Graus. Ich schreibe und musiziere lieber.«

»François sagte, Sie seien in beidem sehr begabt.«

»Oh, sagte er das?« Eine feine Röte überzog sein blasses Gesicht. »Nun, ich liebe das, was ich tue.«

»Wie hat Ihr Vater reagiert, als Sie sich seinem Wunsch widersetzten?«

Er zuckte die Schultern. »Ich habe mich ja gar nicht widersetzt. Ich habe so getan, als würde ich seinem Wunsch, seiner Anordnung nachkommen. Und dann bin ich ausgerissen, ich habe es nicht mehr ausgehalten.« Er verzog den Mund zu einem flüchtigen Grinsen und wurde gleich wieder ernst. »Ein guter Freund hat mich eine Weile bei sich wohnen lassen und dann …« Ein breites Lächeln. »Begegnete ich meinem Förderer. Er war der Meinung, ich sei talentiert genug, um für eine Zeitung zu schreiben. Ich konnte dann auch tatsächlich ein paar Essays verkaufen und spielte nachmittags in einem Café in der Rue Mouffetard.«

»Ah, meine Schneiderin hat dort ihr Atelier.«

»Madame Mulin, nehme ich an.«

Sie nickte. »Haben Sie den Kontakt zu Ihrem Vater abgebrochen?«

»Nein, er will nichts mehr von mir, seinem einzigen Sohn wissen. Aber meine Mutter kommt oft ins Café, um mir zuzuhören.« Er verschränkte die Hände und legte sie um sein Knie. »Und, Madame? Genügt Ihnen dieser Einblick in meine Lebensgeschichte?«

Mélanie legte die Feder beiseite. »Nicht ganz. Hatten Sie jemals mehrmals hintereinander einen Anfall? Mehrere an einem Tag, meine ich?«

Er schüttelte den Kopf. »Gott bewahre, Madame.«

»Sind Sie sehr aufgeregt und unruhig, wenn er vorüber ist?«

Darüber dachte er nach und schüttelte schließlich den Kopf. »Nein, ich bin eher … innerlich wund, wenn Sie verstehen, was ich meine.«

Mélanie stand auf und ging zum Arzneischränkchen. Wie üblich tendierte sie zu einer Sulfur-Behandlung, zugleich würde sie Arnika verabreichen. »Die erste Dosis werde ich Ihnen gleich hier verabreichen, Monsieur Belvère. Öffnen Sie bitte den Mund.«

# 28. Kapitel

*Paris im Februar 1837*

Mélanie erwachte an diesem frühen Morgen, ihrem Geburtstag, von einem seltsamen Geräusch. Sie setzte sich auf und lauschte. Regnete es?

Leise stand sie auf und stellte sich ans Fenster. Nein, es schneite. Sie drückte die Nase an die Scheibe und sah dicken, flauschigen Schneeflocken zu, die durch den Garten geweht wurden.

Siebenunddreißig, dachte sie, und der dritte Geburtstag, den ich mit meinem Mann erleben darf. Sie gestattete sich keinen Gedanken daran, wie viele gemeinsame Geburtstage ihnen wohl noch vergönnt wären. Schlimm genug, dass Samuel neuerdings ständig davon anfing, wie ihr Leben und ihre Arbeit aussähe, wenn er nicht mehr bei ihr war. »Davon will ich nichts hören«, sagte sie jedes Mal, wenn es ihn wieder überkam. »Wir werden noch viele, unzählige Jahre haben.« Meistens seufzte er dann und verzog den Mund zu einem knappen Lächeln.

Mélanie verscheuchte das kurze, sehr flüchtige Gefühl, das sie übermannen wollte; ein Gefühl von Ohnmacht und tiefer Traurigkeit. Wie würde es ohne Samuel sein?

Sie holte tief Luft und wandte sich zu ihm um. Er schlief noch, und sie setzte sich zu ihm auf die Bettkante und nahm behutsam seine Hand. Sie war mit Altersflecken übersät und von Linien durchzogen, die Haut schimmerte beinahe durchsichtig.

Mélanie schluckte, und bevor sie dagegen ankämpfen konnte, rollte ihr eine erste Träne die Wange hinab.

Samuel hatte vor ihr aufstehen wollen, doch ausgerechnet heute, an ihrem Geburtstag, hatte er verschlafen.

Sie hatte bereits das Zimmer verlassen, als er aufwachte.

Leise fluchend schob er das Plumeau zurück und stemmte sich aus dem Bett. Er griff nach seinem Stock, der am Nachtschrank lehnte, und stand schnaufend auf, nahm den Morgenrock vom Stuhl und versuchte hineinzuschlüpfen.

Erfolglos.

Sein Fluchen wurde lauter, und grimmig schob er die Tür auf, nur einen Arm im Morgenrock, den Rest raffte er zusammen.

Unten im Haus war Geschirrklappern zu hören, dazu leise Stimmen und ein Lachen. Seine Frau.

Das Herz wurde ihm schwer. Wie lange noch? Wie viele gemeinsame Jahre wurden ihnen noch geschenkt?

Die Treppenstufen kamen ihm heute unendlich vor, es war, als hätten sie sich über Nacht verdoppelt.

Samuel biss die Zähne zusammen. Gott verflucht!

Als er endlich unten angekommen war, musste er stehen bleiben und innehalten. Sein Atem rasselte, und sein Herz polterte wie der Galopp eines jungen nervösen Gauls. Er legte die Hand darauf und versuchte, zu Atem zu kommen.

Dann setzte er ein unbekümmertes Lächeln auf und öffnete die

Tür zum Esszimmer. Seine Frau saß am Tisch, Florence schenkte ihr gerade Kaffee ein.

»Guten Morgen, mein Liebling.« Sie stand auf und eilte zu ihm, um ihm in den Morgenrock zu helfen.

»*Joyeux anniversaire*, meine liebe Mélanie.«

Sie küsste ihn auf die Stirn. »Hattest du eine gute Nacht?«

Er nickte, obwohl er alles andere als eine gute Nacht hinter sich hatte. Wieder hatte er geträumt, er läge ausgestreckt auf einem langen Tisch, Blumen in den verschränkten Händen, die Augen geschlossen. Und jedes Mal dachte er bestürzt und fassungslos: Ich bin tot – aber ich habe doch noch so viel vor!

»Das freut mich. Komm.« Sie nahm seine Hand und brachte ihn zum Tisch.

Florence warf ihm einen fragenden Blick zu, und er nickte unmerklich. Sofort lief sie hinaus und kehrte kurz darauf mit einem Blumengesteck zurück, das er in Auftrag gegeben und sie vom Blumenmarkt abgeholt hatte.

Als sie es vor seiner Frau auf dem Tisch abstellte und er deren freudigen Gesichtsausdruck sah, war ihm, als fiele wieder alles von ihm ab: sämtliche Alterserscheinungen, die ihn dann und wann plagten, auch wenn er sich um Jahre verjüngt fühlte, seit er Mélanie kannte. Die deprimierenden Gedanken, die sich nicht immer abschütteln ließen, und die Sorge, was aus ihr wurde, wenn er nicht mehr war. Geldnöte würden sie nicht um den Schlaf bringen, das immerhin war beruhigend, doch wie würde es mit ihrer Arbeit als Homöopathin weitergehen? Sie hatte keine medizinische Ausbildung und folglich keine ärztliche Zulassung. Um in Frankreich als Homöopath arbeiten zu können, war die aber unumgänglich.

»Samuel! Was für hübsche Blumen.«

Er fuhr zusammen und rang sich ein Lächeln ab. »Sommerblumen wären noch hübscher, aber du wurdest nun mal im Winter geboren«, neckte er sie.

»Ich bezeichne es gern anders: Ich wurde in den nahenden Frühling hineingeboren«, erwiderte sie und betrachtete die weißen Blüten der Christrosen. »*Helleborus.*«

Samuel räusperte sich und fasste in die Tasche seines Morgenmantels. Fast hätte er erleichtert aufgestöhnt, als seine Finger den Umschlag und das kleine Samtkästchen fühlten. Gottlob, er hatte beides eingesteckt! »Das ist auch für dich.« Er legte das Kästchen in ihre ausgestreckte Hand und den Umschlag neben ihren Teller.

Ihre Hände zitterten erwartungsvoll, als sie den Deckel des Schächtelchens anhob. Ihre Augen weiteten sich. »Samuel! Die ist bildschön!« Sie nahm die kleine Achatkamee heraus. »Ich weiß gar nicht, was ich sagen soll. Wer ist die Frau?«

Auf der Kamee war das Antlitz der Göttin Athene, für ihn ein äußerst passendes Geschenk. »Athene. Sie wird dich beschützen.« Wenn ich es nicht mehr kann, hätte er um ein Haar noch hinzugefügt.

Sie öffnete den Umschlag, zog die Karte hervor und klappte sie auf. »Wir essen heute Abend im »*La Tour d'Argent*«?« Sie klatschte in die Hände. »Wunderbar! Ich freue mich! Ich war eine Ewigkeit nicht mehr dort. Früher hat mein Vater uns dann und wann dorthin ausgeführt.«

»Und heute Abend werde ich es tun.«

Am Nachmittag kamen überraschend Madame und Monsieur Legouvé, die seit der Behandlung ihrer kleinen Tochter fast so etwas wie Freunde geworden waren. Mélanie unterhielt sich leidenschaftlich gern mit Ernest, der in sehr vielen Dingen eine erstaunlich moderne und tolerante Sichtweise vertrat.

Sie philosophierten und diskutierten über Romane, die gerade erschienen waren.

Aurélie überreichte Mélanie ein hübsches Gesteck und ein besticktes Kissen. »Ich weiß nicht, ob ich Ihren Geschmack getroffen habe, Mélanie. Wenn nicht, sagen Sie es nur frei heraus.«

»Mir gefällt das Kissen sehr, es wird einen besonderen Platz auf unserer Chaiselongue bekommen.«

Sie tranken Kaffee und aßen das Mille-Feuille, das Jeanne am Vormittag gebacken hatte.

»Ein Hoch auf die Köchin.« Ernest hatte sein Glas erhoben. »Dieses Mille-Feuille ist ein Genuss.«

Anschließend tranken sie Sherry und Portwein und plauderten über den Musiker Franz Liszt, der in Paris lebte und ein begnadeter Pianist, doch leider ein völlig unbegabter Komponist war, wie Aurélie meinte. »Es tut mir wirklich leid, das sagen zu müssen, aber es ist so.« Sie selbst spielte recht passabel Klavier. »Sie haben sicher schon von Offenbach gehört, Jacques Offenbach. Man sagt, er sei ein Wunderkind.«

»Offenbach?«, fragte Samuel. »Noch ein Pianist?«

»Aber nein.« Aurélie nippte an ihrem Portwein. »Er spielt Cello an der Opéra-Comique.«

Mélanie hatte bereits von ihm gehört, wie Aurélie interessierte sie sich von jeher für Musik. Sie liebte Haydn, Chopin und ganz besonders Mozart.

»Was halten Sie von Paganini, Mélanie?«, fragte Aurélie, und sie verschluckte sich an ihrem Sherry und musste husten.

Als sie dem Blick ihres Mannes begegnete, sah sie, wie sehr er um Ernsthaftigkeit bemüht war.

Als die Kutsche am Abend vor dem prachtvollen Haus hielt, in dem sich das »*La Tour d'Argent*« befand, stieg Mélanie aus und reichte ihrem Mann die Hand. »Pass auf die Stufe auf, Samuel.«

»Ich sollte dir helfen und nicht umgekehrt«, murrte er.

Sie ging nicht darauf ein, er war den ganzen Tag ein wenig reizbar gewesen. Das bevorstehende hervorragende Essen würde seine gute Laune schon zurückbringen, da war sie sicher.

Sie blieben vor dem hohen Eckhaus stehen und reckten die Hälse. »Ist es nicht beeindruckend?«, flüsterte Mélanie. »Wann immer ich hier war, wollte ich es zunächst auf mich wirken lassen. Mir war jedes Mal, als sei ich hier an dieser Stelle dem Himmel ganz besonders nah.«

»Das klingt sehr schön, mein Herz. Bitte verzeih, dass ich heute ein solcher Griesgram war. Ausgerechnet an deinem Ehrentag. Ich schäme mich.«

»Lass uns hineingehen.« Sie hakte ihn unter. »Ich nehme deine Entschuldigung an. Du weißt, dass ich nicht nachtragend bin, nur frage ich mich, was dich so grämt, dass es dir die Petersilie verhagelt?«

Er kniff die Lippen zusammen, und sie ärgerte sich, dass sie davon angefangen hatte. »Es tut mir leid.«, begann sie, während er zugleich »Ich bin ein alter Narr.« sagte.

Sie sahen sich an und mussten gleichzeitig lachen.

Samuel hielt ihr die Tür auf, und sofort war eine junge Frau zur Stelle, die ihnen die Garderobe abnahm. Ein Kellner führte sie zu einem Tisch am Fenster. Von hier aus hatte man einen atemberaubenden Blick auf Notre Dame.

Mélanie nahm Platz und schaute wie gebannt aus dem Fenster. »Ist das nicht traumhaft, Samuel?«

Er nickte. »O ja, das ist es.«

»Früher war Richelieu hier Stammgast«, erzählte sie ihm.

»Tatsächlich?« Samuel blickte sich um. »Dann gefällt es mir hier gleich noch viel besser.«

Sie wollte ihm noch erzählen, dass auch der Herzog von Anjou, der spätere König Henri von Valois, hier regelmäßig zu Gast gewesen war, doch neben ihnen war ein Räuspern zu hören.

Ein gedrungener Mann mit mächtigem Bauchumfang stand an ihrem Tisch, vornehm gekleidet, den Schnauzbart akkurat gestutzt und geölt, wie unschwer zu erkennen war. »Pardon, Monsieur Hahnemann? Ich möchte nicht stören, aber als ich Sie eben hereinkommen sah, dachte ich, ich spreche Sie einfach an. Es ist wunderbar, Sie in der Stadt zu haben, Monsieur. Man erzählt sich die erstaunlichsten Dinge über Sie und Madame.« Erst jetzt wandte er den Kopf und sah Mélanie an, vielmehr starrte er sie an, und das so unverhohlen und ungeniert, dass Samuel mit den Fingern auf dem Tisch trommelte.

Der Mann räusperte sich erneut. »Es geht um meine Frau, Monsieur. Sie neigt ... Nun, wie soll ich sagen, zur Hysterie, möchte ich meinen. Ob ich sie in Ihre Praxis bringen darf?« Er trat noch etwas näher und senkte vertraulich die Stimme. »Und wenn Sie ihr vielleicht etwas verschreiben, damit ich ...« Er hüstelte. »Nun, damit ich es ein wenig leichter mit ihr habe.«

Mélanie blinzelte. Hatte sie richtig gehört? Sie überlegte, etwas zu erwidern, ließ es jedoch sein. Sie war viel zu impulsiv, um gelassen zu bleiben.

Samuel hatte den Kopf ein wenig geneigt, wie immer, wenn er glaubte, sich verhört zu haben. »Sie wollen also, dass ich Ihre Gattin behandele, damit *Sie* zufrieden sind?«

»Nun, wenn Sie es so ausdrücken wollen, Monsieur.« Der Mann hüstelte wieder. »Wir Männer leiden ja am meisten unter den Marotten unserer Gattinnen, *n'est-ce pas*?« Er warf Mélanie einen raschen Blick zu, offenbar war ihm erst jetzt wieder eingefallen, dass sie auch am Tisch saß. »Pardon, Madame, und nichts für ungut. Aber Monsieur werden mich verstehen, *n'est-ce pas*?«

»Nein«, knurrte Samuel und faltete energisch seine Serviette auseinander und legte sie auf seinen Schoß. »Ehrlich gesagt, finde ich Sie reichlich unverfroren. Wenn Sie uns jetzt bitte entschuldigen wollen.« Er blickte demonstrativ zum Fenster und trommelte wieder mit den Fingerspitzen auf dem Tisch.

»Monsieur, Sie haben mich missverstanden, fürchte ich«, beeilte der Mann sich zu erklären. »Selbstverständlich zahle ich – und zwar jede Summe, die Sie mir nennen.«

Ein Kellner kam und verbeugte sich. »Monsieur«, sagte er zu dem Mann. »Bitte belästigen Sie unsere Gäste nicht.«

»Ich bin selbst Gast hier!«, empörte sich der Mann und schüttelte die Hand des Kellners ab, die sich auf seine Schulter gelegt hatte. »Und fassen Sie mich nicht an! Ich unterhalte mich nur mit Monsieur Hahnemann.«

»Scheren Sie sich fort«, brummte Samuel und begann die Speisekarte zu studieren. Wobei er vergessen hatte, sein Monokel aufzusetzen.

Mélanie fand das Theater inzwischen höchst belustigend. Wozu sich vor dem Essen ein Stück anschauen, wenn man es gratis am Tisch erleben konnte? Sie lachte in sich hinein, bis sie es irgendwann nicht mehr zurückhalten konnte. Hastig griff sie nach der Speisekarte und hielt sie sich vors Gesicht.

Der Kellner schob den schimpfenden Mann vor sich her und redete auf ihn ein wie auf einen lahmen Gaul. »Nun seien Sie nicht so störrisch, Monsieur, ich bitte Sie. Wir können doch nicht zulassen, dass Sie die Gäste belästigen.«

»Ich bin ebenfalls Gast!«, tobte der Mann. »Aber das war das letzte Mal, das schwöre ich! Komm, Odette!«, rief er dann, und Mélanie sah, wie eine pummelige, rotgesichtige Frau mit aufgetürmtem Haar vom Tisch aufsprang, sich die Garderobe bringen ließ und ihrem Mann nach draußen folgte.

Im Restaurant war es mucksmäuschenstill geworden, nur vereinzelt war ein Flüstern oder Raunen zu hören.

Als die Tür hinter den beiden ins Schloss fiel, lachte irgendwo ein Mann, ein weiterer fiel ein. Zwei Frauen hatten ihre Fächer hervorgeholt und fächelten sich hektisch Luft zu.

Samuel warf Mélanie einen amüsierten Blick zu. »Eine köstliche Vorstellung, nicht wahr? Auch wenn ich eigentlich verärgert sein sollte.« Er grinste vergnügt und rieb sich die Hände. »Aber ich bin es nicht.« Er streckte die Hand über dem Tisch nach ihrer aus. »Wir beide wollen nicht so enden.«

»Wie dieser Mann und seine Frau, meinst du? O nein, Gott bewahre.«

»In Wahrheit hätte er etwas gegen Hysterie benötigt, nicht seine Frau.«

Sie gluckste.

Ein älteres Paar ging an ihrem Tisch vorbei und grüßte freundlich, ein Mann am Nebentisch prostete ihnen zu.

»Ob sie alle hier uns wirklich kennen?«, raunte Mélanie. Sie wusste nicht, ob sie sich geschmeichelt fühlen oder ängstigen sollte.

»Offenbar«, murmelte Samuel. »Ich wollte nie berühmt werden, weißt du, ich wollte immer nur meinen Weg gehen, meine Sache und das, woran ich glaube, vertreten. Es ist mir gar nicht recht, dass uns alle anstarren, als wäre uns ein zweiter Kopf gewachsen.«

Mélanie gluckste erneut.

»Aber genug davon«, sagte er schließlich bestimmt. »Wir wollen uns amüsieren, gut essen, einen hervorragenden Wein trinken und es uns gutgehen lassen.« Er griff nach ihrer Hand. »Doch bevor wir bestellen, möchte ich dir gern etwas sagen, Mélanie.«

Sie schaute ihn gespannt an.

»Du sprachst vor einiger Zeit davon, dass du von einem Haus mit ausreichend Platz für eine große Praxis träumst. Einem Haus mit einem Salon, in dem wir Musikabende geben können.«

Als sie verblüfft nickte, sprach er weiter. »Die Patienten werden immer mehr. Ich hatte mich zur Ruhe setzen wollen, doch es hat sich anders ergeben. Und ich bin froh und dankbar darüber. Mein Leben ist wunderbar, mein Leben mit dir. Ich möchte dir diesen Wunsch, diesen Traum erfüllen, mein Herz. Lass uns ein Haus suchen, das all das hat, was du dir erträumst.«

# 29. Kapitel

*Paris im Juni desselben Jahres*

Mélanie hatte die Stute an einen Baum gebunden, sich die Kapuze ihres Umhangs über den Kopf gezogen und kauerte neben ihrem Pferd. Der Regenguss war so plötzlich gekommen, dass sie bereits nass war, nachdem sie abgesessen und die Zügel am Baumstamm festgezurrt hatte. Sie nieste, und das Pferd zuckte zusammen.

Mit einer Hand strich sie beruhigend über den Hals des Tieres. »Schon gut, meine Hübsche. Ich fürchte, ich habe mir einen Schnupfen eingefangen.« Der erste seit vielen Jahren. Sie würde daheim sofort eine Dosis Brechnuss einnehmen.

Mélanie zog die Taschenuhr aus der Weste. Es war kurz vor neun. Sie sollte sich sputen, Monsieur Cardin, der erste Patient, war für elf Uhr bestellt.

Mélanie hob den Kopf und schaute blinzelnd in den Himmel, der so rasch wieder aufklarte, wie er sich verdunkelt hatte. Der Regen hörte auf, und die ersten Sonnenstrahlen glitzerten auf dem nassen Laub zu ihren Füßen.

Sie band die Stute los, saß auf und warf die Kapuze zurück. Auf dem Kopf hatte sie ein modisches Hütchen, wie Männer es gern zur Jagd trugen. Ihr langes welliges Haar darunter zu verstecken war jedes Mal ein schwieriges Unterfangen, aber Florence hatte geschickte Hände. »Wenn Sie nicht allzu wild reiten, sollte es gehen, Madame«, hatte sie gemeint.

Mit einer Hand vergewisserte Mélanie sich, dass der Hut noch an Ort und Stelle war, und schob sich eine Haarsträhne aus der Stirn. Ihr Haar war nass, genau wie ihre Kleidung. Die Hose klebte an ihren Beinen, und Oberkörper und Rücken fühlten sich klamm und wundgescheuert an.

Sie war froh, die Kapuze los zu sein, sie mochte es nicht, wenn die Geräusche gedämpft wurden. Sie hörte gern alles, was um sie herum geschah, lauschte den krächzenden Warnrufen des Eichelhähers, den schrillen Pfiffen der Baumläufer und das Rauschen in den Baumkronen.

Sie liebte die frühmorgendlichen Ausritte in den Wald, wenn der Tag gerade erwachte und es überall knackte und raschelte und nach Moos und feuchter Erde roch.

Als sie ihrem Mann am Abend zuvor erzählt hatte, dass sie in den Bois de Boulogne reiten wollte, war er wenig angetan gewesen. »Wohl ist mir nicht dabei«, hatte er gemeint. »Ich habe erst kürzlich in einer der Gazetten gelesen, dass sich dort allerlei Gesindel herumtreibt. Was, wenn du überfallen und ausgeraubt wirst?«

»Samuel.« Sie hatte ihn bedeutungsvoll angesehen. »Du kennst mich. Ich werde erstens als Mann unterwegs sein und zweitens meine Pistole mitnehmen.«

»Was mich nicht wirklich beruhigt.«

»Ich kann damit umgehen, wie du weißt.«

Er hatte das Gesicht verzogen. »Trotzdem. Man könnte sie dir entwenden und dich damit bedrohen.«

Mélanie hatte unbekümmert gelacht. »Das könnte man. Wenn man sich trauen würde.« Sie hatte sich kerzengerade hingestellt, das Kinn gereckt. »Aber wer würde das bei einem so stattlichen

Burschen wie mir wagen? Außerdem werde ich meinen schäbigsten Anzug tragen, damit niemand auf die Idee kommt, ich könnte Reichtümer bei mir haben.«

Jetzt stellte sie sich in die Steigbügel und rief: »Auf, meine Schöne!« Sie ließ das Pferd über einen umgekippten Birkenstamm springen. Es riss den Kopf hoch und wieherte, als sei es genauso begeistert wie sie.

Sie ritt einen schmalen Weg entlang, der an einem Tannenwald vorbeiführte. Mélanie wusste, dass sich hier gern gesuchte Straftäter versteckten. Sie ließ das Tempo verlangsamen und zog die Pistole aus der Jackentasche. Sie hielt sie so vor ihren Leib, dass sie gut zu sehen war. Angst hatte sie nicht, sie war noch nie ängstlich oder auch nur besorgt gewesen, wenn sie durch diesen Wald ritt.

Früher war sie oft mit ihrem Vater hergekommen, und er hatte ihr Wege gezeigt, auf denen man besonders schnell reiten konnte, und Lichtungen, auf denen wilde Lupinen in allen Farben wuchsen. Als sie ein kleines Mädchen gewesen war, hatte er sie gelehrt, die Vogelstimmen zu unterscheiden. »Hörst du das? Das war der Ruf eines Spechtes. Er wird hier oben irgendwo auf einem Ast hocken und uns beobachten.«

»Weil wir ihn stören?«, hatte sie gefragt.

»Vermutlich, ja. Aber er wird keine Angst vor uns haben.«

»Das haben nur die Rehe und Hasen, *n'est-ce pas*?«

Ihr Vater hatte gelächelt und den Arm um ihre zarten Schultern gelegt. »So ist es, mein Schatz.«

Ein Geräusch erregte ihre Aufmerksamkeit, und sie setzte sich auf und horchte. Da waren Stimmen, Männerstimmen.

Auch ihre Stute schien es gehört zu haben und stellte die Ohren nach vorn. »Ruhig«, raunte Mélanie ihr zu. »Keine Angst.« Sie schnalzte mit der Zunge und zog an den Zügeln.

Das Pferd machte einen Satz und galoppierte los. Wie immer klopfte Mélanie das Herz bis zum Hals, jedoch nicht aus Furcht, sondern aus purer Abenteuerlust. Sie ritt leidenschaftlich gern schnell, liebte es, den kühlen Wind im Gesicht zu spüren. Tannenzweige piekten sie und Äste griffen nach ihr, als wollten sie sie aufhalten.

Trotz des Regenschauers war der Weg trocken, offenbar war das Wasser gleich wieder versickert.

Nach einer Weile, in der sie ein ordentliches Stück Weg zurückgelegt und das Tannenwäldchen hinter sich gelassen hatte, ließ sie ihr Pferd langsamer gehen. Es schnaubte und warf den Kopf hin und her. Mélanie tätschelte den Hals und hauchte einen Kuss auf die Mähne. Dann drehte sie sich halb um und warf einen Blick über ihre Schulter.

Ihr schneller Ritt hatte Staubwolken aufgewirbelt, doch auf dem Weg hinter ihr konnte sie zwei Männer in zerlumpter Kleidung mit Stöcken in den Händen ausmachen. Beide machten einen entgeisterten Eindruck, als habe man ihnen einen saftigen Festtagsbraten vor die Nase gehalten und gleich wieder weggezogen.

Mélanie lachte triumphierend. »Ihr Hasenfüße!«

Dann schnalzte sie erneut mit der Zunge und ließ ihr Pferd gemächlich heimtraben.


Als sie die Stute in den Stall gebracht hatte und kurz darauf die Straße entlangkam, stand eine Kutsche vor dem Haus.

In diesem Moment trat Samuel aus der Tür. Er hatte seinen Gehstock dabei, doch sie erkannte selbst auf die Entfernung, wie beschwingt und leichtfüßig sein Schritt war. Er hob den Stock und schwenkte ihn. »Da bist du ja endlich! Komm, ich habe eine Überraschung für dich!«

Sie stutzte und wickelte sich im Gehen aus ihrem Umhang.

Florence erschien in der Tür. »Sie möchten sich doch sicher erst rasch umziehen, Madame.«

Der Kutscher – wie sehnte sie in diesen Momenten ihren getreuen Edouard herbei! – drehte sich zu ihr um und starrte sie an. Sie musste an die Gesichter der beiden Männer im Wald denken und grinste in sich hinein. »Ich würde tatsächlich gern erst einmal wieder Madame Hahnemann werden, Florence. Du erlaubst doch, mein Liebling?«

Ihr Mann schmunzelte kopfschüttelnd. »Natürlich, bitte verzeih. Die Vorfreude auf dein Gesicht hat mich ganz wirr im Kopf gemacht. Ich werde in der Kutsche auf dich warten.«

Der Kutscher starrte sie noch immer an. Sie gab Florence den klammen Umhang und folgte ihr ins Haus.

»Wie war der Ausritt, Madame?«

»Herrlich, Florence!« Mélanie tanzte über den Flur, drehte eine Pirouette und schlüpfte dabei aus dem Reitrock.

Die Magd lächelte. »Es ist nicht zu übersehen, wie wohl Sie sich fühlen, Madame.«

»Am liebsten würde ich täglich ausreiten.« Mélanie war ein wenig schwindelig geworden. »Aber wahrscheinlich wäre es dann kein allzu großer Genuss mehr. Je schöner etwas ist, desto sorgsamer und sparsamer sollte man damit umgehen, *n'est-ce pas?*«

»Setzen Sie sich dort drüben auf den Schemel, Madame, und ziehen Sie die Stiefel aus.«

Mélanie nahm Platz und streckte das rechte Bein aus. »Als kleines Mädchen habe ich mir manchmal vorgestellt, wie es wäre, im Wald zu wohnen. Auf der hübschen Lichtung, wo die Lupinen wachsen, hätte ich ein kleines, windschiefes Häuschen und würde mich von Pilzen und Beeren ernähren.« Sie schüttelte über sich selbst den Kopf. »Aber jedes Mal, wenn die Köchin wieder etwas besonders Gutes gekocht oder gebacken hatte, habe ich meinen Plan über den Haufen geworfen.«

Florence lachte. »Das glaube ich gern, Madame. Und jetzt den anderen Fuß.«

»Was mein Mann wohl für eine Überraschung für mich hat?«, überlegte Mélanie laut. »Sind Sie eingeweiht, Florence?«

»Ich? *Non*, Madame. Und wenn doch, würde ich schweigen wie ein Grab.« Die Magd versiegelte ihre Lippen mit einer Handbewegung.

»Natürlich.« Mélanie lächelte, zog die kratzige Hose und schließlich das Leinenhemd aus, während die Magd Weste und Reitrock über einen Stuhl vor dem Ofen hängte. »Pardon, Florence, ich hätte mich in meiner Kammer ausziehen sollen. Ich bin wohl ein bisschen durcheinander.«

In Unterhemd und dünnen Strümpfen lief sie nach oben in ihre Schlafkammer, wählte einen grauen Rock und eine weiße Bluse, steckte die Kamee an, die Samuel ihr geschenkt hatte, und bürstete ihr Haar. Sie steckte es mit Bernsteinkämmen hoch, überprüfte mit einem eher flüchtigen Blick ihr Spiegelbild, nickte und verließ die Kammer.

»Ich habe meinen Umhang vergessen«, stellte sie kurz darauf fest, als sie neben Samuel in der Kutsche saß, die soeben anfuhr.

»Den wirst du vermutlich auch gar nicht brauchen.« Er zeigte aus dem Fenster. »Das Wetter ist wunderbar.«

Der Himmel war strahlendblau, nichts deutete darauf hin, dass es vor wenigen Stunden noch geregnet hatte. Auch die Straßen waren trocken.

»Wohin fahren wir, Samuel?«

»Glaubst du wirklich, das würde ich dir verraten?« Er grinste wie ein kleiner Junge. Dieses besondere Grinsen hatte sie liebgewonnen, und sie wünschte in diesem Augenblick, es würde anhalten und nie vergehen. Er zog ein dunkles Tuch aus der Jackentasche.

»Was hast du damit vor?«, fragte sie verblüfft.

Da hatte er es ihr bereits um die Augen gebunden. »Versprichst du mir, dass du es aufbehältst, bis ich dir sage, dass du es abnehmen kannst?«

»Ich verspreche es«, erklärte sie feierlich. Sie war ungeheuer gespannt und aufgeregt, nun umso mehr, doch sie liebte Überraschungen und würde den Teufel tun und sie sich selbst verderben.

Brav blieb sie neben ihrem Mann sitzen, ihre Hand in seiner, und lauschte den Geräuschen, die ihr mit einem Mal doppelt so laut vorkamen wie sonst. Das Hufgetrappel auf dem Kopfsteinpflaster dröhnte in ihren Ohren, der Lärm, die Stimmen, das Geschrei und Fluchen auf der Straße schien mit jedem Meter, den sie fuhren, anzuschwellen, bis sie sich am liebsten die Ohren zugehalten hätte. Als Kinder sich etwas zuriefen und vor Lachen kreischten, zuckte sie zusammen und verzog das Gesicht.

»Wir sind gleich da«, sagte Samuel mit geheimnisvoller Stimme. »Ah, ich kann es schon sehen. Du wirst Augen machen!«

»Samuel!« Sie zwickte ihn und musste lachen.

Der Kutscher rief. »Brr!«, und die Kutsche hielt an.

»Hier ist es.« Samuel blieb jedoch sitzen.

»Steigen wir nicht aus?«

»Vorerst nicht.«

»Aber wieso nicht? Ich platze vor Neugier, Samuel!«

Er lachte. »Du darfst jetzt das Tuch abnehmen.«

Mit einer ungeduldigen Handbewegung zog sie das Tuch von ihren Augen. Ihr Mann deutete nach rechts, und sie lehnte sich aus dem Fenster. Die Kutsche hatte neben einem Anwesen gehalten, das ihr den Atem nahm. »Das ist aber ein prächtiges Haus!«

»Es ist unseres, wenn du willst.«

Sie schaute von ihm zum Haus, blinzelte ungläubig und schaute erneut. »Ich verstehe nicht … «

»Lass uns aussteigen.« Samuel erhob sich, stieg aus und reichte ihr die Hand.

Sie blieben vor dem Haus – es war mehr ein Palais – stehen, den Kopf zur Seite geneigt. Das weiß getünchte Haus lag nicht direkt an der Straße, es war von einer höheren Mauer umgeben, die von zwei schmiedeeisernen Toren durchbrochen war.

Es gab auch einen Garten, und Mélanie stellte sich auf die Zehenspitzen, um etwas besser sehen zu können. Doch mehr als eine Magnolie, die in voller Blüte stand, konnte sie nicht ausmachen.

Samuel ging zum Tor und öffnete es. »Bitte einzutreten, Madame Hahnemann.«

Mit angehaltenem Atem betrat sie den weitläufigen Hof und blickte sich um. Der Garten war atemberaubend! Es gab Sträucher mit Beeren, aber auch blühende Ziersträucher. War das dort drüben nicht ein Johannisstrauch? »*Hypericum*«, murmelte sie.

»Wie bitte?« Samuel schaute sie fragend an.

»Da vorn – ein Johannisstrauch.« Sie zeigte in die Richtung.

»Möchtest du erst den Garten genauer ansehen?«

Sie konnte nur nicken, die Worte waren ihr ausgegangen.

Als Samuel von einem Patienten erfahren hatte, dass ein Haus in der Rue de Milan, Ecke Rue de Clichy, zur Miete stand, hatte er nicht lange gezögert. Er hatte den Mann gebeten, einen Termin mit dem Eigentümer zu arrangieren, und war wenige Tage später hingefahren, um sich das Haus anzusehen.

Die Miete war horrend, allein als er die Zahl gehört hatte, war ihm schummerig geworden. Sechstausend Franc im Jahr!

Grundgütiger! Doch da war es schon zu spät gewesen, er hatte sich in das Haus samt Garten verliebt und wusste, dass es seiner Gattin genauso gehen würde.

Es gab eine Menge Räume im Palais, so viele, dass er recht schnell den Überblick verloren hatte. Aber er hatte bereits begonnen, sie aufzuteilen und einzurichten. In zwei der unteren Zimmer, die im hinteren Teil des Hauses lagen, könnten sie eine Praxis haben. Er hatte sich gescholten, er wollte doch eigentlich kürzertreten, weniger arbeiten und mehr die süßen Freuden im Leben genießen! Und nun stand er da und teilte im Geiste die beiden

Räume in Sprech- und Behandlungszimmer auf und stellte den Schreibtisch auf. War er noch zu retten?

Aber er kam nicht umhin, sich an diesem Schreibtisch sitzen zu sehen, seine geliebte Frau neben sich, die goldene Feder in der Hand. Dieses Haus mit seinen prachtvollen Räumen, das ganze Anwesen war wie geschaffen für eine Praxis und noch dazu eine Oase für sie beide. Hier würden sie all das tun können, wonach sie sich sehnten. Mélanie hätte endlich ausreichend Platz, um Gäste einzuladen, Soireen zu geben und Feste zu feiern.

»Dann werden wir den Mietvertrag unterschreiben?«, fragte er sie nun.

Das Feuer der Begeisterung loderte in ihren Augen, und er spürte erneut mit voller Kraft, wie verfallen er ihr war. »Ja, Samuel! *Oui! Oui!*«

Am Tag darauf unterzeichneten sie den Vertrag und fuhren wieder in die Rue de Milan.

Mélanie hatte Samuels Hand genommen und ihn sacht mit sich gezogen, die marmorne Treppe hinauf, die von zwei Seiten zu begehen war. »Wenn wir abends zu Bett gehen, nehmen wir die rechte Seite, und wenn wir morgens hinunter ins Sprechzimmer gehen, die linke. Wie aufregend!«

Er grinste amüsiert und nannte sie einen Kindskopf, für ihn keine Beleidigung. Er wünschte, auch er wäre in früherer Zeit häufiger mal ein Kindskopf gewesen, das gestattete er sich erst, seit er Mélanie kannte.

Während sie von Raum zu Raum gingen, deutete seine Frau hierhin und dorthin, plapperte, plante und richtete in Gedanken schon mal ein.

»Da vorn könnte der neue Sekretär stehen, was meinst du?« Sie lief zu der Stelle und breitete die Arme aus. »Genau hier!« Sie zeigte auf die gegenüberliegende Wand. »Und dort kann die neue Récamiere stehen. Und ich möchte in jedem Zimmer dicke, flauschige Teppiche haben. Und endlich haben wir genug Platz für unsere Gemälde, Samuel!« Ihre kindliche Begeisterung faszinierte ihn jedes Mal aufs Neue.

Sie lief weiter zum Fenster. »Und hier möchte ich helle Vorhänge haben! Das Licht soll ins Zimmer fallen, wenn die Sonne scheint. Ach, Samuel, ich liebe dieses Haus mit Haut und Haar!« Für einen kurzen Augenblick wurde sie ernst. »Auch wenn es furchtbar teuer ist.«

»Wir werden viel arbeiten, Mélanie.« Er zog sich einen Stuhl heran. Bis auf ein paar Stühle, zwei Tische und einen klobigen Schrank war das Haus unmöbliert.

»Aber du wolltest weniger arbeiten«, entgegnete sie und sah mit einem Mal betrübt aus.

»Das wollte ich, ja. Aber wenn ich ehrlich bin, kommt es mir vor, als hätte ich diesen Entschluss in einem anderen Leben gefasst. Dem Leben vor dir.«

Sie kam zu ihm gelaufen, kniete sich vor ihn him und legte den Kopf in seinen Schoß. »Ach, mein lieber Samuel. Mir geht es ja genauso.«

»Wir könnten eine große, moderne Praxis haben, mein Herz.« Sie hob den Kopf. In ihren Augen schimmerte es. »Ja, das können wir. Mich schreckt die viele Arbeit nicht, ganz im Gegenteil. Aber wir werden dafür sorgen, dass wir neben der Arbeit auch Vergnügungen haben, *n'est-ce pas*? Und ich möchte Edouard wieder einstellen, Samuel. Er kann in dem niedlichen Torhäuschen wohnen. Bist du damit einverstanden?«

»Natürlich. Ich hatte den gleichen Gedanken.«

»Wir werden in einem Palais wohnen«, flüsterte sie mit ehrfürchtiger Stimme. »Ich werde mir wie eine Königin vorkommen.«

Plötzlich sprang sie wieder auf und zog ihn mit sich. »Komm! Wir schauen uns unsere Schlafkammer an! Ich wünsche mir ein neues Bett, ein breites, behagliches, und davor eine große Holztruhe.«

Und schon war sie dabei, auch diesen Raum einzurichten.

# 30. Kapitel

*Paris im November 1837*

Den Ausritt hatte Mélanie sich anders vorgestellt. Dabei hatte sie sich so gefreut, dass ihr Vater sie begleiten wollte.

Als er sie in der Frühe abgeholt hatte, lag ein leichter Nebel über der Stadt, aber sie war sicher gewesen, dass er sich rasch auflösen würde. Doch auch Stunden später noch war der Wald in einen Nebelschleier gehüllt, und ihre Kleider waren inzwischen klamm und schwer.

Ihr Vater zeigte nach rechts. »Lass uns dort entlangreiten! Erinnerst du dich an die hübsche Lichtung?«

»Auf der im Frühsommer die Lupinen blühen? O ja, natürlich erinnere ich mich.« Sie erzählte ihm, dass sie im Sommer dort gewesen war. »Es ist so schön, dass du heute dabei bist, Papa.«

»Das wollte ich schon lange tun, Mélanie, aber es gab immer etwas zu tun. Und deine Mutter ... « Er seufzte und verstummte.

Sie musste auch nicht weiter nachfragen, sie konnte sich vorstellen, dass ihre Mutter ein halbes Dutzend Einwände gehabt hatte. Dabei war vermutlich der einzige, wahre Grund, weshalb sie ihn nicht ziehen lassen wollte, dass er sich ohne sie gefälligst nicht zu amüsieren hatte.

Wie kann er sich *mit* ihr amüsieren?, dachte Mélanie und versuchte das Gefühl von Beklemmung zu verscheuchen, das sie beschleichen wollte. Sie hatte oftmals das Bedürfnis, ihren Vater beschützen zu wollen. Vor ihrer Mutter.

Sie ritt neben ihm her, beide die Hüte tief ins Gesicht gezogen. »Wie geht es meinem Bruder?«

»Gut.«

Sie und Joseph, der nach dem Vater benannt war, sahen sich nur sehr unregelmäßig. Schon als Kinder hatte sie nicht viel verbunden, außer dass sie von denselben Eltern abstammten. Ihre Mutter hatte den jüngeren Joseph stets bevorzugt und, so er es denn zuließ, verhätschelt. Die Liebe und Aufmerksamkeit, nach der Mélanie sich sehnte, hatte sie dem Bruder angedeihen lassen. Mélanie hatte sich oft gefragt, ob sie Joseph die Gunst der Mutter neidete und ihn deshalb ablehnte, doch sie war zu keinem Schluss gekommen.

»Mélanie?« Ihr Vater sah sie fragend an. »Wo warst du gerade?«

»Bei Joseph«, antwortete sie wahrheitsgetreu. »Ich wünschte, wir ... « Sie sprach nicht weiter, weil sie, impulsiv wie immer, losgeplappert hatte. Was hätte sie sagen sollen? Dass sie wünschte, sie und ihr Bruder würden eine Einheit bilden?

»Er bedauert es zutiefst, dass ihr euch irgendwann entzweit habt«, sagte ihr Vater in die Stille hinein, die minutenlang zwischen ihnen geherrscht hatte.

»Glaubst du das oder hat er es dich wissen lassen?«

»Ich weiß es.« Er deutete nach vorn. »Ich glaube, ich habe dort drüben ein Wildschwein gesehen.«

»Besser nicht«, murmelte sie und ließ ihr Pferd anhalten. Auf eine Begegnung mit einem aggressiven oder auch nur hungrigen

Wildschwein konnte sie verzichten. Außerdem war Paarungszeit, und die Tiere gerieten dann außer Rand und Band, wie sie als junges Mädchen einmal erlebt hatte.

Die Stute war unruhig geworden, und Mélanie sprach ihr gut zu.

Ihr Vater war ebenfalls stehen geblieben, den Kopf erhoben, die Miene angespannt. »Wir sollten einen anderen Weg nehmen«, sagte er nach einer Weile leise.

»Nur zu gerne«, flüsterte sie, wendete und schnalzte mit der Zunge.

»Bist du glücklich, Mélanie?«, fragte ihr Vater, nachdem sie eine Weile erneut stumm nebeneinanderher geritten waren.

»Ich bin sehr glücklich, Papa«, erwiderte sie aus tiefstem Herzen.

»Wer kann das von sich schon behaupten?« Ihm war anzusehen, dass es ihm herausgerutscht war.

»Schon gut, Papa«, sagte sie rasch, bevor er sich entschuldigen würde. »Du hattest es nie leicht.«

»Wie du. Umso schöner, dass es dir nun gut geht und du glücklich bist. Ich vermute, es liegt auch an deiner Arbeit, *n'est-ce pas*?«

»Ich hätte nie zu träumen gewagt, dass ich eine Aufgabe, meine Bestimmung finden werde. Ich dachte immer, es sei die Kunst, die mich befriedigt. Doch es ist die Homöopathie, der ich mich mit Haut und Haar verschrieben habe.« Die Worte waren voller Inbrunst aus ihr herausgesprudelt. »Ich danke Gott, dass mir Samuel Hahnemann, mein über alles geliebter Mann, begegnet ist.«

Ihr Vater schaute sie belustigt an. »Ich wusste nicht, dass du so gottesfürchtig bist, Tochter.«

»Ach, Papa, in Wahrheit bin ich das gar nicht.« Früher hatte sie sich oft gewünscht, sie könnte Trost und Hoffnung im Glauben finden.

Sie ritten am Tannenwald vorbei, ohne nach rechts und links zu blicken. Nebelschwaden hüllten die Beine der Pferde ein, so dass es aussah, als schwebten sie über dem Boden.

Mélanie erschauderte. Sie wollte hinaus aus dem Wald, in dem sich die Baumstämme milchig abhoben und das Rauschen der Kronen sich wie Geflüster anhörte. Es geschah selten, dass sie sich gruselte. Heute war so ein Tag, und sie war unendlich erleichtert, nicht allein zu sein.

Als ein Reh den Weg passierte, scheute ihre Stute und hätte sie um ein Haar abgeworfen. Sie krallte sich am Sattel fest und fluchte.

Die Stute ihres Vaters war gelassen geblieben. Coquette brachte so leicht nichts aus der Ruhe.

»Fehlt dir etwas?«, fragte ihr Vater, und sie schüttelte den Kopf.

»Ich bin froh, wenn wir wieder zu Hause sind«, gestand sie ihm, als sie weitertrabten und den Wald hinter sich ließen.

Über Weiden und Felder kamen sie der Stadt näher. Vor ihnen lag das Dörfchen Montmartre mit seinen Windmühlen.

Mélanie lächelte, sie liebte den Anblick aus der Ferne.

An einer Weggabelung saßen sie beide ab und umarmten sich. Ihr Vater würde von hier aus allein weiterreiten, während sie den Weg zur Rue de Milan nahm.

»Gib auf dich acht, Papa.«

»Und du auf dich. Meine besten Grüße an deinen Mann. Ich habe ihn lieb gewonnen«, fügte er hinzu, und ihr Herz klopfte vor Freude.

»Und er dich. Er hält große Stücke auf dich und schätzt deine Gegenwart sehr.«

Ihr Vater saß wieder auf. »*Au revoir*, Tochter.«

»*Au revoir*, Papa. Ich hoffe, wir reiten bald wieder gemeinsam aus.« Mélanie blickte ihm nach, bis er nicht mehr zu sehen war, dann saß auch sie wieder auf.

Seit sie in der Rue de Milan wohnten, konnte sie ihr Pferd im eigenen Stall unterbringen. Er lag etwas abseits vom Haus und war von einem Holzzaun umgeben.

Als Mélanie die Rue de Clichy entlangritt, sah sie, dass bereits die ersten Kutschen an der Straße warteten.

Heute waren es fünf. Die Kutscher saßen auf den Böcken, das Gesicht versteinert, die Hände im Schoß. Die Pferde standen geduldig da, die Köpfe gesenkt. Als die braune Stute an ihnen vorbeikam, tänzelten sie kurz.

Mélanie begrüßte die Kutscher und nickte den Wartenden in der Kutsche zu. Sie amüsierte sich über die fragenden, verwirrten Gesichtsausdrücke.

Nachdem sich rasend schnell herumgesprochen hatte, dass sie künftig in der Rue de Milan praktizierten und die meisten Patienten mit einer Kutsche anreisten, war es anfangs zu kleineren Tumulten und Drängeleien gekommen. Bis Edouard die glorreiche Idee hatte, die ankommenden, vorderen Kutschen der Reihe nach durch das linke Tor ein- und durch das rechte wieder hinausfahren zu lassen. So konnten die Patienten ungehindert und vor allem gefahrlos aussteigen.

Mittlerweile standen die Kutschen täglich in einer langen Reihe bis in die Rue de Clichy. Es ging gesittet und meistens sogar sehr ruhig zu, weil man wusste, dass man ein paar Stunden Wartezeit in Kauf nehmen musste. Niemand murrte.

Mélanie war kaum durch das Tor, als Edouard herbeigelaufen kam und die Zügel nahm. »Madame. Wie war der Ausritt?«

Er reichte ihr die Hand, doch sie war bereits abgestiegen. Erst jetzt spürte sie ihre Knochen und Muskeln. Sie war lange unterwegs gewesen. »Dieser verdammte Nebel«, schimpfte sie.

Er zog eine Karotte aus der Hosentasche und gab sie der Stute. »Mästen Sie sie nicht, Edouard. Sie hatte schon drei.«

»Sie ist rank und schlank, Madame.«

»Und das soll sie auch bleiben.« Mélanie wollte zur Haustür gehen, doch er bat sie, noch kurz zu warten. »Haben Sie etwas auf dem Herzen?«

Er schüttelte den Kopf. »Es geht um La Brune.« Die hellbraune Stute war sein Lieblingspferd.

»Was ist mit ihr?«

»Sie hustet.«

»Husten?« Mélanie runzelte die Stirn. »Seit wann?«

»Es ist mir heute früh aufgefallen.«

Mélanie ging über den Hof. Um zum Stall zu gelangen, musste sie einen Teil des Gartens durchqueren. Wie immer wurde ihr warm ums Herz. Sie liebte den Garten, der selbst in dieser trüben Jahreszeit noch eine Augenweide war. Sie hätte sich gern selbst um die Pflege gekümmert, doch dazu fehlte ihr die Zeit. Also hatte sie zwei Gärtner eingestellt.

Einer war gerade dabei, das Laub zusammenzuharken. Er

nickte ihr höflich zu und brummte etwas wie »Das ist ein Wetter heute.«

»*Bonjour*, Matthieu. Ja, der Nebel ist scheußlich.«

Als der Garten im Sommer in voller Blüte gestanden hatte, waren die Patienten gern darin spazieren gegangen, um die Wartezeit zu überbrücken. Es gab Rhododendren, Azaleen und Magnolien zu bestaunen, außerdem Beerensträucher, Obstbäume und einen kleinen von Weidenranken geschützten Kräutergarten.

Die Stalltür stand offen, und La Brunes brauner Kopf war zu sehen. Sie schnaubte freudig, als Mélanie auf sie zukam.

»Du hustest, habe ich gehört?« Mélanie strich über ihre Mähne. Prompt öffnete das Pferd sein Maul und hustete zweimal kräftig. Es klang wie der Husten eines Menschen.

»Es scheint ein trockener Husten zu sein. Oder spuckt sie hin und wieder etwas aus?«

Edouard schüttelte den Kopf.

»Ich werde es mit *Phosphorus* versuchen.«

»Pardon?« Edouard schaute sie fragend an.

»*Phosphorus*«, wiederholte sie. »Ich komme später und gebe ihr eine erste Dosis.«

»Sie wollen das Tier mit Ihrer Arznei behandeln?«, fragte er eher verblüfft als fassungslos.

»Warum nicht?« Sie streifte ihre Handschuhe ab. »Es ist doch einen Versuch wert.« Sie wandte sich ab und spazierte zur Villa, wo ihr einer der Diener Umhang und Hut abnahm.

»*Merci*, Jacques.«

Wie jedes Mal schien er sich zu wundern, dass sie sich an seinen Namen erinnerte. Sie vergaß niemals einen Namen, gleichgültig, ob es ein Diener, Gärtner, Patient oder alter Bekannter war. »Sind schon Patienten im Behandlungszimmer?«

»*Non*, Madame. Monsieur wollte auf Sie warten.«

»Nun, dann wollen wir rasch beginnen. Ich werde mich nur rasch umziehen und mein Haar richten.«

# 31. Kapitel

Die häufigsten Erkrankungen, die sie behandelten, waren Geschlechtskrankheiten. Mélanie hätte nie gedacht, dass sich derart viele Männer mit Syphilis ansteckten, und diese Männer übertrugen die furchtbare Krankheit auf ihre ahnungslosen Frauen. Es war erschreckend, und anfangs war Mélanie entsetzt gewesen, mit welchen Brachialmethoden die Ärzte vorgingen.

Alle Männer litten unter einer Quecksilbervergiftung, vielen waren die Haare ausgefallen, manchen fehlten bereits mehrere Zähne.

Samuel hatte bereits in Köthen geforscht und schließlich ein Heilmittel entwickelt, das aus schwarzem Quecksilberoxid gewonnen wird. Sein Mittel *Mercurius solubilis* wies nicht die Nebenwirkungen auf, wie es reines Quecksilber tat.

Samuels Entdeckung war ein Segen!

Auch der junge Mann, der an diesem Vormittag in ihrem Behandlungszimmer vor ihrem Schreibtisch saß, hatte sich mit Syphilis angesteckt. Er beschimpfte die Frau, die ihm das seiner Meinung nach angetan hatte, als hinterlistiges Weibsstück und schändliche Hure.

Bis Mélanie sich lautstark räusperte und ihrem Unmut Luft machte. »Es genügt, Monsieur. Sie haben nun ausführlich geschildert, dass Sie gänzlich unschuldig an Ihrer Krankheit sind und der armen Frau die Pest an den Hals wünschen.« Aus dem Augenwinkel sah sie ihren Mann grinsen.

»Aber es *ist* ihre Schuld, Madame!«, ereiferte er sich gleich wieder.

»Woher wollen Sie das wissen? Ist Ihnen noch nicht der Gedanke gekommen, dass auch diese Frau angesteckt wurde? Von einem Mann, der sie es nicht wissen ließ?«

Der junge Mann schnaubte verächtlich.

»Und niemand hat Sie gezwungen, bei dieser Frau zu liegen, *n'est-ce pas*?«

Er wurde rot, glühend rot. »Das ist … «

»Möchten Sie, dass wir Ihnen helfen?«

»Deswegen bin ich doch hier, Madame.« Er kaute auf seiner Unterlippe und kratzte sich das Handgelenk, an dem ein Ekzem zu sehen war.

»Wie lange hat man Ihnen das Quecksilber verabreicht?«

Er winkte ab. »Ich weiß es nicht. Mehrere Wochen. Nein, wohl eher Monate.«

Sie seufzte verhalten. Monate. *Mon Dieu!* »Als Erstes müssen wir das Quecksilber aus Ihrem Körper schwemmen. Dann erst können wir mit einer Behandlung beginnen. Sind Sie dazu bereit, Monsieur?«

»Was bleibt mir übrig? Ich werde bald heiraten.«

Mélanie senkte den Blick, damit er ihren Gesichtsausdruck nicht sah. Die arme Frau, dachte sie.

Während einer kurzen Pause sah Mélanie die Post durch, die Florence ihr ins Nebenzimmer gelegt hatte.

Ein Brief von Luise war dabei, und sie öffnete ihn sogleich erfreut. Luise hatte lange nichts von sich hören lassen.

*Liebe Mélanie,*

*seid Ihr wohlauf und fühlt Ihr Euch heimisch in Eurem neuen Haus? Ich wünschte, ich wäre kein solcher Hasenfuß und würde einfach in eine Kutsche steigen und nach Paris reisen.*

*Aber ich hörte, dass unsere Schwester Amalie mit ihrem Sohn bald kommen wird.*

Mélanie ließ den Brief sinken. Ach ja? Davon wusste sie nichts. Sie las weiter.

*Hier ist alles beim Alten, meine liebe Mélanie. Lottchen ist missgelaunt wie immer, nur dann und wann geht sie aus sich heraus und singt in der Küche, wenn sie glaubt, ich könnte sie nicht hören.*

*Darf ich Dich um einen Rat bitten? Einen ärztlichen Rat?*

Erneut ließ sie den Brief sinken und runzelte die Stirn.

Luise erbat sich einen ärztlichen Rat von ihr? Sollte nicht Samuel seiner Tochter zur Seite stehen?

Mélanie wusste, dass er seinen Töchtern nur selten schrieb, und wenn, dann waren es nur ein paar wenige Zeilen. »Was soll ich ihnen schon berichten?«, pflegte er zu sagen. »Sie haben ihr Leben und ich meines.«

Sie nahm den Brief wieder auf.

*Ich leide seit einiger Zeit unter einem nervösen Magen. Nichts schmeckt mir mehr so richtig, was Lottchen noch griesgrämiger macht. Sie sagt, sie könne auftischen, was sie wolle, mir sei nichts recht.*

*Manchmal ist mir, als läge ein Ziegelstein quer. Abends habe ich Sodbrennen und schlafe seit Neuestem auf zwei dicken Kissen. (Ein Rat, den Vater irgendwann einem Patienten gab).*

*Vielleicht möchtest Du mir eine Arznei empfehlen? Ich trinke auch scheußlichen Tee, wenn es sein muss.*

*Seid behütet und gebt auf Euch acht!*

*Mit den herzlichsten Grüßen*

*Deine Stieftochter Luise (Oh, ich wette, Du lachst jetzt)*

Das tat sie wirklich. Als Stieftochter hatte sie Luise bislang noch nie gesehen, selbst wenn es stimmte.

Samuel kam herein. »Was erheitert dich so?«

»Deine Tochter.« Sie wedelte mit dem Brief. »Sie hat mit »Deine Stieftochter« unterschrieben.«

»Tatsächlich?« Ihm war nicht anzusehen, ob er belustigt oder verwundert war.

»Möchtest du gar nicht wissen, wie es ihr geht?«

»Du wirst es mir gleich erzählen, nehme ich an.« Er sank auf den Stuhl am Fenster, seinen Gehstock neben sich.

»Sie leidet unter einem nervösen Magen, schreibt sie. Und sie klagt über Sodbrennen.«

»Was empfiehlst du ihr?«, fragte er, wie er es immer zu tun pflegte.

»Da ich weiß, dass Luise dazu neigt, sich schnell zu grämen, würde ich zu *Ignatia* raten.«

Er nickte, schien darüber nachzudenken.

»Was meinst du?«

»Brauchst du die Rückversicherung noch immer?«

Spontan wollte sie mit »Ja« antworten, aber in diesem Moment wurde ihr bewusst, dass das nicht stimmte. Nicht mehr.

Ihr Mann konnte sich inzwischen während der Sprechstunden immer häufiger zurücknehmen. Sein fachlicher Rat war nach wie vor geschätzt, aber Mélanie, die zwar auf seine Anwesenheit bestand und sich laufend mit ihm beriet, leistete die Hauptarbeit. Sie hörte die Patienten an, füllte die Krankenjournale aus, untersuchte, stellte Diagnosen und Heilmittel zusammen.

»Nein, ich glaube, ich sollte mich davon lösen«, sagte sie nun. »Wenn ich etwas falsch mache, würdest du es mir doch sagen, n'est-ce pas?«

Er nickte. »Verlass dich darauf.«

»Aber was ist mit Luises Sodbrennen? Wäre *Nux vomica* nicht passender?«

»Wenn sich ihr Magen beruhigt, wird auch das Sodbrennen verschwinden.«

»Ja, du hast recht.« Sie faltete den Brief zusammen. »Sie schreibt übrigens auch, dass deine Tochter Amalie mitsamt Sohn kommt. Davon hast du gar nichts erzählt.« Es klang vorwurfsvoll, was gar nicht beabsichtigt war.

»Weil auch ich bis eben ahnungslos war.«

Nun ärgerte sie sich noch mehr über den unnötigen Ton in ihrer Stimme. »Pardon, das wusste ich nicht.«

Samuel stand auf und zog sie in seine Arme. »Wenn Malchen und Leopold kommen, werde ich sie willkommen heißen.«

Er sagte es zwar nicht, aber sie kannte ihn mittlerweile gut genug, um zu wissen, dass es ihm auch recht wäre, wenn seine Tochter nicht käme.

»Madame?« Jacques hatte kurz angeklopft und sah Mélanie fragend an, die am Schreibtisch neben ihrem Mann saß.

Die letzte Patientin war gerade gegangen. »Eine elegante Dame möchte zu Ihnen.«

»Die elegante Dame wird auch einen Namen haben.«

Er errötete leicht. »Natürlich, Madame. Pardon. Sie sagt, sie sei Madame d'Hervilly.«

»Meine Mutter!« Mélanie war vor Schreck aufgesprungen.

Seitdem sie wieder in Paris lebte, hatte sie ihre Mutter vielleicht dreimal gesehen. Und jedes Mal endete in einer kleinen Katastrophe. Entweder sie hatten sich ignoriert oder angeschrien. Mélanie konnte ihrer Mutter all die Kränkungen, Demütigungen und Verletzungen – verbale wie körperliche – nicht verzeihen. »Sagen Sie ihr … ich sei beschäftigt. Oder nein, sagen Sie ihr, sie soll eine Nachricht hinterlassen.«

Samuel sah sie ungläubig an. »Möchtest du deine Mutter wirklich nicht sehen?«

»Nein.«

»Aber sie ist deine Mutter.«

»Ich konnte sie mir nicht aussuchen«, raunte sie. »Und sie hasst mich.«

»Unsinn. Sie hasst dich doch nicht. Bitten Sie meine Schwiegermutter herein«, sagte Samuel zu ihrem Diener. Und zu Mélanie gewandt sagte er sanft: »Sie wird dir schon nicht den Kopf abreißen.«

»Da wäre ich mir nicht so sicher.«

Er legte die Hand auf ihren Arm. »Gib mir doch die Gelegenheit, dich zu beschützen, Liebling. Wie soll ich beweisen, dass ich mich lieber den Löwen zum Fraß vorwerfe, als dich einer Gefahr auszusetzen?« In seinen Augen blitzte es vergnügt.

»Freut mich, dass du so erheitert bist«, knurrte sie.

Er brach in lautes Lachen aus, und sie musste mitlachen. »Ach, Samuel, du hast ja recht, ich bin eine schreckliche Tochter.«

Er beugte sich zur Seite und flüsterte ihr ins Ohr: »Weil sie eine schreckliche Mutter war und ist, nicht wahr?«

Und du weißt kaum die Hälfte, dachte sie beklommen.

Es klopfte erneut und ihr Diener trat ein. »Madame d'Hervilly.« Er verbeugte sich.

Mélanies Magen zog sich zusammen. Wie würde es heute enden?

Ihre Mutter kam herein, aufrecht und stolz wie eh und je, das Kinn erhoben. Ihre dunklen Augen durchmaßen den Raum. Dann nickte sie Mélanie kühl zu, ein weiterer Blick, nicht weniger kühl, glitt zu ihrem Schwiegersohn. »Monsieur.«

»Was führt dich zu uns, *Maman*?« Mélanie sagte bewusst »uns«. Das »*Maman*« kam ihr nach wie vor nur schwer über die Lippen.

Ihre Mutter nahm ungefragt vor dem Schreibtisch Platz und blickte sich erneut neugierig um. »Die Geschäfte müssen gut laufen. Ihr habt ein prachtvolles Haus, *chapeau*. Und wie ich sehe, habt ihr zwei Diener.« Sie selbst hatte nur eine Dienstmagd und zwei Köchinnen, die sie nach Herzenslust schikanierte.

»Eigentlich drei«, erklärte Mélanie fröhlich. »Yves ist an der Influenza erkrankt, außerdem noch eine Dienstmagd, eine Köchin, zwei Gärtner und einen Kutscher. Aber du wirst wissen, dass Edouard wieder in meinen Diensten steht.«

»Und ob ich das weiß. Der arme Mann muss sich fühlen, als würde man ständig an ihm zerren und reißen.«

Fast hätte Mélanie laut aufgelacht. Darum sorgte ihre Mutter sich? Um einen Diener, der heilfroh war, wieder für sie arbeiten zu dürfen? Vor allem Dorette, seine Frau, hatte unter der Willkür ihrer Mutter zu leiden gehabt.

Mélanie biss sich auf die Zunge, um ihrer Mutter nicht genau das an den Kopf zu werfen.

»Was führt dich her?«, wiederholte sie, diesmal ein wenig ungehalten.

Ihre Mutter zog die feinen Kalbslederhandschuhe aus und legte sie auf ihr Knie. Sie öffnete den dunklen Umhang. »Ob wohl jemand so reizend wäre und mir den Umhang abnimmt?« Es klang nicht wie eine höfliche Frage, sondern wie eine Anweisung, der augenblicklich Folge zu leisten war.

»Aber selbstverständlich.« Mélanie rief nach Jacques, der sofort herbeigeeilt kam und sich für seine Nachlässigkeit entschuldigte. Mit dem Umhang über dem Arm verließ er wieder das Zimmer.

»Aufmerksames Personal ist nur schwer zu finden, *n'est-ce pas*?« Ihre Mutter sah sie abschätzig an. »Wann zeigst du mir das ganze Haus?«

»Es ist Sprechstunde, *Maman*. Für eine Führung durch unser Haus fehlt mir leider die Zeit.« Wie verbittert sie aussieht, dachte

Mélanie. Der Neid auf alles und jeden hatte tiefe Furchen in das einst hübsche Gesicht ihrer Mutter gegraben.

»Ich hatte gehofft, es kommt eines Tages eine offizielle Einladung, aber da hätte ich wohl lange warten können.«

Mélanie quittierte die Worte mit regloser Miene und schwieg.

Ihr Mann räusperte sich, schien etwas sagen zu wollen, schwieg dann aber auch.

Ihre Mutter zupfte den spitzenbesetzten Ausschnitt ihres dunkelblauen Kleides zurecht. Auf dem Rock waren Stoffrosetten in einem helleren Blau befestigt. Ein bildschönes Kleid, aber mangelnden Geschmack in Modedingen hatte man ihrer Mutter noch nie vorwerfen können. »Dann arbeitest du auch inzwischen als – wie sagt man – Homöopath?« Als Mélanie nickte, sagte sie weiter: »Erstaunlich. Wer hätte das gedacht, meine Tochter, die überaus talentierte Malerin, behandelt Kranke. Ganz ohne jegliche Ausbildung.«

Mélanie presste die Lippen fest aufeinander, und ihr Mann räusperte sich erneut. »Madame«, begann er mit ruhiger Stimme. »Meine Frau hat sehr wohl eine umfassende Ausbildung genossen. Ich selbst habe sie ausgebildet.«

Ihre Mutter stieß ein hohes Lachen aus. »Sieh an, der Ehemann bildet seine Frau aus. Was für Zeiten!«

»Bist du gekommen, um uns Vorhaltungen zu machen?«, fragte Mélanie. »Denn als Patientin bist du offenbar nicht hier.«

Sie hob das kleine silberne Glöckchen, das auf ihrem Tisch stand, ließ es aber gleich darauf wieder sinken. Nein, sie würde ihre Mutter selbst zur Tür bringen und sich davon überzeugen, dass sie auch wirklich verschwand.

»Ich begleite dich hinaus, *Maman.*«

»Dann bin ich wohl entlassen.« Ihre Mutter stand betont langsam auf. »Ich hätte wissen müssen, dass ich nicht willkommen bin. Mein eigen Fleisch und Blut!«

Mélanie sah, wie Samuel unbehaglich hin- und herrutschte. Sie kannte diesen Ausdruck auf seinem Gesicht, und ein bisschen hoffte sie, er würde die Beherrschung verlieren.

Sie erhob sich und blieb vor ihrer Mutter stehen.

Sie funkelten sich an, beide das Kinn gereckt, eine Zornesfalte zwischen den Augen. Als Mélanie bewusst wurde, dass sie möglicherweise mehr von ihrer Mutter geerbt hatte, als ihr lieb war, sank sie erschüttert in sich zusammen.

Auf wackligen Beinen ging sie zur Tür. »*Maman?* Wenn ich bitten darf … «

Ihre Mutter raffte die Röcke und rauschte zur Tür.

Auf dem Flur fauchte sie: »Ich muss dir wohl nicht sagen, wie Übelkeit erregend ich es finde, dass du mit einem Mann vermählt bist, der älter ist als dein Vater.« Mit erhobenem Kopf eilte sie den Flur entlang.

Jacques folgte ihr mit schnellem Schritt, ihren Umhang über dem Arm. »Madame d'Hervilly!«

»Lassen Sie mich!« Sie lief weiter.

»Aber Ihr Umhang, Madame.« Er wollte ihr behilflich sein, doch sie schlug ihm auf die Finger, riss den Umhang an sich und verließ das Haus.

Mélanie stand noch immer in der Tür. Sie war unfähig, sich zu bewegen, sie konnte kaum klar denken.

Erst nach einer ganzen Weile war sie imstande, zu ihrem Mann zurückzukehren.

Mit versteinertem Gesicht saß er da. »Das war mal ein Auftritt«, murmelte er hörbar entsetzt.

»Es tut mir leid.« Sie musste ein Schluchzen unterdrücken.

»Du bittest mich für deine Mutter um Verzeihung?«, fragte er verwundert. »Wie kommst du dazu?«

Ihre Beine zitterten so sehr, dass sie gegen den Schreibtisch stieß, als sie neben ihm auf den Stuhl sank.

»Wirst du mir irgendwann erzählen, was zwischen euch vorgefallen ist?«, fragte er nach einer Weile des Schweigens.

Mélanie atmete tief durch. »Vielleicht. Wenn ich kann.«

# 32. Kapitel

*Paris im April 1838*

Ihr Leben in der Rue de Milan war angefüllt mit Arbeit, aber auch etlichen Vergnügungen, so, wie sie es sich versprochen hatten. Sie zehrten von den Theater- und Opernbesuchen, die sie regelmäßig unternahmen, und schöpften daraus die Kraft und Energie, die sie für ihre Praxis benötigten.

Am gestrigen Abend hatten sie die komische Oper *Le fidèle* gesehen, es war Mélanies Geburtstagsgeschenk für ihren Mann gewesen. Wie meistens war es voll bis auf den letzten Platz gewesen, auf den Emporen drängten sich die Menschen; Frauen mit hochaufgetürmtem, parfümiertem Haar und Fächern, die aufgeregt schnatterten, Männer in Frack und Rüschenhemd, die Zigarre oder Pfeife rauchten und das Treiben um sich herum mit interessierten, teils belustigten Blicken beobachteten. Das Stimmengewirr war angeschwollen, als der Vorhang sich gehoben hatte. Dann plötzlich war es verebbt, und man hätte eine Stecknadel fallen hören können. Aller Augen waren auf die Bühne gerichtet.

Mélanie hatte sich aufgesetzt und die Hand auf die schmale Brüstung gelegt. Ihr Herz hatte aus lauter Vorfreude wild gepocht. Sie und ihr Mann hatten zwei der besten Plätze auf der ersten Empore. Von dort aus hatte man einen grandiosen Blick auf das Geschehen unter ihnen – und vor allem auf die Bühne und die Schauspieler. Es hatte nicht viel gefehlt, und sie wäre aufgesprungen und hätte wild applaudiert.

Wenn sie nicht ins Theater oder in die Oper gingen, besuchten sie ein Museum oder machten – bei gutem Wetter – lange Spaziergänge. Die Rue de Milan befand sich in einer ländlichen Gegend, und wenn Samuel gut zu Fuß war, schlenderten sie zum Hügeldörfchen Montmartre, oder sie bummelten durch die belebteren Stadtteile.

Im vergangenen Sommer hatten sie in der Nähe des Arc de Triomphe ein hübsches italienisches Restaurant entdeckt, bei dem es köstliches Eis gab. Mélanie machte sich nicht allzu viel daraus, sie fürchtete auch ein bisschen um ihre Figur. Samuel jedoch war gar nicht mehr zu bremsen gewesen. Jeden Abend hieß es: »Gehen wir noch auf ein Eis zu *Tortoni*?«

All diese Unternehmungen halfen ihnen, den anstrengenden Tag hinter sich zu lassen, auch wenn sie meistens über ihre Arbeit sprachen.

Mélanie hatte eine Armensprechstunde eingerichtet, jeden Nachmittag behandelte sie kostenlos Menschen, die unter unwürdigen Bedingungen wohnten und von der Hand in den Mund lebten. Junge Mütter kamen zu ihr und ersuchten sie um Rat, andere brachten ihre Kinder mit in die Sprechstunde. Bei älteren Menschen, die zu krank oder zu schwach waren, machte sie Hausbesuche. Nicht selten brachte sie bei diesen Besuchen Körbe voller Lebensmittel mit; Obst, Gemüse, Eier und frisch gebackenes Brot. Die Mütter versorgte sie mit Lebertran für ihre Kinder, um Rachitis vorzubeugen. Anfangs hatte Florence Bedenken geäußert. »Wenn Sie immer so großzügig sind, wird man irgendwann vor Ihrer Tür betteln, Madame.«

»Sollte das geschehen, werde ich mir schon zu helfen wissen«, hatte sie entgegnet. »Mein Mann und ich haben weit mehr, als wir brauchen und alles, was wir uns wünschen. Ich möchte etwas davon abgeben, etwas Gutes tun, sonst könnte ich mich über das, was ich habe, nicht freuen.«

An diesem Morgen war sie vor ihrem Mann aufgestanden, hatte sich in einen Wollmantel gehüllt und war durch den Garten gegangen, der von einer dünnen Schneeschicht bedeckt war. Es taute bereits wieder. Sie bewunderte die ersten Schneeglöckchen und pflückte ein paar für den Frühstückstisch. Edouard kam aus dem Stall und wischte sich die Hände an einem Tuch ab. »*Bonjour*, Madame.«

»Edouard.« Sie blickte an sich hinab und musste lachen. »Ich hoffe, Sie verzeihen meinen seltsamen Anblick.« Sie trug grobe Wollstrümpfe unter ihrem Nachthemd, darüber den Mantel und eine Pelerine und ein Wolltuch, das sie bis zur Nasenspitze gewickelt hatte. »Ich dachte nicht, dass mir um diese Zeit jemand begegnet.« Vor Edouard genierte sie sich allerdings nicht. Sie hatten schon so viel gemeinsam erlebt.

Ein amüsiertes Grinsen huschte kurz über sein Gesicht. »Nicht doch, Madame. Ich sah Sie schon in abgewetzten Männerhosen, geflicktem Hemd und mit der Nase im Stroh liegen, erinnern Sie sich?«

Sie lachte laut auf. »Und ob ich mich erinnere. Es war mein erster Ritt als Mann verkleidet, und beim Absteigen bin ich gestolpert und ins Stroh gepurzelt.« Sie berührte ihn flüchtig am Arm. »Ach, Edouard, wie die Zeit vergeht, *n'est-ce pas*? Wie alt muss ich damals gewesen sein?«

»Höchstens siebzehn, Madame.«

»Siebzehn.« Sie seufzte tief. »Wie geht es den anderen Pferden?«, fragte sie dann.

»Sehr gut, Madame.« Er hatte keinen Hehl daraus gemacht, dass er nicht recht an das Heilmittel glaubte, das sie La Brune gegeben hatte. Doch er hatte sich eines Besseren belehren lassen.

Sie fröstelte. »Ich laufe rasch wieder ins Haus. Es ist recht kühl heute Morgen.« Sie nickte ihm zu und hoffte, dass sie der Dienerschaft nicht begegnete. Deren Arbeit begann erst in einer Stunde.

Und sie hatte Glück. Nur Florence, die gerade aus der Küche kam, warf ihr einen flüchtigen Blick zu, sagte aber nichts.

Mélanie lief in die Schlafkammer und sah, dass Samuel bereits aufgestanden war. Er hatte gemeint, sie brauche dringend eine Magd, die ihr beim Anziehen und Frisieren behilflich war, doch sie hatte abgelehnt. »Solange ich mich noch allein ankleiden kann, will ich niemanden. Außerdem habe ich Florence, die sofort zur Stelle ist, wenn ich nach ihr rufe. Das genügt mir völlig.«

Sie machte sich frisch, kleidete sich an und steckte ihr Haar hoch. An der Tür hing Samuels geblümter Morgenrock, offenbar hatte er vergessen, ihn anzuziehen.

Mélanie nahm ihn und ging nach unten.

Samuel hatte wieder einen scheußlichen, furchterregenden Traum gehabt. Wieder hatte er in einem Sarg gelegen, den *Organon* in den gefalteten Händen. Aber er war nicht tot gewesen, im Gegenteil, er hatte sich quicklebendig gefühlt, die Augen jedoch nicht öffnen

272

können. Auch sein Mund war verschlossen gewesen, dabei hatte er seiner Frau, die am Sarg stand und weinte, so gern sagen wollen, dass er lebte! Dass er lebendig war und aufstehen wollte.

Als er hochgeschreckt war, hatte er sich erbärmlich gefühlt. Und ein weiteres Gefühl hatte ihn ergriffen. Schuld? Wieso hatte er sich schuldig gefühlt?

Er hatte Mélanie davon erzählen wollen, aber sie war bereits aufgestanden. Wahrscheinlich spazierte sie wieder durch den Garten.

Als sie nun in den Salon kam, wo er bereits Platz genommen hatte, spürte er eine tiefe Erleichterung. Er schüttelte verwirrt den Kopf.

Ausgerechnet heute, wo seine Tochter Amalie mit ihrem Sohn Leopold kam, fühlte er sich so grässlich. Er hätte nicht sagen können, ob er sich auf den Besuch freute. Er befürchtete, dass es anstrengend werden würde. Malchen redete viel, schnatterte im Grunde pausenlos, und seinen Enkelsohn kannte er kaum. Wie alt war der Junge inzwischen? Nicht einmal das wusste er.

»*Bonjour*, mein Liebling.« Seine Frau gab ihm einen Kuss. »Ich gratuliere dir zum Geburtstag und wünsche dir Gesundheit und noch viele wundervolle Jahre. Ich war im Garten und habe Schneeglöckchen gepflückt.« Sie stellte die kleine Vase auf den Tisch. »Sind sie nicht entzückend?«

Florence kam, um ihm einzuschenken. »Tee oder Kaffee, Monsieur?«

»Tee wäre mir heute sehr recht.«

Sie schenkte ihm aus der Teekanne ein und stellte anschließend einen Biskuitkuchen vor ihn hin. »Jeanne hat ihn gerade erst aus

dem Ofen genommen.« Sie schnitt ihn an, und er seufzte genüsslich.

»Ich bin so gespannt auf deine Tochter und deinen Enkelsohn«,
sagte Mélanie und trank ihren Kaffee. »Ich sprach es bereits an,
Samuel. Ich möchte dich gern malen.«

»Muss das sein?«

»Findest du nicht, dass die Nachwelt wissen sollte, wie du ausgesehen hast?«

»Nein.«

Sie lachte. »Nein? Nun, ich finde schon.«

»Die Leute werden sagen: Hahnemann war ein Tattergreis.«

»Als du ein junger Mann warst, konnte ich dich leider nicht
malen«, entgegnete sie trocken.

Er mochte ihren Humor, meistens lachten sie über dieselben
Dinge. Heute aber verzog er keine Miene. Das Herz wurde ihm
schwer, und wieder ging ihm durch den Kopf, was aus ihr werden
würde, wenn er nicht mehr war. Wenn er in einem Sarg lag – tot
bitte sehr und nicht lebendig – und sie neben ihm weinte.

Was würde aus ihrer Arbeit werden?


»Yves, sorgen Sie dafür, dass uns heute Abend der Champagner
nicht ausgeht«, wies Samuel den Diener am frühen Abend an, als
die ersten Geburtstagsgäste eintrafen.

»Sehr wohl, Monsieur.« Der junge Mann verbeugte sich und
verschwand in der Küche.

Mélanie geleitete die Gäste in den Salon, und Samuel folgte
ihnen. Er begrüßte Madame und Monsieur Degard. Sie waren

meistens die ersten Gäste, die kamen und die letzten, die gingen. Die Empfänge, Soirees und Maskenbälle, die seine Frau ausrichtete, waren mittlerweile berühmt und heiß begehrt.

Auch die Legouvés trafen ein, Aurélie hatte sich bei Ernest eingehakt. »*Merci beaucoup* für die Einladung, mein lieber Samuel. Wie Sie wissen, kommen wir immer sehr gern.« Sie überreichte ihm eine Flasche exquisiten Portwein, den er gebührend bewunderte.

»Darf ich euch meine Tochter Amalie und meinen Enkel Leopold vorstellen?«, sagte er dann. »Malchen, das sind Madame und Monsieur Legouvé, gute Freunde.«

Seine Tochter hob graziös die Hand, damit Ernest einen Kuss darauf hauchen konnte. Aurélie begrüßte sie mit einem Lächeln, das etwas aufgesetzt wirkte. Leopold – er war zwölf Jahre alt, wie Samuel inzwischen wusste – hoch aufgeschossen und mager, stand unterdessen unbeholfen da, beide Hände in den Hosentaschen. Sein Vater war früh verstorben, und Malchens zweiter Ehemann, von dem sie wieder geschieden worden war, hatte sich nie um den Jungen bemüht.

Mehr und mehr Gäste kamen, darunter Samuels Schwiegervater, mit dem er sich blendend verstand, mehrere alte Freunde seiner Frau, unter ihnen auch Advokat François, sowie ihr Lieblingsonkel Lucien und dessen Frau Mathilde.

Eine bunt gewürfelte Gästeschar. Seine Frau hatte bei der Zusammenstellung der Gästeliste wieder Einfallsreichtum und Sorgfalt walten lassen. Sie hatte auch Luise geschrieben und inständig gebeten, über ihren Schatten zu springen und nach Paris zu kommen, aber seine Tochter hatte abgesagt.

*Ich weiß, ich enttäusche Euch wieder einmal, aber ich bin und bleibe
ein Angsthase, bitte verzeiht.*

Auch seine Schwiegermutter war nicht erschienen, hatte nicht einmal eine Entschuldigung verlauten lassen. Nun, ihm sollte es recht sein, und auch seiner Frau war die Erleichterung anzusehen gewesen.

Als seine Tochter und sein Enkelsohn am Nachmittag angekommen waren, hatte Samuel mit Erschrecken festgestellt, dass er Amalie kaum wiedererkannt hätte. Sie war gut zehn Jahre älter als seine Gattin, wirkte jedoch um einiges verhärmter, strenger. Doch als sie die ersten Worte gewechselt hatten, war alles wieder da gewesen: seine Erinnerung an das entzückende, zärtliche kleine Mädchen, das sie gewesen war und an die gemeinsamen Jahre, die sie als seine rechte Hand in Köthen verbracht hatte.

Was sie von Mélanie hielt, ließ sie nicht verlauten, und er würde sie auch nicht danach fragen.

Sein Enkel interessierte sich für das Ordinationszimmer und die Heilmittel, die er dort verwahrte. »Zeigst du mir dein Stethoskop, Großvater?«, hatte er gefragt, und Samuel hingegen fragte sich, ob da ein neuer Mediziner heranwuchs. Oder gar ein Homöopath?

Seine Frau hatte einen jungen Pianisten eingeladen, der Stücke von Chopin und Mozart spielte. Als er plötzlich ein leichtes Unterhaltungsstück anspielte, das zurzeit gern von Kaffeehausorchestern zum Besten gegeben wurde, applaudierten alle begeistert, und die ersten Paare begannen zu tanzen.

Auch Mélanie würde gern tanzen, das spürte er. Also bot er ihr seinen Arm und führte sie auf die Tanzfläche. Florence hatte am Vormittag den Holzboden im Salon gewienert, und sie hatten die Möbel beiseitegeräumt, so dass in der Mitte ausreichend Platz war.

»Bist du sicher, Samuel?«, raunte seine Frau ihm ins Ohr. »Und dein Bein?«

»Meinem Bein geht es prächtig«, übertrieb er. Eher würde er den ganzen folgenden Tag im Bett verbringen, als seiner Frau diesen Tanz zu verwehren.

Während die anderen ausgelassen waren, tanzten sie eng aneinandergeschmiegt. »Ich würde dich auch liebend gern herumwirbeln«, sagte er bedauernd.

»Sei nicht albern.« Sie schenkte ihm ein strahlendes Lächeln, das sein Herz zum Pochen brachte. »Es ist wunderbar, so wie es ist.«

Wie hatte er diese Frau nur verdient? Sie war alles, was er sich je erträumt hatte, war Gattin, Gefährtin und liebste und treuste Freundin zugleich, und sie war in seine Fußstapfen getreten.

Viele Jahre, nein Jahrzehnte, hatte er einen Nachfolger gesucht, hatte stets die Augen offen gehalten und sich umgehört, ob es möglicherweise irgendwo irgendjemanden gab, dem er sein Lebenswerk anvertrauen könnte. Dass er diesen Nachfolger in einer Frau finden würde, hätte er nie gedacht.

Erst ein paar Tage zuvor hatte er seinem ehemaligen Schüler und alten Freund Bönninghausen geschrieben, wie glücklich und beruhigt er war, sein Werk in die Hände seiner geliebten Frau geben zu können.

*Sie ist so begabt, mein lieber Clemens. Du würdest Augen machen, wie rasch und sicher sie ihre Diagnosen trifft. Die Leute vertrauen ihr blind, genau wie ich es tue. Nie zuvor war ich seliger und zufriedener, ich fühle mich oft wie ein junger Bursche und wage kaum daran zu denken, dass ich es ja nicht mehr bin. Dass ich meine geliebte Mélanie allein lassen muss, wenn sie in der Blüte ihres Lebens steht. Ich möchte ihr noch so viel geben, es gibt noch so vieles, das ich mit ihr teilen möchte. Aber ich will nicht jammern, sondern unsere gemeinsame Zeit nutzen.*

Das Ehepaar Tolbert tanzte an ihnen vorbei, und Madame Tolbert rief: »Was für ein herrliches Fest, Madame!«

Ihr Mann schwenkte sie herum, und sie kicherte und stieß einen spitzen Schrei aus. »Julien! Denk an meine Frisur!«

Samuel spürte, dass seine Knie nicht mehr so recht wollten. Am liebsten hätte er sich gesetzt, doch er wollte Mélanie nicht enttäuschen. Nur noch diesen einen Tanz.

»Ist dir nicht wohl?«, fragte sie ihn besorgt.

Hatte er das Gesicht verzogen? »Alles in Ordnung, *mon coeur.* Lass uns bis zum Morgen weitertanzen.«

Das Frühstück am nächsten Morgen zusammen mit Tochter und Enkelsohn genoss er, für ihn ganz unerwartet, in vollen Zügen. Malchen war gut aufgelegt, auch sie schien den Abend ausgekostet zu haben. Leopold hatte nur ein paar Stunden dabei sein dürfen, dann hatte sie darauf bestanden, dass er sich zurückzog. Was er ohne Murren getan hatte.

»Hast du dich auch nicht überanstrengt, Väterchen?«, fragte sie nun, als Florence frischen Kaffee brachte.

Er grinste, weil sie ihn Väterchen nannte. Schon lange hatte er den Kosenamen nicht mehr gehört. »Es geht mir wunderbar, Malchen, sei unbesorgt.« Er zwinkerte seiner Frau zu, die wie immer neben ihm saß. »Meine Gattin gibt gut auf mich acht.«

»Dann kann ich wohl wirklich ganz unbesorgt sein«, entgegnete sie und warf Mélanie einen Blick zu, den er nicht deuten konnte.

Sie erwiderte ihn mit einem Lächeln, und er stellte verblüfft fest, wie der Gesichtsausdruck seiner Tochter sich nach diesem Lächeln veränderte. Er wurde entspannter, weicher, fraulicher.

»Ich freue mich sehr, dass Sie und Ihr Sohn gekommen sind«, sagte Mélanie und legte die Hand auf Malchens.

Die Geste schien seine Tochter zu überraschen und sogar ein wenig zu verunsichern. »Ich freue mich auch. Darf ich Sie Mélanie nennen?«

»Das würde mich ungeheuer freuen. Und ich darf Amalie sagen?«

Seine Tochter nickte, ohne zu zögern. »Sie dürfen.« Es klang freundlich und doch auch etwas angestrengt und verkrampft.

In diesem Moment fasste Samuel einen Entschluss:

Er würde sein Testament neu verfassen und dafür sorgen, dass seine Töchter keine Ansprüche an seine Frau stellen konnten.

Er wollte nicht, dass es böses Blut gab. Der offensichtliche Frieden, der gerade herrschte, konnte so rasch vorbei sein, wie er gekommen war.

## 33. Kapitel

*Paris im Oktober desselben Jahres*

Mélanie war von einem Ausritt zurück und hatte die Stute in den Stall gebracht, als sie sah, dass die ersten Kutschen bereits angefahren kamen. Verstohlen warf sie einen Blick auf ihre Taschenuhr: kurz vor neun, die offizielle Sprechstunde begann erst um zehn.

Die Leute kamen immer früher, wohl in der Hoffnung, dann unter den Ersten zu sein. Doch wenn alle das hofften, gäbe es schon bald wieder Drängeleien und rücksichtsloses Geschubse.

Edouard kam aus dem Haus und wedelte mit dem Arm. »Halt!«, rief er und lief zu der Kutsche, die ganz vorn stand. Er sprach mit dem Kutscher, gestikulierte und kam schließlich zurück. »Es wird jeden Morgen früher«, sagte er zu Mélanie, die auf dem Weg zur Haustür war. »Vielleicht sollten wir den Leuten klarmachen, dass es zwecklos ist, so früh herzukommen. Am Ende übernachten sie auf der Straße.«

Sie musste lachen. Aber vermutlich war das gar nicht so abwegig. »*Bonne chance*, Edouard. Auch wenn ich zugeben muss, nicht viel Hoffnung zu haben.«

»Ich auch nicht«, brummte er. »Hatten Sie einen angenehmen Ausritt, Madame?«

»Es war wunderbar«, schwärmte sie.

Der Wald hatte herbstlich geleuchtet, als die Sonne aufgegangen war. Nebelschwaden waren über den feuchten Boden gekrochen, und sie hatte Eichhörnchen, Rehe, einen Hirsch und sogar einen Dachs gesehen, der seinen Bau aufsuchte.

An der Haustür kam ihr Florence entgegen. »Ihr Mann wartet im Ordinationszimmer, Madame. Er sagt, er würde gern mit Ihnen sprechen.«

»Geht es ihm nicht gut?«

»Ganz und gar nicht. Er sah sehr vergnügt aus.«

Mélanie legte Umhang, Hut und Handschuhe ab, ließ sich aus den Stiefeln helfen und ging nach oben, um sich umzuziehen.

Samuel saß am Schreibtisch, als sie wenig später hereinkam. Vor ihm lagen ein Stapel Bücher, Papier und eine Feder. »*Bonjour, mein Liebling.* Wie war der Ausritt?«

»Grandios.« Sie setzte sich neben ihn. »Ich liebe den Herbst.«

»Du liebst jede Jahreszeit.«

»Richtig.« Sie gab ihm einen Kuss auf die Stirn. »Bist du wohl-auf?«

»Es ging mir selten besser.« Er rieb sich die Hände.

»Klagtest du gestern Abend nicht über Rückenschmerzen?«

Er winkte ab. »Schon. Das ist jetzt unwichtig.«

»Das finde ich nicht.«

Samuel verdrehte die Augen. »Ich hätte wissen müssen, dass du hartnäckig bleibst. Schön, schieben wir also eine kleine Lehreinheit ein. Auch wenn ich der Meinung bin, dass du längst alles weißt.«

»Alles?« Sie schnaubte. »Ganz bestimmt nicht.«

Er ging nicht darauf ein. »Was empfiehlst du bei Rückenschmer-zen?«

»Sprichst du jetzt von dir als Patient?« Sie war verwirrt.

»Natürlich. Also?«

»*Bryonia.*«

»*Bryonia* für meine alten Knochen, jawohl.« Er grinste flüchtig und wurde gleich wieder ernst. »Ich möchte etwas mit dir besprechen. Es geht um unsere Arbeit. Wir haben kürzlich über eine neue Potenzierung gesprochen, die effektiver eingesetzt werden kann.«

Sie nickte. Die sogenannten Q-Potenzen sollten noch weiter verdünnt und noch häufiger aufgeschüttelt werden. Samuel versprach sich davon eine besonders sanfte Heilwirkung. »Außerdem will ich an der neuen Auflage meines *Organon* weiterarbeiten. Ich möchte dich bitten, dass du dich in der nächsten Zeit allein um die Patienten kümmerst. Nun sieh mich nicht so an, wovor hast du Angst?« Er lachte kopfschüttelnd. »Mir bleibt nicht mehr viel Zeit, Mélanie, und ich will diese Zeit so gut wie nur möglich nutzen.« Er strich mit dem Handrücken über ihre Wange. »Ich möchte möglichst schnell mit den höheren Potenzen weiterarbeiten. Ich glaube, wir können so den Heilungsprozess beschleunigen, ohne dass es zu einer Verschlechterung des Zustandes kommen muss. Außerdem sollten wir niedrige und höhere Potenzen künftig kombinieren.«

Darüber hatte auch sie sich bereits Gedanken gemacht, nur hatte sie ihm noch nicht davon erzählt. »Das ist mir auch schon durch den Kopf gegangen.«

Er hob die Augenbrauen. »Tatsächlich? Du bist mir wirklich ebenbürtig, Mélanie.«

»Wir können die höheren Potenzen bei chronischen Erkrankungen und die niedrigeren bei akuten Schüben geben.«

»Genauso ist es! Ich denke, es macht auch Sinn, die Heilmittel häufiger zu wechseln und damit auf jedes neue Symptom, das eventuell auftritt, reagieren zu können.« Er musste Luft holen, weil er so schnell gesprochen hatte. »Und ich möchte *Lachesis* zu unseren Heilmitteln zufügen.«

Das Gift der Buschmeisterschlange war ein noch recht neu entwickeltes Medikament, das sehr wirksam sein sollte. Es war bei hartnäckigen Entzündungen und Verletzungen einzusetzen.

»Das halte ich auch für gut.«

»Dann bist du mit allem einverstanden?«

»Nein«, erwiderte sie kläglich. Sie sollte wirklich ganz allein praktizieren? Ohne seinen Rat, seinen Beistand? Sie holte tief Luft. »Aber ich gebe mich geschlagen. Du hast gewonnen, Samuel.«

»Bravo!«

»Unter einer Bedingung.« Sie würde ein Opfer bringen – so fühlte es sich tatsächlich ein bisschen an –, also sollte auch er dazu bereit sein.

Er seufzte verhalten. »Auch das hätte ich ahnen müssen.«

»Du sitzt mir Modell.«

»Na schön.«

»Wunderbar! Ich würde auch gerne noch über die Feier anlässlich des sechzigsten Jahrestags deiner Doktorwürde sprechen.«

Es sollte ein großes, ganz und gar unvergessliches Fest werden. Mélanie hatte die Gästeliste bereits zusammengestellt, mit der Köchin das Menü besprochen und sich über die Tisch- und Zimmerdekoration Gedanken gemacht. Mit Dutzenden Kerzen, Blumengebinden und einer mit Efeuranken geschmückten Treppe sollte das Palais in festlichem Glanz erstrahlen.

Mélanie hatte alles vor Augen und konnte den großen Tag kaum erwarten. Selbstverständlich hatte sie auch Samuels Töchter eingeladen, doch alle hatten mit einer knappen Antwort abgesagt – aus den unterschiedlichsten, teils unerfindlichen Gründen.

Amalies Absage war einleuchtend, schließlich hatten sie und ihr Sohn den Vater erst vor Kurzem einen Besuch abgestattet. Luise hatte einen langen Brief geschrieben, in dem sie sich ungezählte Male entschuldigte.

*Ich denke, ich wäre wohl über meinen Schatten gesprungen, liebe Mélanie, doch ich fühle mich nicht gut. Mein Magen rebelliert bei den winzigsten Kleinigkeiten, ärgert mich, wo er kann, und ich fürchte, eine so weite Reise in einer schaukelnden Kutsche wäre mein Ende.*

Mélanie hatte sofort zurückgeschrieben und ihr eine Arznei geschickt.

*Gräme Dich nicht, meine liebe Luise. Hauptsache, Du bist bald wieder wohlauf. Niemand nimmt Dir krumm, dass Du Dir die Reise nicht zumuten willst.*

Auch der jungen aufstrebenden Pianistin Clara Wieck hatte Mélanie eine Einladung geschickt, und zu ihrer großen Freude hatte sie zugesagt. Ihr Kommen sollte eine Überraschung – Mélanies Geschenk – für ihren Mann werden. Er würde Augen machen!

Am darauffolgenden Sonntag stand Mélanie vor der Staffelei, den Kopf zur Seite geneigt, der Blick kritisch.

Sie hatte sich den Raum neben der Schlafkammer als Atelier eingerichtet, ein Raum, den sie bislang nicht genutzt hatte. Er war klein, aber hell, und das Fenster zeigte in den Garten hinaus, der noch immer in voller Blüte stand.

Als Mélanie die Staffelei aufgestellt und Farben und Pinsel in die Hand genommen und versonnen betrachtet hatte, war ihr bewusst geworden, dass das Malen ihr nicht gefehlt hatte. Dennoch freute sie sich ungeheuer auf die Arbeit an Samuels Porträt.

Wie immer hatte sie zuvor eine Zeichnung gemacht. Ihr Mann hatte in seinem Lehnsessel gesessen, gekleidet in seinen blauen pelzverbrämten Lieblingsmorgenrock, darunter ein weißes Hemd mit gebundenem Stehkragen, auf dem weißen Haupt seine Samtkappe. Mit einem neckischen Schmunzeln hatte er ihr zugesehen, wie sie mit geübtem Strich begann, ihn zu skizzieren. Und es war ihr gelungen, dieses ganz besondere Schmunzeln einzufangen, das sie so an ihm liebte.

Sie trat einen Schritt zurück und neigte erneut den Kopf.

Mélanie schaute auf die Holzpalette in ihrer Hand, runzelte die Stirn und nahm noch etwas braune Farbe für den Pelzkragen auf.

Es klopfte.

»Ich sagte doch, ich möchte nicht gestört werden.« Sie kniff die Augen zusammen und überlegte, ob sie zufrieden war.

Sie legte den Kopf schief und nickte schließlich. Ja, sie war mit ihrer Arbeit zufrieden. Zum ersten Mal fand sie nichts daran auszusetzen. Sie hatte Samuel so getroffen, wie sie ihn sah und vom ersten Tag an gesehen hatte: neugierig, wissensdurstig, aufmerksam und klug.

Sie legte den Pinsel beiseite und wischte sich die Hände an einem Leinentuch ab. Es war vollbracht. Sie hatte dafür gesorgt, dass es ein Gemälde des Mannes gab, der den Menschen die Homöopathie gebracht hatte. Ein tiefes Gefühl von Glück, vielleicht sogar Stolz, durchströmte sie.

Erneut klopfte es.

»Madame?« Florence. »Pardon, aber es scheint wichtig zu sein. Monsieur … « Sie sprach nicht weiter.

Mélanie legte seufzend die Palette beiseite und wischte ihre Hände am Leinentuch ab. »Ich komme.«

Florences Wangen waren erhitzt, ihr Blick beunruhigt. »Monsieur, Madame … «, stammelte sie.

»Was ist mit ihm? Nun reden Sie doch, Florence!«

»Ich kam gerade am Ordinationszimmer vorbei und hörte ein Scheppern, und gleich darauf war es still. Erschreckend still.«

»*Mon Dieu*!« Mélanie raffte den Rock und lief die Treppe hinunter. War ihr Mann in Ohnmacht gefallen? War er ganz plötzlich erkrankt und umgekippt? Hatte er womöglich nach ihr gerufen, und sie hatte seelenruhig an der Staffelei gestanden?

Sie stieß die Tür auf und blieb wie angewurzelt stehen.

Ihr Mann stand am Tisch, den Rücken ihr zugewandt, vor ihm lagen mehrere Fläschchen und ein umgestürzter Glaskolben, aus dem eine Flüssigkeit herauströpfelte. »Himmel Herrgott noch eins!«, fluchte er. Inzwischen fluchte er meistens auf Französisch, umso erstaunter war sie.

»Samuel?«

Er wirbelte herum und starrte sie an. »Was tust du hier? Ich dachte, du seist im Atelier.« Mit dem Handrücken schob er achtlos ein Fläschchen beiseite, das vom Tisch kullerte, bevor sie es auffangen konnte. Es zerbrach jedoch nicht.

Samuel stellte den Kolben hin, murmelte etwas und füllte mit der Pipette ein paar Tropfen hinein.

»Florence sagte, sie habe ein Scheppern gehört und …« Sie stellte sich neben ihn. »Ich dachte, du wärst vielleicht …«

Er drehte den Kopf und schaute sie an. Nein, er schaute durch sie hindurch, wie so oft, wenn er in seine Arbeit vertieft war. Sie kannte diesen eisernen, unerbittlichen Ausdruck auf seinem Gesicht, wenn er etwas unbedingt erreichen, schaffen wollte. »Das Ab- und Umfüllen fällt mir nicht mehr so leicht. Meine Hand ist nicht mehr so ruhig wie früher.« Er seufzte. »Das Alter. Hin und wieder zerbricht etwas.« Ein weiteres Seufzen. »Und das Aufschütteln macht mir Probleme.«

»Dann lass es mich übernehmen.«

Er schaute sie an, schien darüber nachzudenken und nickte schließlich. »Gut. Ich danke dir.« Er betrachtete erneut das Fläschchen in seiner Hand. »Nächste Woche beginnen wir mit den neuen Potenzen.«

Sie schenkte ihm ein Lächeln, und er hielt ihren Blick für einen Moment fest.

»Du ahnst nicht, wie dankbar ich dir bin.«

»Du sagst es so oft, Samuel.« Sie ging zu ihm, gab ihm einen Kuss auf die Stirn und lief dann zur Tür.

Während sie in ihr Atelier zurückkehrte, dachte sie, wie sehr seine Forschung an den neuen Potenzen ihre gemeinsame Arbeit verändern, voranbringen würde. Eine neue Tür hatte sich geöffnet.

Mit vor Aufregung und Vorfreude pochendem Herzen stellte Mélanie sich vor die Staffelei und betrachtete das Antlitz ihres über alles geliebten Mannes. Dem Mann, der niemals ruhte, nie aufgab und erst zufrieden war, wenn er das erreichte, was er sich vorgenommen hatte. Der alle Hürden und Steine beiseiteräumte, die man ihm in den Weg legte.

Er war ihr Vorbild geworden, als sie ihn in Köthen kennengelernt hatte und er würde es für alle Zeiten bleiben.

*III.*

Herbst 1842 – Herbst 1843

# 34. Kapitel

*Paris im Oktober 1842*

Es war ungewöhnlich kalt für die Jahreszeit.

Mélanie war ausgeritten und deutlich früher heimgekehrt als für gewöhnlich. Sie zitterte vor Kälte, als sie die Stute in Edouards Obhut gelassen hatte.

»Sie sehen ganz verfroren aus, Madame.« Er warf einen Blick in den Himmel. »Der Winter wird früh kommen, ich spür's in meinen Knochen.«

»Das hat mein Mann gestern Abend auch gesagt«, entgegnete sie und streifte ihre Handschuhe ab. »Reiben Sie sie gut trocken, Edouard.« Sie nickte ihrem Kutscher zu und wandte sich um.

Sie wollte gleich ins Haus gehen, doch etwas erregte ihre Aufmerksamkeit, eine Bewegung im Garten, hinter den Azaleen, die im Frühsommer so herrlich geblüht hatten.

Mélanie ging hin und blieb verblüfft stehen, als sie ihren Mann entdeckte, der vor einem der Rhododendren stand, die Hände im Rücken verschränkt. »Samuel? Was tust du hier um diese Zeit?«

Er schien nicht überrascht, ihre Stimme zu hören. »Ich wünschte, ich besäße so viel Freude am Reiten wie du, dann könnten wir gemeinsam in den Bois de Boulogne reiten und die Natur genießen.« Er drehte sich zu ihr um und lächelte sie an. »Komm her, mein Liebling. Gesell dich zu mir und freu dich mit mir an unserem herrlichen Garten.«

Sie stellte sich neben ihn und lehnte den Kopf an seine Schulter. »Mir ist kalt«, gestand sie. »Ich würde gerne meine klammen Sachen ausziehen.« Sie erschauderte, als ein Windstoß nach dem Schoß ihres Reitrockes griff.

Ihr Mann schaute sie besorgt an. »Du wirst mir doch nicht krank?«

»Krank? Ich?« Sie lachte. »Nein, gewiss nicht. Ich bin nur durchgefroren, das ist alles. Lass uns ins Haus gehen und frühstücken. Oder hast du schon ohne mich gefrühstückt?«

Er nahm ihre Hand. »Es würde mir gar nicht schmecken.«

Auf ihrem Teller lag ein kleines Kästchen, darauf eine Mondviole, die auch Silberblatt genannt wurde.

Mélanie nahm sie in die Hand und lächelte. »Deshalb also warst du im Garten.«

Ihr Mann rieb sich die Hände. »Seien Sie so gut und schenken Sie mir Kaffee nach, Florence«, bat er die Magd.

»Sie duftet des Nachts nach Flieder, wusstest du das?« Mélanie legte die Mondviole neben ihren Teller und winkte ab. »Natürlich wusstest du das. Was ist in dem Schächtelchen?«

»Das wirst du erfahren, wenn du es aufmachst.«

»Aber ich habe doch gar nicht Geburtstag.« Sie runzelte die Stirn. »Oder ist heute ein anderer besonderer Tag?«

»Nein.« Ihr Mann trank einen Schluck. »Nun mach schon auf.«

Sie öffnete das Kästchen und stieß die angehaltene Luft aus. »Samuel! Das ist wunderschön.« Im Kästchen lag ein zierliches Goldarmband mit mehreren kleinen Perlen und drei rötlichen Steinen. »Was sind das für Steine?« Sie nahm das Armband heraus.

»Almandine.« Er legte es um ihr Handgelenk und schloss die Öse.

»Almandine«, wiederholte sie. »Es ist wirklich sehr hübsch. Merci, mein lieber Samuel.«

»Möchten Sie die Zeitung, Madame?« Florence stand neben ihr.

Sie nickte. »Aber bitte nur die »*Journal des débats*«. Heute erscheint ein weiterer Teil von Eugène Sues Roman.« Sie hatte ihn von Beginn an begeistert verfolgt. »Ich wünschte, ich könnte auch so schreiben.«

Ihr Mann hob die Augenbrauen. »Du bist eine hervorragende Homöopathin, eine äußerst talentierte Malerin und dichtest mehr als passabel. Was möchtest du denn noch? Schauspielern oder vielleicht musizieren?«

»Ja, warum nicht.« Sie zwinkerte ihm zu.

»Sei ein bisschen demütiger«, meinte er, und sie wusste nicht, ob er es ernst meinte oder sie nur necken wollte.

Sie beschloss, es dabei zu belassen. Sie musste nicht allem auf den Grund gehen und jede Äußerung für bare Münze nehmen. Während sie die Zeitung aufschlug, gluckste sie.

»Was erheitert dich so?«

»Ich dachte nur gerade, wie ungeheuer vernünftig ich doch dann und wann bin.« Mehr würde sie nicht preisgeben.

Sie konzentrierte sich auf Sues Zeilen und war schon bald in einer anderen Welt.

Später saß sie neben ihrem Mann am Schreibtisch, die goldene Feder in der Hand. Samuel hatte die Augen geschlossen und die Hände vor dem Leib verschränkt.

Die Behandlung mit der neuen Potenzierung hatte sich wie erhofft als ausgesprochen erfolgreich erwiesen, besonders bei chronischen Erkrankungen. Mélanie hatte anfangs nur die entsprechenden Heilmittel zusammengestellt, nachdem sie mit den Patienten gesprochen hatte. Samuel hatte die Dosierungen übernommen und die ersten Gaben verabreicht. Sie hatte sich davor gescheut, gleichgültig, wie albern sie sich vorgekommen war. Sie glaubte an die neue Potenzierung, dennoch war sie vorsichtig gewesen. Bis die ersten Erfolge sich einstellten und chronisch Erkrankte, die vorher in langer Behandlung gewesen waren, plötzlich schneller genasen.

Es klopfte, und Jacques trat ein. »Monsieur Boucher ist da.«

»Bitten Sie ihn herein.« Mélanie lehnte sich kurz zurück und massierte mit einer Hand ihren unteren Rückenbereich. Sie hatte zu lange starr gesessen.

Ich werde mir selbst *Nux vomica* verordnen, dachte sie.

Kurz darauf kam Boucher herein. Er sah müde und erschöpft aus, vermutlich von der Reise. Er kam aus Marseille, war vor drei Jahren das erste Mal bei ihnen gewesen und hatte über starke Kopfschmerzen geklagt, die teilweise so schlimm waren, dass an ein normales Leben nicht zu denken war, wie er berichtet hatte. »Es beginnt mit eigenartigen Sehstörungen. Es ist, als drehten sich Spiralen immerfort vor meinem Auge, und mir wird ganz schwindelig. Dann springen die Spiralen plötzlich auseinander und es erscheint ein Zickzackmuster. Und dann fängt das Stechen in der Schläfe an, manchmal auch im Hinterkopf.«

Er hatte verschiedene Ärzte aufgesucht, war mehrfach zur Ader gelassen worden und ein Doktor hatte ihm sogar Blutegel angesetzt. »All das hat nichts geholfen. Manchmal glaube ich sogar, es wurde mit der Zeit noch schlimmer.«

»Natürlich«, hatte Samuel gewettert. »Aderlass und Blutegel! Als würde das Kopfschmerzen vertreiben!«

»Wie geht es Ihnen, Monsieur Boucher?«, fragte er den Mann nun, der sich gesetzt und den Hut abgenommen hatte.

»Besser, Monsieur, viel besser. Nur wenn das Wetter umschlägt, überkommt es mich noch gelegentlich.«

»Dann sind Sie aus anderen Gründen da?«, fragte Mélanie, die mitgeschrieben hatte.

Boucher beugte sich leicht vor. »Nicht nur. Ich fühle mich seit einiger Zeit furchtbar erschöpft, entkräftet, als hätte ich tagelang im Bergwerk gearbeitet. Dabei habe ich mir das, was Sie mir damals empfohlen – *streng* empfohlen haben, zu Herzen genommen. Ich sorge für ausreichend Schlaf, gehe viel spazieren und esse nicht zu fett.«

»Seit wann verspüren Sie diese Erschöpfung?«, erkundigte sie sich.

»Kurioserweise, seit die Kopfschmerzen weniger geworden sind.«

»So kurios ist das nicht. Sie haben einen jahrelangen Leidensweg hinter sich, Monsieur. Sie haben viel über sich ergehen lassen müssen, man hat Ihnen viel zugemutet. Ihr Körper braucht nun Ruhe und Entspannung.«

»Aber das versuche ich doch«, warf er ein.

»Offenbar genügt es noch nicht. Ich werde Ihnen etwas zur Stärkung mitgeben.« Mélanie stand auf und nahm zwei Fläschchen aus dem Schrank. Sie zeigte auf eines, das *Carbo vegetabilis* enthielt und sah ihren Mann fragend an.

Doch er reagierte nicht, wie er es seit einiger Zeit gern machte, um ihr zu zeigen, dass sie sich auf sich selbst verlassen sollte. Und, dass er an sie glaubte.

Sie hatte noch zwischen *Damiana* und *Carbo vegetabilis* geschwankt, entschied sich nun aber für die Kohle und unterdrückte ein Seufzen. Hab mehr Selbstvertrauen, sagte sie zu sich. Samuel vertraut dir doch auch.

Sie deutete auf das zweite Fläschchen und wandte sich nun Boucher zu. »Das ist Belladonna, die Tollkirsche. Davon nehmen Sie ein Kügelchen, lösen es in einem Glas Wasser auf und nehmen einen Esslöffel voll zu sich, sobald Sie die ersten Anzeichen von Kopfweh spüren. Zögern Sie nicht, Monsieur, je früher sie es einnehmen, desto höher ist die Wahrscheinlichkeit, dass der Schmerz gleich wieder vergeht. Das andere Mittel ist zur Stärkung. Nehmen Sie es eine Woche lang ein, dreimal täglich nach den Mahlzeiten, möglichst immer um die gleiche Zeit. Nach einer Woche verringern Sie auf zwei tägliche Gaben.«

Er nahm die Fläschchen und steckte sie in die Jackentasche. »*Merci*, Madame.« Er machte eine Pause und sah sie beide an, als überlege er, wie er beginnen sollte. »Wie ich bereits sagte, bin ich nicht nur deswegen hier.« Er räusperte sich. »Mein ältester Sohn wollte Medizin studieren, aber nun habe ich ihm wohl den Floh ins Ohr gesetzt, sich besser der Homöopathie zu widmen. Würden

Sie ihn ausbilden, Monsieur?«, fragte er Samuel, der sichtlich interessiert zugehört hatte.

»Ich bilde nicht mehr aus, Monsieur.«

»Nein? *Mon Dieu*, was für ein Jammer.« Boucher sah ganz unglücklich aus. »Was soll ich nun Pierre sagen?«

»Sagen Sie ihm, er soll Medizin studieren, ganz so, wie er vorhatte«, erwiderte Samuel. »Danach kann er sich zum Homöopathen ausbilden lassen. In Frankreich braucht er ohnehin eine medizinische Ausbildung, um praktizieren zu können.«

Boucher hatte aufgehorcht, nun strahlte er. »Meine Frau wird glücklich sein. Sie hat fürchterlich mit mir geschimpft, dass ich Pierre diesen Floh ins Ohr gesetzt habe.«

Mélanie hatte schweigend zugehört. Sie hatte keine medizinische Ausbildung, früher oder später würde es ihr vor die Füße fallen. Samuel hatte dafür gesorgt, dass ihr eine Legitimation der homöopathischen Akademie in Pennsylvania ausgestellt wurde, doch tief in ihrem Inneren befürchtete sie, dass ihr dieses Zertifikat nichts nützen würde.

Noch stand sie sozusagen unter Samuels Schutz, aber was war, wenn er nicht mehr …

Nein, daran wollte sie nicht denken!

Boucher war aufgestanden und zur Tür gegangen. Dort verbeugte er sich mehrmals. »*Merci, merci beaucoup.*«

Jacques begleitete ihn hinaus, und als die Tür hinter den beiden zufiel, stieß Mélanie ein gedehntes Seufzen aus.

»Was ist mit dir?«, fragte ihr Mann.

»Gar nichts«, erwiderte sie leichthin. »Ich bin wohl nur müde.«

»Schwindelst du mich auch nicht an?«

»Aber nein.« Sie blätterte schwungvoll in ihrem Buch. »Wer ist der Nächste?«

# 35. Kapitel

*Paris im Dezember*

Samuel hatte sich nie viel aus der Weihnachtszeit gemacht, doch seit er mit Mélanie verheiratet war, genoss er sogar die vorweihnachtlichen Wochen. Er mochte es, wenn es im Haus nach Lebkuchen duftete – Jeanne backte sie nach einem alten deutschen Rezept, das Luise ihnen geschickt hatte – und überall Tannenzweige mit Schleifen verziert auf Fensterbänken und Tischen lagen. Mélanie liebte es, die Villa festlich zu schmücken. Aus den Wäldern hatte sie Tannenzapfen mitgebracht, die sie zwischen die Zweige steckte.

Samuel war an diesem Morgen spät aufgestanden – es kam selten vor, dass er verschlief. Dieser Morgen jedoch hatte es in sich; erst erwachte er viel zu spät, dann stellte er fest, dass sein Lieblingsmorgenrock einen langen Riss hatte, und zu allem Überfluss musste er auch noch allein frühstücken.

Seine Frau war längst im Ordinationsraum und bereitete alles für die ersten Patienten vor.

Florence kam wieder herein. »Noch einen Kaffee, Monsieur?«

»Nein. Wie lange ist meine Frau schon auf?«

»Seit zwei Stunden.«

Er unterdrückte ein Seufzen.

»Sie lässt ausrichten, Sie sollen das Frühstück genießen und sich nicht grämen, weil Sie heute etwas länger geschlafen haben.«

Er kniff die Lippen zusammen.

»Schmeckt Ihnen der Biskuit? Jeanne sagt, sie habe ein wenig Piment in den Teig gegeben.«

Er hob die Augenbrauen und schnupperte an seinem Kuchen. Piment also? »Das ist mir nicht aufgefallen«, brummte er.

»Es stammt aus einem Rezept Ihrer Tochter.« Florence wischte über das kleine Nussbaumschränkchen, auf dem der Wasserkrug stand.

»Ist das so?«

»Möchten Sie die Zeitung, Monsieur?«

»Nein«, erwiderte er unwirsch und ärgerte sich gleich darauf. Das arme Ding konnte nichts dafür, dass er verschlafen hatte. Er schien mehr Schlaf zu brauchen als für gewöhnlich. Lag das am Alter oder an der Jahreszeit?

Florence trollte sich, und Samuel erhob sich schwerfällig. Er goss sich ein Glas Wasser ein und trank es in wenigen großen Schlucken aus. Dann schenkte er nach. Hin und wieder gab er ein paar Löffel Champagner ins Wasser, das schmeckte ihm nicht nur, es schien ihm auch gutzutun. Seinen Patienten würde er es nicht empfehlen.

Als er darüber nachdachte, musste er schmunzeln. Wie hatte irgendwann Lehmann, sein getreuer Assistent, gemeint: »Der Doktor ist sein ärgster Patient.« Recht hatte er.

»Samuel.« Seine Frau kam herein und hakte ihn unter. Er hatte die Tür gar nicht gehört. »Hast du gut geschlafen?«

»Viel zu gut«, brummte er gallig.

»Du wirst den Schlaf brauchen«, sagte sie sanft. »Komm, es ist alles vorbereitet.«

Unter ihrer Feder lag noch immer der kleine Umschlag, den er am Abend zuvor dort deponiert hatte. Er wunderte sich, dass sie ihn nicht bemerkt hatte.

Er setzte sich in seinen Lehnsessel und nahm die Pfeife aus der Schublade. »Mein Morgenrock ist gerissen.«

Seine Frau hatte soeben den Umschlag entdeckt, runzelte die Stirn und öffnete ihn. Über ihr Gesicht huschte ein strahlendes Lächeln. »Das ist aber ein schönes Gedicht, Samuel. *Merci!*«

Er hatte ein paar vermutlich schrecklich schwülstige Zeilen mehr zusammengeschustert als gedichtet, doch sie schienen seiner Frau zu gefallen. Oder wollte sie nur freundlich sein?

»Was ist mit deinem Morgenrock?«, fragte sie verwirrt.

»Er hat einen langen Riss.« Er zeigte auf die rechte Tasche, neben der der Riss begann und sich bis zum Saum zog.

»Gib ihn Florence. Sie ist eine geschickte Näherin. Man wird den Riss hinterher gar nicht sehen.«

Samuel musste plötzlich an die Feier zum sechzigsten Jahrestag seiner Doktorwürde denken. Er blinzelte verdutzt, weil es keinerlei Anlass gab, ausgerechnet nun in Erinnerungen zu schwelgen. Seine Frau hatte alles so wunderbar, so hinreißend hergerichtet, dass er sich wie ein König vorgekommen war. Freunde hatten ihm zu Ehren Gedichte vorgetragen und sich zu manchen Lobhudeleien hinreißen lassen, die ihm teilweise recht unangenehm waren.

Dennoch hatte er geduldig zugehört und anschließend brav applaudiert.

Das Essen, nein, es war ein mehrgängiges Festmahl gewesen, hatte ihm glatt die Sprache verschlagen. Jeanne und die zweite Köchin, die Mélanie eigens für diesen Abend eingestellt hatte, hatten sich selbst übertroffen. Es gab gebratenen Fasan, geröstete und köstlich belegte Weißbrotscheiben, in Salzteig gebackenen Fisch, gebratene Leber mit Zwiebelmus und geröstete Maronen, außerdem verschiedene Desserts, die er kaum noch alle aufzählen konnte.

Nach den ersten beiden Gängen war seine Frau aufgestanden und hatte die Gäste ins Musikzimmer gebeten, das neben dem Salon lag. Dort am Flügel hatte eine zierliche junge Frau gesessen, die Mélanie als Clara Wieck vorgestellt hatte. »Sie ist mein Geschenk an dich, mein geliebter Samuel«, hatte sie gesagt, und jemand – war es François gewesen? – hatte gemeint, das sei aber mal ein reizendes und ausgesprochen selbstloses Geschenk einer glücklichen Ehefrau. Alle hatten gelacht.

Als die junge Pianistin zu spielen begonnen hatte, war es so still im Raum geworden, dass er nicht einmal gewagt hatte, sich zu rühren. Jedes Kleiderrascheln, jedes Räuspern oder leise Hüsteln könnte diesen besonderen Moment, das grandiose Spiel dieser begnadeten Pianistin stören.

Alle hatten sichtlich hingerissen gelauscht und zugesehen, wie die junge Frau in ihre Musik versunken war. Die Augen geschlossen, ein verzücktes Lächeln auf den Lippen, hatte sie am Flügel gesessen; gehüllt in ein weißes Kleid aus Batist – zumindest meinte er den Stoff zu erkennen –, die langen Ärmel spitzenbesetzt, das Haar kunstvoll geflochten und aufgesteckt.

Ihr Oberkörper hatte sich vor- und zurückbewegt, schwang und tanzte bei jeder Note mit. Als das Stück zu Ende war, verharrten ihre Hände über den Tasten, als könne sie nicht glauben, dass es vorbei war, als wollten ihre Finger weiterspielen, immer weiter, bis es kein Stück, kein Lied, keine Note mehr gab, die sie noch anstimmen könnte.

Es war noch immer still im Raum gewesen, bis endlich jemand, zunächst noch zaghaft, zu klatschen begonnen hatte und schließlich alle eingefallen waren. Irgendwer hatte »Bravo!« gerufen. Clara Wieck hatte sich von ihrem Hocker erhoben und sich ein wenig scheu und, wie ihm schien, auch verwundert umgeblickt, als erinnere sie sich erst jetzt wieder, wo sie war. Sie hatte zerbrechlich gewirkt, als würde ihr zarter Körper nur durch das Klavierspiel zusammengehalten werden, und nun, da es vorbei war, fiel er in sich zusammen.

»Dieser Pianistin steht eine große Zukunft bevor«, hatte seine Frau gemeint, als sie ins Bett gesunken waren. Es war spät geworden, beinahe schon früher Morgen, und seine Knochen waren steif und schwer gewesen.

»Es war zu viel der Ehre und des Ruhms«, murmelte er nun versonnen vor sich hin.

»Pardon?« Seine Frau sah ihn überrascht an.

Er blinzelte. Hatte er laut gedacht? »Ich musste gerade an die Feier anlässlich meiner Doktorwürde denken.«

»Zu viel der Ehre und des Ruhms?«, wiederholte sie und blinzelte ebenfalls. »Ich fürchte, ich verstehe nicht.«

Er nestelte am Kragen seines Morgenrocks. Das Gespräch war ihm unangenehm. Was musste er auch in Erinnerung schwelgen und dummes Zeugs erzählen? »Ich bin ein Niemand, nur meine Heilkunde verdient Anerkennung.«

»Siehst du das wirklich so, Samuel?«

Er nickte unbehaglich, wünschte, sie würden es dabei belassen. »Nun, *ich* sehe es so: Ohne dich gäbe es die Homöopathie nicht. Nichts geschieht von selbst, ohne den Menschen, also verdienst auch du Anerkennung.« Sie schlug ihr Buch auf und griff nach der Feder. Die energische Geste machte deutlich, dass die Unterhaltung für sie beendet war.

Samuel kam sich töricht vor, kindisch beinahe. »Du hast ja recht«, sagte er schließlich etwas kleinlaut.

Sie nickte nur und rief Jacques herein, er möge den ersten Patienten aufrufen.

Mélanie hatte ganz gegen ihre Gewohnheit ein kurzes Mittagsschläfchen gemacht. Auch sie schien zurzeit mehr Schlaf zu benötigen. Es dauerte eine ganze Weile, bis sie die Schlaftrunkenheit abgeschüttelt hatte, dann stand sie beherzt auf. Ihre Armensprechstunde begann in wenigen Minuten.

Ihr Mann lag im Salon auf der Récamiere und schlief vermutlich noch.

Sie ging ins Behandlungszimmer und öffnete das Fenster. Die eisige Luft vertrieb das letzte bisschen Müdigkeit und Zerstreutheit.

Sie setzte sich an ihren Schreibtisch, zog die Schublade auf und lächelte. Auf dem oberen Krankenjournal, das sie hervorholen wollte, lag eine weiße Christrose.

»Samuel.« Sie lächelte erneut und schüttelte den Kopf.

Er schien es sich zur Angewohnheit gemacht zu haben, hier und dort eine kleine Aufmerksamkeit abzulegen; ein Gedicht, ein romantischer Vers, eine Blüte oder ein besonders hübscher Stein, den er irgendwo aufgelesen hatte. Auch versteckte er gern ein Briefchen mit einem Liebesschwur in der Tasche ihres Mantels oder in ihrem Hut, oder er überraschte sie mit einer Opern- oder Theaterkarte oder einem Essen in einem ihrer Lieblingslokale. Jedes Souvenir, jeden Brief bewahrte sie sorgsam in einer Hutschachtel auf.

Mélanie nahm ein Glas aus dem Schrank, goss etwas Wasser aus der Karaffe hinein und stellte die Christrose ins Glas.

Es klopfte, und Yves trat ein. Er und Jacques wechselten sich an den Nachmittagen ab. »Soll ich die erste Patientin hereinbitten, Madame?«

Sie warf einen kurzen Blick auf ihre Armbanduhr, ebenfalls ein Geschenk ihres Mannes. »*Mon Dieu*, ich habe vollkommen die Zeit vergessen. Natürlich, Yves.«

Kurz darauf kam Madame Salavy herein. Die junge Mutter trug eins ihrer Kinder auf der Hüfte und sah Mélanie entschuldigend an. »Pardon, Madame, aber ich musste Fabienne mitbringen.«

»Sie müssen sich nicht bei mir entschuldigen, dass Sie eins Ihrer Kinder mitbringen.« Mélanie streckte die Hand aus und stupste der Kleinen auf die Nase. Fabienne war ein entzückendes Mädchen mit himmelblauen großen Augen, dichten Wimpern und dunkelblondem lockigem Haar.

Wieder spürte Mélanie die brennende Sehnsucht nach einem Kind aufwallen. Sie würde niemals Mutter sein, nie ein Kind mit sich herumtragen, wenn es zahnte oder Bauchweh hatte. Sie würde ihm nie die Rehe im Wald zeigen oder über seine ersten unbeholfenen Gehversuche lachen.

Aber war es nicht besser so? Was, wenn sie am Ende doch wie ihre Mutter geworden wäre?

Ihr war, als würde man ein Schwert durch ihre Eingeweide ziehen, als sie sich in Erinnerung rief, was damals vor vielen Jahren geschehen war. Sie hatte sich streng verboten, daran zu denken, doch nun tat sie es doch.

»Madame?«, fragte Fabiennes Mutter besorgt. »Fehlt Ihnen etwas? Sie sind ganz blass geworden.«

Mélanie stand hastig auf und schloss das Fenster. »Es wird an der Kälte liegen. *Pardon*, ich habe vergessen, dass es noch geöffnet war.« Den Rücken Madame Salavy zugewandt, atmete sie ein paarmal tief durch, bevor sie sich wieder umdrehte. »Was fehlt Ihnen, Madame?«

»Es ist wieder dieser scheußliche Husten«, erklärte die junge Frau. »Vor allem nachts quält er mich, und aus Angst, eins der Kinder anzustecken, mag ich sie kaum noch umarmen.«

»Bis auf Fabienne.« Mélanie nahm das kleine Mädchen auf den Arm und trug es im Zimmer herum. Es jauchzte und kicherte.

»Es geht nicht anders, sie ist noch so klein. Aber ich fürchte, ich habe sie bereits angesteckt.«

Mélanie hielt das Mädchen etwas von sich und schaute sie an. »Du hustest also auch, sagt deine Maman?«

Vielleicht wäre ich eine gute, eine liebevolle Mutter geworden, dachte sie, und es war, als würde sich etwas in ihr aufbäumen. Wie ein Vogel mit einem gebrochenen Flügel verzweifelt versucht, damit zu schlagen und schließlich begreifen muss, dass es sinnlos ist. Dass er aufgeben muss. Er wird nie wieder fliegen können.

Das kleine Mädchen blickte sie ernst an und nickte.

»Dann werden wir als Erstes deine Bronchien abhören, *d'accord*?« Sie nahm das Stethoskop vom Schreibtisch, schob Kleidchen und Hemdchen der Kleinen hoch und legte das Stethoskop an. »Sei so gut und huste, mein Schatz.« Sie vernahm ein leichtes Rasseln.

»Und nun Sie, Madame.« Sie bat Madame Salavy, Bluse und Unterhemd hochzuschieben und hörte ebenfalls Lunge und Bronchien ab. »Husten Sie, *s'il vous plaît.*« Sie runzelte die Stirn, als sie das laute Rasseln hörte. »Wie lange liegt der letzte Husten zurück?«

»Es wird ein halbes Jahr her sein.«

»Sie können sich wieder ankleiden.« Mélanie ging zu ihrem Schreibtisch. »Ich gebe Ihnen ein Mittel mit, die erste Dosis bekommen Sie wie immer gleich hier von mir.« Sie nahm die Tinktur, die Samuel hergestellt hatte, aus dem Schrank und schlug das Fläschchen zehnmal kräftig auf den Deckel eines in Leder gebundenen Buches. Dann goss sie etwas davon auf einen Löffel und reichte ihn Madame Salavy. »Davon nehmen Sie täglich drei- bis viermal einen Löffel voll. Und vorher schütteln Sie das Fläschchen so auf, wie ich es gerade gemacht habe. Für Fabienne genügt dreimal täglich ein halber Löffel.«

Das Mädchen hatte den Mund bereits aufgesperrt wie ein hungriges Vogelkind, und Mélanie lachte. »Du bekommst auch gleich etwas.«

Madame Salavy hatte sich wieder angekleidet, doch sie schien noch etwas auf dem Herzen zu haben. »Es geht um meine Mutter, Madame.«

»Was fehlt ihr?«

»Sie klagt über Schmerzen in den Händen, besonders morgens. Ihre Finger sind dick angeschwollen und steif. Ich habe es kürzlich mit eigenen Augen gesehen. Sie sagt, sie kann kaum etwas anfassen. Sie würde gern selbst in Ihre Sprechstunde kommen, aber es ist zu weit für sie.«

»Ich mache auch Hausbesuche.«

Die Frau nickte. »Das weiß ich, Madame, aber ich dachte, wo ich schon mal hier bin ... «

»Wie lange dauert der Schmerz an?«

»Manchmal nur sehr kurz, dann wieder quält er sie bis in den Mittag hinein.«

»Ist es bei kaltem Wetter schlimmer oder besser?«

»Viel schlimmer.«

Mélanie nickte. Es schien sich um eine Art Rheumatismus zu handeln, der besonders Frauen befiel. »Ich werde Ihnen eine Salbe mitgeben, die mein Mann hergestellt hat. Außerdem soll sie bei Kälte die Hände schützen und zur Not auch im Haus Handschuhe tragen.« *Mon Dieu*, dachte sie, kaum dass sie es ausgesprochen hatte, die arme Frau besaß wahrscheinlich nicht einmal warme Handschuhe.

Mélanie stand auf und ging zur Tür. »Wenn Sie einen Augenblick warten möchten, ich bin gleich wieder zurück.«

Sie ging in ihre Schlafkammer, öffnete die große Truhe vor dem Bett und nahm ein Paar Handschuhe aus dunkler Schafwolle heraus. Sie wollte den Deckel wieder schließen, als ihr etwas ins Auge stach: der Zipfel des Kleidchens ihrer Puppe. Sie hatte gar nicht gewusst, dass es diese Puppe noch gab, umso überraschter war sie. Vorsichtig nahm sie sie heraus. Sie verband keine guten Erinnerungen mit dieser Puppe. Sehr oft hatte sie nicht mit ihr gespielt, sie war lieber draußen in der Natur gewesen, hatte früh Reiten gelernt und war mit ihrem Vater unterwegs gewesen. »Mélanie ist weit mehr ein Junge als das Mädchen, das ich mir so sehr gewünscht habe«, hatte sie ihre Mutter damals irgendwann sagen hören.

Um nicht schon wieder in Melancholie zu verfallen, schlug sie den Holzdeckel zu und lief wieder nach unten.

Als sie in ihr Sprechzimmer kam, hatte Madame Salavy Fabienne auf den Schoß genommen und sprach leise mit ihr.

Mélanie ging zu ihr und gab ihr die Puppe. »Sie ist etwas in die Jahre gekommen. Ich war ungefähr so alt wie du, als ich sie geschenkt bekam. Schau, ihr Kleidchen ist noch recht hübsch, *n'est-ce pas?* Vielleicht kann deine Maman es waschen und den Kragen flicken, und du musst ihr Haar bürsten. Siehst du, wie verfilzt es ist? Es ist lange her, dass sich jemand um sie gekümmert hat.« Ungefähr so lange, wie ich nicht mehr die Tochter bin, die meine Mutter sich gewünscht hatte.

»Madame.« Fabiennes Mutter stieß ein leises Zischen aus. »Sie können ihr doch nicht eine so kostbare Puppe schenken.«

»Kostbar? Ich finde, sie ist nur dann kostbar, wenn sie geliebt wird und jemand mit ihr spielt. Bei mir hat sie ein trauriges Dasein in der Kleidertruhe gefristet.« Sie hockte sich vor das Mädchen hin. »Gefällt sie dir?«

Die Kleine nickte.

»Möchtest du ihr ein neues Zuhause geben?«

Wieder ein Nicken, diesmal ungläubig und sichtlich erfreut.

Mélanie reichte Madame Salavy die Handschuhe. »Die geben Sie Ihrer Mutter.«

»Aber ich kann doch nicht … Sie können doch nicht …«

»Sie können, und ich kann auch, Madame.« Mélanie ging zur Tür und hielt sie auf. »*Au revoir* und gute Besserung.«

»*Merci,* Madame. *Merci beaucoup!*«

»Und wie gesagt, ich mache auch Hausbesuche.«

»Ich werde es meiner Mutter ausrichten. Komm, Fabienne.« Die junge Frau schob ihre Tochter zur Tür hinaus, warf Mélanie einen letzten dankbaren Blick zu und ging davon.

Mélanie bat Yves, der den nächsten Patienten bringen wollte, um ein paar Minuten. Sie musste sich sammeln, so sehr hatte der Anblick der Puppe sie durcheinandergebracht.

# 36. Kapitel

*Paris im März 1843*

Die Sonne ging gerade auf, als Samuel sich in seinen gemütlichen Sessel am Fenster setzte. Von allen Zimmern liebte er dieses, seine kleine Bibliothek, am meisten. Hier herrschte stets Ruhe, weil niemand auf die Idee kam, ihn mit irgendetwas zu behelligen. Sobald er die Tür hinter sich schloss, bedeutete das für jeden im Haus: Monsieur Hahnemann möchte nicht gestört werden.

Es knisterte in der Tasche seines Morgenrocks – seine Frau hatte recht behalten, der Riss war nicht mehr zu erkennen –, und er fasste hinein und zog den Brief von Mure hervor, der am gestrigen Tag gekommen war.

Benoît Mure, ein Arzt aus Lyon, hatte bei ihm hospitiert, war anschließend nach Brasilien gegangen und arbeitete dort als Homöopath. Seitdem schrieb er regelmäßig und berichtete; Berichte, die Samuel freudig und hochinteressiert verfolgte. Es war wunderbar, mitzuerleben, wie die Homöopathie mehr und mehr an Popularität gewann. Samuel schrieb sich diese Entwicklung nicht auf die Fahne, er war zwar der Begründer der Homöopathie, an der Verbreitung jedoch waren so viele andere Menschen beteiligt. Darauf war er stolz.

Er schob den Brief in die Tasche zurück und schloss zufrieden die Augen. Er döste ein bisschen, lauschte aber zugleich, ob sich im Haus etwas tat. Er hatte Opernkarten für die Uraufführung von

»*Charles VI*« im Salle Le Peletier besorgt und wollte Mélanie damit überraschen.

Als er Schritte vernahm, setzte er sich auf. War das seine Frau? Nein, vermutlich waren es Florences' oder Jacques' Schritte, die sich verblüffend ähnelten. Beide schritten weit aus, ohne die Absätze zu hart aufzusetzen. Es war doch erstaunlich, dass man die Menschen an ihren Schritten erkennen konnte.

Samuel faltete die Hände über dem Leib und seufzte wohlig.

Er hatte wunderbar geschlafen, war erfrischt aufgewacht und mit einem Satz aus dem Bett gewesen. Seine Frau hatte ihm den Rücken zugewandt, und er hatte sich über sie gebeugt und ihr einen Kuss auf die Stirn gehaucht. Sie war nicht aufgewacht, auch nicht, als er sich in seinen Morgenrock hüllte und das Zimmer verließ.

Mélanie hatte Wort gehalten und nicht ein einziges Mal, seit sie verheiratet waren, in einem anderen Zimmer übernachtet. Stets war sie an seiner Seite gewesen, immer auf der linken ihres gemeinsamen Bettes.

Wieder Schritte auf dem Flur, und Samuel setzte sich erneut auf und horchte. Es waren die Schritte seiner Frau, er war sich ganz sicher. Er stemmte sich aus dem Sessel, schloss den oberen Knopf seines Morgenrocks und griff nach seinem Stock. Als er die Treppe hinunterging, lächelte er in sich hinein. Die Opernkarten hatte er unter ihren Teller gelegt. Sicher hatte sie sie längst entdeckt.

Samuel öffnete die Tür zum Speisezimmer und hielt den Atem an, als er sie am Tisch sitzen sah. Sie war schöner denn je.

Er trat zu ihr, und sie hob ihm ihr Gesicht entgegen. »Guten Morgen, mein Liebling.«

Er setzte sich schnaufend.

Sie lächelte ihn an. »*Merci* für die Opernkarten, Samuel. Was für eine schöne Idee.«

Die Magd kam herein und schenkte ihm Kaffee ein. »Ich hoffe, Sie haben gut geschlafen, Monsieur.«

»Ich habe glänzend geschlafen.« Er legte sich die Serviette in den Schoß.

»Die Aufführung ist leider erst in ein paar Wochen.«

»Das stört mich nicht. Die Vorfreude darauf wird mir jeden einzelnen Tag versüßen.«

»Die Zeitung, Monsieur.« Florence legte sie neben seinen Teller, vergewisserte sich mit einem raschen Blick, ob etwas fehlte und verließ den Raum.

Sie frühstückten und plauderten ein wenig, dann bat seine Frau um die Zeitung, und Samuel reichte sie ihr. Ihm war heute Morgen nicht nach Schlagzeilen und albernem Geschreibsel.

Er trank seinen Kaffee, aß zwei Stücke Biskuitkuchen und hing seinen Gedanken nach.

Samuel fuhr zusammen, als seine Frau ausrief: »Ist das zu fassen! *Mon Dieu*! Was für eine Unverschämtheit!« und die Zeitung auf den Tisch warf.

»Was ist denn?«, fragte er verwundert.

»Lies selbst.« Sie schob ihm die Zeitung zu.

»Nein. Sei so gut und erzähl.«

Sie schenkte ihm Kaffee nach. »Der Schreiberling äußert sich nicht sehr freundlich über uns und die Homöopathie.«

»Und das erzürnt dich so?«, fragte er verständnislos. Wenn er sich über jede Äußerung, jeden verbalen Angriff so echauffiert hätte, wäre er nicht so alt geworden.

»Er behauptet, wir würden die Leute ausnehmen, indem wir für etwas Honorar verlangen, das unmöglich einer anständigen Behandlung nahekommen kann. Und er schreibt, wir würden die Patienten mit Zuckerkügelchen füttern, die ihnen vorgaukeln sollen, heilende Wirkstoffe zu enthalten.«

Samuel grinste.

»Du amüsierst dich?«, fragte sie fassungslos. »Es ist eine Frechheit, was dieser … dieser Schmierfink schreibt!« Sie stand auf. »Ich werde sofort hinfahren und ihm die Leviten lesen!«

»Und Öl ins Feuer gießen?«

Entgeistert schaute sie ihn an.

»Glaubst du wirklich, er wird sein Geschreibsel widerrufen und uns in einem neuen Artikel rehabilitieren?« Er schüttelte den Kopf. »Das ist vergebliche Liebesmüh, glaub mir, Mélanie. Wir dürfen uns nicht angreifbar machen, und das tun wir, wenn wir so reagieren.«

Seine Frau sank zurück auf den Stuhl und holte tief Luft.

»Die Leute, die uns treu ergeben sind und an die Homöopathie glauben, wird dieses Geschreibsel nicht stören. Und die, die über uns die Nase rümpfen oder sich einfach nur fragen, was es mit der *merkwürdigen Homöopathie* auf sich hat, werden sich bestätigt fühlen.«

Sie verschränkte die Arme vor der Brust. »Das ist Verunglimpfung«, murmelte sie erzürnt.

»Nein, das ist Unwissenheit.«

Mélanie sah ihn eine Weile nachdenklich an, dann nickte sie zögernd. »Vielleicht hast du recht.« Sie legte die Hand auf seine. »Ach, meine verfluchte Impulsivität. Hättest du mich nicht zurückgehalten, säße ich jetzt schon in der Kutsche, heiß vor Zorn.«

»Und kämst mit dem gleichen zornigen Gefühl heim.«

»Ja, wahrscheinlich.« Sie schenkte sich frischen Kaffee ein und trank einen Schluck.

»Du solltest den Tag genießen, anstatt dich über das Geschmiere eines dummen Schreiberlings zu ärgern.«

Wenig später saßen sie wie jeden Vormittag nebeneinander am Schreibtisch in ihrem Ordinationszimmer.

Madame Lefèvre, eine ältere Dame, die unter einer hartnäckigen Hauterkrankung litt, war soeben aufgestanden und hatte sich verabschiedet. »*Merci*, Madame. Monsieur.« Sie nickte ihnen zu.

Das Honorar hatte sie auf den Tisch gelegt, und seine Frau nahm es und legte es in die Holzschachtel. Einmal wöchentlich brachte sie das Geld, das sie einnahmen, auf die Bank.

»Wir sehen uns in einer Woche wieder, Madame Lefèvre.«

Jacques geleitete die Patientin hinaus, und es dauerte nicht lange und ein Mann, recht jung noch, betrat das Zimmer.

Neugierig blickte er sich um, musterte erst Mélanie und dann Samuel unverhohlen und setzte sich auf den Stuhl, auf dem vorher Madame Lefèvre gesessen hatte.

»Was führt Sie zu uns?« Mélanie blätterte eine Seite in ihrem Buch um. Für jeden Patienten legte sie eine neue Seite an, die sie dann später ins Krankenjournal übertrug.

Der junge Mann schlug die Beine übereinander und öffnete den unteren Knopf seines Gehrocks. »Nun … wenn ich ehrlich bin, weiß ich kaum, wie ich beginnen soll.« Er war auffällig gekleidet, in ungewöhnlichen Farben, die moderne junge Männer ganz offenbar neuerdings gern trugen: dunkelblauer Gehrock, darunter gestreifte Weste in einem helleren Blau und eine Hose, die eher gelb als beige war.

Er sieht aus wie ein Pirol, dachte Samuel und musste sich ein Grinsen verkneifen.

»Nennen Sie mir bitte zunächst Ihren Namen, Monsieur.«

»Matthieu Bernard.« Erneut ließ er den Blick umherschweifen, kurz auf dem Schränkchen mit den Arzneifläschchen verweilen und schließlich zum Ölportrait huschen. »Sie sind hervorragend getroffen, Monsieur Hahnemann.«

Samuel erwiderte nichts. Irgendetwas an dem jungen Burschen gefiel ihm nicht.

»Ich nehme an, Madame Hahnemann hat es gemalt?« Er stand auf und ging zu dem Portrait, das hinter ihnen an der Wand hing. Eine ganze Weile blieb er davor stehen, die Hände auf dem Rücken, den Kopf zur Seite geneigt. Schließlich nickte er anerkennend und deutete auf die Signatur. »Ah, da steht es ja. Ich hörte, Sie haben Malerei studiert, Madame Hahnemann.« Es war keine direkte Frage, aber auch keine bloße Feststellung, sondern etwas dazwischen.

Samuel überkam ein eigenartiges Gefühl, eine Mischung aus Unbehagen und Verwunderung. Wer war Matthieu Bernard?

»Was fehlt Ihnen?«, erkundigte Mélanie sich. »Leiden Sie unter Schmerzen?«

»Gelegentlich.«

»Was für Schmerzen?«

Darüber schien er kurz nachzudenken. »Hier.« Er deutete vage auf seinen Oberkörper, was alles Mögliche bedeuten konnte.

Samuel wurde zunehmend misstrauisch.

»Sie sprechen von Ihrem Herz?«

Der junge Mann lächelte ein merkwürdiges Lächeln. Es wirkte auf eine Art herablassend, lauernd. »Das Herz, *oui*, Madame.« Es schien, als sei es ihm gerade erst eingefallen.

Mélanie bat ihn, etwas mehr von sich zu erzählen.

Er holte weit aus, begann von seiner Kindheit zu berichten und schweifte immer weiter ab, bis sie ihn höflich unterbrach und nach seinem Beruf fragte. »Ich bin Kaufmann, Madame.«

»Was verkaufen Sie?«

»Ist das wichtig?«

»Alles ist wichtig, sonst würde ich nicht danach fragen«, gab sie liebenswürdig zurück. »Besonders, wenn es sich um ein Herzproblem handelt.«

Er lächelte wieder sein seltsames Lächeln. »Ich bin ein recht erfolgreicher Tuchkaufmann, habe die Geschäfte meines Onkels übernommen. Ihnen würde ein tiefblaues Kleid gut stehen, denke ich.«

Sie überging es einfach. »Dann arbeiten Sie vermutlich sehr viel, *n'est-ce pas?*«

»Von nichts kommt nichts.« Erneut ließ er den Blick schweifen, schürzte gelegentlich die Lippen und wippte mit dem Bein, das er übergeschlagen hatte.

»Machen Sie bitte Ihren Oberkörper frei. Ich werde Ihr Herz und Ihre Lungen abhören.« Mélanie warf Samuel einen Blick zu, den er nicht gleich deuten konnte. Sie schrieb etwas in ihr Buch und deutete wie beiläufig darauf.

Er reckte den Hals. *Ein Schwindler?*, stand dort, und er nickte ihr unmerklich zu. Ein Schwindler, ja, vermutlich, aber wieso? Weshalb war der junge Mann gekommen?

Der zog unterdessen die Weste aus und knöpfte sein Hemd auf.

»Ich nehme an, auch Ihre Geschäfte laufen hervorragend«, sagte er, nachdem sie Herz und Lunge abgehört hatte. Erneut hatte er es nicht eindeutig wie eine Frage klingen lassen. »Ich habe zwei Stunden warten müssen. Die Kutschen standen bis in die Rue de Clichy. Ist das jeden Tag so?«

Sie nickte nur knapp. »Leiden Sie unter Herzrasen, Monsieur? Oder stolpert es gelegentlich?«

»Nur, wenn ich eine schöne Frau sehe«, erwiderte er lächelnd und entblößte beneidenswert gerade und weiße Zähne.

»Leiden Sie unter Atemnot?«

»Wenn die Frau atemberaubend ist …«

Samuel presste die Lippen aufeinander. Am liebsten würde er den Burschen hinauswerfen – das und noch mehr.

»Was verordnen Sie mir, Madame?« Es klang interessiert, aber nicht so, als erwäge er ernsthaft, das Heilmittel auch einzunehmen.

»So weit sind wir noch nicht.« Mélanie hatte sich wieder gesetzt und etwas notiert.

»Ach, dann haben Sie noch mehr Fragen? Das also ist das Geheimnis Ihres Erfolges.« Er nickte, als sei ihm soeben ein Licht aufgegangen. »Sie stellen Fragen über Fragen, so dauert die Behandlung eine kleine Ewigkeit, und am Ende verlangen Sie zweihundert Franc.« Er sah sie an, als erwarte er allen Ernstes eine Antwort.

»Sie können sich wieder ankleiden.« Mélanie war nicht anzumerken, was sie von ihm oder seinen seltsamen Fragen und Anmerkungen hielt. War sie häufig impulsiv, konnte sie im Gegenzug auch verblüffend gelassen bleiben, selbst wenn ihr etwas gegen den Strich ging. Samuel bewunderte sie einmal mehr dafür.

Bernard zog Weste und Gehrock an und erhob sich. »*Merci*, Madame. Ich denke, ich habe genug gesehen und auch gehört.« Damit ging er zur Tür und verließ sie ohne ein Wort des Abschieds oder der Erklärung.

Auf dem Flur war Jacques' Stimme zu hören. Offenbar eilte der Diener ihm nach.

Samuel schaute seine Frau verblüfft an. »Was hat das nun zu bedeuten?«

Sie legte die Feder beiseite. »Vielleicht werden wir das noch erfahren.«

Sie erfuhren es bereits ein paar Tage später. Nämlich genau in dem Moment, als seine Frau die Zeitung aufschlug und einen wütenden Laut ausstieß. »*Mon Dieu*! Ich hätte es ahnen müssen!«

»Was ist geschehen?« Samuel frühstückte ruhig und genüsslich weiter.

»Dieser Monsieur Bernard war ganz offenbar ein Spion. Er hat wissen wollen, wie wir arbeiten.« Sie tippte mit dem Finger auf einen Artikel auf der dritten Seite.

»*Das Geheimnis ihres Erfolges*«, las sie vor. »*Es ist seit Langem bekannt, dass Monsieur und Madame Hahnemann in ihrem Palais in der Rue de Milan eine homöopathische Praxis betreiben. Ihre Praxis ist überaus luxuriös, und man muss mit mehreren Stunden*

*Wartezeit rechnen, um vorgelassen zu werden. Die Behandlung dauert dann nicht sehr lange, man beantwortet ein paar Fragen und erhält eine passende Arznei – besser gesagt, ein kleines Fläschchen mit Zuckerkugeln, die man nach strenger Vorgabe einzunehmen hat. Madame Hahnemann schreibt mit einer goldenen Feder, ihr Ehegatte sitzt rauchend und zumeist schweigend daneben. Die beiden genießen einen fabelhaften Ruf. Einen zweifelhaften? Für ihre Behandlungen verlangen sie Honorare bis zu fünfhundert Franc, und ihre gutgläubigen Patienten reisen von weither.«*

Sie stieß ein verärgertes Schnauben aus. »Fünfhundert! Eine schamlose Übertreibung, ach, was sage ich, eine glatte Lüge! Was erlaubt dieser Schmierfink sich!«

Samuel trank seinen Kaffee. »Überrascht dich das so sehr? Die Ärzte glühen vor Neid, und sie fürchten um ihr Ansehen.«

»Und ihre Gattinnen um den gewohnten Lebensstandard«, fügte sie übellaunig hinzu.

»Sie könnten sich natürlich fragen, warum die Menschen zu uns und nicht weiterhin zu ihnen kommen, aber das tun sie nicht. Uns mit Neid, Missgunst und Zorn zu begegnen, ist so viel einfacher.«

»Ich finde das ungeheuerlich, Samuel!«

»Ich ärgere mich nur, dass ich meinem unguten Gefühl nicht nachgegeben und den Burschen hinausgeworfen habe.« Samuel schnitt ein weiteres Stück vom Biskuitkuchen ab. »Es wäre mir eine Ehre gewesen, ihn zu entlarven.«

# 37. Kapitel

*Paris im April desselben Jahres*

Wie an jedem Geburtstag hatte Mélanie auch dieses Jahr ein Fest für Samuel gegeben, diesmal einen Maskenball.

Jeder Gast, der am Abend angekommen war, hatte eine venezianische Maske erhalten. Es wurde viel gelacht und gescherzt, und manch einer versuchte, mit ausgelassener Albernheit ein Geheimnis aus seiner Erscheinung zu machen. »Sie müssen raten, wer ich bin«, sagte zum Beispiel Madame Pellegrin, wann immer ein Pärchen an ihr und ihrem Mann vorbeitanzte. Die Pellegrins waren weitläufig mit den d'Hervilly verwandt.

Guillaume Bonnet, ein talentierter Bildhauer, den Mélanie seit Jahren kannte, flirtete unterdessen ungeniert mit sämtlichen Frauen auf dem Ball. Er war ledig und hatte auch nicht vor, sich in naher oder ferner Zukunft zu vermählen.

»Wie sollte ich mich entscheiden?«, pflegte er zu sagen. »Bei all den hinreißenden Frauen um mich herum.«

»Du könntest dein Herz befragen«, hatte Mélanie irgendwann vorgeschlagen, und er hatte sie verblüfft angesehen.

»Mein Herz? Nun, das hüpft bei jeder schönen Frau.«

»Du bist und bleibst ein Charmeur, Guillaume.«

Aurélie Legouvé, die an diesem Abend ein dunkelrotes Samtkleid trug, das Mélanie sehr bewundert hatte, war heiter wie selten zuvor. »Ich liebe Maskenbälle«, hatte sie vergnügt gemeint, als sie und Ernest angekommen waren. »Ich danke Ihnen für diese wundervolle Idee, meine liebe Mélanie!«

Samuel hatte sich kurz nach Mitternacht auf einen Stuhl am Fenster zurückgezogen, die ausgegangene Pfeife im Schoß. Seine Maske, die er nur widerwillig aufgesetzt hatte, steckte in der Tasche seines Gehrocks. Er hatte für derartige Bälle nicht viel übrig, konnte sich aber an den Gästen und vor allem an seiner Frau erfreuen. Ihr zuliebe würde er noch ganz andere Dinge tun und sogar versuchen, sie ein wenig zu genießen.

Mélanie machte ihn an jedem Tag glücklich, und sie hatte es verdient, genauso glücklich zu sein.

Er fühlte sich erschöpft und bedauerte zutiefst, dass er an diesem Abend nicht so viel hatte tanzen können. Seine Beine waren schwer und geschwollen, das eigentliche Problem jedoch war seine Kurzatmigkeit. Schon am Nachmittag hatte er ein eigenartiges Druckgefühl im Brustkorb gespürt, sich aber darüber ausgeschwiegen. Er wollte nicht, dass seine Frau sich Sorgen machte. Sie freute sich so auf das Fest.

In einem mitternachtsblauen Kleid war sie am Abend die Marmortreppe heruntergekommen, und er hatte schlucken müssen.

Er hatte sich gefragt, warum er diese tiefe, bedingungslose und zugleich unschuldige Liebe nicht bei seiner ersten Frau hatte empfinden können. Woran lag es, dass ihn diese Liebe mit überraschender, völlig unerwarteter Heftigkeit getroffen hatte, als er in einem Alter gewesen war, in dem man an den Tod, nicht aber an ein neues, berauschendes Leben dachte? Warum hatte er Henriette nicht so lieben können? Sie waren einander verbunden gewesen, hatten vieles gemeinsam durchgestanden. Sie hatte ihm elf Kinder geschenkt und mehr oder weniger allein großgezogen, während er seinen Forschungen nachgegangen war. Dann und wann verspürte er Schuld ihr gegenüber.

Als sie gestorben war, hatte er aufrichtig getrauert, aber wohl mehr um die Tatsache, dass er von nun an allein durchs Leben gehen und für seine Töchter da sein musste. Henriette hatte stets für den Zusammenhalt in der Familie gesorgt, Samuel hingegen hatte sich dafür nie zuständig gefühlt.

Während er Mélanie betrachtet hatte, als sie langsam die Treppe herunterkam – strahlend schön, mit beschwingtem Gang, das blonde Haar kunstvoll aufgesteckt und mit einem kleinen Diadem gekrönt –, war er in sich zusammengesunken. Er hatte auf einem Stuhl neben dem großen Spiegel gesessen, der die Empfangsdiele schmückte, den Stock neben sich.

Sie war noch so jung, so voller Leben, und er war ein Greis. Sie hätte einen gleichaltrigen Mann ehelichen sollen.

Um den Hals trug sie die Kette mit den Opalen, die er ihr zum letzten Hochzeitstag geschenkt hatte, dazu den passenden Ohrschmuck. Sie hatte mit der schwarzen Maske in ihrer Hand gewedelt. »Sind diese langen Federn nicht herrlich?« Sie hatte sich vor ihn hingehockt und seine Hände genommen. »Was ist mit dir, mein Liebling? Fühlst du dich nicht wohl?«

Verzweifelt hatte er nach Worten gesucht, um ihr zu erklären, was in ihm vorging. Doch sie waren nicht über seine Lippen gekommen.

Bemüht beschwingt hatte er nach seinem Stock gegriffen. Selten war er sich so gebrechlich vorgekommen. »Komm, mein Liebes, wir werden heute Abend ein Fest feiern, an das die Leute noch Jahre später denken werden.« Worte, die im Gegensatz zu seiner Befindlichkeit standen.

Ihre Augen hatten mit dem Kronleuchter über ihnen um die Wette gefunkelt.

Zur musikalischen Unterhaltung hatte seine Frau diesmal ein Trio engagiert, das aus einem Pianisten, einem Cellisten und einem Violinisten bestand. Die drei jungen Musiker spielten mit so viel Freude und Begeisterung, dass es geradezu ansteckend war. Wenn nicht getanzt wurde, weil das Stück zu langsam oder gar zu schnell war, stellten sich die Gäste im Halbkreis auf und klatschten mit. Jedes Stück wurde unter lautem »Bravo!« bejubelt, und als Samuel sich nach Mitternacht ans Fenster zurückzog, spielten sie noch immer. »Ich zahle Ihnen das Doppelte, wenn Sie noch bleiben«, hatte Mélanie ihnen vorgeschlagen, und natürlich hatten sie eingewilligt. Samuel beobachtete seine Gattin, die mit einem strahlenden Lächeln und erhitzten Wangen zwischen den Gästen umherlief. Sie war ein wenig beschwipst, hatte dem Champagner deutlich mehr zugesprochen als sonst.

Er musste plötzlich an den gehässigen Zeitungsartikel denken. *Die Hahnemanns leben verschwenderisch, und sie können es sich leisten, schließlich gehören die wohlhabendsten Familien, Aristokraten und berühmte Künstler zu ihren Patienten.*

Er runzelte die Stirn, wollte seine Gedanken verscheuchen. Sofort kam seine Frau herbeigeeilt. »Fehlt dir etwas, Samuel?«

»Du bringst das Kunstwerk fertig, dich zu amüsieren und gleichzeitig ein Auge auf mich zu haben«, murrte er. »Kümmere dich um unsere Gäste. Mir geht es gut.«

»Warum glaube ich dir nicht? Bist du müde, möchtest du zu Bett gehen?«

»Nein, ich sagte doch, es geht mir gut.«

Ernest Legouvé kam angeschlendert, eine Hand in der Hosentasche. »Ein grandioses Fest, mein lieber Samuel. Geht es Ihnen gut?«

»Mir geht es prächtig.« Er wollte aufstehen, um zu demonstrieren, dass alles in bester Ordnung war, doch seine Knie wollten nicht. Erschrocken blieb ihm die Luft weg, und er hoffte inständig, dass seine Frau nichts bemerkt hatte.

»Darf ich um diesen Tanz bitten, liebste Mélanie?« Ernest hauchte einen Kuss auf ihre Hand.

»Stets zu Diensten, liebster Ernest.« Sie kicherte, knickste und ließ sich von ihm auf die Tanzfläche führen. Dort warf sie Samuel einen fragenden, ein wenig verunsicherten Blick zu, den er mit einem breiten Lächeln quittierte. Tanz nur, mein Liebling. Vergnüge dich!

Er sah den beiden zu, beneidete Ernest glühend um seine flinken Beine und seine Beweglichkeit. Wäre er doch nur ein paar Jahre jünger!

Samuel musste husten und zog rasch das Taschentuch aus der Weste. Er presste es sich vor den Mund.

Seine Frau hatte es nicht gesehen.

Sein Schwiegervater war der letzte Gast, der sich verabschiedete. Zu dritt standen sie vor der Villa und plauderten, während der Himmel sich bläulich verfärbte und die ersten Vögel zu singen begannen.

»Blaue Stunde.« Joseph legte den Kopf in den Nacken. »Ich liebe diese Zeit. Erinnerst du dich noch, Mélanie, wie wir früher oft um diese Zeit losgeritten sind?«

»O ja, Papa, und wie gerne ich mich daran erinnere!« Sie seufzte. »Ich wünschte, wir könnten endlich wieder ausreiten. Der Winter war so furchtbar lang.«

Bis in den März hinein hatte es noch Schnee und eisige Temperaturen gegeben.

»Wir werden schon bald wieder ausreiten.« Joseph zog seine Taschenuhr hervor. »*Mon Dieu*! Ich sollte mich sputen, deine Mutter wird kein Auge zugemacht haben.«

»Das glaube ich nicht«, erwiderte sie spöttisch. »Sie wird schlafen wie ein Bär.«

Sein Schwiegervater lachte. »Vielleicht hast du recht. *Au revoir*, liebe Tochter. Wie immer war es ein herrlicher Abend.« Er küsste sie auf beide Wangen, schüttelte Samuels Hand und schritt zur Kutsche. Wenn er zu viel getrunken hatte, so war es ihm nicht anzumerken. Er stieg ein, winkte ihnen zu, und die Pferde zockelten los.

Mélanie lehnte den Kopf an Samuels Schulter. »Lass uns schlafen gehen.«

Er würde wach liegen, das wusste er schon jetzt. Er fand um diese Zeit keinen erholsamen Schlaf mehr. Seine Frau dagegen würde schlummern wie ein kleines Kind, ihr machten ausgedehnte Feste bis in die Morgenstunden nicht das Geringste aus.

Ich bin einfach zu alt für diesen ausschweifenden Lebenswandel, dachte er verstimmt, während sie in ihre Schlafkammer gingen.

Dort setzte er sich auf die Bettkante und sah seiner Frau beim Auskleiden zu. Nach wie vor wollte sie keine Magd einstellen, die ihr beim An- und Auskleiden half.

»Sei so gut und öffne die Ösen am Kleid«, bat sie und drehte ihm den Rücken zu.

Seine Finger waren steif und taten sich schwer mit den winzigen Verschlüssen. Es dauerte eine Ewigkeit, bis er es geschafft hatte. Seine Frau wartete geduldig, lachte nur irgendwann, als er fluchte. Schließlich zog sie ihr Nachthemd über, flocht ihr Haar zu einem dicken Zopf und war ihm beim Auskleiden behilflich. Es war ihr allabendliches Ritual: er schaute ihr dabei zu, wie sie aus ihren Kleidern stieg und ihr Haar bürstete, und anschließend half sie ihm aus den Kleidern, legte seine Samtkappe auf den Nachtschrank und fuhr mit der Hand durch sein schütteres Haar. Das war ihm weit lieber, als wenn sie die Bürste nahm. Ihre Finger waren so viel sanfter, behutsamer.

Sie kroch unter das Plumeau. »Samuel? Warum sitzt du noch da? Brauchst du Hilfe oder kommst du zurecht?«, murmelte sie schläfrig.

»Ich komme gleich, mein Liebes.«

Mit einem Mal fühlte er sich so schwach, dass er sich kaum vorstellen konnte, die Beine zu heben und ins Bett zu steigen.

## 38. Kapitel

Mélanie hatte sich an diesem frühen Morgen angekleidet und die Schlafkammer verlassen. Der Maskenball lag einige Tage zurück, und sie erinnerte sich gern daran. Im nächsten Jahr wollten sie wieder einen Maskenball geben, vielleicht mit dem Motto »Rokoko« – oder nein, »spätes Mittelalter«, das wäre doch lustig!

Mélanie lächelte, während sie nach unten ging. Das Motto würde auch ihrem Mann gefallen.

In der Nacht war sie ein paarmal von seinem röchelnden Husten wach geworden, hatte ihm Tee und Brustwickel gebracht.

»Du solltest in einem anderen Zimmer schlafen«, hatte er irgendwann gemeint. »Mein Husten wird dich nicht zur Ruhe kommen lassen.«

»Ach, Samuel.« Mehr hatte sie nicht sagen müssen.

Als wenn sie sich tatsächlich in ein anderes Zimmer zurückziehen würde. Seit sie verheiratet waren, hatten sie nicht ein einziges Mal getrennt voneinander genächtigt.

Spät in der Nacht war Mélanie in einen unruhigen, leichten Schlaf gefallen und im Morgengrauen wieder hochgeschreckt.

Samuel hatte neben ihr auf dem Rücken dagelegen, den Mund halb geöffnet, und sie hatte das Ohr auf seine Brust gelegt und gehorcht. Ein leises Pfeifen war zu hören gewesen. Eine Bronchitis, hatte sie gedacht, schon wieder. Die letzte lag noch gar nicht lange zurück.

»Die Bronchien sind meine Achillesferse«, hatte er einmal zu ihr gesagt.

»Wie die Wetterfühligkeit meine ist«, hatte sie entgegnet. Aber was war ein Pochen und Stechen im Kopf schon gegen eine Bronchitis?

Mélanie öffnete die Tür zur Küche, wo die Köchin am Herd stand und leise summte. Es war unüblich, einen Raum aufzusuchen, den nur das Dienstpersonal benutzte, doch Mélanie hatte sich um derartige Gepflogenheiten noch nie geschert. Sie hielt sich gern in der Küche auf, weil es dort immer verführerisch duftete. Sie sah der Köchin auch gern dabei zu, wie sie ein Brot in den Ofen schob oder einen Pudding anrührte. Als Kind war sie immer verscheucht worden, meist von ihrer Mutter, die sie am Ellbogen nach draußen beförderte und wütend auf sie einredete. »Was fällt dir ein! In der Küche hast du nichts zu suchen, wie oft soll ich dir das noch sagen!«

»*Bonjour*, Jeanne«, begrüßte sie nun die Köchin. »Mein Mann wird noch im Bett bleiben. Ist der Kuchen schon fertig? Oder nein, ich glaube, heute wäre ein warmer Gerstenbrei gut.«

Die Köchin nahm einen Topf vom Haken. »Mit Sahne und Honig?«

»Das wäre fein.« Mélanie wandte sich ab, verließ die Küche und ging ins Ordinationszimmer.

Dort nahm sie ein Fläschchen *Bryonia* aus dem Schrank und rief Jacques zu sich, der auf dem Flur neben der Tür stand und wartete.

»*Oui*, Madame?«

»Geben Sie Edouard Bescheid, er soll Dr. Chatron herbringen.«

»Nicht nötig, Jacques.« Die Stimme ihres Mannes ließ sie innehalten. Er trat ins Zimmer, fertig angezogen, auch wenn er die Knöpfe seines Morgenrocks in falscher Reihenfolge geschlossen hatte. »Bitten Sie den ersten Patienten herein.«

»Samuel!«, schimpfte sie. »Du hast eine Bronchitis und wirst dich sofort wieder ins Bett legen.«

Er setzte sich in seinen Lehnsessel, stellte den Stock neben den Tisch und verschränkte die Arme vor der Brust. »Es geht mir schon besser.«

»Oh, *Mon Dieu*! Ich wette, du übertreibst wieder schamlos.« Sie setzte sich neben ihn und stellte das Arzneifläschchen auf den Tisch.

»*Bryonia*.« Er öffnete es. »Das wird mir helfen.«

»Du hast noch nicht einmal gefrühstückt!«, schimpfte sie weiter. »Die halbe Nacht hast du wach gelegen und gehustet, und nun kommst du her … «

»Schsch.« Er legte die Hand auf ihre und strich zärtlich darüber. »*Du* hast wach gelegen, nicht ich, und meinem Husten geht es schon viel besser. Hast du wenigstens etwas Schlaf finden können?«

Sie war fassungslos und wusste nicht, ob sie lachen oder weinen sollte. »Du bist krank, Samuel!«

»Ich *war* krank.« Er schmunzelte vergnügt. »Und jetzt geht es mir wieder besser. Wer ist der erste Patient?«

Am späten Nachmittag hatte Mélanie gerade den alten Monsieur Virgaud verabschiedet, als Yves klopfte und hereinkam. »Pardon, Madame. Florence bittet Sie, nach Ihrem Mann zu sehen.«

Sie war so schnell aufgesprungen, dass ihr schwindelig wurde. »Wo ist er?«

»In der Bibliothek.«

Sie raffte die Röcke und lief hin.

Samuel saß eingesunken im Sessel, das Kinn auf der Brust, und ihr blieb das Herz stehen.

Mélanie fiel auf die Knie und griff nach seiner Hand. »Samuel? Was ist mit dir?«

Er schlug die Augen auf, blinzelte und schaute sie verwundert an. »Mélanie?«

Florence stand im Türrahmen, beide Hände in ihrer Schürze. »Er hat so merkwürdig nach Luft gejapst, Madame, und ich dachte, es sei besser, wenn Sie … «

»Sie haben ganz richtig gehandelt, Florence.« Mélanie fühlte seinen Puls und runzelte die Stirn. Er ging schnell, viel zu schnell, und aus seinem Mund kam stoßweise der Atem. Außerdem glühten seine Wangen. Sie wies die Magd an, sofort Wadenwickel fertig zu machen. »Und Jeanne soll eine Kanne Spitzwegerich-Tee aufsetzen.«

»*Oui*, Madame.«

»Ach, und Florence – bringen Sie das Fläschchen mit dem Zwiebelsud mit, den ich gestern angesetzt habe.«

Die Magd nickte und verschwand.

Yves stand etwas betreten in der Tür. »Wenn ich etwas tun kann, Madame … «

»Ja, lassen Sie nach Dr. Chatron schicken«, raunte sie.

Samuel verzog den Mund. »Nein, ich möchte mich nur hinlegen.«
Er versuchte, sich hochzustemmen, und sie schob die Hand unter
seinen Ellbogen. »Bring mich in die Schlafkammer, sei so gut.«

»Hast du deine Arznei eingenommen?«, fragte sie ihn, während
sie die Treppe hinaufgingen, mühsam und langsam, Schritt für
Schritt. Ihr Mann schnaufte entsetzlich und musste mehrmals stehen bleiben und husten.

»Natürlich«, gab er zurück. »Ich will nicht, dass Chatron
kommt.«

»Aber er ist dein Freund, und du vertraust ihm.« Chatron arbeitete seit Jahren als homöopathischer Arzt.

»Trotzdem«, beharrte er. »Es ist nicht nötig, dass er kommt.«

»O doch, Samuel, das ist es sehr wohl. Ich muss darauf bestehen.« Sie half ihm, Morgenrock, Hemd und Hose auszuziehen,
und er legte sich ins Bett. Sie deckte ihn zu und gab ihm einen Kuss
auf die heiße Stirn. »Du glühst, Samuel.« Sie warf einen Blick zur
Tür. Wo blieb Florence mit den Wadenwickeln?

Er lächelte matt. »Du bist meine Frau und eine exzellente Homöopathin, wem sollte ich mehr vertrauen?«

»Aber ich bin kein Arzt«, erwiderte sie verzweifelt. Ganz plötzlich wurde sie von einer unerklärlichen Angst erfasst. Sie wollte sie
nicht zulassen, doch es gelang ihr nicht.

Samuel schloss die Augen. »Morgen geht es mir wieder so gut,
dass ich aufstehen und arbeiten kann, du wirst sehen.«

»Ich sehe, dass du eine Bronchitis hast. Und du weißt, dass
damit nicht zu spaßen ist. Schon gar nicht ...« Den Rest verschluckte sie.

»In meinem Alter, wolltest du sagen.« Er nickte. »Das ist wahr. Ich spaße auch nicht, mein Liebes.«

»Bitte, Samuel, ich flehe dich an! Lass Chatron kommen und nach dir sehen.«

Er schüttelte den Kopf.

Mélanie biss die Zähne zusammen und unterdrückte ein Fluchen. Er war störrisch wie ein Ackergaul!

Seine Hand kam unter der Bettdecke hervor, runzlig und mit Altersflecken übersät. Sie tastete nach ihrer, und als sie sie fand, strichen seine Finger über ihre. »Meine liebe Mélanie«, flüsterte er mit heiserer Stimme. »*Ma chère femme.*«


Sie wich nicht von seiner Seite. Nicht in dieser Nacht, nicht am folgenden Tag, der Nacht und auch nicht am Tag darauf.

Die Praxis hatte sie geschlossen, das erste Mal, seit sie als Homöopathin arbeitete. Ihre Diener hatten alle Hände voll zu tun gehabt, die Patienten, die wie jeden Tag in Scharen angereist waren, wieder heimzuschicken. »Monsieur Hahnemann fühlt sich nicht. Madame lässt bitten, dass Sie nächste Woche wiederkommen.«

»Geht es um Leben oder Tod, geben Sie mir Bescheid«, hatte Mélanie zuvor zu ihm gesagt. »Und nur dann.«

Nachts stopfte sie ihrem Mann ein weiteres Kissen unter den Kopf, damit er besser Luft bekam. Tagsüber flößte sie ihm Zwiebelsud und Tee ein, wechselte die Wadenwickel wenn nötig, und hielt seine Hand. Das Fieber war gesunken, Gott sei Dank, doch deutlich besser ging es ihm nicht.

## 39. Kapitel

Ein paar Tage später schien es aufwärtszugehen.

Samuel saß im Bett, mehrere Kissen im Rücken, und las in der *Journal des débats*. Mélanie saß auf einem Stuhl am Fenster, einen Stapel Krankenjournale im Schoß, die sie durchsehen wollte.

»Öffne ruhig wieder die Praxis«, sagte ihr Mann. »Mir geht es gut, du hast dich doch davon überzeugen können. Lass die Patienten nicht länger warten.«

»Nein«, erklärte sie entschieden. »Ich bestehe erst darauf, dass Chatron dich eingehend untersucht.«

Er stöhnte auf. »Ich sagte doch, dass das nicht nötig ist.«

»Ich bestehe darauf«, wiederholte sie. »Wenn du nicht einwilligst, werde ich hier sitzen bleiben und weiterhin alle Patienten fortschicken.« Es war ihr ernst, und das schien er zu spüren.

»Schön, du hast gewonnen«, brummte er schließlich. »Lass ihn kommen.«

Chatron kam am Tag darauf.

Als er aus der Kutsche stieg, war Mélanie so erleichtert, dass sie seine Hände nahm und drückte. »Ich bin so froh, dass Sie da sind«, begrüßte sie ihn.

»Samuel hat sich mit Händen und Füßen gewehrt, nehme ich

an.« Chatron ließ sich Mantel, Hut und Stock abnehmen, wusch sich die Hände in der Schüssel, die Florence brachte, und rückte seinen Hemdkragen zurecht.

»Wie gut Sie ihn doch kennen.« Mélanie ging voran und öffnete die Tür zur Schlafkammer.

Ihr Mann saß noch immer aufrecht im Bett, das Haar gekämmt, der Blick freudig, als erwarte er einen langersehnten Gast zu Tee und Gebäck. »Mein lieber Chatron! Kommen Sie nur herein.«

Mélanie presste die Lippen aufeinander. Was für ein Schauspiel veranstaltete er?

»Meine geliebte Frau hat nicht lockergelassen.« Samuel legte die Zeitung beiseite. »Wie geht es Ihnen, alter Freund?«

»Mir geht es blendend, aber Sie bereiten uns Kummer, habe ich gehört.« Chatron stellte seine Arzttasche auf dem Bett ab und öffnete sie.

Samuel winkte ab. »Nur eine kleine Bronchitis, nichts weiter.«

»Öffnen Sie den Morgenrock, ich möchte Sie abhören.«

Mélanie war ihrem Mann behilflich und sah Chatron zu. Sie achtete auf jede noch so kleine Gefühlsregung, jedes Zucken in seinem Gesicht. Wie schlimm stand es um ihren Mann? Hatte sie recht, und er wiegelte absichtlich ab? Ging es ihm in Wahrheit schlechter? Viel schlechter womöglich?

Chatron schob das Stethoskop zurück in die Ledertasche und fühlte Samuels Puls. »Er holpert wie ein junges Fohlen.«

Ihr Mann schien das lustig zu finden.

»Möglicherweise haben Sie sich etwas überanstrengt, lieber Samuel.«

Der hob die Augenbrauen, als sei diese Aussage höchst verwunderlich, wenn nicht unglaublich.

»Ich kenne Sie, Sie neigen dazu, sich zu viel zuzumuten.« Chatron maß erneut den Puls, schwieg eine Weile und nickte schließlich. »Wie lange hustet er schon?«, fragte er Mélanie.

»Es begann ein paar Tage nach seinem Geburtstag.«

»Und vorher?« Er saß auf der Bettkante, zwei Finger noch immer auf Samuels Handgelenk.

»Ein kleiner Husten dann und wann, der immer recht schnell wieder verging.«

»Hat er gefiebert?«

»Ja, ein, zwei Tage.«

Chatron stand auf und betrachtete Samuel mit ernster Miene. »Nun, ich plädiere für Ruhe, viel Ruhe, Samuel. Und nehmen Sie weiterhin Ihr *Bryonia*.«

»Gewiss doch.« Ihr Mann sah sehr vergnügt aus.

Mélanie stemmte die Hände in die Hüften. »Es scheint dich sehr zu amüsieren, dass ich vor Sorge umkomme. Du bist krank, vergiss das nicht.«

Chatron schmunzelte, hatte sich aber rasch weggedreht. Sie hatte es dennoch gesehen.

»Ich *war* krank, *ma chère*, und bin auf dem Wege der Genesung«, erklärte ihr Mann liebenswürdig.

Sie schnalzte mit der Zunge und verkniff sich einen Kommentar.

»Ich begleite Sie hinaus«, sagte sie stattdessen zu Chatron und ging zur Tür.

Er sprach noch ein paar Worte mit ihrem Mann, dann nahm er seine Tasche und folgte ihr nach draußen.

»Auf ein Wort, Monsieur«, bat sie und senkte die Stimme. Ihr Mann mochte gelegentlich etwas schwerhörig sein, vermochte aber alles zu hören, was nicht für seine Ohren bestimmt war.

»Wie geht es ihm wirklich?«

Chatron wurde Mantel und Hut gebracht. »Nun, Madame, um ehrlich zu sein ... die Bronchitis mag sich gebessert haben, aber Ihr Mann ist alt und sein Körper geschwächt. Inwieweit er sich wirklich erholen, genesen wird ...« Er machte eine kleine Pause. »Ich werde in der Tat aufrichtig sein, weil Sie es von mir erwarten. Ihr Mann braucht viel Ruhe, keinerlei Aufregung, kein Durcheinander, keinen Ärger.« Sie hatte bei jedem Wort genickt, und er sprach weiter. »Selbst dann ...« Er machte erneut eine Pause. »Selbst dann ist nicht abzusehen, ob er sich wieder vollständig erholen wird. Ich fürchte, mehr kann ich Ihnen nicht sagen. Es bleibt abzuwarten, Madame.«

Sie zwang sich zu einem Lächeln. »*Merci*, Monsieur Chatron. Ich danke Ihnen sehr, dass Sie gekommen sind und aufrichtig zu mir waren.« Sie würde künftig keinen Schritt mehr von der Seite ihres Mannes weichen.

Mélanie gab Jacques ein Zeichen, dass sie Chatron selbst zur Kutsche bringen würde. Dort verabschiedeten sie sich mit einem Händedruck und einem freundlichen Lächeln voneinander.

Als er in die Kutsche stieg, sank ihr Herz. Eine eisige Faust drückte ihren Magen zusammen, als ihr Blick auf das Schild fiel, das Jacques oder Yves in die Tür gehängt hatten:

*Die Sprechstunde von Monsieur und Madame Hahnemann bleibt*
*bis auf Weiteres geschlossen.*

Mélanie presste die Hand vor den Mund, weil sie befürchtete, in Tränen auszubrechen. Alles drehte sich, und sie musste sich an der Tür festhalten. Plötzlich war sie sicher, dass die unbeschwerte, überaus glückliche Zeit vorbei war.

Ein paarmal holte sie tief Luft.

Unsinn! Samuel würde es schon bald sehr viel besser gehen, und sie würden wieder gemeinsam Patienten behandeln und das Leben in vollen Zügen genießen.

Sie wollte es so gern glauben.

# 40. Kapitel

*Paris im Juni*

Seit seiner Erkrankung im Frühjahr hatte Samuel gehofft und sich etwas vorgemacht. Er war schon häufig an einer Bronchitis erkrankt, das war nichts Ungewöhnliches, dieses Mal jedoch hatte er sich auch im Monat darauf noch schwach gefühlt. Seine Hoffnung, wieder vollends zu genesen, schwand von Tag zu Tag. Bis sie der ernüchternden, schmerzhaften Erkenntnis Platz machte, dass es nicht wieder werden würde. *Er* würde nicht wieder werden. An manchen Tagen meinte er, nur noch ein Schatten seiner selbst zu sein. Er sollte, durfte sich nicht weiter etwas vormachen; es ging zu Ende mit ihm, langsam, aber stetig und unwiederbringlich. Er würde nicht mehr zu alten Kräften und früherem Tatendrang zurückfinden.

Stattdessen sollte er den Tatsachen ins Auge blicken und annehmen, was ihm bevorstand: der Abschied von seiner Frau und ihrem gemeinsamen Leben. Noch gab er sich in ihrem Beisein zuversichtlich, spielte den Unverwüstlichen, der schon bald wieder praktizieren, die Oper besuchen und lebhafte Diskussionen führen würde.

Samuel wusste nicht einmal, ob sie ihm sein Theater abkaufte. Wenn nicht, so spielte auch sie ihm etwas vor.

Er genoss ihre stete Gegenwart mehr denn je. Tagsüber saß sie auf dem Stuhl neben seinem Bett. Dann sprachen sie über die vergangenen Jahre und ihre Arbeit. Nachts lag sie meistens hellwach neben ihm – zumindest nahm er das an – und lauschte seinen Atemzügen. Sobald er auch nur unregelmäßig Luft holte, beugte sie sich über ihn, ihre warmen Lippen auf seiner Stirn. »Brauchst du etwas?«, flüsterte sie dann, und er verneinte fast immer. »Alles, was ich brauche, habe ich bereits«, sagte er in diesen Momenten und legte die Hände auf ihr Gesicht.

Über die Zukunft sprachen sie nie, kein einziges Wort.

Aber das würde sich ändern müssen.

Er durfte es nicht länger hinauszögern.

An diesem Abend, es war ein herrlicher, milder Sommertag gewesen, saßen sie zusammen im Garten in der kleinen Laube.

Samuel ärgerte sich, dass sie diesen zauberhaften Ort nicht schon früher aufgesucht hatten. Es hatte immer nur ihre Arbeit gegeben, für regelmäßige Mußestunden war viel zu wenig Platz gewesen.

»Wir hätten schon viel früher abends hierherkommen und es uns gut gehen lassen sollen«, sprach seine Frau das aus, was ihm durch den Kopf gegangen war.

Er lächelte.

»Warum lächelst du?«

»Weil ich eben genau das Gleiche gedacht habe.«

Sie ergriff seine Hand und führte sie an ihre Lippen. »Es ist so friedlich hier«, flüsterte sie. »Man mag gar nicht laut sprechen, um den Zauber nicht zu vertreiben.«

»Du findest immer genau die richtigen Worte für das, was ich denke.«

Heute war ein guter Tag gewesen, ein heller Tag, wie Samuel es nannte. Er war erholt erwacht und hatte Appetit verspürt.

Nach dem Frühstück waren sie spazieren gegangen, hatten unterwegs Bekannte getroffen und geplaudert.

Mélanie öffnete die Sprechstunde nur noch an zwei Tagen in der Woche. An diesen Tagen saß er wie gewohnt neben ihr, die kalte Pfeife im Schoß, und hörte zu. Er rauchte schon eine ganze Weile nicht mehr, aber er mochte es, die Pfeife bei sich zu haben. »Sie sehen wieder viel besser aus, Monsieur Hahnemann«, hieß es oft, und er nickte jedes Mal.

»Hast du deinen Töchtern geschrieben?«, riss seine Frau ihn aus seinen Gedanken, und er zuckte zusammen. Ein wenig schuldbewusst.

»Nein.«

»Tu es, Samuel.«

»Ich wüsste nicht, was ich schreiben sollte«, gab er zu und kam sich erbärmlich vor. War er nicht ein furchtbarer, ein lausiger Vater? »Wenn ich ihnen früher geschrieben habe, gab es stets etwas zu berichten. Was soll ich ihnen denn erzählen?« Außer, dass ich bald sterben werde.

»Tu es trotzdem«, erwiderte sie sanft.

In seinem Hals wurde es eng. Die unausgesprochenen Worte sammelten sich in seiner Kehle. »Du hast recht«, sagte er nach einer Weile mit brüchiger Stimme und brachte sogar ein Lächeln zustande.

Wehmütig betrachtete er seine junge Frau und fühlte sich ganz elend.

Was würde nur aus ihr werden? Sie würde es ohne seinen Schutz als Homöopathin schwer haben. Wie schwer, daran mochte er gar nicht denken.

Mélanie verzichtete sogar auf ihre geliebten Ausritte, sie mochte ihren Mann nicht mehr alleinlassen.

Er wollte und wollte sich nicht wieder von seinem Bronchialkatarrh erholen. Chatron war ein paar Tage nach seinem ersten Besuch wiedergekommen, hatte Samuel erneut abgehört und hinterher zu Mélanie gesagt – sie hatten auf dem Hof gestanden –, er befürchte, es würde sich zu einer Lungenentzündung entwickeln.

Sie hatte genickt, daran hatte sie auch schon gedacht. »Was können wir denn nur tun?«, hatte sie verzweifelt und den Tränen nahe gefragt.

»Nicht mehr viel. Beten Sie, wenn Sie Trost und Hoffnung darin finden.«

»Ich habe beides noch nie im Glauben finden können. Es muss doch irgendetwas geben, was wir tun können.« Mélanie hatte ihn angeschaut – und da hatte sie es gewusst. Es würde keine Heilung geben. Ihr Mann war dem Tode geweiht, es war vermutlich nur noch eine Frage von Wochen oder Tagen.

Mélanie hatte die Fäuste geballt und die Fingernägel in ihre Handflächen gebohrt. »Nein«, hatte sie hervorgestoßen.

»Sie wissen es doch längst«, hatte Chatron mit leiser, sanfter Stimme gemeint. »Sie sind selbst Homöopathin, noch dazu eine glänzende, wie Ihr Mann sagt. Sie können die Augen nicht vor den Tatsachen verschließen.« Er hatte die Hand kurz auf ihren Unterarm gelegt. »Nutzen Sie die Ihnen noch verbleibende Zeit.« Damit war er in die Kutsche gestiegen und abgefahren.

Mélanie hatte minutenlang vor der Villa gestanden, der Wind hatte an ihrem Haar gezerrt und ihren Rock aufgebläht. Tränenblind hatte sie in die Ferne gestarrt, ohne etwas wahrzunehmen. Was sollte sie ohne Samuel tun? Durch ihn hatte sie einen neuen Platz im Leben gefunden. Er hatte sie mit neuen Aufgaben betraut, die sie bis ins Mark erfüllten. Er hatte ihr Geborgenheit und Halt gegeben und ihr gezeigt, wie glücklich Zweisamkeit sie machen konnte. Ich werde bis zum Ende meines Lebens um ihn trauern, hatte sie gedacht und erstickt aufgeschluchzt.


In den Wochen darauf hatte es ein paar Tage gegeben, an denen es Samuel ein wenig besser gegangen war. Oft hatte er in der Laube gesessen und gelesen oder einfach nur dem Rascheln der Blätter gelauscht. »Ich begreife nicht, warum wir früher nie hier gesessen haben. Wir hätten uns mehr Zeit für solche Dinge nehmen sollen.« Tiefes Bedauern hatte in seiner Stimme gelegen.


An diesem Nachmittag, einem schwülwarmen Donnerstag Mitte Juni, hatte Mélanie ihre Armensprechstunde geöffnet. Ihre Patienten brauchten sie genauso sehr wie ihr Mann.

Die alte Madame Dupin war ins Behandlungszimmer gehumpelt, den entzündeten Fuß mit Leinen umwickelt, das Gesicht schmerzverzerrt.

»Sie hätten Bescheid geben können, dann wäre ich zu Ihnen gekommen.«

»Kommt ja gar nicht infrage«, entgegnete ihre Patientin. »Diesmal ist es der Linke.« Sie wickelte das schmuddelige, übelriechende Tuch ab. »Manchmal habe ich das Leben satt, Madame.« Schnaufend hob sie das Bein, damit Mélanie sich den Fuß ansehen konnte. »Das Altsein ist grässlich, glauben Sie mir.« Es war kaum heraus, als sie sich verlegen räusperte. »Ähm, pardon, Madame, ich wollte nicht … Ich hätte nicht … «

»Schon gut, Madame Dupin. Es ist, wie es ist. Wir alle werden alt«, erwiderte Mélanie mit ruhiger Stimme.

Ich wünschte, auch ich wäre alt, dann könnte ich meinem geliebten Samuel bald folgen.

Verdutzt hob sie den Kopf und schaute Madame Dupin blinzelnd an. Für einen kurzen Moment glaubte sie gar, ihren Gedanken laut ausgesprochen zu haben. Das schien jedoch nicht der Fall zu sein, wie sie an der Reaktion ihrer Patientin sah. Die wackelte mit ihren verkrümmten, schwieligen Zehen und brummte etwas vor sich hin.

»Ich werde Ihnen wieder eine Salbe mitgeben. Und eine Tinktur gegen die Schmerzen. Legen Sie das Bein so oft wie möglich hoch.«

»Ist gut.« Die alte Frau nickte grimmig. »Tanzen wie ein junges Ding kann ich eh nicht mehr.«

Wenig später brachte Mélanie sie zur Tür, wünschte ihr baldige Genesung und wartete auf Jacques. Er war nirgendwo zu sehen, und sie runzelte die Stirn. Er war doch sonst so zuverlässig.

Sie hörte Kleiderrascheln, gleich darauf die herrische Stimme ihrer Mutter und wollte sich rasch in ihrem Zimmer verschanzen. Doch dazu war es zu spät, ihre Mutter hatte bereits Kurs auf sie genommen, den Kopf erhoben, den Blick hochmütig wie immer. »Mélanie.«

»Maman.« Sie trat ergeben beiseite und ließ ihre Mutter herein. »Was führt dich zu mir in die Armensprechstunde?« Das hatte sie sich nicht verkneifen können.

Ihre Mutter ging erstaunlicherweise nicht darauf ein, sondern setzte sich und wedelte mit der Hand. Offenbar verlangte sie, dass Mélanie sich ebenfalls setzte. »Hast du keine Angst, dich bei diesen ... Leuten anzustecken?«

»Mit Armut oder Trostlosigkeit, meinst du? Nein. Weshalb bist du gekommen, Mutter?« Mélanie war stehen geblieben.

»Es kursieren höchst seltsame Gerüchte.«

»Ach so?« Ihr Interesse war nicht gerade geweckt. Ständig kursierten irgendwelche absurden Gerüchte in der Stadt und verbreiteten sich schneller, als der Wind Blätter durch die Gassen trieb.

»Man erzählt sich, dass dein Ehemann verstorben ist.«

Jetzt musste sie sich setzen. Mit einer Hand tastete sie nach dem Stuhl. »Wie bitte?«

In den Augen ihrer Mutter blitzte es.

Sie triumphiert, weil ich leide.

»Sag nur, du hast davon wirklich noch nichts gehört?«

Mélanie knirschte mit den Zähnen und schwieg.

»Man sagt, er sei bereits vor ein paar Tagen gestorben, und du würdest seinen Tod verschleiern.«

Mélanie wurde speiübel. Das erzählte man sich?

»Liebende tun manchmal die eigenartigsten Dinge, *n'est-ce pas?*« Das Lächeln ihrer Mutter war höhnisch.

»Woher glaubst *du* das zu wissen?«

Ihre Mutter streifte die Handschuhe ab und schlug mit dem einen auf den anderen. Das machte sie gern, wenn sie aufgebracht war. »Was erlaubst du dir?«

»Bist du gekommen, um dich an meinem fassungslosen Gesicht zu ergötzen? Nun, dann kannst du jetzt wieder gehen, Mutter. Ich *bin* fassungslos, und ich bin bestürzt.« Wer mochte das Gerücht, diese ungeheuerliche Behauptung in die Welt gesetzt haben?

Ihre Mutter blieb noch einen Moment sitzen, dann erhob sie sich langsam. »Dann erfreut sich dein Ehemann bester Gesundheit?«, fragte sie spitz.

»Nein, das leider nicht.« Mélanie stand ebenfalls auf. »Aber er ist noch sehr lebendig. Möchtest du dich davon überzeugen?«

In der Tür standen sie plötzlich so nah beieinander, dass Mélanie unwillkürlich einen Schritt zurück machte und dabei gegen den Türrahmen stieß.

»Ich frage mich, ob dein Mann weiß, was genau damals geschehen ist.« Die Augen ihrer Mutter waren verengt und musterten sie kühl.

»Was meinst du?«

»Du weißt, wovon ich spreche.«

Mélanie erschauderte. Sie spürte ein eisiges Prickeln im Nacken und auf den Schultern. »Du meinst, als du mich … «

Ihre Mutter hob die Hand, als wollte sie sie schlagen. Was Mélanie nicht verwundern würde. »Sprich es nicht aus, ich warne dich! Bis aufs Blut gereizt hast du mich.«

»Wie bitte?« Mélanie prallte mit dem Rücken an die Tür. »Du findest, es war meine Schuld?«

»Meine etwa?« Ein letzter eisiger Blick, und ihre Mutter stolzierte davon.

Mélanie starrte ihr hinterher, regungslos und wie vor den Kopf geschlagen.

»Madame?« Yves kam angelaufen. »Pardon, ich wollte sie aufhalten, aber sie … «

»Lassen Sie nur, Yves.« Sie war erstaunt, dass sie überhaupt sprechen konnte.

»Soll ich Sie zu Ihrem Stuhl bringen? Sie sind kreidebleich, Madame.« Er fasste unter ihren Ellbogen und führte sie zum Schreibtisch. »Soll ich die anderen Patienten heimschicken? Ich glaube, Sie können etwas Ruhe gebrauchen.«

»Nein, Yves … Ich brauche nur … ein paar Minuten.«

# 41. Kapitel

Natürlich hatte Samuel mitbekommen, wie aufgewühlt Mélanie war, doch er hatte nicht nach dem Grund gefragt. Vermutlich ging er davon aus, dass sein Siechtum der Grund war.

Am Abend war sie neben ihm ins Bett gekrochen und hatte sich an ihn geschmiegt. Ein paarmal hatte sie den Mund geöffnet und sich ein Herz fassen wollen. Jetzt wäre doch ein guter Zeitpunkt, ihm alles zu erzählen. Er sollte endlich wissen, was damals vor vielen Jahren geschehen, wozu ihre Mutter fähig war. Und wie jämmerlich, wie schuldig ich mich trotz allem noch immer daran fühle.

Seine raue Hand tastete nach ihrer, seine Finger strichen über ihre. Sie schluckte mühsam und versuchte es erneut, doch es wollte kein Laut über ihre Lippen kommen. Noch nie hatte sie es jemandem erzählt, nicht einmal ihr Vater wusste, was genau passiert war. Gehandelt hatte er dennoch und sie sofort zu ihrem Onkel gebracht. »Es ist besser, wenn du und deine Mutter nicht weiterhin unter einem Dach lebt.«

Mélanie fragte sich bis heute, was ihre Mutter ihm erzählt, welche Lügengeschichte sie ihm aufgetischt hatte. Sie hatten nie wieder darüber gesprochen, der Vorfall wurde totgeschwiegen.

Als sie den leisen, regelmäßigen Atem ihres Mannes neben sich hörte und spürte, wie seine Brust sich hob und senkte, schloss sie die Augen. Nicht heute, dachte sie und konnte nicht umhin, erleichtert zu sein.


Am Tag darauf fühlte Samuel sich besser, so viel besser, dass er mit ihr zusammen aufstand und in den Salon ging, um zu frühstücken. Jeanne hatte seinen Lieblingskuchen gebacken und bereits in kleine Stücke geschnitten.

»Sie sehen erholt aus heute Morgen, Monsieur«, begrüßte Florence ihn.

Samuel schob sich ein Stück Biskuit in den Mund und trank einen Schluck Kaffee.

»Möchten Sie die Zeitung?«

Er schüttelte den Kopf. »Heute nicht. Ich werde gleich nach dem Frühstück an die frische Luft gehen. Es ist ein herrlicher Morgen.« Er schaute sehnsüchtig aus dem Fenster.

Mélanie wünschte, sie könnte seine Gedanken lesen. Schon häufig hatte sie geahnt, was in ihm vorging. Ob er gerade daran dachte, dass es sein letzter Sommer sein könnte?

Ihr Magen krampfte sich zusammen, und sie legte das Brot, in das sie beißen wollte, zurück auf den Teller.

»Nanu?« Ihr Mann sah sie von der Seite an. »Hast du keinen Appetit?«

Sie lächelte und hoffte, er bemerke nicht, wie schwer es ihr fiel. »Nein. Was hältst du von einem Spaziergang? Wir könnten auf den Blumenmarkt gehen, was meinst du?«

Er rieb sich die Hände. »Wunderbar! Eine glänzende Idee, mein Liebling. Wir waren eine Ewigkeit nicht mehr dort.«

Als sie nach Paris gekommen waren, hatte es vor allem Mélanie oft dorthin gezogen. Sie liebte den Geruch und die Farben der frischen Blumen, und ihr gefiel das bunte Treiben; das Rufen und Anpreisen der Marktfrauen und die Blicke der Besucher, die an den Ständen vorbeischlenderten.

Sonntags waren sie und Samuel häufig auf der Île de la Cité bummeln gegangen. Sie beide liebten die Seine-Insel mitten in der Stadt.

Wie so oft in der letzten Zeit kamen Mélanie auch jetzt die Tränen, und sie blinzelte sie hastig fort. Sie wollte noch so viel Zeit mit ihrem Mann verbringen! Neun gemeinsame Jahre waren doch nur ein Wimpernschlag!

Sie schluckte und zwang sich zu einem erneuten Lächeln. Dann kam ihr eine Idee. »Florence, würden Sie Jeanne bitten, uns einen kleinen Picknickkorb zurechtzumachen?«


»Ein Picknick!« Samuel hatte sich auf die schmiedeeiserne Bank am Seineufer gesetzt und blinzelte in die Sonne. »Was für eine wundervolle Idee!« Er schaute Mélanie dabei zu, wie sie all die kleinen Köstlichkeiten auspackte und auf das Tuch legte, das sie zwischen ihnen ausgebreitet hatte.

»Wird dir auch nicht zu kalt?«, fragte sie besorgt.

»Wir haben Sommer, es ist Juni. Mir wird im Gegenteil zu warm.« Er zupfte am Kragen seines Hemdes.

Mélanie hatte darauf bestanden, dass er eine warme Jacke und darunter eine Weste trägt. »Ansonsten bleiben wir daheim. Und ich lasse nicht mit mir reden.«

»Wie streng du sein kannst«, hatte er entgegnet, aber verschmitzt gelächelt. »Es soll mir recht sein, Hauptsache, wir verbringen zusammen einen herrlichen Tag.«

Jetzt zeigte er auf das Stück Hartkäse. »Sei so gut und schneide mir etwas davon ab. Und dazu ein Stück Weißbrot.«

Sie reichte ihm beides und füllte seinen Becher mit etwas Wasser.

»Wir hätten eine Flasche Wein mitnehmen sollen«, meinte er und kaute gedankenverloren an seinem Brot.

»Du trinkst doch gar keinen.«

»Stimmt, aber er gehört zu einem Picknick dazu, findest du nicht?«

Sie musste lachen. »Schon. Wir würden wahrscheinlich beschwipst nach Hause schwanken, und die Leute zerrissen sich noch mehr das Maul.«

Samuel schaute sie fragend an. »Noch mehr?«

Sie winkte ab. »Ach, hör nicht auf mich.« Sie ärgerte sich, dass sie davon angefangen hatte. Sollte sie ihm etwa erzählen, dass das Gerücht im Umlauf war, er sei bereits gestorben?

»Die Leute tratschen, wo sie können«, murmelte er und blickte wieder gedankenverloren in die Ferne.

Eine Entenfamilie schwamm auf dem Wasser und schaute hoffnungsvoll zu ihnen herüber. Mélanie zerbröselte etwas Brot und warf es ihnen zu. Sofort kamen sie herbeigeschwommen, kletterten ans Ufer und machten sich schnatternd darüber her.

»Genauso habe ich mich auch oft gefühlt«, sagte Samuel leise.

»Ich verstehe nicht ...«

Er deutete auf den Erpel. »Der arme Bursche hat eine ganze

Kükenschar zu versorgen.« Er seufzte tief. »Ich fürchte, ich war ein lausiger Vater.«

»Ganz bestimmt nicht.«

»Doch, Mélanie, das war ich und bin es noch. Für mich gab es immer nur meine Arbeit. Ich erinnere mich, wie ich hin und wieder am Tisch saß und darüber grübelte, wann meine Kinder so erwachsen geworden waren. Es ist an mir vorbeigegangen. Eines Tages waren sie erwachsene Menschen und ich ein alter Mann.«

»Hast du deinen Töchtern geschrieben?«, fragte sie leise und zaghaft. Sie ahnte, wie seine Antwort ausfallen würde.

Und richtig. »Nein.«

»Aber warum nicht, Samuel?«

Er wandte sich zu ihr um und sah sie ernst an. »Warum erzählst du mir nicht, was zwischen dir und deiner Mutter vorgefallen ist?«

Damit hatte sie nicht gerechnet. Sie schluckte bemüht und suchte nach Worten. Doch sie fand sie nicht.

Samuel nickte, als verstünde er. »Manchmal fehlen uns die Worte.«

»Ich möchte es dir ja erzählen, aber … « Mélanie verstummte.

Eine Zeit lang schwiegen sie, beobachteten die Enten, die wieder ins Wasser gewatschelt waren und sahen den ziehenden Wolken zu.

»Ich werde dich nicht drängen, Mélanie«, sagte ihr Mann irgendwann und blickte in den Himmel.

Sie schluckte gegen den Kloß in ihrem Hals an. Außerdem spürte sie, dass sie schon wieder weinen musste.

»Ich möchte etwas mit dir besprechen, das keinen Aufschub mehr duldet«, sprach Samuel nach einer Weile weiter. »Ich trage es schon viel zu lange mit mir herum.«

»Und was?« Ob er ein Geheimnis hatte? Wie sie?

»Nicht hier.« Er schüttelte den Kopf. »Heute Abend? In unserer Laube?«


»Erlaubst du, dass ich deinen Töchtern schreibe?«, eröffnete Mélanie am frühen Abend das Gespräch, nachdem sie Platz genommen hatten.

»Ich kann es dir nicht verbieten.«

»Aber bist du auch einverstanden?«

»Meinetwegen. Aber ich möchte nicht, dass sie alle hierherkommen und mich belagern. Das wäre mir zu viel.«

»Dafür werde ich schon sorgen.«

Er lächelte flüchtig und bat um ein Glas Wasser.

Sie schenkte aus der Karaffe ein, die Florence ihnen hingestellt hatte, und räusperte sich. »Worüber möchtest du mit mir sprechen, Samuel?«

»Über mein nahes Ende.«

Die Direktheit und Klarheit seiner Worte überraschte sie so, dass sie ruckartig die Karaffe absetzte.

»Nun sieh mich nicht so fassungslos an.« Er nippte an seinem Wasser. »Sehen wir den Tatsachen doch ins Auge.« Hatte das Chatron nicht auch gesagt? »Ich werde mich nicht mehr erholen. Ich bin sehr alt geworden, mein Liebes, so alt, wie viele es sich wünschen würden.« Er sah sie lange an und lächelte dann. »Die letzten Jahre meines Lebens waren die besten. Ich hätte nicht zu träumen gewagt, dass mir jemand begegnet, der meinem Leben wieder einen Sinn geben und meine Arbeit fortführen wird. Du hast mein Leben erfüllt und mich zu einem glücklichen Mann gemacht. Und du hast mir gezeigt, was Liebe bedeutet. Aufrichtige und bedingungslose Liebe.« Er griff nach ihrer Hand und drückte sie. »Was hätte ich mir mehr wünschen können? Doch nun spüre ich, dass es zu Ende geht.«

»Samuel …« Sie brach ab und schluchzte auf.

»Du weißt es doch auch längst.« Seine Stimme war sanft.

Einen langen Moment schauten sie sich nur an, als wollten sie sich die Gesichtszüge des anderen ein weiteres Mal einprägen.

Mélanie beschloss, diesen Augenblick für immer in ihrem Herzen zu bewahren. Für den Rest ihres Lebens wollte sie sich daran erinnern.

»Ich möchte auf dem Friedhof in Montmartre begraben werden«, begann Samuel schließlich. Seine Stimme war rau. »Und ich wünsche mir eine besondere Grabinschrift: *Non inutilis vixi.*«

»Ich habe nicht unnütz gelebt«, übersetzte Mélanie mit rauer Stimme. »Wie wahr, das hast du in der Tat nicht.«

Wieder schwiegen sie eine ganze Weile, bis ihr Mann sich räusperte und ein wenig vorbeugte. »Du musst mir etwas versprechen, Mélanie.«

»Alles«, sagte sie impulsiv.

Er lächelte kopfschüttelnd. »Habe ich etwas anderes erwartet? Versprich mir, dass du weiterpraktizieren wirst. In meinem, in unserem Sinne.«

Sie erwiderte nichts. Würde man das zulassen oder nicht alles versuchen, um es zu verhindern? »Ich bin keine Ärztin«, sagte sie stockend. »Du weißt so gut wie ich, dass ich bislang unter deinem

Schutz stehe. Vor dir hat man Respekt, ich dagegen bin eine schwache Frau.«

Er lachte. »Schwach? Ich habe dich keinen Augenblick als schwach empfunden.«

»Du weißt, was ich meine.«

»Ich möchte dir dennoch das Versprechen abnehmen. Ich kann nicht beruhigt von dieser Erde gehen, wenn ich nicht weiß, was aus meiner Arbeit wird.«

Mélanie wollte etwas einwenden, ließ es aber bleiben, als sie seinen Gesichtsausdruck sah. Er wusste vermutlich, dass das, was er erwartete, ja verlangte, egoistisch war. Er überließ sie den Geiern zum Fraß, so fühlte es sich für sie an.

Er konnte unmöglich so blauäugig sein und sich ahnungslos geben, er musste doch wissen, was auf sie zukommen würde. Die Ärzteschaft würde ihr alle nur erdenklichen Hürden in den Weg legen. Sie, die Ehefrau des berühmten Samuel Hahnemann, die viele Jahre an seiner Seite gelebt und gearbeitet hatte, wollte die Praxis künftig allein weiterführen?

Aber es ist sein letzter Wille, dachte sie mit einem Anflug purer Verzweiflung. Ich muss ihm diesen Wunsch erfüllen.

Ihr Mann sah sie weiterhin an, fragend, flehend, bis sie schließlich zögernd nickte. »Gut, ich verspreche es dir.«

Er schloss die Augen und öffnete sie gleich wieder. »Ich danke dir, mein Liebling. Für alles.«

## 42. Kapitel

*Paris im Juli desselben Jahres*

Mélanie war im Morgengrauen aufgestanden und rastlos durchs Haus gewandert. Sie hatte kaum geschlafen, weil Samuels Röcheln und Ruhelosigkeit sie geängstigt hatte. Sein Atem war rasselnd und pfeifend gegangen, und sie hatte ihm Brustwickel gemacht. Vielleicht würden die ein wenig Linderung bringen.

Seine Töchter Friederike und Eleonore hatten rasch auf ihren Brief geantwortet und dem Vater ihre besten Genesungswünsche geschickt. Mélanie hatte die Briefe wütend in kleine Stücke gerissen und in den Ofen geworfen. Seine erstgeborene Tochter, die nach der Mutter benannt war, hatte nicht geantwortet. Vielleicht war sie fortgezogen oder selbst erkrankt?

Mélanie hatte beschlossen, sie erneut anzuschreiben.

Amalie schickte eine Depesche, in der sie ihr baldiges Kommen ankündigte, genau wie Charlotte.

Luise hingegen hatte einen wie immer langen Brief geschrieben.

*Lottchen wird kommen und meine Wünsche mitbringen. Es tut mir so unendlich leid, meine liebe Mélanie, aber ich schaffe es einfach nicht. Die Angst vor der langen und weiten Reise ist zu groß, zu unüberwindbar.*

Mélanie konnte es ihr nicht übelnehmen, selbst wenn sie gewollt hätte, dazu mochte sie Luise viel zu sehr.

Sie hatte sich an den Schreibtisch gesetzt, um ihr zu antworten. Doch die Unruhe befiel sie, und sie stand wieder auf, um nach Samuel zu sehen.


Er lag im Bett, die Augen geöffnet, als sie hereinkam.

»Guten Morgen, mein Liebling.« Seine Stimme war so leise, dass sie nähertreten musste.

»Hast du etwas schlafen können?«

Er nickte lächelnd. »Ich habe sogar sehr gut geschlafen.«

Sollte sie das glauben?

Sie hatte ihm noch nicht erzählt, dass Charlotte und Amalie kommen würden. Anfangs hatte sie ihn damit überraschen wollen, nun jedoch war sie in Sorge, es könnte ihn zu sehr aufwühlen. Er brauchte so dringend Ruhe. Vielleicht würde er sich ja doch noch erholen. Sie wollte so fest daran glauben!

»Setz dich zu mir, ja?«, bat er.

Sie rutschte neben ihn und lehnte den Kopf an seine knochige Schulter. Er hatte stark abgenommen in den vergangenen Wochen. »Ich bin kein gläubiger Christ, wie du weißt, aber ich bin überzeugt davon, dass wir uns eines Tages wiedersehen werden.«

»*Oui.*« Mehr brachte sie nicht hervor.

»Würdest du mir noch eine Decke holen? Mir ist kalt.«

Dabei war es warm und stickig im Zimmer, und sie war bereits versucht gewesen, das Fenster aufzumachen.

»*D'accord.*« Sie lief hinaus, holte eine Decke aus der Bibliothek, und als sie zurückkam, hatte er die Augen geschlossen und lag seltsam reglos da. Sie presste die Hand vor den Mund. Nein! Das konnte nicht sein!

In diesem Augenblick schlug er die Augen wieder auf, lächelte. »Mélanie«, sagte er, als sei er überrascht, sie zu sehen.

Sie breitete die Decke über ihn aus, verdrängte das überwältigende Gefühl von Erleichterung und küsste ihn auf die Stirn.

Es klopfte.

»Madame?« Florence.

Mélanie stand wieder auf und ging zur Tür.

»Besuch für Monsieur, Madame«, wisperte die Magd.

»Wer ist es?«, flüsterte Mélanie.

»Seine Tochter Amalie.«

»Ist sie allein gekommen oder mit ihrem Sohn?«

»Mit ihrem Sohn.«

»Bitten Sie sie in den Salon. Ich komme gleich und werde sie begrüßen.«

»Sie verlangt, sofort zu ihrem Vater gelassen zu werden.«

»Das dachte ich mir.« Damit wandte sie sich ab und kehrte zu ihrem Mann zurück.

Er schien nicht mitbekommen zu haben, dass Amalie und Leopold gekommen waren, und sie würde es dabei belassen. Vorerst.


Wie erwartet war Amalie aufgebracht.

Als Mélanie wenig später in den Salon gekommen war, saß sie mit ihrem Sohn auf der Récamiere. »Ich möchte sofort zu meinem Vater!«

Mélanie begrüßte die beiden mit einem freundlichen Nicken.

Leopold sprang auch sogleich auf und streckte ihr die Hand entgegen. »Wie geht's Großvater?«, fragte er.

»Er schläft. Er braucht sehr viel Ruhe.«

»Kann ich zu ihm?«

»Später vielleicht.«

Amalie war sitzen geblieben. »Ich möchte sofort zu ihm«, wiederholte sie mit einer Stimme, die hart und unerbittlich klang.

»Nicht jetzt, ich bitte Sie.« Mélanie nahm neben ihr Platz. »Er hat schwere Wochen hinter sich. Die Bronchitis war sehr hartnäckig, er hat sich bis heute nicht davon erholt.«

»Ich werde ihn nicht aufregen, keine Sorge, Madame.«

Madame. Bei ihrer ersten Begegnung hatte sie gefragt, ob sie sie »Mélanie« nennen dürfe.

So weit ist es schon gekommen, dachte Mélanie betrübt. Wir entzweien uns, bevor wir uns überhaupt angenähert haben. »Ein Besuch würde ihn zu sehr anstrengen.«

»Aber ich bin seine Tochter!«, ereiferte sich Amalie. »Er wird sich gewiss freuen, mich zu sehen.«

Mélanie unterdrückte den Wunsch, ihre Stieftochter zurechtzuweisen. »Ich lasse Ihnen zwei Gästezimmer herrichten. Bleiben sie, solange Sie mögen.«

»Worauf Sie sich verlassen können!«, zischte Amalie. »Wir werden erst wieder fahren, wenn wir meinen Vater gesehen und gesprochen haben. Leopold?« Sie warf ihrem Sohn einen hilfesuchenden Blick zu.

Er war ganz offenbar etwas überfordert, denn er drehte den Kopf weg und tat so, als ginge ihn das alles nichts an.

Mélanie stand auf und strich fahrig über ihren Rock. Hatte sie sich heute schon umgezogen, frisch gemacht, ihr Haar gebürstet? Mit einer Hand griff sie hinein und überlegte. Sie wusste es nicht, sie erinnerte sich nur daran, wie sie aufgestanden und durchs Haus gelaufen war.

»Florence wird die Zimmer herrichten und dafür sorgen, dass es Ihnen an nichts fehlen wird.« Sie ging zur Tür und schloss sie hinter sich.

Draußen lehnte sie sich dagegen und atmete ein paarmal tief durch, in der Hoffnung, sich dann nicht mehr so elend zu fühlen.

Dann rief sie nach Florence und beschloss, einen kleinen Rundgang durch den Garten zu machen. Doch vorher würde sie nach ihrem Mann sehen.


Die beiden Hibiskussträucher blühten so wunderschön, dass Mélanie eine ganze Weile davor stehen blieb.

Zwei Hummeln kamen angeflogen und krochen in die hübschen Kelche, nur die kleinen Hinterbeinchen waren noch zu sehen. Als sie rückwärts wieder herauskletterten, waren ihre Körper über und über mit gelben Pollen bestäubt.

Mélanie lächelte traurig. Könnte Samuel es doch auch sehen!

Ihr Gärtner Matthieu kam mit der kleinen Holzkarre vorbei, in der vertrocknete Blüten, Äste und Moos lagen. »*Bonjour*, Madame.«

»*Bonjour*, Matthieu.« Sie schenkte ihm ein Lächeln.

»Geht es Monsieur besser?«, erkundigte er sich.

»Ein wenig.« Sie fühlte sich plötzlich beobachtet und warf einen Blick über ihre Schulter. Stand jemand in der Tür?

Für einen winzigen Moment gab sie sich der Vorstellung hin, Samuel könnte dort stehen und ihr zuwinken.

Sie schluckte schwer, dann erkannte sie Amalie, die am Fenster des Salons stand und sie anstarrte. Vorwurfsvoll, anklagend.

Mélanie wandte den Blick ab.

Matthieu ging weiter und pfiff dabei leise ein Lied, das ihr bekannt vorkam. Hatten sie und Samuel nicht dazu getanzt?

Auf ihrem Maskenball?

Es kam ihr vor, als sei es Jahre her – und in einem anderen Leben geschehen, einem Leben, in dem sie beide noch zuversichtlich und glücklich in die Zukunft geschaut hatten.

Ihre Füße waren bleischwer, als sie weiterging.

Als sie auf Höhe des Stalls war, beschloss sie, ihrer Stute einen Besuch abzustatten. Sie hatte das Pferd vernachlässigt, wie so vieles andere auch.

»Madame.« Edouard blickte erfreut auf, als sie die Holztür aufstieß und den Geruch von warmem Stroh einatmete.

Er kam zu ihr und wischte sich die Hände an seiner Hose ab. »Wie geht es Monsieur?«

Sie schluckte, doch die Tränen kamen so überraschend, dass sie sie nicht mehr zurückhalten konnte. Sie ließ ihnen freien Lauf und lehnte den Kopf an Edouards Schulter, der schüchtern nähergetreten war. »Weinen Sie nur, Madame«, murmelte er.

Sie wusste, sie durfte sich nicht so gehen lassen, schon gar nicht vor dem Personal. Doch in diesem Moment kümmerte es sie nicht.

»Es sieht nicht gut aus, *n'est-ce pas*?«, fragte er nach einer Weile leise.

Stumm schüttelte sie den Kopf.

»Es tut mir sehr leid, Madame. Ich kann mir vorstellen, was Sie durchmachen.« Das konnte er vermutlich wirklich, schließlich hatte er vor Jahren seine Frau verloren, seine geliebte Dorette. »Soll ich Ihrem Vater Bescheid geben? Ich glaube, es ist nicht gut, wenn Sie jetzt allein sind.«

Mélanie machte sich los. »Nein, ich will niemanden um mich haben. Seine Tochter und sein Enkelsohn sind gekommen, und ich muss … dafür sorgen, dass sie sich in Zurückhaltung üben.«

Edouard nickte. »Ich verstehe. Wenn Sie jemanden brauchen, wissen Sie, wo Sie mich finden.«

»Was täte ich ohne Sie, Edouard.« Sie wischte sich die Tränen ab, klopfte den Hals ihrer Stute und schob ihr eine Karotte ins Maul.

Dann kehrte sie ins Haus zurück.

# 43. Kapitel

*Zwei Tage später*

Wieder hatten sie eine unruhige Nacht hinter sich, eine Nacht, in der Mélanie kaum zwei Stunden geschlafen hatte.

Sie hatte sich eng an ihren Mann gekuschelt und seinem pfeifenden Atem gelauscht.

Am Abend hatten sie noch lange geredet und sich bei den Händen gehalten. Samuel hatte sie erneut an ihr Versprechen erinnert, und sie hatte wieder und wieder überlegt, ob sie ihm endlich von ihrer Mutter erzählen sollte. Sie glaubte, den Mut, die Bereitschaft gefunden zu haben, doch sie fürchtete, ihn zu sehr aufzuregen.

Und so hatte sie schließlich beschlossen, es nicht zu tun. Vielleicht würde es noch eine andere Gelegenheit geben und wenn nicht, bliebe es weiterhin unausgesprochen. Sie würde damit leben, so, wie sie bislang damit gelebt hatte.

Irgendwann war Samuel eingeschlafen und hatte sie im Schlaf fest an sich gezogen.

Am Tag zuvor hatte Mélanie ihm gesagt, dass seine Tochter und sein Enkel da waren und ihn sehen wollten. Sie hatte seine Reaktion sehr genau beobachtet. Würde ihn die Begegnung zu sehr aufwühlen, anstrengen?

»Lass sie ruhig zu mir«, hatte er gemeint. »Es ist gut, wenn wir uns noch einmal sehen können.«

Sie hatte etwas erwidern wollen, etwas wie »Aber ihr werdet

euch noch Dutzende Male sehen können«, doch die Worte waren ihr im Hals stecken geblieben. Weil sie wusste, dass es stimmte: Es würde ihre letzte Begegnung sein.

Er hatte gebeten, für das Zusammentreffen angekleidet und in seine Bibliothek gebracht zu werden. »Ich möchte nicht, dass sie mich im Bett liegend antreffen.«

Als Amalie später aus der Bibliothek gekommen war, hatte sie geweint. Mélanie hatte sie trösten wollen, doch sie hatte es nicht zugelassen. Ohne ein Wort war sie in ihrem Zimmer verschwunden.

Leopold war lange bei seinem Großvater geblieben, und als Mélanie sich zu fragen begann, was die beiden wohl miteinander zu besprechen hatten, war Leopold zu ihr gekommen. »Mein Großvater wünscht, dass Sie dabei sind.«

Sie war ihm in die Bibliothek gefolgt, wo Samuel in seinem Lieblingssessel am Fenster gesessen und so vergnügt ausgesehen hatte, dass erneut ein Keim der Hoffnung in ihr aufgegangen war.

»Setz dich zu uns, mein Liebling«, hatte er gemeint. »Ich finde, ihr beide solltet euch ein bisschen besser kennenlernen. Leopold hat große Pläne.« Mit leuchtenden Augen hatte er seinen Enkel angesehen, der ihm gegenübersaß und eifrig nickte. »Er überlegt, Arzt oder Apotheker zu werden. Und wer weiß, vielleicht wird er eines schönen Tages in unsere Fußstapfen treten.«

Eine Stimme riss Mélanie aus ihren Gedanken, und sie zuckte zusammen, wusste für einen Augenblick nicht einmal mehr, wo sie war. Verwirrt schaute sie sich um.

Richtig, sie saß in der Gartenlaube, war im Morgengrauen aufgestanden, um frische Luft zu schnappen.

Florence kam mit gerafften Röcken angelaufen. »Madame! Schnell, Monsieur ...!«

Mélanie war so schnell auf den Beinen, dass sie über den Saum ihres Kleides stolperte. Sie erinnerte sich nicht, dass sie es angezogen hatte. »Was ist mit ihm? Er ist doch nicht ...« Ihre Stimme brach, und heiße Tränen brannten in ihren Augäpfeln.

»Er ist aufgewacht und will Sie sehen.« Florence keuchte. »Ich wollte Sie nicht erschrecken, Madame, aber Sie haben mir aufgetragen, Sie sofort zu holen, sobald er ...«

»Schon gut, Florence, ich weiß, was ich gesagt habe.« Schnaufend lief Mélanie die Treppe hoch und stolperte erneut über den Rocksaum. Sie fluchte leise und stürmte in die Schlafkammer.

Samuel saß aufrecht im Bett. Hatte er sich selbst das Kissen in den Rücken gestopft?

»Samuel!« Sie ließ sich neben ihn auf die Bettkante fallen.

»Du bist ja ganz erhitzt.« Lächelnd strich er ihr eine Haarsträhne aus der Stirn. »Du hättest nicht so laufen müssen.« Er sprach ganz klar und deutlich und vor allem so ruhig und gelassen, dass sie ihn verdutzt anschaute. Ging es ihm so viel besser?

Ihr Herz galoppierte vor Freude und Erleichterung, wie der Hufschlag eines jungen Pferdes, das ausgelassen über die Koppel sprang. »Samuel.« Sie musste zu Atem kommen.

»Hast du etwas Schlaf finden können, mein Herz?«

Sie nickte, schwindelte, wie jedes Mal, wenn er sie danach fragte.

»Legst du dich ein bisschen zu mir?«, bat er. »Es ist so schön, dich bei mir zu haben.«

Sie schlüpfte aus ihren Schuhen und kroch neben ihn.

So nah es ging, lagen sie beieinander, die Finger ineinander verschlungen, schweigend.

Mélanie wagte kaum zu atmen, geschweige denn, die Frage zu stellen, die ihr auf den Nägeln brannte: Fühlte er sich wirklich besser?

»Bleibst du hier bei mir liegen?«, fragte er mit rauer Stimme, und sie wollte entgegnen: »Natürlich«, dann jedoch wurde ihr klar, was er meinte.

In ihrem Hals wurde es eng, so eng, dass sie meinte, keine Luft mehr zu bekommen.

»Es fühlt sich gar nicht so schrecklich an, wie ich geglaubt habe«, flüsterte er kaum hörbar. »Mir ist nur etwas kalt.«

»Ich bringe dir noch eine Decke.« Sie wollte aufspringen, doch er hielt sie zurück.

»Nein, bitte, bleib einfach nur liegen und halte meine Hand.« Er seufzte. »So ist es gut.«

Sie legte vorsichtig den Kopf auf seine Brust und lauschte seinem Herzschlag.


Irgendwann klopfte es zaghaft an der Tür.

»Madame.« Ein Wispern.

Mélanie hob benommen den Kopf. Ihre Finger hielten noch immer Samuels Hand, die ganz kalt war. Sie schaute ihn an, seine Augen waren geschlossen, seine Miene friedlich, gelöst. Auf seinen Lippen lag so etwas wie ein Lächeln.

»Samuel?«, flüsterte sie, obwohl sie es wusste.

Dann ein Schrei, der aus ihrer Kehle kam und so fremd klang, dass der Laut unmöglich von ihr stammen konnte.

»Madame?« Wieder Florence. Diesmal stand sie neben dem Bett, beugte sich zu ihr hinunter. »Sie müssen aufstehen, Madame. Der Arzt muss kommen und …«

»*Non*!« Sie schlug nach Florences Hand. »Gehen Sie! Lassen Sie mich!«

»Aber, Madame …«

»Hinaus!« Von Weinkrämpfen geschüttelt, barg sie das Gesicht an Samuels Brust, aus der kein Herzschlag, kein Röcheln oder Pfeifen mehr zu hören war. Nie mehr.

Wie viel Zeit – Tage womöglich? – vergangen war, bevor sie sich endlich entschloss, das Bett, ihren Mann, zu verlassen, hätte sie nicht sagen können.

Taumelnd stand sie auf und betrachtete seinen leblosen Körper, das Gesicht, das sie so gern angesehen hatte.

Plötzlich stand Amalie im Zimmer. »Wie konnten Sie!«

Mélanie blinzelte.

»Warum haben Sie mich nicht gerufen?« Sie lief zum Bett, warf sich auf die Knie und griff nach Samuels Händen. Als sie bemerkte, wie kalt sie waren, ließ sie sie erschrocken los und starrte Mélanie an. »Wie lange schon?«

Erneut blinzelte Mélanie. Wovon sprach sie?

»Wie lange liegt er schon so da?«, schrie Amalie.

Florence kam herein, wollte Mélanie hinausbringen, doch sie wehrte sich. »Ich bleibe!«

»Wir müssen den Arzt kommen lassen, Madame«, flehte die Magd.

»Ich werde es tun!« Amalie war aufgestanden und zur Tür gegangen. Als sie an Mélanie vorbeistürmte, hatte die sie festhalten wollen. »Wagen Sie nicht, mich anzufassen!«

»Kommen Sie, Madame«, sagte Florence leise und beruhigend, als spreche sie zu einem Kind. »Ich bringe Sie hinaus.«

»Ich möchte bei ihm bleiben«, flüsterte Mélanie. Die Tränen rannen ihr übers Gesicht. Sie wischte sie nicht weg.

»Das geht nicht, Madame, das wissen Sie doch.«

Schritt für Schritt brachte Florence sie zur Tür. Sie sträubte sich, blieb immer wieder stehen. Wenn sie das Zimmer verlassen würde, war er wirklich fort. Für immer.

»Madame, bitte.« Florence schob sie sacht aus dem Zimmer.

Und sie ließ es geschehen, plötzlich wie betäubt. Leer. Tot.


Mélanie lag auf der Récamiere, eine Decke über den Beinen.

Sie blinzelte, als eine Frau etwas sagte und hob verwirrt den Kopf. Wer war die Frau, die aufrecht und mit strengem Blick im Zimmer stand?

»Wo ist er?«, verlangte sie zu wissen, und endlich erkannte Mélanie sie. Es war Charlotte.

Wie kam sie hierher? Und wann war sie gekommen?

Eine weitere Frau erschien hinter ihr, und Mélanie setzte sich langsam auf. »Luise?« Es klang, als hätte sie seit Tagen, Wochen nicht mehr gesprochen.

»Mélanie!« Die Frau kam angelaufen und umarmte sie.

»Luise«, sagte sie wieder. Sie verstand nicht, wie es sein konnte, dass Luise hier war.

»Ich hatte dich, euch überraschen wollen«, raunte Luise ihr ins Ohr. »Ich hatte dir geschrieben, dass ich es wieder nicht fertigbringen würde, herzukommen, erinnerst du dich?«

Nein, sie erinnerte sich nicht.

»Als Lotte in die Kutsche stieg, wusste ich plötzlich, dass ich es versuchen will. Dass ich es über mich bringen kann.« Luise schniefte. Weinte sie? »Ich war so stolz auf mich. Ich hatte mich so auf Vaters überraschtes Gesicht gefreut. Und nun ...« Sie brach ab und schluchzte auf. »Wann ist es geschehen, Mélanie?«

»Ich ... weiß es nicht.« Mélanie rieb sich die Augen und wollte aufstehen. »Ich muss zu ihm!«

Luise hielt sie sanft, aber bestimmt an den Schultern fest. »Nein, warte. Der Arzt ist bei ihm und stellt den Totenschein aus.«

Mélanie stieß sie weg und lief zur Tür. Sie würden ihn ihr nicht fortnehmen!

Zwei Arme umschlangen sie von hinten, hielten sie fest. Eine schrille Stimme an ihrem Ohr schrie: »Sie bleiben hier!«

Charlotte war wie von Sinnen. »Sie werden dieses Zimmer nicht verlassen, Sie ...!« Sie sagte ein Wort, das Mélanie noch nie gehört hatte und auch nicht verstand. »Wir kommen zu spät! Wir konnten uns nicht mehr von ihm verabschieden, und Sie sind daran schuld!«

Luise kam herbei, rang mit ihrer Schwester. Zwischen ihnen Mélanie, die versuchte, sich loszumachen und davonzulaufen.

»Lass Sie, Lotte! Ich bitte dich!«

»Nein!«

»Sie trauert, merkst du das denn nicht? Sie ist außer sich vor Kummer und Schmerz!«

»Sie ist nicht bei Verstand!«, schrie Charlotte.

»Sie hat gerade den Mann verloren, den sie über alles geliebt hat!«, schrie Luise zurück. »Natürlich ist sie nicht bei Verstand! Aber woher willst du das auch wissen?«

Mélanie hatte ihre Arme freibekommen. »Aufhören! Ich ertrage es nicht mehr!« Sie presste beide Hände auf ihre Ohren und sank auf die Knie. Tränen tropften auf den Teppich.

Sie hatte ihn mit Samuel gekauft, auf einem Markt hatten sie ihn erstanden. »Ist er nicht herrlich? Wir sollten ihn auf der Stelle mitnehmen«, hatte ihr Mann gemeint.

Und sie hatte gelacht. »Sagst du nicht immer, man soll gut überlegen, bevor man einen so teuren Kauf tut?«

Sie hatten sich gegenseitig geneckt, und später, als sie Hand in Hand heimgegangen waren, hatten sie überlegt, wo sie den Teppich hinlegen wollten.

»Ich finde, er gehört in den Salon«, hatte sie vorgeschlagen. »Nein.« Ihr Mann hatte den Kopf geschüttelt. »Er kommt in meine Bibliothek.«

Lachend hatte sie ihn gezwickt. »Du willst diesen wunderhübschen Teppich ganz für dich allein haben?«

Er hatte sie fest an sich gezogen, den Arm um ihre Taille gelegt. »Ich will *dich* ganz für mich allein haben, *ma chère femme*.«

Mélanie stieß ein Heulen aus, das wie das Wimmern eines Tieres klang. »Samuel.« Sie schluchzte auf, biss sich in den Handrücken.

Zwei Hände umschlossen ihre Schultern, diesmal sanft und liebevoll. Tröstend. »Komm, meine Liebe. Ich bringe dich zu ihm.« Luise.

»Wirklich?« Sie ließ sich auf die Fersen zurückfallen.

»Ich verspreche es dir. Wenn du mir versprichst, dass du dich danach ein bisschen hinlegst.« Luise warf ihrer Schwester einen scharfen, bitterbösen Blick zu. »Und du wirst sie in Ruhe lassen.«

»Wie redest du denn mit mir?« Charlottes Stimme bebte.

»So, wie ich es schon längst hätte tun sollen.«

## 44. Kapitel

*Friedhof Montmartre*

Mélanie kniete neben der Grabstelle in der warmen Erde.

Ihr Rock war beschmutzt, es kümmerte sie nicht.

Die Trauergäste hatten sich entfernt, endlich. Es waren so viele gewesen; Freunde, Bekannte, Nachbarn und Patienten. Sie alle hatten sich von Samuel verabschieden, ihm die letzte Ehre erweisen wollen. Mélanie hatte es glücklich gemacht, wie viele ihn gemocht, geliebt hatten, doch nun war sie froh, allein zu sein. Es war ihr wie eine Ewigkeit vorgekommen, bis der Letzte Blumen auf das Grab geworfen hatte und gegangen war.

Sie starrte durch einen Tränenschleier auf ihren Ehering.

»Ich weiß nicht, was ich ohne dich anfangen soll, Samuel«, flüsterte sie und strich über eine weiße Lilienblüte. »Ich weiß nicht einmal, ob ich ohne dich überhaupt leben kann. Aber ich muss es wohl, *n'est-ce pas*?« Ein trauriges Lächeln. »Ich liebe dich so sehr, mein geliebter Mann. Ich glaube, ich habe dich schon geliebt, als ich dich noch gar nicht kannte. Ich habe nie nach einem Mann für mich gesucht, weil ich glaubte, es könne ihn nicht geben. Und dann stand ich vor dir und wusste es plötzlich.« Sie rieb sich mit dem Handrücken über die feuchten Augen. »Und nun muss ich ohne dich weiterleben. Unsere Zeit war viel zu kurz.«

Fahrig wischte sie über ihren Rock, verteilte den Schmutz nur noch mehr. »Ich habe dir etwas zu sagen. Ich wollte es seit Langem tun, das weißt du vermutlich. Doch es ging nicht, Samuel, es ging einfach nicht. Du hast einmal gesagt, die Worte würden uns manchmal fehlen, und genauso war es. Ich hatte keine Worte für das, was damals geschehen ist.«

Mélanie setzte sich hin und zog die Beine unter ihren Rock. »Ich war gerade fünfzehn geworden, ein hübsches, quirliges Ding, wie mein Vater mich nannte. Ich erinnere mich noch gut an sein Schmunzeln, wenn ich nach einem Ausritt vom Pferd sprang und meinte, dass ich am liebsten gleich wieder losreiten würde.« Eine Träne verfing sich in ihren Wimpern, und sie wischte sie ungeduldig fort. »Meine Mutter war schon damals ... schwierig, unberechenbar. Mal lächelte sie, war guter Dinge und dann plötzlich warf sie mit einer Vase, einem Teller, weil sie sich über etwas ärgerte. Mein Vater, wir alle mussten uns täglich neu auf sie und ihre Launen einstellen. Zu meinem Bruder war sie freundlicher, gnädiger.« Sie schluckte. »Bei mir war es anders. Sie beobachtete mich ständig, meinte, ich würde wohl sehr schön werden. Sie beneidete mich um meine Jugend, meine Fröhlichkeit und Unbeschwertheit. Ich versuchte stets, eine liebe, brave Tochter zu sein, das versuchte ich wirklich, Samuel. Und es gelang mir meistens sogar. Sie hatte nie einen Grund über mich zu klagen, mir etwas vorzuwerfen, und doch tat sie es. Es wurde immer schlimmer, sie schlug mich, kniff mich, wenn ich an ihr vorbeiging. Sie schrie mich an, ich solle das Kleid ausziehen, es würde mich nur noch hübscher machen.« Wieder musste sie schlucken. »Sie verhöhnte mich, und einmal gab sie mir einen Stoß, als sie meinte, ich würde ihr keinen Respekt zollen. Ich stürzte die Treppe hinunter. Mein Bruder sah es, wollte mir helfen, und sie kreischte, wenn er mich auch nur anfassen

würde, geschähe ihm das Gleiche.« Sie nahm einen kleinen Bir-
kenast, der neben ihr lag, und zog damit Striche in den Erdboden.
»Und dann … eines Tages … ich war allein mit ihr, schlich sie sich
an mich heran und flüsterte mir ins Ohr, ich sei inzwischen so
schön, dass ihr ganz übel würde, wenn sie mich sah. Sie hatte plötzlich ein Messer in der Hand und wollte auf mich einstechen.«

Mélanie sprach immer schneller, stieß die Worte aus, als sei sie
froh, sie endlich auszusprechen. »Ich konnte mich auf sie werfen,
ihre Hand festhalten. Sie verletzte mich am Arm und an der Brust,
doch es gelang mir, aufzustehen und davonzurennen.« Sie schloss
die Augen, als die Erinnerung an diesen verheerenden Tag sie
überwältigen wollte.

Doch es geschah nicht, stattdessen wurde sie ruhiger, bekam
wieder Luft und konnte weitersprechen. »Mein Vater fand mich
später im Wald. Ich erinnere mich nicht mehr, dass ich auf das
Pferd gestiegen und losgeritten bin. Ich weiß nur noch, dass ich zu
der Stelle am Bach wollte, wo ich oft mit meinem Vater Halt
machte, wenn wir unterwegs waren. Ich hatte mich ins Laub gesetzt und nicht einmal gemerkt, dass ich blutete. Er hob mich auf,
setzte mich aufs Pferd und brachte mich heim. Und noch am selben Tag sorgte er dafür, dass ich zu meinem Onkel kam. Onkel
Lucien. Er liebte die Kunst, die Malerei so sehr wie ich, und ihm
habe ich es wohl zu verdanken, dass ich Malerin werden wollte.«

Sie hob den Kopf und schaute in den wolkenverhangenen Himmel. Kurz zuvor hatte es noch furchtbar geregnet, und der Himmel
war fast schwarz gewesen. »Er trauert genau wie wir«, hatte sie zu
Luise gesagt, die neben ihr stand und die ganze Zeit ihre Hand
hielt.

»Das ist meine Geschichte, Samuel«, sagte sie nun leise und strich wieder über die Lilie. »Du hast einmal gesagt, jeder hat seine ganz eigene, besondere Geschichte. Eine Geschichte, die ihn zu dem Menschen gemacht hat, der er geworden ist.«

Langsam stand sie auf und klopfte sich die Erde vom Rock.

»Du wirst immer in meinem Herzen sein, Samuel, für immer und ewig.«

Mélanie drehte sich um und sah in einiger Entfernung Luise auf der Bank sitzen. Sie hob die Hand, ging zu ihr und setzte sich neben sie.

»Charlotte will noch heute abreisen«, sagte Luise. »Sie packt bereits. Auch Amalie und Leopold werden abreisen.«

»Und sie haben vermutlich nicht vor, sich von mir zu verabschieden.« Mélanie nickte, nicht im Mindesten überrascht.

Luise streckte die Hand aus und legte sie auf ihre. »Ich bleibe, wenn du das möchtest.«

»Das würdest du tun?«

»Wenn du es möchtest«, wiederholte Luise.

»Das wäre schön.«

»Ich dachte, du würdest vielleicht lieber allein bleiben … «

Allein. Sie schluckte. »Ich würde mich freuen, wenn du noch etwas bleiben würdest, Luise.«

Die beiden saßen eine lange Zeit schweigend nebeneinander, jede in ihre Gedanken versunken. Über ihnen in der Linde hockte eine Lerche und trällerte ein Lied.

»Es klingt überhaupt nicht traurig, findest du nicht auch?«, meinte Luise irgendwann und lächelte.

»Vielleicht ist sie der Meinung, dass auf einem Friedhof genug geweint und getrauert wird.« Auch Mélanie lächelte. »Weißt du, ich hatte nie eine richtige Freundin, Luise, aber ich glaube, wir können Freundinnen werden.«

»Ja, das glaube ich auch.« Luise drückte ihre Hand.

Die beiden schauten einander an, blieben noch einen Moment sitzen und erhoben sich schließlich, um den Heimweg anzutreten.

# Nachwort und Danksagung

Wochen nach Samuels Tod begann Mélanie wieder zu praktizieren, nun in einem bescheidenen Haus in der Rue de Clichy, nicht weit entfernt von ihrem früheren Palais.

Doch mehr und mehr Patienten, die zuvor regelmäßig gekommen waren, blieben weg. Ein paar Ausnahmen wie zum Beispiel die Schottin Mrs Erskine kamen weiterhin zu ihr, und es gab auch durchaus neue Patienten, die sich Mélanie anvertrauten.

Bald begannen die Anfeindungen, die sie vorhergesagt und Samuel wohl auch befürchtet hatte. Eine deutsche homöopathische Zeitung wetterte gegen Mélanie, sie würde »Hahnemanns Ansehen und die Art der Homöopathie, der er sich sein ganzes Leben lang gewidmet hatte, entweihen. Damit könne er unmöglich einverstanden sein.« Man war ohnehin der Meinung, eine Frau könne keine qualifizierte Medizinerin sein.

Drei Jahre nach Samuels Tod wurden die Ermittlungen gegen Mélanie aufgenommen. Sie wurde angeklagt, die Medizin und die Pharmazie illegal auszuüben und zu einer Geldstrafe verurteilt. Das wirklich Tragische aber war, dass man ihr verbot, weiter zu praktizieren.

Mélanie, die noch immer sehr um Samuel trauerte, zog sich einige Zeit zurück und begann schließlich, im Verborgenen ihre Praxis weiterzuführen. Die Homöopathie hatte sie und ihren

Mann zusammengebracht und verbunden, und sie hatte ihm versprochen, weiterzumachen.

1850 änderte sich Mélanies Leben auf unvorhergesehene und letztlich glückliche Weise, als die junge Sophie Bohrer, eine talentierte deutsche Pianistin, in ihre Obhut kam.

Mélanie blühte auf, hatte wieder Lebensmut.

Sophie heiratete später den Sohn von Samuels altem Freund Clemens Bönninghausen.


Viele Personen in meiner Geschichte sind nicht erfunden, auch haben sehr viele Ereignisse so oder so ähnlich stattgefunden.

Mélanie d'Hervilly reiste stets in Männerkleidung und ritt und schoss wie ein Mann. Sie soll sehr impulsiv, leidenschaftlich und intelligent gewesen sein, und sie brannte für die Homöopathie. Als sie als junger, eleganter Mann im Köthener *Bunten Fasan* einkehrte, sorgte sie für reichlich Gesprächsstoff. Ob es Frauen gab, die ihr schöne Augen gemacht haben, ist nicht belegt, aber durchaus wahrscheinlich.

Wahr ist, dass Samuel ihr bereits nach drei Tagen einen Heiratsantrag machte, den sie sofort annahm.

Mélanie war eine talentierte Malerin, es heißt, ein paar ihrer Werke wurden sogar im Louvre ausgestellt. Leider konnte ich nichts darüber finden, was und wie sie gemalt hat. Bekannt ist nur das Gemälde, das ihren Mann zeigt. Die Schottin Mrs Erskine war wirklich eine treue Patientin der Hahnemanns, und Niccolò Paganini hat tatsächlich deren Praxis aufgesucht. Er soll sich Mélanie auf »ungehörige Weise genähert« haben, ob sie ihn geohrfeigt hat, ist nicht belegt. Aufgrund ihres Temperaments traue ich es ihr zu.

Die Behandlung der kleinen Marie Legouvé hat damals wirklich für großes Aufsehen gesorgt. Man nannte es eine »wundersame Genesung«.

Auch Ernest Legouvés fortschrittliche, ausgesprochen moderne Sichtweise ist belegt. Er hat Schriften verfasst, in denen er sich ausdrücklich dafür ausspricht, dass Frauen Medizin studieren sollten.

Wahr ist auch, dass Mélanie das hustende Pferd La Brune mit *Phosphorus* behandelt hat.

Samuels Leidenschaft für italienische Eiscreme habe ich ebenfalls nicht erfunden.

Clara Wieck, spätere Schumann, hat damals wirklich auf der Feier zu Samuels 60. Doktorwürde gespielt und das Publikum verzückt und nachhaltig beeindruckt.

Bei anderen, sehr wenigen Dingen habe ich mir schriftstellerische Freiheiten genommen. Zum Beispiel, was die Beziehung zwischen Mélanie und Samuels Tochter Luise betrifft. Belegt ist, dass seine Töchter alles andere als begeistert von seiner zweiten, so viel jüngeren Ehefrau waren. Ich fand den Gedanken jedoch sehr schön, dass es wenigstens eine gegeben haben könnte, die Mélanie wohlgesonnen war.

Edouard, Mélanies treuer Kutscher, ist meiner Phantasie entsprungen.

Wahr dagegen ist ihr zerrüttetes Verhältnis zur Mutter und deren Angriffe, verbale und körperliche. Sie soll tatsächlich versucht haben, Mélanie zu erstechen.

Mélanies Sehnsucht nach einem Kind ist nicht belegt, aber vorstellbar. Das erklärt sich zum Beispiel durch ein Gedicht, das sie nach 1850 für Sophie Bohrer schrieb.

Darin heißt es:

*Jetzt sagt ein kleines, bezauberndes Mädchen »Mutter« zu mir und hält meine Hand. Ich fühle mich jung und von Lebenssaft durchströmt, der mir eine lange Zukunft verspricht.*

Mélanie Hahnemann starb im Mai 1878 an einem Lungenkatarrh. Sie wurde neben ihrem geliebten Mann bestattet.

Zwanzig Jahre später wurden beide auf den Friedhof Père Lachaise verlegt. Mélanies Grab wurde nicht gekennzeichnet.

Bei meinen Recherchen hat mir Rima Handleys Buch »*Eine homöopathische Liebesgeschichte*« sehr geholfen.

Ich danke Dr. Klinkenberg, seine Website war mir Quelle und Inspiration. Ein weiterer Dank geht an Heilpraktikerin Silke Hünermann, die mir bei Fragen weiterhalf.

Und nicht zuletzt danke ich dem gesamten Team meines Verlages, ganz besonders meiner wunderbaren Lektorin Anne Sudmann.